亡《もう》者《じゃ》たちの切り札

藤田宜永

祥伝社文庫

目次

序章　マスタングと誘拐

俺は、六七年型フォード　マスタングGTファストバックのハンドルを握って都内を走り回っていた。V8エンジンを積んだ五リッター、三百馬力の車である。オートマチック車だということはちょっと不満だけれど、エンジン音を聞いてるだけでしびれた。

年式は忘れたが、スティーブ・マックイーンが『ブリット』という映画の中でカーチェイスをやったのもマスタングGTである。

『ブリット』を新宿《しんじゅく》ピカデリーで観《み》たのは、一九六八年のクリスマスの頃だった。十七歳の俺は、学園祭で、友だちに紹介された女の子を連れて観にいった。ショットガンで撃《う》たれて血まみれになった男を見た彼女は、「気分が悪くなった」と席を立った。なかなか戻ってこないので様子を見にいったら、ロビーのソファーに座って、フランソワーズ・サガンの『悲しみよ　こんにちは』を読んでいた。

〝男の世界〟に浸《ひた》っているわけにはいかず映画館を後にした。その子とはそれっきりになった。女の気持ちを慮《おもんぱか》らず、映画を選ぶような男とは付き合えない。彼女はそう思ったらしい。

数日後、俺はもう一度、ひとりで新宿ピカデリーに足を運び、堪能《たんのう》した。

あれから二十四年の月日が流れ、五一年生まれの俺は先月、四十一になった。

一九九二年七月三日、金曜日。明日がアメリカの独立記念日だとラジオが報じていた。

梅雨明け間近の風が気持ちのいい夜だった。

チャンネルを変えると激しいロックが車内を満たした。

演奏しているのは日本のロックバンドだった。俺には、グループ名も曲名も分からなかったが、黒塗りのマスタングをぶんぶん飛ばしている時には、ぴったりの曲である。

演奏が終わるとＤＪがしゃべり始めた。

「お送りしたのは、〝ルジェノワ〟の『ジャルダン・フルーリ』でした。ジャルダン・フルーリというのはフランス語で花園のことで、新宿にある花園《はなぞの》神社の夜桜をイメージして作られた曲だそうです。次も〝ルジェノワ〟で、『スモール・フライ』。チンピラという意味の英語だそうです……」

〝ルジェノワ〟。名前は知っていた。ルージュ・エ・ノワール（赤と黒）というフランス語を短くして〝ルジェノワ〟としたと聞いたことがあった。

自意識過剰《かじょう》のバンドのようだから、わざとフランス語を多用しているのかもしれない。

日比谷《ひびや》公園の脇の通りを走っている時だった。歩道に少女たちが溢《あふ》れ返っているのが目に留《と》まった。全員が赤と黒の服を着ていた。赤いスカート、黒いジーンズ、赤と黒のTシャツ……。それぞれ違った恰好《かっこう》をしているが〝赤と黒〟の集団だった。

コミュニストは赤でアナーキストは黒。〝ルジェノワ〟のメンバーは案外知的なのかもしれない。しかし、少女たちで、そんなことを知っている者は皆無《かいむ》だろう。

日比谷野外音楽堂で催《もよお》されていた〝ルジェノワ〟のコンサートが終わったらしい。

路肩にはタクシーがずらりと並んでいた。

赤と黒の集団が急に動き出した。

革命が起こったの？

そんな冗談が通じるのは、俺のような古い世代の人間にだけだろう。

俺は車を停《と》め、このハプニングを眺《なが》めた。何の用もないのだから時間はたっぷりとあった。

ほどなく一台のミニバスが通りに出てきた。

悲鳴のような声が上がり、ミニバスに少女たちが走り寄った。小便をちびってる女の子も絶対にひとりやふたりではないはずだ。

俺は煙草《たばこ》をふかしながら、揺れる赤や黒のフレアスカートを見ていた。

タクシーに乗り込もうとするファンたちの数も半端じゃなかった。打ち上げ会場に向かう〝ルジェノワ〟を追っかけるつもりらしい。

ミニバスが走り出した。〝赤と黒〟の少女たちを乗せたタクシーが何台も後を追った。

ミニバスの姿が見えなくなると、残った少女たちが散っていった。

俺は車をスタートさせた。ほどなく、ホンダのＮＳＸが煽《あお》ってきた。バブルが弾ける前は、八百万もするこの車は予約待ちだった。だが今は、その多くは売りに出され、中古屋の展示場で寂《さび》しく風に晒《さら》されている。

仕掛けられたら熱くなる。しかし、自重《じちょう》した。四十を超えたことで大人になったってわけじゃない。乗っているマスタングは俺の車ではないのだ。盗んだ？　いや、乗り回す許可は得ている。他人の車。事故るわけにはいかない。

俺は、数えでいうと四十二になる。厄年《やくどし》ということだ。そんなもの信じてはいないが、今年の初め、俺の会社は倒産した。

三十代で起業し、一時は滅茶苦茶《めちゃくちゃ》羽振《はぶ》りがよかった。

バブル崩壊という言葉が使われ出したのは一昨年、九〇年のことだ。大蔵省が総量規制を敷いたことがきっかけで土地の価格が下落し、景気がどんと落ちた。

それまでの異様な好景気をバブルだと誰が勘《かん》づいていただろうか。知らないから浮かれていた。俺もそのひとりである。

倒産した時には八千万の負債を抱《かか》えた。これを大きいと見るか大したことはないと考えるかは、人それぞれだ。しかし、俺にとっては大金だった。何もかも売り飛ばしても、五千万は払いきれなかった。救いの主が現れて肩代《が》わりしてくれたが、借金があることに変わりない。

今は縁があって、自動車修理工場で働いている。このマスタングにはいろいろ問題があった。ステアリングから手を離すと、車が大きく右に曲がってしまう。パワーシリンダーのシールのオイル漏《も》れなど、修理する箇所《かしょ》もいくつか見つかった。ドラムブレーキの摩耗《まもう》も激しかった。

高校を出ると都内にある大学の工学部に進み、自動車工学を学んだ。当然のように自動車部に籍を置いた。整備工の資格は持っている。しかし、学校で勉強したり、修理工場でバイトをしたぐらいで偉そうな口が叩《たた》けるわけはない。今はあらためて社長の指導を受けながら仕事をしている状態である。

この夜は、マスタングのテストドライブをしているようなものだった。突っ張ってるアンちゃんに仕掛けられても、アクセルを踏み込むのは御法度《ごはっと》である。

やがて、外苑《がいえん》西通りを走っていたマスタングは富久町界隈《とみひさちょうかいわい》、安保坂《あぼざか》のところで靖国《やすくに》通りに入った。そのまま行けば歌舞伎町《かぶきちょう》に向かう。誘蛾灯《ゆうがとう》に集まる蛾《が》のように、俺は知らず知らずのうちに繁華街《はんかがい》を目指していたのだ。

厚生年金会館を越えたところの信号に引っかかった。

歩道を見るともなしに見ると、そこにまた赤と黒の服装の少女たちがいた。三人だけだった。そのうちのひとりと目が合った。左ハンドルの車の上に、窓を開けていたから、姿がよく見えた。十四、五歳の少女。赤いベレー帽を被《かぶ》り、きらきら光るポシェットをたすき掛けにしている。スカートは赤。黒いマニッシュなシャツを羽織《はお》っていた。

反対側の信号が黄色に変わった。俺はスタートダッシュを決めようとかまえた。

瞬間、赤いベレー帽の少女が車道に飛び出してきた。スロットルを開くタイミングが少し早かったら、少女をはね飛ばしていただろう。

俺は女の子を睨《にら》みつけ、どなった。「死にたいのか！」

少女は運転席に寄ってきて腰を屈《かが》め、俺を見つめた。

「私たちを乗せてってくれませんか」

後方の車がクラクションを鳴らした。

うるせえよ。

車を路肩に寄せた。

「渋谷《しぶや》まで行ってほしいんですけど」

「どうして？」

「急いでるんです。お願いします」

俺はふうと息を吐き、車を降りた。そして助手席側に回り、迫ってくる車に気をつけながら、ドアを開け、シートを倒した。そのマスタングには後部座席があった。

ベレー帽の少女の仲間が、後部座席に乗り込み、彼女が助手席に座った。

俺は車を出した。「渋谷のどこまで」

「パルコの近くです。多分……」

「多分?」

「ともかく、パルコのところまでお願いします」

俺に声をかけた少女は、他のふたりよりも遥《はる》かに綺麗《きれい》だった。睫《まつげ》が長く、ちょっと突き出た唇には幼さが残っていて、赤ん坊のそれのようだった。

「君たちいくつ?」

「十五です」三人が同時に答えた。

「中三?」

「はい」また三人が同時に答えた。

女子中高校生好きの男たちが日増しに増え、ブルセラショップなるものが大流行している。シミのついたパンツまで売り物になっているらしい。ブルマーも人気らしく、それにあやかろうというのか、カラフルなブルマーを穿《は》かせた姉ちゃんたちに洗車させている会社もあるそうだ。

男は妄想の生き物。清純というイメージのあるセーラー服姿の少女が、性的イメージを喚起《かんき》してもおかしくはない。俺が高校生の頃、作家の野坂昭如《のさかあきゆき》がセーラー服を賛美していたぐらいだから。

しかし、俺にはそんな趣味はまるでない。ブルマーにも体操着にも催さない。

車は明治《めいじ》通りを走っていた。

「〝ルジェノワ〟の追っかけだよね」

「はい」ベレー帽の少女が答えた。

俺は煙草に火をつけた。「まかれちゃったってわけか」

「そうです。でも、きっと打ち上げは渋谷のプールバーだと思うの」

「お父さんもお母さんも何も言わないの？」

ベレー帽の少女がきっとした目で俺を睨んだ。

「説教する気はないよ。だけど、見ず知らずのオジサンの車に乗るなんて危ない」

「私……」ベレー帽の少女が口ごもった。

「どうした？」

「私、知ってるんです」

「何を？」

「オジサンのこと」

「俺のことを知ってる？」思わず、少女の顔を見つめてしまった。

「随分《ずいぶん》前だけど、お父さんと喫茶店にいるのを見ました。写真も見てます」

「名前、教えて」

「今日のこと、お父さんに言わないって約束してください。友だちのうちに泊まって勉強してることになってますから」

はっとした。俺とコーヒーを飲んでいて、写真も見たことがある。まさかとは思うが……。

「お父さんの名前、五十嵐勇蔵《いがらしゆうぞう》？」

「そうです。オジサン、私の顔を見てるんですけど」

覚えていないことにちょっと不満だったような物言いである。

「思いだした。喫茶店を出る時に会ってるね。名前は何ていうの？」

「紹介されてますけど」

「ごめんな。子供には興味ないんだ」

軽くそう答えたが、彼女の顔をしっかりと見なかったのには理由があった。

「香織《かおり》っていいます」

「俺は氏家豊《うじいえゆたか》」

「知ってます。じゃなかったら、乗せてなんて言ってません」

原宿《はらじゅく》をすぎた。宮下《みやした》公園の交差点は右折できない。手前の信号を右に曲がって、パルコに近づいた。

「この辺よ」後ろに乗っていた眼鏡《めがね》の少女が言った。

勤労福祉会館前の交差点近くで車を停め、少女たちを降ろしてやった。

三人の少女が口々に礼を言った。

「お父さんには内緒にしてくれますね」

俺は小さくうなずき、「補導されるなよ」とにっと笑った。

車から降りた少女たちは急いで道を渡り、路地に消えていった。

俺は車を二十四時間営業の駐車場に入れ、深夜喫茶に入った。

五十嵐勇蔵は大学の同級生で、自動車部でも一緒だった親友である。そして、彼の妻、宏美《ひろみ》を争った相手でもあった。

だからと言って、古傷がじゅくじゅく痛むようなことはなかった。瘡蓋《かさぶた》すら消えている。しかし、娘と話しているうちに、宏美の若い頃の立ち居振る舞いを思いだした。

俺の方が男らしいし、恰好いい。なぜ、俺を選ばない。振られた時は、宏美に選択ミスだと言ってやりたかった。しかし、今の状態を考えると、宏美の目に狂いはなかったと言える。勇蔵は大手銀行に勤めている。

宏美を巡っての戦いに敗れた俺だが、勇蔵との付き合いは続いていた。と言っても、たまに飲むだけの関係でしかないが。宏美とのことでわだかまりはなかったけれど、銀行から金を借りようとした時、勇蔵には頼まなかった。

香織と出会ったことで、なぜか、階段を踏み外《はず》し、転《ころ》げ落ちた自分の状態を改めて意識した。

今の俺には将来なんてない。預金残高は三十万ぐらい。少しずつ貯金をしているが、五千万の借金を返せる目処《めど》など立つはずもない。

何十億も銀行から借りて、すべて差し押さえられても、平然としていられるようなタマじゃない。銀行も、借入額が大きいと、その会社を潰《つぶ》しては元も子もないから黙っている。だが俺のような、しょぼい事業主には容赦《ようしゃ》なかった。自己破産してしまえば、何とでもなるが、後の面倒くささを考えると踏み切れなかった。

俺は、ぼんやりとしたまま、まずいコーヒーを飲み、煙草を矢継ぎ早に吸っていた。

あっと言う間に一時間がすぎた。

俺は喫茶店を後にして、駐車場から車を出し、明治通りに向かった。

渋谷郵便局の裏手の道に入ったのは偶然だった。ともかく青山《あおやま》通りに出ればよかった。

歩道を歩いている人が見えた。赤いベレー帽を被り、赤いスカートを穿いている。香織のようだ。

連れがいた。同じような服装をしている女だった。が、明らかに少女ではなかった。

声をかけようと、スピードを上げた瞬間、路肩に停まっていた黒っぽいセダンの後部座席のドアが、香織の目の前で勢いよく開いた。一緒に歩いていた女が素早く、香織の口を押さえ、車の中に押し込んだ。女がこちらを見た。サングラスをかけた髪の長い女だった。

黒っぽいセダンは猛スピードで突き当たりを右折した。

追った。黒っぽいセダンのテールが宮益坂《みやますざか》上の交差点を左折するのが目に入った。青山通りを赤坂《あかさか》方面に向かっている。きびきびした走りで、前方の車を追い抜いていた。しかし、車の流れにまぎれると、セダンはスピードを落とした。パトカーに目をつけられるのを避けたかったのだろう。

俺は付かず離れず、セダンを尾行することにした。

勇蔵の娘が拉致《らち》された。しかし、香織を狙《ねら》った犯行かどうかは分からない。〝ルジェノワ〟のファンの少女なら誰でもよかったのかもしれない。営利誘拐？　よく分からない。

セダンは外苑前を左に曲がった。神宮《じんぐう》球場をすぎたところの信号に引っかかった。

俺はアクセルを抜き、距離を取った。タクシーが、マスタングの前に割り込んできた。

信号が変わり、車が再び流れだした。国立競技場と絵画館《かいがかん》の間の通りは右に弧《こ》を描《えが》いている。セダンは信濃町《しなのまち》に出るつもりらしい。果たして信濃町のところから外苑東通りに出て四谷《よつや》三丁目の方に向かった。

セダンが急加速したのは四谷署を越えてすぐだった。尾行に気づかれたらしい。

マスタングは目立つ。いくら距離をおいても、相手が警戒心を持ったに違いない。

四谷三丁目の交差点を、セダンはウインカーも出さずに左に曲がった。マスタングのスロットルを開いた。交差点の信号が赤に変わったばかりだった。無視した。怒りのクラクションを背中で受けて、さらにアクセルを踏んだ。

セダンは、車の間を縫《ぬ》うようにして走り続けていた。ミラーを見、目視《もくし》も怠《おこた》らず、セダンの後を追う。

距離が縮まった。車種はギャランのようだ。横浜《よこはま》ナンバーである。番号は読み取れない。

尾行がばれたのだから、ギャランの尻に張り付くことにした。四谷四丁目の交差点が近づいてきた。ギャランは信号を無視し、タイヤを鳴らして右に曲がった。俺も交差点に突っ込んだ。左からやってきたトラックのラッパのようなクラクションが威嚇《いかく》してきた。運転手は減速する気などまるでない。ぶつかってくるつもりならやってみろ。偉そうな外車に対する対抗心が、トラックの車体から伝わってきた。

俺は思いきりサイドブレーキを引いた。荷重がどんと前にかかった。タイミングを見て、アクセルを踏んだ。マスタングがスピンしかかった。カウンターを当てた。マスタングの尻が振られた。トラックにぶつかることは免《まぬが》れたが、カウンターを当てるのが遅かったのか、車は交差点のど真ん中で、フロントを四谷三丁目の方に向けて停まった。

交通量が少なかったのが幸いした。どの車にも接触しなかった。

「この馬鹿、粋《いき》がりやがって！」

クラクションの音を縫って、罵声《ばせい》が俺の耳に飛び込んできた。

俺は車から降り、セダンの消えた方に目を向けた。香織を乗せた車の姿はもう見えなくなっていた。

走行している車を避け、通常の車線に戻った。警察が来ると面倒だ。とりあえず、ギャランが消えた方に車を走らせた。路地に入り込んだのか、靖国通りに出たのか分からない。安保坂を左折した。厚生年金会館が近づいてきた。香織たちを拾《ひろ》った場所に戻ってきたことになる。

公衆電話に入り、手帳を開いて勇蔵の自宅にかけた。

午前零《れい》時を回っていた。

十回ほどコールすると、やっと勇蔵が出た。

「豊だ」

「どうしたこんな時間に」勇蔵は怪訝《けげん》な声を出した。

「お前の娘に会った」

「香織に？」

「落ち着いて聞け、お前の娘が拉致された」

「はあ？」

俺は簡単に目撃したことを話した。

「香織は友だちの家にいるはずだ」勇蔵は怒ったようにそう言った。

「年頃の娘が、いつも親に正直なことを言うはずはないよ。警察に連絡しろ」

「もっと詳《くわ》しいことが分からないと」勇蔵が躊躇《ためら》った。

「今からお前の家に行っていいか。営利誘拐だったら、そのうちに電話があるぜ」

「来てくれ、今すぐ」

「場所を詳しく教えろ」

勇蔵の説明を頭に叩き込んでから、俺は車に戻った。

勇蔵が中野《なかの》に住んでいるのは知っているが訪ねたことはなかった。

中野通りと大久保《おおくぼ》通りが交差する五叉路《ごさろ》がある。中野郵便局が近くにあり、その並びのマンションに勇蔵は住んでいた。裏通りに車を駐《と》め、歩いてマンションに向かった。

建って比較的新しい小綺麗《こぎれい》なマンションだった。当然、オートロック式で、エントランスに、テーブルとソファーが置かれてあった。

七一〇号室が勇蔵の住まいだった。

勇蔵は緊張しきった顔で、俺を迎えたが、目許《めもと》がほんのりと赤い。飲んで帰ってきたばかりだったようだ。

しばらく見ないうちに少し痩《や》せたようだが、歳《とし》を重ねるごとに勇蔵は凜々《りり》しい男になった。

宏美の姿はなかった。娘が誘拐されたかもしれないというのに、顔を出さないなんて考えられない。彼女は不在なのだろう。

俺は居間に通された。小洒落《こじゃれ》た家具や調度品が並んでいた。テレビもステレオも最新のものだった。部屋の片隅《かたすみ》に猫が二匹、籐《とう》でできた籠《かご》の中で丸くなっていた。一匹はチンチラで、もう一匹は三毛《みけ》猫だった。籠は三つあった。さらにもう一匹いるのかもしれないが姿は見えなかった。

勇蔵がへなへなとソファーに座った。唇の辺《あた》りを忙《せわ》しげに撫《な》でている。

「泊まると言っていた友だちの家に電話した。両親は旅行中で、子供たちだけで留守番してた。香織は、〝ルジェノワ〟とかいうロックバンドのコンサートに行ってから、深夜すぎに来ると言ってたらしい」

「〝ルジェノワ〟のコンサートに行ってたのは知ってる」

「知ってる？　お前がどうして」勇蔵が俺を睨みつけた。

「それはこれから話す。で、誘拐した奴から電話はなかったか？」

「ない」

俺は厚生年金会館の近くで〝ルジェノワ〟の追っかけの少女三人を拾ったところから詳しく話した。

「未成年者の言いなりになって、渋谷で放り出すなんて、お前、どうかしてる」勇蔵が食ってかかった。

「悪かった」俺は素直に謝《あやま》った。

部屋に沈黙が流れた。俺は煙草を取りだした。

勇蔵が灰皿を用意してくれた。「禁煙して二ヶ月目だけど、俺にも一本くれ」

煙草を渡し、火をつけてやった。

「宏美さんは？」

「仙台《せんだい》に行ってる。叔父さんが死んで、今夜がお通夜なんだ」

「娘が乗せられた車はギャランだ。横浜ナンバーだったが番号までは読み取れなかった」

勇蔵が眉《まゆ》をひそめ、首を傾《かし》げた。「横浜ナンバーのギャランに乗ってる人間なんか知らないよ」

それはそうだろう。すぐに足のつく車を使って少女を誘拐する人間なんてよほどのマヌケだ。勇蔵はかなり動揺しているらしい。

「警察に知らせろ」俺が言った。

「警察なんて当てにならない」

「じゃどうする気なんだ」

勇蔵の手から、火のついた煙草が絨《じゅう》毯《たん》の上に落ちた。それを拾い、灰皿に投げ入れると、頭を抱《かか》えた。

煙草を消したのは俺だった。

「宏美さんには知らせたのか」

勇蔵が首を横に振った。

俺はテーブルの上に置かれてあった子機を手に取った。

「どこに電話するんだ」

「録音機能がついてるな。電話がかかったら録音しろ」

「ちょっと貸してくれ。やったことがないから」

「やり方は簡単だ」俺が教えた。

それからしばらく、俺たちは口をきかなかった。じりじりと時間がすぎてゆく。

「お前、今、どうしてるんだ」勇蔵が気を取り直し、そう訊《き》いてきた。

「江戸川《えどがわ》区にある自動車修理工場で働いてる」

「お前は自動車工学を勉強してたんだから、最初から、そっちの道に進めばよかったんだよ」

「自動車メーカーを受けたけど落ちたろうが」

「遊びすぎてたんだよ」

俺は小さくうなずいてから、真《ま》っ直《す》ぐに勇蔵を見た。「お前、仕事でトラブってないのか」

「何をもってトラブルって言うのか分からないけど、金融の世界は魑魅魍魎《ちみもうりよう》。景気がよかった時も、今のように悪い時も」

「銀行員を恨《うら》んでる奴はわんさかいるもんな」

「娘を誘拐するほど恨んでる奴なんか、俺の客にはいない」勇蔵の目にかすかに動揺が表れていた。

勇蔵は学生時代から堅実だった。自動車部でレースをやったことがあるが、危ない走りは決してしなかった。仕事もおそらく同じだろう。しかし、無理な貸し付けをやってきた可能性はある。バブル時代の銀行ならどこでもやっていたことだから。

勇蔵に「金を借りてください」と拝《おが》み倒され、借金したはいいが、返済が滞《とどこお》ると掌《てのひら》を返したような態度を取られ、恨んでいる人間がいてもおかしくはない。

そういう銀行員の態度を自《みずか》ら味わっている俺だから、勇蔵の生真面目《きまじめ》な性格は分かっていても、仕事絡《がら》みのトラブルが原因で、娘が誘拐された可能性もあるように思えたのだ。

電話が鳴った。勇蔵は怯《おび》えたような目をして子機を見つめた。

「録音、忘れるな」

勇蔵はうなずきもせず、子機を手に取った。

「はい……そうですが……香織を？　香織は友だちの家に……。娘を出せ……いいから娘を出すんだ！」逆上した勇蔵は、子機を手にして立ち上がった。「……分かったが、ともかく、香織を出せ……」しばらく間《ま》があった。「……香織……うん、分かってる……。はあ、猫が心配だって……」勇蔵が唖然《あぜん》とした顔で黙った。「……何を言ってるんだ……。もちろんちゃんと世話してる。……〝サクラ〟は分かったけど……名前を変えた？……そうだけど………。そんなことはどうでもいい。それよりお前……香織、どうした！　香織……」

誘拐犯が香織から受話器を取り上げたらしい。

「……いくらほしいんだ？……金額を言え。警察には絶対に言わない……。何でもきくから香織を……」

電話はそこで切れた。

勇蔵は子機を握ったまま、その場に立ち尽《つ》くしていた。

「勇蔵、録音を聞きたい」

勇蔵が子機を渡した。子機を耳に当て、再生ボタンを押した。

声は何か特殊な装置を使って変えられていた。相手は警察に知らせるな、とお定《き》まりのことを口にした。周《まわ》りの音を聞いた。だが、気になることはなかった。声の響き具合から、がらんとした部屋からかけてきた。俺にはそう思えた。

香織に代わった。

「お父さん、私は大丈夫よ……。猫のことが心配……お母さんがいないから世話されないんじゃないかと思って……。〝サクラ〟はいいけど、〝フルーリ〟と〝ジャルダン〟が心配……。名前変えたの。お父さん、家にあまりいないから、知らなかっただけ。〝ルジェノワ〟の歌詞から取ったの……」そこでまた誘拐犯が電話に出た。

金の要求はまったくなかった。相談事があるから、また連絡するとだけ言い残して電話を切ったのだ。

録音を聞き終わった俺は子機を元に戻した。

「猫の名前が変わったなんて、俺は知らなかったけど、何でこんな時にそんな話を……」

「お前、猫を可愛《かわい》がっていなかったんだろうが」

「いや、そんなことはない。あまり俺にはなついてこないけど」

「前は何て名前だったんだ」

「〝モモ〟に〝カリン〟だ。でも、なぜ名前を変えたことを、こんな時に言ったんだろう」

勇蔵の右脚《あし》が貧乏揺すりを始めた。

「お前、〝ルジェノワ〟の曲を聴《き》いたことあるか」

「ないよ」

「俺は、今夜、偶然、ラジオで耳にした。『ジャルダン・フルーリ』って曲がかかってた」

「…………」

背中がぞくりとした。「香織ちゃん、監禁場所を教えたかったのかもしれないぞ。『ジャルダン・フルーリ』ってフランス語で花園の意味だそうだ。そして、その曲は新宿の花園神社の夜桜を歌ってるってことだ」

「花園神社に監禁されてるわけがないだろうが」

「その近くに連れていかれたってことかもしれない」

「そんな馬鹿な」勇蔵が吐き捨てるように言った。

「娘の部屋から〝ルジェノワ〟のCDを取ってこい」

「そんなことしたって」

「じゃ、早く警察に知らせろ」

「奴らの要求をきくまでは絶対に知らせせない」

俺は立ち上がった。「娘の部屋はどこだ」

「俺が行く」

愛娘《まなむすめ》の部屋に勝手には入らせない。言外《げんがい》にそう言われたような気がした。

俺はまた煙草に火をつけ、周りを見回した。大した値段はしないだろうが、センスのいい花瓶《かびん》、アンディ・ウォーホルの猫を描いたポスター……。壁にかかっている丸い時計は、東急《とうきゅう》ハンズ辺りで売っていそうな、今風のものだった。部屋の隅《すみ》にアップライトのピアノが置かれていて、その上には縫いぐるみがところ狭《せま》しと並んでいる。熊やウサギの縫いぐるみの間に野鳥のデコイがひっそりと飾《かざ》られていた。一羽はカワセミだった。宏美が俺とデートしている時に買ったものに違いなかった。

ショックだった。俺と一緒に買ったことを忘れている証《あかし》に思えたのだ。

勇蔵がCDを一枚持って、戻ってきた。

俺は『ジャルダン・フルーリ』の歌詞を読んだ。確かに新宿の花園神社の夜桜を歌ったものだったが、誘拐の手がかりになるようなフレーズは見つからなかった。

「確か上野《うえの》にも花園ってつく神社があるし……」勇蔵がつぶやくように言った。「花園って看板か何かを見て、新宿にいると思い込んでいるのかもしれない」

俺はそれには答えずに訊いた。「お前、携帯電話を持ってるか」

「いや」

NTTが〝ムーバ〟という小型の携帯電話を出した。保証金は十万、加入料が四万五千円ほどし、レンタル料も高かった。それでも、俺は手に入れ、自慢げに使っていた。だが、すぐにレンタル料を払うのも難しくなって手放した。

煙草を消した俺は立ち上がった。「今から新宿の花園神社の辺りをぶらついてみる」

「俺も行く」

「お前はここで待機してろ」

「勝手に警察に通報しないだろうな」

「誘拐されたのは俺の子じゃない。お前の子だ」

そう言い残し、玄関に向かった。勇蔵が追ってきた。

「豊、悪かった。お前に当たってしまって」

「何かあったら俺のせいだ」

「寝ないで待ってるから電話くれ」

俺は黙ってうなずき、ドアを開けた。

車に急いで戻り、新宿を目指した。

相手は、勇蔵から身代金《みのしろきん》を取りたいのではない。銀行員の勇蔵を利用したいらしい。だとすると長期戦になるかもしれない。

しかし、宏美が不在でよかった。彼女に、娘を渋谷で落としたことを責め立てられたら、かなり堪《こた》えたはずだから。

俺の勘が当たっているかどうかまるで自信はない。ちょっと話しただけだが、香織は利発な子に思えた。それを信じての行動だった。しかし、花園神社の近くというだけでは、居場所を摑《つか》むのは不可能だろう。

ただ幸いなことに、花園神社の周りには、ビルが密集しているわけではない。靖国通り側に数棟、神社の北側、四谷第五小学校の付近に小さなビルがあるぐらいだ。西側はゴールデン街。花園一番街などという言い方をするが、狭い店からの電話だったら、あんなに音は響かないはずだ。

俺は小学校の近くに車を駐め、周りを歩いた。靖国通り側よりも、小さなビルが多いからだ。横浜ナンバーの黒っぽいギャランを見つけたい。地下駐車場に入れられていたらどうしようもないが。

明治通りに向かいながら行き止まりの道も調べた。だがギャランの姿はなかった。花園神社の周りをくまなく見て回ったが結果は同じだった。花園第一ビルというのがあったので中を調べてみたが、どの部屋も静まり返っていた。

〝花園〟という言葉のついた店やビルは東京にいくつもあるだろう。勇蔵の言う通り、香織はそういうものを目にしただけかもしれない。

だが諦《あきら》めきれない。

俺は、車を移動させ、捜索範囲を拡《ひろ》げた。しかし、何の結果も出せなかった。

明治通りの反対側のエリアも一応《いちおう》調べてみることにした。

横断歩道橋の下に電話ボックスがあった。勇蔵に電話を入れた。

「もう少し調べてみるが、俺の勘は外れてたみたいだ。すまない」

「いいんだよ」

「何か連絡は？」

「何もない」

電話ボックスから出て、東京医科大のある通りに入り、ゆっくりとマスタングを走らせた。一本目の右の通りに花園飯店という中華料理屋の看板が目に入った。

念のために車をかなり先に駐め、花園飯店の周りを調べた。花園飯店の手前に右に曲がる路地があった。行き止まりを左に折れ、真っ直ぐ行くと靖国通りに出る。パークシティ伊勢丹《いせたん》の真裏に当たる。車がやっと一台通れる道幅しかない。靖国通りを目指して歩いた。左側に駐車場があった。黒いセダンが奥に駐まっていた。駐車場の中に入ってナンバープレートを見た。横浜ナンバー。車種はギャランだった。

月極駐車場。ギャランが駐まっているところには『諸田《もろた》商事』と書かれてあった。

駐車場の並びにエレベーターもない四階建ての古いビルがあった。『諸田ビル』という。

香織はこのビルの中にいるに違いない。

中に入った。一階には部屋はなく、郵便受けが並んでいた。諸田商事は、四〇一号室から四〇三号室を使っていた。四階のフロアーすべてが『諸田商事』のオフィスらしいが、郵便受けには〝諸田商事は営業を中止しています〟という紙が貼ってあった。

俺は足音を忍ばせて、埃《ほこり》っぽい階段を上がった。ドアは四つあったが、奥のドアだけに磨《す》りガラスが嵌《は》まっていた。洗面所らしい。かすかに音楽が聞こえた。ドアのひとつひとつに耳を当ててみた。四〇三号室に人がいる。音楽に混じって足音がしたのだ。

ひとりで突入するなんて無謀なことはしたくなかった。

ビルを出て勇蔵と警察に連絡することにし、四〇三号室の前を離れようとした。

その時、女の子の声がした。

「オバサン、おしっこ」

十中八九、香織が言ったのだろう。

俺は咄嗟《とっさ》に隣のトイレに入った。

換気用の窓が天井近くにあったが、人が出入りできる広さはなかった。

個室がふたつあった。そのうちのひとつに飛び込んだ。

警察を呼ばずとも、香織を救出できるかもしれない。手帳を取りだした。

トイレのドアが開いた。足音から、入ってきたのは香織だけだとあたりをつけた。隣の個室のドアが開いた。

スカートを上げているような音が聞こえた。

〝香織ちゃん、君を助け出しにきた。声を出すなよ。分かったら、そっと壁を叩いて、水を流さずに、トイレを出て。氏家豊〟

そう書いたページを破り、上の隙間《すきま》から、香織が入ったらしい個室に投げ入れた。

小便の音が止まった。壁を叩く音がかすかにした。

俺は個室を出て、磨りガラスの嵌まったドアの縁《へり》にへばりついた。個室のドアがそろりそろりと開いた。俺のところに来るように手で合図を送った。

俺は香織の耳元に口を近づけた。「廊下にいる見張りはひとりか」

「女の人がひとり」

「部屋には何人いる」

香織は三本指を立ててから、指でピストルの形を作った。

「オジサンが先に飛び出して見張りを何とかするから、その間に階段まで走って、外に出ろ」

香織がこくりとうなずいた。

磨りガラスに人影が映った。トイレにしては長いので、見張りの女が気にし始めたのだろう。

ドアが開いた。女と目が合った。女の口を押さえる暇《ひま》はなかった。

「誰かきて！」女が叫んだ。

「逃げろ！」

香織の前に立ちふさがった女の顎《あご》を殴《なぐ》った。女が壁まで飛んでいき、床に転《ころ》がった。

香織が廊下を走ってゆく。四〇三号室のドアが開いた。

最初に出てきた、ずんぐりとした男を突き飛ばしてから、俺も階段まで走った。男たちが追いかけてきた。階段を降りようとした時、ピシュッ、ピシュッという音がして、コンクリートの柱の欠片《かけら》が頬《ほお》に飛んできた。

必死で階段を駆け下りた。外に出ると、もう一度後ろを振り返った。ビルの入口に男たちの姿があった。ちょうど一台のＲＶ車が路地に入ってきた。俺は車の前に飛び出した。運転手がクラクションを鳴らした。

俺はＲＶ車の反対側に回った。

「危ないじゃないか！」運転手が俺に怒った。

ビルの前にいた男たちの姿は消えていた。

俺は元来た道に戻ろうと次の角まで走った。周りを見回したが香織の姿はなかった。難を逃《のが》れたのは確かだが、まだ安心できない。奴らも香織を探し回るに決まっている。

建物の陰から、問題のビルの様子を窺《うかが》った。ふたりの男が靖国通りの方に向かった。そして、もうひとりのずんぐりとした躰《からだ》つきの男の影が、俺の方にやってきた。駐車場の中などを調べながら。

「オジサン」

背後で声がした。香織だった。俺は彼女のところまで駆け寄った。角を曲がった男が追いかけてきた。

「次の角を左に曲がったら大通りに出る。そこでタクシーを拾って、家に戻れ」

香織は呆然《ぼうぜん》と立ち尽くしていた。

男が迫ってきた。

「早く！」

香織が駆けだした。

俺は男の方に歩み寄った。男の手にはナイフが握られていた。

瞼《まぶた》が腫《は》れ、顎が右に歪《ゆが》んだ五十ぐらいの男だった。額《ひたい》がかなり薄くなっている。

「どけ」男が低く呻《うめ》くような声で言った。

俺は言葉を発さず、右脚を後ろに引き、顔の前で両手を拡げた。

男がさらに一歩近づいてきた。瞬間、引いた右脚で男の股間を蹴《け》り上げた。男の躰が軽く前に傾いた。男は体勢を整えずに、ナイフを握ったまま、俺の躰にぶつかってきた。躰を回転させ、ナイフを握っている手首の辺りを左手で摑むと、思い切り捻《ひね》った。同時に右拳《こぶし》を鼻にぶち込んだ。ナイフが地面に落ちた。ふらついている男に体当たりを食らわした。右側に建っているビルの植え込みに男は仰向《あおむ》けに倒れた。

俺は一目散《いちもくさん》に、マスタングが駐めてあるところまで走った。

ミラーには誰も映っていなかった。男は頭でも打って、立ち上がれないのかもしれない。

靖国通りに出てから、勇蔵のマンションを目指した。中野坂上《なかのさかうえ》で一旦《いったん》車を停め、勇蔵に電話を入れた。

「豊、ありがとう」勇蔵の声が上擦《うわず》っていた。「香織が戻ってきた」

「彼女、大丈夫か」

「怪我《けが》はしてない。興奮も何とか収まった。お前のことが心配で寝られないって」

「今、中野坂上にいる。すぐに着くよ」

勇蔵のマンションに着いたのは午前三時少し前だった。

「オジサン」迎えに出てきた香織が俺に抱きついた。

「無事でよかった」俺は香織の背中を軽く叩いて、横に立っていた勇蔵に微笑《ほほえ》んだ。

「入って」

俺はソファーに躰を投げ出した。

「ビールでいいか」

「車だ。水をくれ」

勇蔵が氷を入れた水を俺に手渡した。俺は一気に半分以上、喉《のど》に流し込んだ。

香織の目が腫れていた。さっきまで泣いていたらしい。

「オジサンのおかげ」香織の唇の端《はし》が崩れ、目から涙がこぼれ出した。

「疲れたろう。もう寝た方がいい」父親が優しく言った。

「眠れないよ。ここでお父さんとオジサンといる方がいい」

「追っかけてきた男、どうしたんだ」勇蔵が訊いてきた。

「何もしやしなかった。植え込みにひっくり返っただけだよ」俺は勇蔵にウインクし、煙草に火をつけた。

「相手、銃を持ってたそうじゃないか」

「玩具《おもちゃ》だろうよ」

サイレンサー付きの本物の拳銃だったが、俺は嘘《うそ》をつき、香織に目を向けた。「香織ちゃんすごい。咄嗟に猫の名前を変えて、場所を知らせようとするなんて、なかなかできることじゃない」

「通じないって思ったけどやってみた」香織が洟《はな》を啜《すす》りながら、掠《かす》れた声で言った。「お父さんに〝ルジェノワ〟の話をしたことあるけど、覚えてないって思ったから」

「氏家オジサンが、知ってたんだよ」

「偶然……」俺は、日比谷公園に近づく前、ラジオから『ジャルダン・フルーリ』が流れていたことを教えた。

「〝ルジェノワ〟が私を守ってくれたんだね」香織がつぶやくように言った。

「花園神社の近くだってよく分かったね。目隠しされてなかったの」

「アイマスクをかけられたんだけど、ちゃんと耳にかかってなかったの。だから首を動かしてたら、外れた。その時、花園なんとか、って店の看板が見えたの」

香織にとっては、花園と言えば、花園神社しか思いつかない。その思い込みが当たっていたからよかったが、そうでなかったら、大事になっていたはずだ。

「変だと思った」香織が力なく言った。

「何が?」俺が訊いた。

「私を捕まえた女の人、大人なのに〝ルジェノワ〟のファンだって言ったから」

「俺が君たちを降ろした後、どうしたの?」

「打ち上げによく使う店を覗《のぞ》いたけど、メンバーは誰もいなかった。もう一軒、飲んでそうなダイニングバーまで行ったけど、そこにもいなかった」

「ふたりの友だちとは、そこで別れたの?」

「宮下公園のところで」

同じ方向に家のあるふたりの友だちは一緒にタクシーに乗った。ひとりになった時、誘拐犯の一味の女が、あなたも〝ルジェノワ〟のファンねって親しげに話しかけてきたという。

「……〝ルジェノワ〟のメンバーが飲んでるところに行くから一緒に来ないって言われた。私、正樹《まさき》に会いたいから、その女の人についていったの。本村《もとむら》正樹って分かる?」

俺は首を横に振った。〝ルジェノワ〟のギタリストだという。

香織を誘拐した連中は、かなり下調べをしていたようだ。香織が〝ルジェノワ〟の熱狂的なファンで、コンサートが終わると、タクシーを利用して、メンバーを追っかけることをあらかじめ摑んでいた。ということは、日比谷野外音楽堂から、香織の乗ったタクシーを尾行し、厚生年金会館の前で、マスタングに乗ったことも見ていたのだろう。

　渋谷まで彼女たちを運んだ時、後方に黒い車が走っていたような気がしないでもないが、まさか尾行されているとは思いもしないから、ほとんど注意を払っていなかった。

「あのふたりの女の子はクラスメート？」

「違う。今日のコンサートで仲良くなっただけ。でも、なぜそんなこと訊くの」

「別に」俺は笑って誤魔化《ごまか》した。

「香織、これからはもうコンサートに行っちゃ駄目だぞ」勇蔵が強い口調で言った。

　香織が唇を尖《とが》らせ、目を伏せた。

「香織、もう寝なさい」

「…………」

「香織、言うことをききなさい」

　香織が立ち上がった。そして、もう一度俺に礼を言った。

「お休み」

「お休みなさい」薄く微笑んだ香織だったが、父親を見る目は冷たかった。「〝ルジェノワ〟のコンサートには行くよ。私の生き甲斐《いがい》だもの」

「香織、お前……」勇蔵の口調がきつくなった。

　香織は父親を無視して居間を出ていった。

　勇蔵が渋面《じゅうめん》を作って、俺の煙草を手に取った。

「メンタル面で後遺症が出なきゃいいけどな」俺は小声で言った。

「俺もそれを心配してる。様子を見ておかしいようだったら医者に診《み》てもらう」

「脅《おど》かすつもりはないけど、あいつらこれで引っ込むかな」

「失敗したんだから、もう誘拐はやらないだろうよ」

「お前、本当に相手に心当たりないのか」

「あるわけないだろう」勇蔵が口早に答えた。

「ヤクザも銀行を利用してるぜ」

勇蔵の眉が険《けわ》しくなった。「俺は暴力団と付き合いはない」

「そう怒るな」

「お前、俺を信用してないようだな」

「銀行を信用してないだけさ。お前の上司や部下が不正をやってるってこともありえるぜ。誘拐犯は、お前に〝相談事がある〟って言ったんだからな」

「恩人のお前に言いたくないが、お前は銀行に恨みがあるんだろう。だから、そういう風にしか考えられないんだよ」

会社が潰れ、借金が残ったことは、数ヶ月前に勇蔵に電話で伝えた。その後、彼とは連絡を取っていなかった。

俺は鼻で笑った。「恨みなんかこれっぽっちも持ってない。借金を作ったのは自分のせいだから」

勇蔵がズボンの後ろポケットに手を入れた。出てきたのは、二つ折りにされた封筒だった。

「お前が気分を害するのはじゅうじゅう分かってるが、これを黙って収めてくれ」

目の前に置かれた封筒に目を落とした。

「いくら入ってるんだい」

「三十。こんな金額じゃすまされないことだけど、何かの足しにしてくれ」

俺は上目遣《うわめづか》いに勇蔵を見つめた。「お前から施《ほどこ》しは受けないよ」

「施しじゃない。お礼だ」

俺は封筒には手も触《ふ》れず、立ち上がった。

「悪かった。でも、俺としては……」

居間を出た時、電話が鳴った。勇蔵が俺をじっと見つめた。

「出ろよ」

「ああ」

廊下の奥のドアが開いた。香織は寝ていなかった。

「香織ちゃん、部屋に入ってて」

香織は俺の言葉を無視して、居間に向かってきた。

電話が鳴り続けている。

「香織」勇蔵が娘の前に立ち、肩を抱き、彼女の部屋の方に連れていった。

電話が切れた。しかし、五分と経《た》たないうちにまた鳴った。

勇蔵が受話器を取った。

「……誰だお前は。……名前を言え。……マスタングに乗ってる人間？　そんな奴は知らない。そいつがどうしたんだ？……。娘を助けてくれた人のことを言ってるんだな……。もしもし、もしもし……」

電話をそこで切られたようだ。

勇蔵は放心状態だった。

「相手は何を言ってた？」俺が訊いた。

「また今夜のようなことが起こるかもしれないって脅された。娘を助け出した人間のことも気にしてたよ。借りを返したいそうだ。お前を探し出して何かする気でいるらしい」

「警察に話せ」

「宏美と相談して決めるよ」

「俺が必要な時は言ってくれ」

「俺、お前の今の住所や電話番号を教えてもらってない」

俺はにやりとし、手帳に住所と電話番号を書き、テーブルの上に置いた。

第一章　奮　起

一

　俺の勤《つと》めている花島《はなしま》自動車修理工場は、江戸川区篠崎町《しのざきちょう》にある。京葉《けいよう》道路が近くを走っている。周《まわ》りには同業の工場の他にスクラップ工場も見受けられる。

　社長の花島太郎《たろう》は、この四月に還暦を迎えた男で、死んだ親父と花島の父親が知り合いだった縁で、学生の時、車の修理について勉強させてもらった。当時は先代が社長で、花島はその下で働いていた。

　息子がひとりいたが、十年前、山スキーを愉《たの》しんでいた際、立木に激突し、脳挫傷《のうざしょう》で死亡。享年《きょうねん》二十五だったという。

　花島はどんな車でも直せるプロ中のプロ。しかし、鼻にかけることは決してない。小柄だが肩幅が広くて、胸板《むないた》が厚い。顔は浅黒く、首は無茶苦茶《むちゃくちゃ》太い。公園や学校なんかに飾られている、功成《こうな》り名《な》を遂《と》げた人物の胸像みたいである。しかし、小さな目は鋭く、頬骨《ほおぼね》が突き出ていて、鼻は胡座《あぐら》をかいている。おまけに歯並びも悪い。公共の場に胸像として飾るには人相が悪すぎる。

見た目はよくないわけだが、客からの信頼は厚く、従業員たち全員、社長の仕事ぶりと知識の深さを尊敬している。

翌朝、普段よりも早めに工場に着いた。休みは日曜、祝日だけで、土曜日は普段通りである。

俺は社長の自宅の玄関扉を開けた。

妻の良枝《よしえ》が現れた。

「お早《はよ》うございます」

「あら、どうしたの」良枝が怪訝な顔をした。

「ちょっと社長にお話が」

「上がって」

「失礼します」

花島は朝食を終えたばかりのようだった。茶を啜りながら、ショートピースをうまそうに吸っていた。

「何だ、こんな朝っぱらから」花島はぶっきら棒な調子で訊いてきた。

「社長にご報告しておきたいことがあります」

俺は茶の間の端に正座し、神妙な顔を花島に向けた。

「車、ぶつけたのか」

「いいえ」

俺は昨夜の一件を社長に話した。狙撃《そげき》されたことだけは黙っていたが。

マスタングのナンバーを、香織を誘拐した連中が覚えていないとも限らない。あの車は、中古車センターの展示場に並んでいる、どこにでもあるような軽自動車とは訳《わけ》が違う。

所有者を突き止められたら、とんでもない迷惑をかけることになるかもしれない。社長に事の次第《しだい》を話しておくべきだと俺は思ったのだ。

俺に茶を出した良枝は、呆然として卓袱台《ちゃぶだい》の横に立ち尽くしていた。

花島は妻に目を向けた。「工場を開けておいてくれ」

「は、はい」良枝は心ここにあらずといった体《てい》で返事をし、玄関に向かった。

俺は話を続けた。

「車に傷は?」花島は顔色ひとつ変えずに、煙草を吸い続けている。

「事故ってはいません」

「お前、スティーブ・マックイーン気取りで飛ばしたんだろう?」

「いえ。慎重に運転しました」

「嘘《うそ》つけ」花島が俺を睨みつけた。

「本当に自重しましたよ」

花島は不機嫌そうに溜息《ためいき》をついた。が、もう一度俺を見た顔には笑みが浮かんでいた。

「なかなかやるな、お前も」

俺はほっとして頰をゆるめた。

花島が腕時計に目を落とした。「俺から瀧田《たきた》さんに連絡しておくが、詳しい事情はお前が話す方がいいだろう」

「そうします」

俺は頭を下げ、家を出て工場に向かった。

花島の工場では、どんな車でも預かるが、クラシックカーを持ち込む者が断然多い。大がかりなレストアも引き受けている。だから客を何ヶ月も待たせることもある。

修理工は俺の他に三人いる。ひとりは花島の右腕である種田修一《たねだしゅういち》。種田は俺よりも三つ年上で、彼もまた車の知識は豊富。鈑金《ばんきん》や塗装もお手の物だ。残りのふたりは田村隆司《たむらたかし》と酒井英典《さかいひでのり》。いずれも三十代だが修理の腕はこれまた確か。人数は少ないが、かなりレベルの高い工場なのだ。

俺の素性《すじょう》はみんな知っている。バブル景気に浮かれて、いい思いをした俺を、最初から歓迎してくれた者はおらず、全員がよそよそしかった。特に種田は冷たかった。

俺は何を言われても逆《さか》らわず、人一倍働いた。雑役《ざつえき》は自ら買ってでた。それが二ヶ月ほど続いた頃から、修理工たちが打ち解《と》けてくるようになった。

「テレビによく借金王が出てくるよな。お前も出たらどうだ」

種田は酔った時、そんなことを言って俺をからかった。腹などちっとも立たなかった。心を許した証。俺はそう受け取った。

今、俺が種田と一緒に修理しているのは六二年型のＭＧＢ。エンジンの冷却システムに問題があるので、その日は部品をバラして、正確な故障箇所を見つけ出すことになっていた。

事務所の電話がよく鳴る日だった。

お昼時、花島がマスタングの持ち主に電話を入れた。しかし、相手は不在だった。

種田とラーメン屋で昼飯《ひるめし》をすませて帰ってきた時、事務所に女の姿があった。

「あの女、お前が、勤めてから、よく来るようになった。あいつに取り入って、借金チャラにしてもらえよ」

その女とは瀧田澄子《すみこ》。マスタングの持ち主である。澄子は、赤坂にある料亭の女将《おかみ》で、歳《とし》は六十五と聞いている。

花島が俺を呼んだ。

「どうも」俺は作業帽を脱いで、澄子に頭を下げた。

「社長、氏家君をお借りするわね」

「しかたないですね」花島はあきらめ顔でそう言うと、俺に目を向けた。「瀧田さん、マスタングの調子がみたいそうだ。お付き合いしろ」

「はい」

澄子に事情を話す必要があるが、正直に言って、彼女のドライブに付き合うよりも、MGBと格闘していたかった。

澄子はモスグリーンのジーパンに黒いTシャツ姿だった。Tシャツには銀色のウサギがプリントされている。黒いキャップを被り、長い髪をキャップの後ろの穴から出していた。クロコダイルの小振りのバッグを肩にかけている。おそらくフェンディだろう。

俺は澄子について工場を出た。午後の仕事に取りかかった修理工たちの好奇の目が俺に注《そそ》がれている。

眩《まぶ》しそうに目を細めた澄子はリブの大きいサングラスをかけた。

六十五歳の女は俺にとっては婆《ばあ》さんだ。しかし、澄子は若い。とてもそんな歳には見えない。躰は引き締まっていて、ふっくらした小顔は愛くるしい。切れ長の目は妙に色っぽい。

澄子が運転席に乗り込んだ。

こんなマッチョな車を六十五歳の女が運転する。まずはあり得ないことだ。しかし、何度か彼女の運転する車に乗ったことがあるが、不安を感じたことは一度もない。澄子は運転がすこぶる上手なのだ。ミラーに目をやる動きも素早く、ハンドル捌《さば》きも堂にいったもの。追い越しをかけるタイミングや車庫入れも、粋がってパワーのある車を転がしている若いアンちゃんなんかおよびもつかない。

車の運転の上手な女は可愛げがない。しかし、澄子は例外。ハンドルを握ると二十歳以上若返ってみえるのだ。年相応《そうおう》の風格がある上に、動きが俊敏。大したものだと俺は感心している。

澄子の運転するマスタングは京葉道路を走り、一之江《いちのえ》から高速七号小松川《こまつがわ》線に乗り、都心を目指した。

「調子どうです?」俺が訊いた。

「とてもいいわ。ポルシェよりもこっちの方が私に合ってる気がする」

澄子は七四年型のポルシェ911と六六年型のアルピーヌルノーA110も持っている。

「お似合いですよ。女の人でこの車を乗りこなせるのは、日本じゃ女将さんしかいないでしょう」

「あなたにそう言われると、その気になるわね」澄子の口許に笑みが浮かんだ。「煙草、吸っていいのよ。昨日《きのう》は吸ったんでしょう？」

「はい」俺は作業着の胸ポケットからハイライトを取りだした。

「私にもちょうだい」

　俺は澄子の唇に煙草を持っていった。彼女がくわえた。火をつけてやってから、俺も煙草を手に取った。

「花島さんから電話をもらった時、私、工場に向かってる最中だったから通じなかったのよ」

　澄子は携帯電話を持っていないのか。少なくとも俺は見たことはない。

「社長から少しは話、聞きました？」

　澄子がうなずき、少し間をおいてからこう続けた。「変な男から自宅に電話があったわ。昨夜、マスタングを誰かに貸したかって訊かれた」

　思わず顔が歪んでしまった。

　やはり、香織を誘拐した連中は、ナンバーを記憶していたのだ。それにしても行動が早い。

「私、あなたが乗ってたんだって思ったけど、何も言わなかったわ。工場に私も電話したんですよ。でも、ずっと話し中だった」

　社長が長電話していた記憶がある。

澄子がちらりと俺を見て、口許をゆるめた。「私、せっかちでしょう。だから、あなたに会って、直接話を聞こうと思ったの」

「昨夜はテストドライブをしてました。その時……」

俺は日比谷公園の傍《そば》を通った時のことから、思い出せる限り、詳細に話した。銃で撃たれたことを口にすべきか否《いな》か迷った。澄子を怯えさせてはならないと思う半面、相手がいかに凶悪な連中か知らせておく必要があるとも考えた。結局俺は後者を選んだ。澄子は素人《しろうと》ではない。花街《はなまち》で生まれ育ち、先代の母親と共に、政財界の大物から得体《えたい》の知れない人間までがやってくる料亭を仕切ってきた玄人《くろうと》。肝《きも》が据《す》わっている女であることは、マスタングの扱いをみているだけで分かる。

しかし、発砲され、路地でやり合った話の段になると、さすがの澄子も顔色を変えた。

「犯罪組織が、あなたのお友だちのお嬢さんを狙ったってことかしら」

「だと思います」

マスタングは七号小松川線から六号向島《むこうじま》線に入った。

澄子は、視界を遮《さえぎ》っているトラックを巧《たく》みに抜いた。

事件の顚末《てんまつ》を聞き終わった澄子は、がらりと調子を変えてこう言った。「あなたのこと見直したわ。勇気あるのね」

「悪いクセが出ただけです」

「悪いクセ？」

「自信過剰が失敗を招いて、借金を作った。今回はたまたまうまくいったけど」

「自信のない男よりも、ずっといいわよ」

「俺、もう若くないですから」

「誰の前でそんなこと言ってるの？」澄子はぴしゃりと言って、アクセルを踏んだ。

マスタングは都心環状線に入り、呉服橋《ごふくばし》で高速を離れた。

外堀《そとぼり》通りは混んでいた。赤信号で隣に停《と》まった車のドライバーが、じっと澄子を見ていた。マスタングのハンドルを握っているのが女だと分かってびっくりしているようだった。

「女将さんに電話してきた奴って男ですよね」

「そうよ」

「正確にはどんなことを言ったんです？」

「車種とナンバーを言って、あなたの車ですねって訊かれたから、そうだと答えたわ。その男ね、四谷署の交通課の丸山《まるやま》って名乗ったのよ」澄子は淡々《たんたん》とした調子で言った。

俺は澄子の横顔をまじまじと見つめてしまった。

丸山と名乗った男は、四谷四丁目で当て逃げがあり、澄子の所有している車の運転者が目撃していた可能性があると言ったという。

「大嘘ですよ、そんなの」

「私もそう思った」

「警察だと言ったことを、女将さんは鵜呑《うの》みにしなかったんですね」

「最初は信じたわよ。でもね、相手が失態を演じたの。電話の向こうから〝あんた、また電話なの〟って怒ってる女の声がした」

男はちょっとお待ちをと言って、受話器を塞《ふさ》いだという。

「自宅からかけた可能性がないわけじゃないけど、いずれにせよ明らかに変でしょう?」

俺は黙ってうなずいた。

「あなたが何らかのトラブルに巻き込まれたか、聞いてる以外にもまだ借金があるのかって思った。でも、違ったみたいね」

「相手には何て答えたんです?」

「大事なお客様にお貸ししたから、その方の了解を得ないとお話しできません。その人と連絡が取れ次第、署の方に連絡しますって言ったのよ」

「で、相手は?」

「急を要するって焦《あせ》った声を出してたけど、私、取り合わなかった」

「女将さんの素性も相手は知ってるんですかね」

「さあね。でも、住所も電話番号も調べ上げたんですから、何をしてる女か摑むのは簡単でしょうよ」

「声の感じから分かったことあります？」

「鼻にかかった甲高い声だったわ。歳はそうねえ、五十はいってるって感じだった」

マスタングは永代《えいたい》通りから日比谷通りに入り、日比谷の交差点を右折した。

俺は顎を撫で、外に目を向けた。警視庁が左手に見えた。

「俺を見つけ出すまで、相手は女将さんに、何か違った手を使って、また近づいてくるかもしれませんね」

「そんなことがあったら、あなたが私を守って。お友だちのお嬢さんにしたように」澄子が冗談めいた口調で言った。

「もちろん、何でもしますが、正直言って、心配です」

「大丈夫よ」

「本当にご迷惑をおかけしてしまって」

「たった五千万の借金ぐらいで、あまり弱気にならないで」

「これから分相応の生き方をしたいって思ってます」

「つまんないこと言うのね」

「女将さんから見たら、五千万なんて大した額じゃないでしょうが、俺にとっては」

「追い風が吹くまで放っておけばいいわよ、そんなの」

俺は曖昧《あいまい》に笑っただけで、何も言わなかった。

澄子の向かった先は赤坂だった。

澄子の経営する料亭『瀧田家』は表通りから一本入ったところにある。隠然《いんぜん》とした日本家屋《かおく》を、黒塀《くろべい》が守っている。

「車、工場に戻しておいて」

「はい」

マスタングが『瀧田家』の玄関前で停まった。

「ちょっと寄って休んでいったら」

「いえ。このまま戻ります」

「そう」

「女将さん、何かあったら、俺に必ず知らせてください」

「言われなくてもそうするつもりよ」澄子は軽い調子で言い、車を降りた。

俺は澄子が料亭の中に消えるまで、車の傍に立っていた。

誘拐犯は、マスタングの持ち主に警察官を装《よそお》って電話をかけ、昨夜の運転者を見つけ出そうとしている。一体、どういうことなのだ。

車のナンバーから所有者を見つけ出す。素人にできることではない。電話をかけてきた男、或《ある》いは、その背後にいる人間は、警察に顔がきくらしい。

香織の誘拐が未遂に終わったのは、俺が邪魔に入ったからだ。誘拐犯は俺に顔を見られている。それが気がかりなのだろうか。

それとも違った理由で、俺を探しているのか。首尾《しゅび》良く事が運んだのは偶然だった。しかし、相手はそうは思っていないのかもしれない。

いずれにせよ、金目当てで、〝ルジェノワ〟のコンサートに来ていた少女を狙っていたのではないだろう。父親である勇蔵の仕事と関係がある。ますますもってそう思えてきた。

それにしても、あの女将は不思議な女だ。

澄子は、大の車好きで走り屋だが、月に一、二度しか乗らない。

車も生き物。やはり、常に手をかけてやらないと不具合を起こす。

俺が勤める前は、社長自身が車の管理をやっていた。新参者《しんざんもの》の俺に白羽《しらは》の矢が立ったのは、会社を潰すまで俺もポルシェに乗っていたし、学生時代、箱レースをやっていたことを社長が知っていたからだ。

文無《もんな》しなのに、高級車を自由に乗り回せることに、俺は複雑な気持ちでいる。

花島と澄子の関係はよく分からないが、花島の父親は一度、工場を潰している。その時、金を貸してくれたのが、澄子の母親だという。だから、息子の花島は瀧田家には頭が上がらないらしい。

亡くなった俺の親父は、俺が物心ついた頃は普通のサラリーマンだった。だが、その前はトランペッター。交通事故で右の人差し指を切断したことで廃業したのだ。フルバンドに在籍していたことがあったそうだから、赤坂のグランドキャバレーにも出演していたはずである。

ひょっとすると澄子は親父のことを知っているかもしれないと、或《あ》る時訊《たず》ねてみたが、澄子は首を横に振った。しかし、澄子はそのことに興味を持った。フルバンドの名前を教えると、バンマスとは飲んだことがあると懐《なつ》かしそうな顔をし、華《はな》やかな頃の赤坂のことを話し始めた。

澄子の話は面白いし、人柄も嫌いではない。しかし、ちょっと鬱陶《うっとう》しい。今日のように、何度かドライブに付き合わされ、一緒にお茶を飲んだこともある。可愛がってもらっているのは分かる。だがこう言っちゃ悪いが、年増《としま》の相手をさせられているホストみたいな気分になるのだった。どうせ年増を相手にするんだったら、花島の指導の下《もと》、錆《さび》の出ている〝名車〟をいじっている方がずっと愉しい。

初めて澄子の運転するポルシェに同乗した時、お小遣《こづか》いをくれそうになった。俺は頑《かたく》なに断った。その毅然《きぜん》とした態度が、彼女はますます気に入ったようだった。

工場に戻った。ＭＧＢの修理は花島と種田がやっていた。俺は、近所の農家の人が使っている軽トラの車検に回された。

修理が終わった後は、必ず全員で工場の清掃をやる。それが終わった時、花島に呼ばれ、ひとり事務所に残った。

「女将さんに事情を教えたか」

「何もかも話しました」

「で、女将は……」

「びっくりしてましたが、動じる様子はなかったです。でも、女将さんのことが気になります」

花島はそれには答えず、吸っていた煙草を消した。「お前がいない間に、女が訪ねてきた」

「女？」

「五十嵐宏美っていう人だ」

俺の顔が曇った。「どんな用か話しました？」

「いや。夕方には戻ってくるだろうって言ったが、女は、それ以上、何も言わずに出てったよ」

社長に頭を下げ、工場を後にした。俺は歩いて通勤している。

宏美が工場までやってきた。おそらく、昨日の礼を言いたかったのだろう。

しかし、妙なことがある。俺は勇蔵に自宅の住所と電話番号しか教えていないし、工場の名前を口にしたこともない。宏美はどうやって、俺の仕事場を知ったのだろう。

俺のアパートは京葉道路を渡り、鹿骨《ししぼね》街道の方に向かう途中にある。

やたらと駐車場が多いのは、地上げが入ったせいかもしれない。近くに八百屋や酒屋はあるし、ぽつりとスナックがネオンを点《とも》しているが、駐車場の他は小住宅が目立つ地域である。まだ畑が残っていて、駐車場の隣がビニールハウスだったりもする。

ここに引っ越してからは、出かけるといっても、江戸川まで歩き、緑地帯を散歩したり、旧江戸川にある水門まで足を延ばすぐらい。同僚たちと飲む以外は、酒場に足を向けることもない。

実に静かな暮らしである。部屋で寝っ転がり、天井の木目を見ていると、これでいいのか、という思いが脳裏《のうり》をかすめることがあるが、すぐに忘れてしまう。車と接していることが救いになっているのかもしれない。

酒屋でビールとイワシの缶詰、それから牛肉の大和《やまと》煮を買ってアパートに戻った。鍵を開けていると、隣に住んでいる老人が出てきた。名前は川中《かわなか》と言う。仕事はしていない。おそらく年金暮らしなのだろうが、詳しいことは知らない。

いつも物事に驚いているようなびっくり眼《まなこ》で、つるっ禿《ぱ》げ。妙に肌艶《はだつや》がいい老人である。

「氏家さん、午後に女の人が訪ねてきましたよ。俺が顔を出したら、勤め先を訊かれてね。つい教えちゃったんだけど、揉《も》めてる相手だったら、どうしようって、後で思って……」

「大丈夫です。昔からの知り合いっていうだけですから」

謎は簡単に解けた。

「ならよかった。すまなかったねえ、綺麗な人が寂《さび》しそうな顔をしてたもんだから、つい教えてあげたくなっちまってさあ」川中は頭をしきりに撫でながらドアを閉めた。

部屋に入った。六畳一間《ひとま》の侘《わ》びしい住まいである。テレビを点《つ》けた。そして、部屋の隅に丸められているマットレスに躰を投げ出した。フランス製のキングサイズのベッドで寝ていたこともある俺だが、今はそのマットレスを拡げて寝ているのだ。

ファンシーケースは、ぎゅうぎゅう詰めにした服で膨《ふく》れ上がっている。ブランド物もけっこうある。金を稼《かせ》ぎ捲《まく》っていた頃の名残《なごり》である。

電話が鳴った。

テレビを消音にして、受話器を取った。

「宏美です」懐かしい声が耳朶《じだ》を揺すった。

「お久しぶり。今日、工場に来たんだってね。いなくてごめん」俺は軽い調子でそう言った。

「お会いして、お礼が言いたくて」宏美の沈んだ声が途切れた。

「仙台に行ってたんじゃなかったの」

「朝一番で戻ってきたんです」

「何事もなくて、本当によかった」

「一度お会いしたいんですけど、会ってくれます？」

「もちろんだよ」俺は明るい声で答えた。「でも、俺は昼間働いてるし、君は夜、空けるのは難しいだろう？」

「そうなんです。特に今は、あんなことがあったばかりだから、香織をひとりにできないですし」

「落ち着いたら電話くれないか。仕事が終わった後だったらいくらでも時間、作れるから」

「そうします。気を遣ってくれてありがとう」

「旦那いる？」

「それが……」

「出かけたの？」

「私が帰ってきてすぐに。仕事だって言って……」

俺の眉根《まゆね》が引き締まった。土曜日のこんな時間に仕事？

勇蔵について質問を向けたくなったが、宏美に余計な心配をかけるわけにはいかない。

夜は、巨人・ヤクルト戦を観《み》て暇を潰した。首位のヤクルトが敗《やぶ》れ、二位の巨人との差が一ゲームに縮まった。

週明け、勇蔵の働いている銀行に電話を入れた。勇蔵は休んでいた。自宅にかける気はないので、そのままにしておいた。

何事もなく金曜日を迎えた。仕事が終わるとその日も、真っ直ぐにアパートに戻った。ドアを開けた途端、拳銃をかまえた男が、俺に迫ってきた。

俺は金縛《かなしば》りにあったように動きが取れなかった。男が左手の人差し指を唇に当ててから、手招きをした。瞼が腫れ、顎が右に歪んだ男。あの夜、俺をナイフで刺そうとした奴に違いない。

部屋の奥にも人影が見えた。

俺は、銃口を向けている男に意味もなく小さくうなずいた。瞬間、足で思い切りドアを閉めた。階段には向かわず、川中の部屋の前を通り、通路の奥まで走った。そして、壁を乗り越え、下に飛び降りた。下りた先は、プロパンガスのボンベの向こうで、そこは舗装《ほそう》されていなかった。それでも足に衝撃が走った。左膝《ひざ》が折れた。俺は道路に飛び出した。階段を駆け下りてくる足音が聞こえた。

酒屋のある方ではなく、鹿骨街道の方に走った。駐車場の前にグレーのセダンが駐《と》まっていた。帰ってきた時にも見た車だった。

運転席から男が降りてきて、俺の行く手を塞いだ。赤いTシャツを着て、サングラスをかけていた。肩の筋肉が瘤《こぶ》のように盛り上がっている。元重量挙《あ》げの選手だったような男だ。

男は不敵な笑みを口許に浮かべ、太い腕を拡げた。走る勢いが鈍《にぶ》った。追いかけてきたふたりの男が迫ってくる。反対側の歩道に逃げようとしたが、時すでに遅しだった。

俺は三人の男に囲まれた。銃口が腹にぐいと押し込まれた。

「車に乗れ」部屋の中にいたらしいハンチングの男が言った。鼻にかかった甲高い声である。

先夜、勇蔵に電話をかけてきた男ではなかろうか。澄子に連絡してきたのもこいつかもしれない。

魔女みたいな鼻の持ち主で、四角い顔をしていた。かなり度の強いサングラスをかけている。そのせいか、かすかに見える目は小さくしょぼしょぼしていた。

周りに民家とマンションが建っているが、住人に動きはない。反対側の歩道を歩いていたカップルは、こちらに目を向けようともせず足早に去っていった。

俺は観念した。グレーのセダンの後部座席に押し込まれた。赤いTシャツの男が車をスタートさせた。残りのふたりが俺の両側を固めている。車種はトヨタ・マークⅡだった。

マークⅡは京葉道路の方に向かっている。

「俺に何の用だ」

「俺の顔を忘れちゃいまい」銃を持った男が言った。

俺は答えなかった。

男は引き金から指を離した。そしてグリップで俺の頰を殴った。

呻きながら、頰を手で押さえた。

「女を殴るなんて男のやることじゃないな」ハンチングの男がねっとりした調子で言った。

車は京葉道路を右折した。

「あの女、可哀想《かわいそう》に鼻を骨折したよ」

銃を持った男が再び、俺を殴ろうとした。「もういい」ハンチングの男が腕を伸ばし、止めた。

「お前には訊きたいことがある」

俺は頰を押さえたまま、ハンチングの男を睨みつけた。

ハンチングの男は口を半開きにして、小馬鹿にしたように笑った。「そんな目をしてると死ぬぞ」

「何が訊きたいんだ」

「お前も五十嵐の娘を尾行してたのか」

「あれは偶然だよ。俺は、あの子が五十嵐の娘だってことすら車に乗せるまで知らなかった」

ハンチングの男が俺の顔を覗き込んだ。ニンニクのニオイがした。「そんなこと誰が信じる」

偶然だと繰り返しても埒《らち》は明かないだろう。俺は機転をきかせて、嘘をでっち上げた。

「分かった。本当のことを言うよ。実は、五十嵐から頼まれて娘を監視してたんだ」

ハンチングの男が首を捻った。顎から首にかけてシワが走った。「親父が何でそんなことを」

「あんたらも見てたから分かったはずだ。十五の少女が夜にほっつき歩いてる。いくら注意しても、〝ルジェノワ〟の追っかけをやめない。親父としては娘が非行に走ったり、悪い男に引っかかるのが心配で、暇な俺に監視を頼んだ。五十嵐としては探偵を雇《やと》うよりも安上がりだし、信用もできる。俺の住まいを見たろう？　俺は金欠。だから、俺にとっては願ったり叶《かな》ったりのバイトだったんだよ」

「客の車を勝手に使って、そんなことしてたのか」

「その客は滅多《めった》に車を使わない。代わりに管理してたのが俺だ。自由に使っていいって言われてるんだよ」

「あの夜、一旦、少女たちを渋谷で降ろしたよな。それからお前は何をしてた」

「近くで彼女たちの様子を窺ってた。降りると言ってる少女たちをそのまま乗せて走ったら誘拐だろうが」

マークⅡは柴又《しばまた》街道を左に曲がった。

ハンチングの男が金色のダンヒルのライターでマルボロに火をつけた。「上手な嘘。俺にはそうとしか思えないな」

「他に俺が五十嵐の娘の後を尾《つ》ける理由なんかない」

ハンチングの男はじっと俺を見たまま口を開かない。

次第に冷静さが戻ってきた。

「あんたら、どうやって俺のことを知ったんだい」

「そんなことどうでもいいだろうが」

「五十嵐は一体、何をやったんだ？」

ハンチングの男が口を丸め、俺の顔に煙草の煙を吐きかけた。

「氏家さん、あんたのことは調べたよ。一時は羽振りがよかった。だけど今はスッテンテンだよな。借金は清算できてないんだろう？」

「足長オジサンがいて、肩代わりしてくれた。だけど、返済をしなきゃならないことには変わりないが」

「その足長オジサンって誰だい？」

「俺の親戚だよ」

「親戚ね。親戚ってのはいざという時は冷たいもんだって相場が決まってるがね」

「例外もある。うちの家系はみんな人がいいんだよ」

ハンチングの男が俺をじっと見つめた。「お前が誘拐されたと分かったら、五十嵐は、どうするかな。俺たちの言いなりになるかな」

「ならないだろうよ。俺はあいつの娘じゃない」

「娘の命を助けてくれた恩人だよ、あんたは」

車がどこを走っているのか分からなくなった。

命の危険が迫っている。しかし、いきなり撃ち殺されることはなさそうだ。何とか時間稼ぎがしたい。

自分には家族もいないし、守るべき人間もいない。その身軽さのおかげで、俺は落ち着いていられる気がした。

マークⅡは橋を渡った。新中川《しんなかがわ》を越えたのだ。

ハンチングの男はもう口を開かない。目隠しでもされるかと思ったが、誰も何もしない。

銃口は横っ腹に突きつけられたままだ。

葛西《かさい》駅の方に向かっていた車が、日本《にほん》石油のスタンドのところを左に折れた。町名は東葛西一丁目。住宅と工場が混在している地域だった。その一角にある建物の駐車スペースに車は駐まった。エンジンを切らずに、赤いTシャツの男が運転席を離れた。中松《なかまつ》製作所とシャッターに書かれてある。右側に磨りガラスの入ったドアが見えた。そこは事務所だろう。

赤いTシャツの男がシャッターを開けた。それから車に戻り、セダンを工場内に入れた。

俺は車から降ろされた。

工場内には機械が一台も置かれていなかった。がらんとしたスペース。その右端にカローラが駐まっていた。

工場の隅にはひしゃげた段ボールや鉄パイプのようなものが転がっている。

廃業した工場。機械類は専門の業者に買い叩かれて、姿を消したのだろう。

窓はあるがすべて板が打ち付けられていた。奥にソファーの三点セットが置かれ、テーブルの上には、大きなラジカセが載《の》っている。俺は後ろ手錠《てじょう》をかけられ、椅子のひとつに座らされた。

事務所の方から足音が聞こえてきた。

現れたのは鼻に大きな絆創膏《ばんそうこう》を貼った、髪の長い女だった。色の濃いサングラスをかけ、ステッチの入った紫色のボディコンスーツを着ていた。香織をトイレから脱出させた時、殴り倒した女に違いない。

「この間はどうも」

俺の前に立った女は腕を組み、嫌《いや》みたっぷりな調子でそう言った。鼻はまだかなり腫れているようである。

ハンチングの男が口を開いた。「氏家、詫《わ》びを入れろ」

「土下座《どげざ》よ、土下座」女の声は酒焼けしたように荒れていた。

俺は女を見上げ、眉をゆるめた。

赤いTシャツの男が俺を抱えて、ソファーの横に投げ下ろした。俺は仰向けに倒れた。

「自分で起きて、ド・ゲ・ザ」憎しみを丸出しにして女が言った。

俺は仕方なく言われた通りにした。

「謝《あやま》って」

俺は女を上目遣いに見た。

「何、その目。あんた、自分の立場が分かってないね」

トカゲ革《がわ》の靴で横っ腹を蹴られた。一瞬、息が止まりそうになった。

俺は無駄な抵抗はやめにした。

「すみませんでした。美しい顔を台なしにしてしまって」俺は床に頭を垂《た》れた。

女は何度も俺の首や背中を踏みつけた。そうしているうちに、さらに怒りが増したのか、スカートをたくし上げて、踏み続けた。

黒いストッキング越しに、紫色のパンツが見えた。鋭角に切れ込んだ小さなパンツ。そこからむだ毛がはみ出していた。

俺は痛みに耐えながらそこしか見ていなかった。女の股間のおかげで少しは痛みを忘れることができた。

「それぐらいにしとけ」

「骨折させなきゃ気がすまないよ」女がハンチングの男に食ってかかった。

ハンチングの男が女の襟首《えりくび》をつかんだ。「俺に逆らうな」

「ふん」女は絆創膏を貼った鼻を軽く突き上げ、俺から離れた。

俺は再び椅子に座らされた。

「腹、減ってるか」ハンチングの男に訊かれた。

「まだ夕食を食ってない」腹なんかちっとも減ってなかったがそう言った。

「何か作ってやれ」ハンチングの男が女に命じた。

「私が？」

ハンチングの男が黙った。その威圧感に気圧《けお》されたのだろう、女は黙って事務所に消えた。ほどなく温められた冷凍ピザとウーロン茶の缶が運ばれてきた。手錠が外され、左手だけが、椅子の肘《ひじ》掛けに嵌められた。

俺は片手でピザを口に頬張り、ウーロン茶を喉に流し込んだ。

食べ終わった後、俺は煙草を所望《しょもう》した。

ハンチングの男がマルボロを俺の口にくわえさせた。それから、ソファーに座り、携帯電話を懐《ふところ》から取りだした。

「五十嵐さんのお宅だね……。ご主人をお願いします……。氏家さんの友人です……。どうも、夜分遅くに……。俺の言うことを黙ってきけ。氏家豊を預かった。あんたが俺たちの言うことを聞いてくれたら、解放してやる……。まさか、娘の命の恩人を見捨てはしないだろう？……。何？　聞こえねえよ。……そうか、分かった。ちょっと待て、控えるから」

赤いTシャツの男がペンと紙を用意した。

「……二十分経ったら、この番号にかける。警察に通報なんかするんじゃないぞ」ハンチングの男は携帯電話を切り、俺に目を向けた。「奥さんと子供がいるから話しにくいってさ」

「俺が無断欠勤したら、社長が捜索願を出すかもしれないぜ」

「お前がうまく言え」

「社長は勘《かん》がいい。下手《へた》な嘘は通じない」

ハンチングの男が考え込んだ。「その話は後だ」

誰も口を開かない。俺は逃げ出す方法がないか、工場内を見回した。武器になりそうなものは鉄パイプしかない。しかし、それを手にすることはまず無理だろう。相手は女を含めて四人。香織はトイレに行った際に、俺に助け出された。だから、今回はトイレの時も油断しないだろう。完全にお手上げである。

五十嵐の返事のいかんに拘《かかわ》らず、俺は殺されるだろうか。よくある営利誘拐だったら、その可能性が高いが、今度のケースはまるで違うようだ。

この連中の狙いは何だ。銀行員である五十嵐に不正を働かせるつもりなのか。よく分からないが、異例の誘拐事件だというところに一縷《いちる》の望みを託すしかないだろう。

目の前に座って煙草を吸っていたハンチングの男が再び携帯電話を耳に当てた。

「恐れ入りますが、五十嵐さんをお願いします」

五十嵐はどこにいるのだろうか。近所の喫茶店か？　以前、俺と会った喫茶店の電話機は、トイレ近くの奥まったところにあった。あそこだったら……。

「ゆっくり話せるか？……」ハンチングの男がちらりと俺を見て席を立った。そして、事務所に消えた。

かなり長い時間、戻ってこなかった。

拳銃を持っている男と目が合った。「それコルトかい」

「………」

「それぐらい教えてくれてもいいだろうが」

「うるせえな。俺はお前をぶっ殺したい」

「この間のことをそんなに恨《うら》んでるのか」

男が俺に歩み寄ってきて、椅子ごと、俺を床に放り投げた。

「何してんだ！」ハンチングの男が事務所から顔を出した。「大事な話の最中だ。起こしてやれ」

渋々男は俺を抱き起こし、椅子に座らせた。

ハンチングの男が戻ってきた。「お前としゃべりたいってさ」

携帯電話が俺の耳に当てられた。

「勇蔵、俺は大丈夫だ。今のところは」

「しばらく我慢してくれ。俺が何とかするから」

「勇蔵、一体……」

携帯電話が取り上げられ、切られてしまった。

ハンチングの男の口許に満足そうな笑みが浮かんでいる。「命拾いしたな、氏家」

「いつまで監禁されるんだ」

「四日くらいだ」

「社長に電話させろ」

「明日、工場にかけろ。誘拐されたなんて言うんじゃねえぞ。たった四日だ。休みを取りたいと言え」

俺は答えず、そっぽを向いた。

ハンチングの男の携帯電話が鳴った。

「はい。大丈夫です。はい……」ハンチングの男はまた事務所に向かった。

手錠が外された俺は、麻縄《あさなわ》で椅子にしっかり縛りつけられた。

ハンチングの男はマークⅡを運転し、工場を出ていった。

赤いTシャツの男と瞼の腫れた男が、交替でソファーに座り、俺を見張った。女は事務所から出てこない。

なかなか眠れなかった。うとうとしてもすぐに目が覚《さ》めてしまった。

気づくと、窓を閉じた板の隙間から光が漏れていた。

ハンチングの男がマークⅡで戻ってきた。

「よく眠れたかい？」

「天然色の夢を見た」

ハンチングの男が鼻で笑った。「よし、工場に電話しろ」

「今、何時だい」

「九時すぎだ」

社長も従業員ももう工場に来ている時間だ。俺は、工場の電話番号を教えた。ハンチングの男が携帯電話に番号を打ち込んだ。そして、携帯電話を俺の耳に当てた。

電話に出たのは社長だった。

「おはようございます」

「どうした、寝坊したか」花島が不機嫌そうに言った。

「実は、四日ほど休みをいただきたいんです。石垣島《いしがきじま》に住んでる親戚が溺死《できし》したんです」

「…………」

社長は、俺のすべてを知ってるわけじゃない。しかし、石垣島と言ったことに違和感を持ったはずだ。

「社長、聞いてます？」

「聞き取りにくい。お前、携帯電話でかけてるのか」

「ええ」

「何かあったのか」

「何もないですよ」俺は笑って誤魔化《ごまか》した。「俺が工場をずる休みするはずないでしょう。帰ってきたら倍働きます。マスタングのエンジンの冷却システム、やっぱりおかしいですね」

「マスタングの冷却装置？」

「ほら、MGBじゃなくて……」

「ああ、あっちの方か」社長は勘よく話を合わせた。

「俺が戻ったら直します」

「分かった。気をつけていってこい」

花島の方から電話を切った。

その後、ハンチングの男は出たり入ったりを繰り返していた。女がラジカセにテープを入れた。ハウス系の音楽が工場に響き渡った。男たちは花札《はなふだ》をやって暇をつぶしている。

俺に恨みのある女は、煙草を吸う度《たび》に、俺の腕や首を使って消した。小便はオマルでさせられた。その際、女は煙草の火で、下の毛を焼き、狂気じみた声で笑った。

縛られた手首がひりひりと痛み、座っているのも辛《つら》くてしかたがなかった。

疲労で口をきく元気もなくなった。

時間の感覚がなくなり、何日経ったかも分からなくなった。

白昼夢《はくちゆうむ》を見た。なぜか別れた女房の顔が浮かんだ。そして、いつしかその顔が宏美に変わっていた。

二

監禁された俺は、トイレに行く時以外は縛られていた。そのせいで至るところが痛かった。動くとあばら骨に激痛が走る。眠りは浅く、やたらと喉が渇《かわ》いた。

或る夜、夕食のカップラーメンを食べ、ウーロン茶を飲んだ。

すぐに眠気が襲ってきた。

工場には相変わらずハウス系のダンスミュージックが流れている。この手の曲のリズムは単調だから、眠りを誘った……。

シャッターが開く音で目が覚めた。白い陽射《ひざ》しが眩しかった。

車が一台バックで入ってきた。マークⅡでもカローラでもないのは明らかだった。

ワゴン車から男がひとり降りてきた。

逆光で顔は見えない。

俺は訝《いぶか》った。花島の躰つきに似ている。

男が俺に駆け寄ってきた。手にナイフが握られていた。

社長が俺を……。俺は暴《あば》れた。

「豊、大丈夫か」

俺は虚《うつ》ろな目を花島に向けただけで、何も言わなかった。

花島が、椅子に縛りつけられていた足を自由にしてくれた。だが、手錠は外《はず》されていない。

花島が事務所に姿を消した。

これは夢だ。そうに決まってる。

花島が戻ってきて、手錠の鍵を外してくれた。しかし、後ろに回されていた手を前に戻す元気すら俺にはなかった。

「もっと寠《やつ》れてるかと思ったよ」

そう言いながら、花島が俺の躰を背負《せお》って車まで運んだ。ワゴン車の後部はフルフラットになっていて、俺はそこに寝かされた。

「水、ほしいか」

「……」俺は答えることができなかった。

花島は一旦、車を外に出すと、運転席を離れた。シャッターが閉められる音が聞こえた。

俺は目を天井に向けたままぼんやりとしていた。

ほどなく、車がスタートした。

強い陽射しが時折、車内に入り込んできた。

「お前は助かったんだ」

「夢を見てるんじゃないんですか?」やっと声になった。

「お前の夢に、俺は登場したくないな」

俺は少し躰を起こし、運転席に目を向けた。

「どうして社長が……」

「お前の気に入らないところは口数が多いとこだ。黙って横になってろ」

俺は言われた通りにした。

安心感がじわじわと全身に広がってゆく。と同時にかじかんだようになっていた躰が少しずつ解《ほぐ》れてきた。すると、痛みが増した。

車が停まった。俺はまた躰を起こした。

自分が働いている工場が目の前に見えた。

ドアが開き、花島が車内に入ってこようとした。

「大丈夫です」

俺は社長を制して、自力で外に出た。花島が俺の躰を支えてくれた。

花島の自宅の玄関ドアが開いていて、妻の良枝が立っていた。

中に入った。

「階段、上がれるか」

俺は黙ってうなずいた。ここでも花島の助けを借りた。

これまで社長の家の二階に上がったことはなかった。

廊下の奥のドアが開けられた。シングルベッドが隅に置いてあった。俺はそこに座らされた。

「どこが痛い?」

「全身」俺は力なく笑った。

笑うと、息が詰まりそうになった。

花島が俺の躰に触れ、怪我をしている部分を調べた。

車の診断は正確でも、人間の躰が花島に分かるわけないだろう。内心、そう思ったが、むろん口には出さなかった。

「打撲と裂傷ですんでるな。あばらにはヒビが入ってるかもしれんが」

「このパジャマ着て」良枝の声が聞こえた。「豊さんにはちょっと小さいかもしれないけど」

「すみません」俺は無理に笑ってみせた。「今日は何日で今は何時ですか?」

「七月十四日、火曜日、時間は午前七時四十分すぎだ」

俺が拉致《らち》されたのは十日の夜だった。足かけ五日間か。しかし、俺にはもっともっと長く感じられた。

裂傷に薬を塗ってもらい、湿布した後、花島があばら骨の辺りに包帯をきつく巻いた。

良枝が用意してくれたパジャマは確かに小さかった。

「お腹《なか》、空《す》いてない？」良枝が訊いてきた。

「大丈夫です」

「医者にいくか」

そう言った花島だが、俺の答えをすでに見抜いているような顔をしていた。

俺は首を横に振った。

「ともかく、休め」

頭痛がしてきた。水とアスピリンを良枝に頼んでからベッドに入った。

アスピリンを口に含み、水で一気に飲み干した。

花島夫婦が部屋を出ていった。

痛みと興奮でなかなか寝つけなかった。

しかし、知らない間に眠りに落ちていた……。

サイレンの音が聞こえた。はっとして目を覚ました。表通りを緊急車両が通過したらしい。

首にじっとりと汗を掻《か》いていた。

プールに飛び込んだら水がなかった。そんな夢を見ていたのだ。

荒い息を吐きながら、躰を起こした。あばら骨にまた痛みが走った。しかし、躰を起こしてしまえば、痛みは急激に和《やわ》らいだ。骨折は放っておいてもいつかは治る。

窓に設置された小型のクーラーがゆるめにつけられていた。

机の上に置かれた時計を見た。午後一時少し前だった。

部屋を見回した。棚にはミニチュアカーが並んでいた。

黄色いランボルギーニ・カウンタックＬＰ５００、赤いランチア・ストラトスＨＦ、他にもデ・トマソ・パンテーラＧＴＳ、フェラーリ３０８ＧＴＢ、イギリスの国旗の入った黒のロータス・ヨーロッパ……。

本棚には車の雑誌や本と共に漫画本があった。

池沢《いけざわ》さとしの『サーキットの狼』が目に入った時、片頬がゆるんだ。

死んだ花島の息子の部屋なのだ。車の事故ではなく、山スキーで命を落とした息子の部屋は、十年間、そのまま保存してあったらしい。生きていたら三十五歳。彼が二十歳《はたち》の頃にスーパーカーブームが起こった。

壁には古いレーシングスーツが吊《つ》るされている。ＶＡＮ《ヴアン》のステッカーが貼られたヘルメットも飾られていた。

これらは父親が持っていたものだろう。

死んだ息子は、父親に憧《あこが》れ、跡を継ぐつもりでいたのは間違いない。

グッズを見ていたら気分がよくなってきた。すると、過去を振り返る余裕が生まれた。

カップラーメンを食べた後、急に眠りに落ちた。

花島がやってきた時、監禁された工場跡には誰もいなかった。ハンチングの男は勇蔵と話をつけたということか。

一刻も早く、勇蔵に会いたかった。

俺は立ち上がった。階段を降りる足音を聞きつけたのだろう、階下に良枝が現れた。

俺はちょこんと頭を下げた。

「もっと休んでなきゃ」良枝が不安げな目を俺に向けている。

「トイレ、お借りします」

俺は放尿しながら、明かり取りの窓に目を向けた。朝は晴れていたが、今は曇り空が拡がっていた。

「ご飯、用意するわね」

「はい」

空腹はさして感じていなかったが、俺は食べておくことにした。

塩鮭《しおじやけ》にほうれん草のお浸《ひた》し。そして、油揚《あ》げの味噌《みそ》汁が俺の前に並んだ。

こんなに旨《うま》い飯を食うのは久しぶりだと感激した。空腹ではなかったのに、食は進んだ。

「そんなに早く食べちゃ、消化に悪いわよ」そう注意した良枝だったが、顔は穏《おだ》やかだった。「大したことなくてよかったわ」

「ご心配をおかけしました」

花島が工場から戻ってきた。俺は社長にも詫びを入れた。

卓袱台の前に胡座をかいた花島がショートピースを俺の前に置いた。

「すみません」

俺は両切りのピースに火をつけ、思い切り吸い込んだ。頭がくらくらしてきた。

良枝が麦茶を用意してくれた。

花島が麦茶を一口飲んだ。「電話でお前が変なことを言うから、何かあったと思った。で、俺はお前のアパートに行ってみた。隣の爺《じい》さんが、騒ぎがあって、お前が廊下の柵《さく》を跳《と》び越えて逃げ出したって教えてくれたよ。警察に届けるかどうか随分《ずいぶん》迷った」

「私はすぐに知らせるべきだって言ったのよ」良枝が口をはさんだ。

花島はそれに答えず、煙草に火をつけた。

「夜明け前、電話で叩き起こされた」

「相手は鼻にかかった甲高い声の男でした？」

「いいや、女だった」

「俺のあばら骨を蹴った女がかけたみたいですね」

女は、氏家豊を迎えにこいと言い、監禁場所や手錠の鍵の在処《ありか》を伝えると電話を切ってしまったという。

「正直に言って、俺はお前が死んでると思ったよ」

「どっこい生きてた」笑ったらまたあばら骨が痛んだ。

「正直に言え。バブルの頃の垢《あか》を落とし切ってないのか」

「社長に話した以外の借金はないし、トラブルも抱えてません」

花島が小さくうなずいた。「ってことは、お前が巻き込まれた誘拐事件と関係があるようだな」

「間違いなくそうです」俺は、ハンチングの男の言ったことや、勇蔵と話したことなどを洗いざらい花島に告げた。「……社長にひとつだけ隠していたことがあります」

「何だ？」

俺は、拳銃で襲われたことを教えた。

良枝が血相を変えた。「まあ。やっぱり、警察に知らせなきゃ。あなた、電話して」

「奥さん、俺の大学時代の友人が絡んでる。今のところ警察には知られたくありません。そいつに今日のうちに会います」

「その躰で？」と良枝。

「動くのに問題はありません。工場に出ろって言われたら、今からだってそうします。社長、MGBはどうなりました？」

「エンジンの冷却システムは直した。だが、幌《ほろ》もボロボロだし、塗装もやり直す」そこまで言って、花島は鋭い視線を俺に送って寄越《よこ》した。「そいつに会って、どうする気だ」

「真相を吐かせます」

「ここ数年で、銀行員の悪さがどれだけ発覚したか。そいつ、悪い奴らと手を組んでるのかもしれんぞ」

「豊さん、そんな友だちを庇《かば》ってる場合じゃないわ。すぐに警察に」良枝が勢い込んで割って入った。

「お前は黙ってろ」

花島の凄《すご》みのある声にも良枝は引かなかった。

「男の人の考えてることって分からない。こんな事態になったのに、友情もへったくれもないでしょう？」

「奥さん、事情も訊かずに、いきなり警察を介入させたら後味が悪い。奴の娘も奥さんも知ってますし」

俺の困った顔を見て、良枝は大人《おとな》しくなった。

「一応、俺にそいつがどこの銀行の何て奴か教えておけ」

「名前は五十嵐勇蔵。同朋《どうほう》銀行六本木《ろっぽんぎ》支店の貸付け担当課長です」

花島の顔つきが変わった。「この間、工場に来た女、五十嵐宏美って名乗ってたな」

「勇蔵の女房です。俺が娘を救ったから、直接、礼を言いたかったそうです」

「なるほど」花島が煙草を消した。

「ところで俺の財布や時計は……」

「俺が預かってる。手錠の鍵と一緒においてあった」花島は立ち上がり、棚の上に載せてあった紙袋を手に取った。

俺はアドレス帳を開き、同朋銀行六本木支店に電話を入れた。

勇蔵は来客中だった。俺は、花島の家の電話番号を教え、折り返しかけるように頼んだ。

「俺は仕事に戻るが、しばらく、ここの二階で暮らせ」

「いえ。俺はアパートに戻ります」

「何言ってるの。ひとりじゃ大変よ」と良枝。

俺は曖昧に笑うしかなかった。

「好きにしろ」花島は怒ったような調子で言った。

「みんなには何て言ってあるんですか？」

「お前が言いがかりをつけられ、相手と喧嘩《けんか》になった。そう言ってある。誰も余計なことは訊かんだろう。俺が釘を刺してあるから」

「助かります」

「これからも俺にはすべて報告しろ」

「はい」

社長は工場に戻っていった。

勇蔵からの電話を待ったが、なかなかかかってこなかった。

「すみません。俺の服は？」

「上着以外は洗濯したわよ。あまりにも汚れてたから。ちょっと一緒に来て」

良枝について、俺は再び息子の部屋に戻った。電話の呼び出し音が聞こえるようにドアは開けておいた。

良枝は洋服ダンスを開け、ズボンやTシャツなどを取りだした。「アパートまではこれを着ていって」

俺は黙ってうなずいてから、おずおずとした調子でこう言った。「ずっと、この部屋、使ってなかったんでしょう？」

「息子が出てった時のままよ」良枝がしんみりとした声で答えた。

「そんな大事な部屋を使わせてもらって……」

「いいのよ。私もあの人も、あなたに使ってもらって喜んでるの。私、毎日、窓を開けて、時々シーツも替えてた」良枝は、ベッドの上に衣類を置きながら言った。「でもね、そうやったって息子が帰ってくるわけじゃないでしょう。あなたが怪我をしてたら、ここに運び込もうって言い出したのはあの人だけど、私も大賛成だった。聡《さとし》の部屋が生き返ったもの。ひどい目にあったあなたに、こんなことをいうのは変だけど、あなたのおかげで、この部屋、久しぶりにぬくもりでいっぱいになった。豊さん、しばらくここにいてくれない？　あの人もそうしてほしいのよ。躰が元に戻るまででいいから」

食い入るような目で見られた俺は、良枝から視線を外した。「それはできません。おふたりに迷惑がかかるかもしれませんから」

言ったことに嘘はないし、息子を亡くした社長夫妻を喜ばせてもやりたかった。が、やはり、社長宅にいるのは窮屈《きゅうくつ》だ。これが俺の本音《ほんね》だった。

「息子さん、スーパーカーが好きだったらしいですね」俺は話題を変えた。

「そうなの。私も聡に連れられてモーターショーに行ったことあったわ。事故は起こすし、スピード違反で捕まるし、親泣かせの子でもあったけど、本当に車好きだった。それがスキーで死ぬなんて」良枝が涙声になった。

電話の呼出音が一階から聞こえてきた。

「きっと、あなたによ。早く行って」良枝は俺を追いだすような調子でせき立てた。

俺は下に降りた。

受話器を取った。果たして勇蔵からだった。

「無事でよかったよ」勇蔵が沈んだ声で言った。

その言い草に、俺はかっときた。「何が、無事でよかっただ。今すぐ会って、俺に説明しろ」

「今すぐは無理だ」

「ふざけんな。この足で警察に行ってもいいのか」

「待ってくれ。ちゃんと話すから。だが、今からは無理だ」

「じゃ、いつ会える。今日のうちじゃないと……」

「午後十時、飯倉片町《いいぐらかたまち》近くにある……」

「ちょっと待て。俺を呼び出すのか、いい神経してるぜ。お前がこっちにこい」

「それまで動けないんだ。頼む、言った通りにしてくれ」

俺は舌打ちして、勇蔵の言ったことを受けた。勇蔵は待ち合わせの場所を細かく説明した。記憶にあるところだった。

二階に戻った。良枝は窓辺《まどべ》に立っていた。振り返った良枝にもう涙はなかった。

「ごめんなさい。社長の家に住み込むなんて、自由がきかないわよね。変なこと言ってごめんなさい。私の言ったこと忘れて」

「時々、社長とここで車の話でもしますよ。そんなこと言ったら、社長に怒られそうだけど」

「怒られてもしつこく言ってやって。あの人、照れ屋だから」

「そうします」

良枝が部屋を出てゆくと、良枝の用意したジーパンやTシャツに着替えた。ジーパンは丈《たけ》が短すぎ、上のボタンが留まらなかった。

歩いて帰ると言ったが、良枝がタクシーを呼んでくれた。

良枝に、勇蔵と待ち合わせる時間と場所を教え、社長に伝えるように頼んだ。

アパートが近づいてきた。俺は周りに視線を馳《は》せた。胸の鼓動が高鳴っている。怖《こわ》い。正直に言って怖《お》じ気《け》づいていた。

アパートの鍵はかかっていなかった。新聞がポストからはみ出している。

半分ほどドアを開き、中を覗いた。

その時、隣の部屋のドアが開き、びっくり眼《まなこ》が俺を見つめた。

「あらあ……。怪我してますね」

鬱陶しい爺さんだ。しかし、おくびにも出さなかった。

「お騒がせしました」俺は川中に頭を下げた。

「何があったかなんて野暮《やぼ》なことは訊きませんからご安心を」

「バブル時代のツケがねえ」俺は笑ってみせた。

「あんたの働いてる修理工場の社長さんがきましたよ」

「知ってます。他に誰か来ました？」

「この間、見えた別嬪《べっぴん》さんがまた……」

「いつのことです？」

「日曜日だね。夕方だったよ。ちょうど七連勝してた水戸《みと》泉《いずみ》に貴花田《たかはなだ》が土をつけた頃だったから。貴花田が一気に攻めてね……」

「ありがとうございます」

「困ったことがあったら何でも言ってください。ただし借金は駄目だよ。人に貸せるような金はないから」そう言った川中は軽く手をあげてから、ドアを閉めた。

部屋に入った。荒らされていた。押し入られた際にやられたのか、その後で改めて家捜《やさが》しされたのかは分からない。だが、花島と宏美以外に訪ねてきた者はいないという川中の言葉が当たっていれば、俺が拉致される前にやられたのだろう。

一体、何を捜したのだろうか。勇蔵と親しい人間の家だからそうしただけなのかもしれないが気持ちが悪い。

すぐに片付ける気にはならなかった。缶ビールを取りだし、一気に飲んだ。

宏美がまた訪ねてきた。俺に話でもあるのだろうか。

何であれ、宏美のことは忘れたかった。

場合によっては勇蔵を警察に突き出すこともありえる。宏美に俺の周りをうろうろされては非情になれない。

　俺はビールの缶を握りつぶした。


　電車を乗り継いで六本木に出た。そこから歩いて飯倉片町に向かった。

　小雨がぱらついていた。傘《かさ》を持っていなかったので、髪や服が濡れた。しかし、まったく気にならなかった。

　バブルが弾《はじ》けても、六本木は、以前とそう変わりなく活気に満ちていた。

　クラブをハシゴし、ホステスを誘って遊びほうけていた時代のことが脳裏をよぎった。たった数年前のことなのに、遠い昔の出来事のように思えた。

　あの頃は、俺にとって〝魔の季節〟だったということかもしれない。

　狭い歩道を、傘をさした通行人をよけるようにして歩を進めた。

　交差点の手前の通りを右に入った。ゆるやかな坂道を下っていくと、飯倉片町から新一《しんいち》の橋《はし》を繋《つな》いでいる大通りに出る。

　建物が切れた左側が公園になっている。しかし、公園と呼ぶには、この三角形のスペースはあまりにも小さい。

　スペースの真ん中にケヤキが葉を拡げて立っている。

　勇蔵はすでに来ていた。紺《こん》色の傘をさし、奥のフェンスの前に立ち、大通りを見下ろしている。鞄《かばん》を携《たずさ》えていた。俺が隣に立っても勇蔵は俺に顔すら向けない。

大通りの上に高速が走っていて、車の流れる音が、ぼんやりとした騒音となって聞こえている。

勇蔵が俺に傘をさしかけた。折り畳み式の傘だった。

「お前には、何て言って詫びたらいいか……」

俺は煙草に火をつけ、ゆっくりと煙を吐きだした。「ここは、こそこそ話をするにはうってつけの場所だな。これまでも使ってたのか」

「疲れるとここにきて、ひとりでぼんやりしてる。すまなかった、すべて俺のせいだ」

「今更《いまさら》、詫びの言葉なんか聞きたくない。何があったか話せ」

「………」

「警察に垂れ込んだりはしない。どんな話を聞いても、胸ん中に収めておいてやる」

「話せば、お前に迷惑がかかるかもしれない」

俺は煙草を地面に落とし、勇蔵の胸《むな》ぐらをつかみ、ぐいと引き寄せた。傘が左右に揺れた。

「何だ、その言い草は。俺は拉致されて足かけ五日も監禁され、暴行も受けた。これ以上の迷惑があるとしたら、何だ？　言ってみろ」

勇蔵は目をそらしたまま口を開かない。

「銀行員絡みの事件は、毎日のように新聞に出てる。お前も不正融資をやってたってことだろうが」

「手を離してくれ」勇蔵が苦しそうに首をねじった。

背後で話し声がした。カップルが坂を上ってきたのだ。

俺は勇蔵を突き放した。

「不正融資を強要された。俺はそれに応じた」

「おかげで俺は解放されたってことか」

勇蔵が小さくうなずいた。

「バブルの頃のような杜撰《ずさん》な管理を、お前の銀行は今でもやってるのか」

「抜け道はいくらでもある」

勇蔵の不貞不貞《ふてぶて》しさに、俺は啞然《あぜん》とした。

天気予報を事前にチェックし、折り畳みの傘を用意してくるような男の言葉には思えなかった。

「お前に接触してきたのは、どこの誰だ」

勇蔵がそっぽを向いた。「それは言えない」

「言わなきゃ、俺は被害届を出して、お前のことも話す」

「そんなこと知ってどうするんだ?」

「分からない。だけど、ともかく襲われた背景を知っておきたい。俺は、物事をはっきりさせたい性質《たち》だって、お前も知ってるだろうが」

勇蔵は薄く微笑んだ。「自動車部で、部員の財布がなくなった時、犯人を見つけたのはお前だったよな。しつこかった、お前は」

「今度もそうするかも」

「下手をしたら殺されるぞ」

「ぐじゃぐじゃ言わないで、話せ」

勇蔵が息を吐いた。「麹町《こうじまち》にある薬丸《やくまる》興産の社長、薬丸剛司《たけし》って男だ」

「正確な住所は？」

「覚えてないが、麹町四丁目の交差点を一本、入ったところにあるバラール第二ビルの五階だ。だが、薬丸興産に乗り込んでも無駄だ。女事務員を置いてるだけのペーパーカンパニーだから」

「不正に融資した額は？」

「大した額じゃない」

「質問にちゃんと答えろ」

「二十億」

俺は肩をゆすって笑った。「二十億が大した金額じゃねえのかよ」

「一千億以上の金が焦《こ》げ付いて、返せなくなった会社がいくつもあるだろうが。それからみたらって意味だ」

五千万円が返せず、何もかも失った俺の存在は、銀行からみたら、塵芥《ちりあくた》みたいなものなのだろう。

「薬丸興産を迂回《うかい》させて、取るに足らない二十億を手に入れた奴は誰なんだ」

「知らない」

「嘘だ」俺は吐き捨てるように言った。

「向こうだって、俺に手の裡《うち》を見せるようなことはしない。俺はお前を救わなきゃって思って」

俺は目の端《はし》で勇蔵を睨んだ。「恩着せがましいな」

「そういう意味じゃないよ」勇蔵が、俺の言葉に被せるような勢いで否定した。

「しかし解《げ》せないな」

「何が?」

「お前、バブル期にも不正融資やってたんじゃないのか」

「馬鹿を言うな。今度が初めてだよ」

「それにしちゃ手際《てぎわ》がいい。さっさと処理したって感じがする」

「やり方ぐらい分かってる。周りにキナ臭《くさ》いことをやってる行員がいたから」

「預金証書でも偽造したか」

「そんなことどうでもいいだろうが」勇蔵が声を荒らげた。「ともかく、俺は不正融資に加担した」

「おかげで俺は命を繋いだ。お前は脅かされて不正を働いたんだから、今から一緒に警察にいって洗いざらいしゃべった方がいいんじゃないのか」

「そんなことしたら、また娘が狙われるかもしれない。俺も怖いんだよ」

「薬丸ってどんな容貌の男だ」

「背の高い痩せた奴だ。キツネ目で、頬がこけてて、黒縁の眼鏡をかけている。歳は五十五、六ってとこかな」

「髪は？」

「七三《しちさん》分け。怖い感じの男だが、温厚なしゃべり方をする奴だった」

「お前、いくらもらった？」

勇蔵の目に弱々しい光が宿った。「俺がよほど信用できないらしいな」

「残念だが、その通りだ」

「俺は一銭ももらってない」勇蔵が腕時計に目を落とした。「もう話すことはない。ともかく、大人しくしててくれ、俺のためにもお前のためにも」

針穴に糸を通せないようなもどかしさを感じた。だが、これ以上、問答を続けていても何も出てこないだろう。

勇蔵が、傘を地面に置き、鞄を開けた。そして、分厚《ぶあつ》い封筒を取りだした。「これ、黙って受け取ってくれ」

「いくら入ってる」

「二百万」

「口止め料か」

「慰謝《いしゃ》料にしては安すぎるのは分かってる。が、黙って収めてくれ」

「こんな大金をもらう理由はない」

「いいから取っておけ」

俺は勇蔵を睨んだ。「引っ込めろ」

勇蔵は言われた通りにした。

「ところで、お前、監禁された俺と電話で話した時、どこにいた」

「え?」勇蔵が動揺した。「家の近くの喫茶店だよ。ピンク電話がトイレの近くにあって、しゃべりやすいと思ったから、そこを選んだ。家じゃ話せないから」

「俺と会った喫茶店じゃないいな」

「違う」

「度胸あるんだな。喫茶店で、あんな話ができるなんて、俺の知ってる五十嵐勇蔵じゃない」

「銀行が鍛《きた》えてくれたんだよ」

「銀行がねえ」俺はにかっと笑い、「今夜はこの辺にしておいてやるよ」と言い残し、公園を出ようとした。

「豊……」声に感情がこもっていた。

俺は足を止め、肩越しに勇蔵を見た。「何だ？」

勇蔵はしばしじっと俺を見つめていた。

「何か思いだしたのか」

「すまなかった」勇蔵は深々と頭を下げた。

「また連絡する」

勇蔵は頭を下げたまま、微動だにしない。照明の灯《あか》りが、勇蔵の頭を照らしていた。かなり大きな円形脱毛ができていた。

翌日、俺は、体調がよくないという理由で、工場を休むことにした。

「しばらく静養しろ」社長の口調が珍しく優しかった。

花島を騙《だま》したくなかったし、車の修理に戻りたかった。しかし、薬丸興産を覗いてみたい衝動を抑《おさ》えることはできなかった。

どうやって薬丸興産を訪ねるか。漫然と出かけていっても無駄足を踏むだけだ。

俺は或るアイデアを思いついた。ファンシーケースを開け、バリッとしたスーツを選んだ。ナフタリンのニオイがしたが、すぐに消えるだろう。

都営新宿線で神保町《じんぼうちょう》まで行き、本屋で住宅地図を買い、喫茶店でバラール第二ビルを探した。勇蔵が言っていた通り、麴町四丁目の交差点からすぐのところの裏通りにあった。それから、俺はドラッグストアーに入った。そこで化粧品を何点か買い、鞄に詰めた。

タクシーに乗り、麴町四丁目の交差点で降りた。

バラール第二ビルは小綺麗なビルだった。薬丸興産のある五階に上がった。

緊張が高まったが、思いきってチャイムを鳴らし、ドアを開けた。

がらんとした事務所だった。

「社長さんは？」

「出かけてます」

ゼブラ模様のミニスカートに黒いジャケットを羽織った女が答えた。三十三、四の、小柄だが、やけにオッパイの大きな女である。タヌキ顔で化粧が濃い。十人並みの容姿だ。しかし、ＯＬ好みの男がむらむらするタイプに思えた。実際、俺もこの女なら抱いてみたいとふと思った。

「ひとりでお留守番ですか？」

「用件は何でしょうか」口調は当然だが冷たかった。

「実は私、化粧品のセールスをしている者なんです。社員の方が出払ってるんだったらちょうどいい。ランコムの新製品なんかが、お安く手に入るんですけど」

「いらないわ」

「ちょっと見るだけでも」俺は図々《ずうずう》しく、鞄を開け、買ったばかりの化粧品を応接机の上に並べた。

「もちろん、本物だし、値段はディスカウントショップより安いです」

女の目が化粧品に注がれた。

「このアイシャドー、おいくら？」

「九百円です」

「嘘」

「バブルに踊《おど》った或る化粧品屋が多額の負債を抱えて潰れましてね。だから言い値で買い取れたんです。このクリニークの下地《したじ》クリームは七百円」

女は他の化粧品にも興味を示した。

「ここはどんな会社なんです？」さらりと訊いてみた。

「輸入雑貨を扱ってます」

「社員が会社にいない。景気がいいんですね、お宅は」

「この美白《びはく》化粧水は？」

「八百円」

「本物？」

「疑うんだったら、それ差し上げますよ」

「アイシャドーと下地クリームをいただきます」

「ありがとうございます」

女が席に戻り、バッグの中から財布を取り出した。

「突然だから、びっくりするかもしれませんが、私とデートしてくれませんか」

「え？」

「警戒するのは当然ですが、あなたを見たら、誘いたくなっちゃって」俺は照れくさそうな顔をしてみせた。

女が目の端で俺を見た。「何で、こんな商売してるんですか？」

「私もバブルの犠牲者なんですよ。経営してた会社が潰れちゃって。ね、どうです？　今夜でも、明日の夜でもかまいませんが、ご飯でも食べないですか？」

「私、よく知らない人の誘いはお断りしてます」

「気持ちは分かるけど、知ってる人とばかり会ってると世間の拡がりがなくなりますよ。

化粧品なら好きなものを言ってくれれば、都合《つごう》つけます」

「…………」

俺はメモ帳を取りだし、電話番号を記《しる》した。

田宮六郎《たみやろくろう》と名乗った。

俺は田宮二郎《じろう》が好きだったから、ふとそんな名前を思いついたのだ。

「こっちからも連絡取りたいので、ここの番号を教えてください」

彼女は口頭で番号を教えてくれた。それを控えながら、彼女の名前を訊いた。

女は米原悦子《よねはらえつこ》という。

〝売れ残った〟化粧品を鞄にしまった。美白化粧水はサービスだと言って残し、薬丸興産を後にした。

米原悦子という事務員が、会社の事情をよく知っているとは思えないが、出入りしている人間やかかってきた電話について、或る程度のことは知っているはずだ。

悦子と会って、探《さぐ》りを入れても、駒を進めることができなかったら、俺はあっさり、今回のことに関わるのは止《や》めようと決めた。いくら真相を摑みたいからと言っても、仕事を放棄《ほうき》してまで動き回ることはできないのだから。

一旦、アパートに戻った俺は、工場に出ることにした。薬丸興産に行って、何か摑めたらと思って休みを取ったが、とりあえず今のところはやることはない。アパートで所在ない時をすごすよりも、車と格闘していたかったのだ。

工場に入ると、俺の気分が軽くなった。

ＭＧＢの修理は続いていた。

手を休めた花島が俺に近づいてきた。「ゆっくり休めと言ったろうが」

「アパートにいてもやることがないですから」

俺はＭＧＢの修理ではなくて、ミニクーパーの塗装に回された。車体の右後部にはすでに下地のパテが塗られてあった。

その上にまたパテを塗ってひたすらサンダーで磨くのだ。時に応じて使うサンダーの種類も変わるし、ペーパー選びも重要である。単調な仕事だが神経を使うから、余計なことを考えずにすんだ。

種田をはじめ、修理工たちは、花島の言っていた通り、俺に一切、質問をしてこなかった。

仕事が終わって帰路についた頃には、すでに辺りは夜の匂いに包まれていた。

コンビニでノリ弁当とオカカのおにぎりを買って、アパートに戻った。

テレビを点けた。特に視《み》たい番組はなかった。巨人・大洋戦では桑田《くわた》が投げていた。ここしばらく勝ち星に見放されていた桑田だが、その夜はけっこういいピッチングをしていた。

電話が鳴った。音を消し、受話器を取った。

「俺だ。元気にやってるか？」

「はい」俺は思わず姿勢を正してしまった。

相手は富沢新太郎《とみざわしんたろう》。俺の借金を肩代わりしてくれた不動産業者である。

「折り入ってお前に話がある」

「お借りしてる金のことでしたら……」

「そうじゃない、心配するな。午前零《れい》時に社に来てくれ」新太郎は口早にそう言い、電話を切ってしまった。

受話器を元に戻した俺は煙草に火をつけた。

富沢新太郎が、俺に話がある。借金した金のことではないとなると、どんなことで呼び出されたのか見当もつかなかった。

新太郎が借金を肩代わりしてくれたのには理由があった。

コンピュータのソフトウェア関係の会社を上司と喧嘩して早期に辞《や》めた俺は、八五年、三十四歳で電算機ソフトの会社を立ち上げた。医療関係の情報システムの開発と販売がメインの仕事だった。社員は五人。電子カルテや薬歴システムを、専門の社員が開発し、社長の俺は営業に徹した。

開発したソフトは、それなりに売れた。だが、バブルの追い風に乗っているというほど儲《もう》かってはいなかった。そんな折、新太郎の勧《すす》めで土地に手を出した。不動産部門を作り、渋谷の小さなビルにあった会社を南青山の一等地に移した。

土地の売買で得た金はソフトの開発に回したが、俺自身は、入ってくる金に踊らされてしまったのだ。

金をばらまいて遊ぶのは気持ちがよかった。聞きかじった、蕩尽《とうじん》という難しい言葉を、言い訳にしていた。人は蕩尽することによって非日常を味わえる。そんなことを嘯《うそぶ》いて、ポルシェを乗り回し、ホステスたちとよろしくやっていたのだ。

尚子《なおこ》という女と結婚したのは八六年。歳は俺のふたつ下である。彼女は或るアパレル会社の広報に勤めていて、出会ったのは南青山にある会員制のバーだった。学生の頃、レースクイーンをやっていたという尚子は、すらりとしたボディコンスーツの似合う女で、鼻《はな》っ柱《ぱしら》が強く、物事をずけずけいう跳《は》ねっ返り。俺はそこが気に入ったのだ。

新太郎を俺に紹介したのは尚子だった。尚子は新太郎の実の妹なのである。

会社を辞めて専業主婦になった尚子と関係が悪くなったのは、すべて俺のせいだ。夜遊びばかりしている俺に頭にきて、彼女も家を空けることが日常茶飯事となった。

尚子との間に子供はいないが、一度流産している。俺はそれなりに傷心の妻のケアをしたが、遊びは止めなかった。

冷え切った関係が修羅場《しゅらば》に変わり、九〇年に、四年の夫婦生活に終止符が打たれた。

しかし、新太郎との関係は離婚後も続いた。妹を不幸にした俺に対する新太郎の態度は不思議なものだった。

離婚が決まった直後、俺は新太郎の会社に呼び出された。新太郎は寄ってきて、いきなり往復ビンタを俺に食らわした。しかし、すぐに険しかった眉が晴れた。

「これで俺の気はすんだ。金ができれば、男は孔雀《くじゃく》の羽を拡げたくなるもんだよ」

「………」

「尚子は若い頃から遊んでた。男ってものが分かってるから、却《かえ》って苛立《いらだ》ったんだろうよ。だけど、こうなってもだな、俺はお前との付き合いは止めない」

「ありがとうございます。でも、あいつ、いや、尚子さんが……」

「あいつにはびしっと言ってある。男の付き合いに口出しするなってな。ゆくゆくはお前を社に招いて、一緒に仕事をしていく気でいたが、しばらくは別々の方がいいだろう。尚子よりも親がうるさいから」

このようにして離婚後も新太郎との付き合いは続いたのである。

新太郎は不動産に手を出すように勧めた責任を感じると言って、借金の肩代わりをしてくれたのだ。

歳は四十五。高校時代、ラグビーの名門校でフランカーをやっていて、大学に入って怪我をするまで続けていた。がっしりとした体格の持ち主で、顔の輪郭《りんかく》は、野球のホームベースみたいである。目は切れ長で唇は厚く、押し出しのいい男だ。

野球放送が終了した後、映画が流れた。六六年に作られた『バットマン』だった。

音を消したまま、バットマンの活躍を観ながらも、新太郎が深夜に俺を呼び出した理由を考えていた。

ひょっとすると、修理工場など辞めて、自分の会社に入れというのかもしれない。

その提案は呑《の》みたくなかった。しかし、まだ一銭も金を返してない俺が断れるはずはない。

憂鬱《ゆううつ》になってきた。が、先回りして考えてもしかたがない。俺はテレビを見続け、時間をやりすごした。


富沢コーポレーションは新橋《しんばし》一丁目にある。銀座御門《ぎんざごもん》通りを越えると銀座八丁目。土橋《どばし》からもすぐのところだ。

蓬萊橋《ほうらいばし》ビルの七階と八階を富沢コーポレーションが使っているが、ビルの所有者は新太郎である。

八階に上がり、社長室のドアの前に立った。午前零時少し前だった。チャイムを鳴らした。が、応答はなかった。もう一度鳴らしたが結果は同じだった。

ドアノブを回した。鍵はかかっていなかった。俺は電気を点した。

入るとすぐが、秘書のいる部屋である。左側にドアがふたつ並んでいる。そこはトイレと流し。秘書の机は右側に置かれている。正面にもうひとつドアがあり、その向こうが社長室だ。

「社長」俺は声をかけながら、奥のドアを引いた。

呆然としてその場を動けなかった。

薄暗い部屋に人が倒れていたのだ。

社長室の電気を点けた。倒れている男の顔が目に飛び込んできた。

富沢新太郎に違いなかった。

俺はおそるおそる新太郎に近づいた。新太郎は机の前に倒れていた。周りに血が飛び散り、首元に血だまりができている。

ソファーの近くに血のついたドスが転がっていた。

死んでいるように思えるが、躰に触《さわ》る気などしなかった。

すぐに一一〇番しなければと思った。しかし、その場をすぐには動けなかった。

床には物が散乱していた。ペン立てに筆記用具、卓上時計、テレビなどのリモコン、朱肉、電話の子機……。机の上から落ちたらしい。新太郎と犯人が争ったのだろう。

新太郎は電化製品が好きだったから、しょっちゅうコンポ、ビデオデッキ、それにテレビを買い換《か》え、音楽鑑賞も趣味で、社長室でもよく音楽をかけていた。自分でダビングしたカセットテープも捨てきれないと言い、机の奥の棚にきちんと並べていた。

それらは整然としたままで、ゴルフカップや調度品にも乱れはない。

ラグビーをやっていた頃の写真をパネルにして壁にかけてあった。その横には、『質実剛健』と墨文字で書かれたものが額縁《がくぶち》に収まっている。高名な書道家の書だという。

少し気分が落ち着いてきた。俺は秘書の部屋に戻り、そこの電話を使って一一〇番しようとした。しかし、すぐに手を引っ込めた。ポケットからハンカチを取りだした。指紋をつけると捜査が混乱するかもしれない。

警察に電話を入れる。そして、人が死んでいるようだと告げ、詳しい場所を教えた。それから再び新太郎に近づいた。

卓上時計の電池が外に飛び出していた。十一時六分を指したまま時計は止まっている。その頃に犯行が行われたのだろうか。犯人が小細工したとしたら単純すぎるが、その可能性を否定することはできない。

机の脚に隠れるようにして何かが転がっていた。ハンカチを手にして、つまんでみた。二センチあるかないかの小さな鍵。鉄色をしている。

サイレンの音が聞こえた。俺は鍵を元の場所に戻した。

ほどなく、チャイムが鳴った。俺はドアを開けた。

制服警官が三名やってきて、現場の社長室に入っていった。俺は、秘書の座る椅子に腰を下ろし、警官のひとりに名前や職業を教え、事情を話した。そうこうしているうちに私服刑事や鑑識がやってきた。所轄《しよかつ》の刑事の他に初動捜査をやる機捜の人間もいるようだ。それからすぐにまた刑事がやってきた。警視庁の捜査一課の管理官だという。

誰が見ても自殺や事故ではない。新太郎はドスで首を切られ殺されたのだ。

第一発見者である俺は実況見分《けんぶん》に立ち会った。嫌というほど同じ話をさせられた。

それから所轄の愛宕《あたご》第一署で事情聴取を受けることになった。築地《つきじ》署の方が近いが、新橋一丁目は港《みなと》区だから管轄《かんかつ》外なのだ。

第一発見者が被害者と面識がある場合は、動機保有者のひとりと見なされると聞いたことがある。つまり、犯人では？　という目で見られるということだ。

俺の取調べに当たったのは愛宕第一署の捜査一課の刑事ふたりだった。

がたいの大きな四十ぐらいの警部補は川西《かわにし》と名乗った。もうひとりは三十になったかならないかの若い刑事で、名前は三田村《みたむら》だった。中肉中背の小顔の男。まるで迫力はないが、刈り上げた髪が顔によく似合っていた。テレビドラマの警察ものに出ていてもおかしくない感じの美男である。

俺は出された茶には手をつけず、質問に答えた。

ほとんどの質問は川西がやった。筆記用具は鉛筆。先が尖ったものを何本も用意していて、芯《しん》が減ってくると、新しいものに替えた。がたいからは想像しにくい小さな字を書く男だった。時々、大きな目でじっと俺を見つめた。見返すのも変だから、俺は目を伏せるしかなかった。

死んだ新太郎の妹と結婚していたこと、新太郎に借金を肩代わりしてもらっていることなど、自分に不利に働く可能性のあることは、自ら進んで話した。現在の職業はむろんのこと、潰した会社についても淡々と口にした。

「……富沢さんが、あなたを呼び出した理由に本当に心当たりはないんですね」

「何度も言いましたが、話があるが、借金のことではないと言って電話を切ったんです」

川西がノートを見、「富沢さんに最後に会ったのは今年のいつでしたっけ」

「四月です」

ぴんときた。川西が惚《とぼ》けている。俺が矛盾《むじゅん》することを言わないか、試《ため》したに違いない。

「深夜に会社に呼び出すというのは、秘密の話をしたかった。常識的に考えたら、そのように思えるんですが」三田村がやっとそこで口を開いた。

「かもしれません」

俺はあっさりと若い刑事に同調した。

取調室に他の刑事がやってきて、ふたりを外に呼び出した。かなり長い時間、彼らは戻ってこなかった。

勇蔵の娘が誘拐され、俺自身も、得体の知れない連中に監禁された。そして、勇蔵は不正融資をやったことを告白した。

この一連の出来事と新太郎が殺されたこととは無関係だろう。

しかし、なぜこうまで凶悪な事件に巻き込まれるのだろうか。

また厄年であることを思いだした。厄払いをしておけばと本気で思いながら冷たくなった茶を啜った。

彼らが戻ってきた。

「立ち入ったことを伺《うかが》いますが、奥さんとはかなり揉めた後に離婚したようですね」川西が咳払いをしてから質問を再開した。

尚子もすでに事情聴取を受けているらしい。

「握手をして別れた関係じゃありません」

三田村が俺に鋭い視線を向けた。「妹を幸せにできなかった男に、五千万もの借金を肩代わりしてくれる兄がいるなんて常識では考えられない」

俺の眉がついゆるんでしまった。「常識、常識とおっしゃってますが、バブルの頃、日本中が常軌《じょうき》を逸《いっ》してた。僕もそのうちのひとりだと、今は反省してますが、富沢さんもその中で生きてた。そういう人だから常識は通じない気がしますけど」

そう切り返された三田村はむっとしたようだった。「あなたの言ってることには説得力がないですね。見返りに何か頼まれたことがあったんじゃないんですか？」

「ありません。自動車修理工場に勤めてからの僕の生活を調べてもらえれば分かりますよ。工場とアパートの行き来をしているだけの生活です」

三田村はそれ以上、突っ込んではこなかった。

三

事情聴取はなかなか終わらない。

川西は新しい鉛筆に替えてから、俺を見つめた。「富沢さんから借りた金ですが、当然、借用書は書いたんでしょうね」

「もちろんですが、期限はなく利子についても書かれていない簡単なものです」

「当節、そんな借用書だけで、五千万もの金を出す人間がいるのか」三田村が冷たく言い放った。

「あなたがそう思うのももっともです。でも、それが事実なんです」

川西が鉛筆をノートの間に転がした。「富沢さんに何か頼まれたんでしょう?」

「何も」

しばし沈黙が流れた。

川西がふうと息を吐き、ノートを閉じた。

「長い間、お引き留めしてすみませんでした」

「いいえ」俺は薄く微笑んで、腰を上げた。

「またお伺いしたいことが出てくるかもしれません。その時はよろしくお願いします」川西の口調はあくまで穏やかだった。

「いつでもどうぞ」

彼らも椅子から離れた。

ドアを開けてくれた川西が、またじっと俺を見つめた。「顔に擦り傷がありますね。どうしたんです？」

「数日前、酔って転倒したんです」

俺は刑事たちに頭を下げ、階段を使って一階に降りた。

午前六時十五分すぎだった。夜はとっくに明けていた。

俺は第一京浜《けいひん》の方に向かって歩き出した。

気が動転していて、何も考えられなかった。第一京浜に出ると新橋方面に歩を進めた。

突然、身震《みぶる》いがした。足を止め、肩越しに後ろを振り返る。自分を疑っている警察に尾行されているのでは、と不安になったのだ。

犯人ではないことは、俺自身が知っている。おどおどしたら、却って、おかしい。そう自分に言い聞かせ、背筋を伸ばし、しっかりとした足取りで再び歩き出した。

新橋が近づいてきた。心臓がことりと音を立てた。

このまま行くと、新太郎が殺されていたビルに向かっているみたいではないか。

俺はガード下の道を左に曲がり、新橋駅を目指した。

公衆電話が目に入った。

花島はまだ寝ているだろうが、今のうちに話しておく必要がある。

良枝が電話に出た。

「すみません、こんな早くに……」

「また何かあったのね」良枝の声色《こわいろ》が変わった。

「ええ」

良枝が夫を呼んだ。

俺は花島にも、非常識な時間に電話をしたことを謝った。

「いいんだ。もう起きてたよ」

「実は……」

俺は電話機に金を落としながら、何があったかを詳しく伝えた。

「……社長のところにも警察が来るだろうし、マスコミがうるさくなるかもしれない。俺は仕事を続けたいですが、社長に迷惑がかかると思うと……」俺は口ごもった。

「お前が殺《や》ったのか」花島は事もなげに訊いてきた。

「殺るわけないでしょう」俺はむっとして口早に否定した。

「だったら、普段通りに働け。寝てないようだから、今日は何時に出てきてもかまわんが」

「ありがとうございます」

「気が散って仕事ができんようだったら、休暇を取らせるがな」花島は、そっけなくそう言って電話を切った。

　タクシーでアパートに戻った俺は仮眠を取ろうとしたが、興奮が収まらず、なかなか寝つけなかった。酒をかっくらって、何もかも忘れたかった。しかし、起きたら仕事に出ることにしている。酒臭い息を吐いて働くなんて情けないことはしたくなかった。

　羊の数を数えた。我慢して数え続けた。子供騙しのおまじないだと馬鹿にしていたが、不思議と効果があった。

　三時間ほどで目が覚めた。悪夢などまるで見なかった。

　工場に出ると、俺は黙ってあたえられた仕事に就《つ》いた。

　仕事が終わった後、他の工員たちに、自ら殺人事件の第一発見者になったことを告げた。

「そんな経験なかなかできねえな」種田が、根元まで吸った煙草を、靴で踏み消しながら言った。

他のふたりは、ガンになったと友人にあっけらかんと告白され、何て応《こた》えたらいいか分からず戸惑《とまど》っている。そんな顔をしていた。

「警察は俺のことを調べるはずだから、みんなにも会いにくるだろうな」俺は飄々《ひょうひょう》としてそう言い足した。

「何、訊かれるのかな」酒井英典が口を開いた。

「お前、若い頃、ローリング族だったろう？　警察には慣れてるだろうが」種田がからかった。

「種田さん、古傷に触らないでくださいよ」

種田が俺に目を向けた。「悪いことは言わねえから心配するな」

「正直に訊かれたことに答えてくれればいいです」

内心どう思っているかは分からないが、その後も、彼らは普段通りに俺に接してくれた。

車をいじっている時だけ、俺は事件のことを忘れられた。

その日の夕刊に事件の記事が載っていた。

不動産会社社長　殺される

十五日、午後十一時ごろ、東京都港区新橋一丁目××の富沢コーポレーションで、社長の富沢新太郎さん（四五）が首から血を流して倒れているのを訪ねてきた知人が見つけ、警察に通報した。刃物で切りつけられたらしく、室内には争った跡があったことから、警視庁愛宕第一署は殺人事件と断定し、捜査を開始した。同署の調べでは、現場に残されていた刃渡り三十センチほどの短刀、俗にドスと呼ばれているものが凶器だと断定した。金庫が開けられた様子はなく、富沢さんの仕事上のトラブル、或いは怨恨が動機ではないかとみられている。

犯行時間が午後十一時頃と記されている。壊れた時計が指していた時刻は十一時六分だった。検死の結果、時計の示していた頃に殺されたと警察は考えているらしい。

何をやっていても気もそぞろだった。酒の量が増えた。

その後、警察は何も言ってこない。マスコミがやってくることもなかった。それでも落ち着かなかった。

宏美から工場に電話があったのは、その週の土曜日のことである。

「今夜、会っていただけませんか」

「何かあったんですか？」

「お会いした時に話します」

宏美は、俺が殺人事件に巻き込まれたことは知らないはずだ。第一発見者は実名で報道されていないのだから。

勇蔵の抱えているトラブルのことなど忘れていた。それどころではない、と俺は宏美に言いたかったが、彼女の消え入るような沈んだ声を聞いたら、何も言えなかった。

午後八時、新宿の喫茶店で会うことにした。

俺はシャワーを浴び、小綺麗な恰好をしてアパートを出た。

俺が選んだ喫茶店は新宿駅近くにある『談話室滝沢《たきざわ》』だった。

店内が広い上に、ゆったりとしているので、他人に聞かれたくない話をするのに適していると思ったからだ。

宏美は俺よりも先に来て、壁際の席でレモンティーを飲んでいた。

「久しぶり」俺は笑顔を作って宏美の前に腰を下ろした。

「お元気そうで」

俺は、その一言に苦笑したくなった。

「あなたも変わりないね」

それには答えず宏美は、娘を救ってくれた礼を言い、頭を下げた。

細身のジーンズに、萌葱《もえぎ》色のサマーカーディガンを羽織っていた。インナーは黒のTシャツ。毛流れのいい、内巻きの髪が肩にかかっている。

およそ二十年振りの再会である。

あの頃よりも、頬がふっくらとし、化粧も濃くなっていた。学生の頃、宏美は自分が子供っぽい顔をしていることを嫌っていたが、歳を重ねたことで、童顔であることがプラスに働き、歳よりも若々しく見えた。

清楚《せいそ》で上品な感じは若い頃と変わりなく、いい女だと改めて思った。だが、今の俺には遠い存在にしか感じられない。おそらく、俺の精神世界が変わったからだろう。

「香織ちゃん、元気にしてる？」

「ええ」宏美が目を伏せた。「今日は、実家に預けてきました」

俺は煙草に火をつけた。気詰まりだった。順風満帆《まんぱん》だと思っていた勇蔵が泥にまみれている。俺だって同じようなものだが、理由はともかくとして、奴は犯罪に手を染めた。そのことを知っている俺は、気軽に勇蔵の名前を口にできなかった。

宏美が弱々しい息を吐いた。目が落ち着きを失い、膝に載せた手がかすかに震え出した。

俺は宏美に躰を寄せた。「何でも聞くから、話して」

「勇蔵が……」

俺は宏美の次の言葉を待った。

「勇蔵が家を出ていったんです」

俺は躰を元に戻した。「最初から話して」

「京都《きょうと》に出張に行くと言って、水曜日に家を出たきり、今日になっても戻ってこないんです。本当は昨日、戻ってくるはずだったんですけど」

「連絡はないの？」

宏美が首を横に振った。「今日、彼の上司の自宅に電話をして訊いたら、水曜日から銀行には来てないし、京都出張なんて話はないって言われました」

「無断欠勤してたってことかな」

「違うんです。転んで大腿部《だいたいぶ》を骨折して入院したと、妻だと名乗った女の人から電話があったって……」

俺を拉致監禁した奴らが、勇蔵を誘拐したのか。妻を騙《かた》った女と聞いて、俺を痛めつけた女の顔が脳裏に浮かんだ。

「警察にはまだ届け出てないんだね」

宏美が顔を上げ、挑《いど》むような視線を俺に向けた。「誘拐だったら、犯人が私に何か言ってきてるでしょう？」

灰皿に置いてあった煙草が消えていた。それにもう一度を火をつけ、肺の奥まで吸い込んだ。

「あいつに女がいたって、君は思ってるんだね」

「分からないけど、妻と名乗った女がいたっていうから……。でも、今日の今日まで、一度もあの人のこと疑ったことなかった」

「変だなって思ったこともなかった？」

宏美は少し考え、こう答えた。「私に内緒で携帯を持ってたことぐらいかな」

俺の眉間《みけん》にシワが寄った。勇蔵は俺にも携帯は持っていないと言っていた。娘が誘拐されたという時に、あの文明の利器のことを隠した。明らかにおかしい。

「携帯のこと、彼に問いただしたんだろう？」

「つい最近、会社から支給されたけど、あまり使わないから、教えるのを忘れてたって言ってた。その時、番号を教えられたから、かけてみたけど、繋がらなかった」

勇蔵が嘘をついてたことは間違いない。銀行が貸与したものだったら、俺に持っていると言っても何の不都合もないではないか。

携帯は女とのホットラインだったのか。そう決めつけてしまうのは早計だ。勇蔵は否定したが、彼は以前から何らかの不正に関わっていたのかもしれない。

「ポケベルは？」

「鳴らしてみたけど……」そう言って宏美は首を横に振った。

「勇蔵の部屋を調べたら何か分かるかもな。もう調べてみた？」

「まだ」

「帰ったら早速《さっそく》、調べた方がいい」

宏美は俯《うつむ》いたまま、少し間をおいてこう言った。「一緒に調べてくれませんか?」

「でも、俺にそんなことさせたって分かったら、勇蔵、気分を悪くするよ」

「私、何だか怖くて」

友人の部屋を探るのは嫌だった。宏美との昔のことを考えるとなおさらのことだ。

宏美が急に顔を上げ、笑顔を作った。「ごめんなさい。そんなこと、あなたに頼むなんて、私、どうかしてたわ。忘れて」

「最近の勇蔵に変なところはなかった?」

「香織の件があってから、塞ぎ込んでたけど」

「あいつ、俺のこと何か言ってなかった?」

「この間、あなたに会ったって言ってた」

「この間っていつのこと?」

「四日前だったと思う。そうよ、十四日の夜、帰ってきてから、あなたに会ってきたって言ったの」宏美は食い入るように俺を見つめた。「あの人、嘘をついてたの?」

「嘘じゃないよ。確かに俺と会ってた」

「お酒、飲まなかったみたいね」

「俺、転んで骨折してね、だから、酒は控えてた。だから、あいつも飲まなかっただけさ」

宏美が遠くを見つめるような目をした。「あの人、家に帰ってから飲み出したんだけど、その時、あなたがいい人だって、何度も言って、頼りになる男だって褒《ほ》めてた。気分悪くしないで聞いてほしいんだけど、私、正直に言って変に思った。そんなこと言ったの、初めてだったから」

「香織ちゃんを救ったから恩に感じてるんだよ」

「それだけじゃないような気がした」

俺はコーヒーを飲み干した。「分かった。一緒に家に行くよ」

「本当に？」

「頼りになる男だって、あいつが言ったんだろう？」俺は無理に笑ってみせた。

「ありがとう」

喫茶店代は宏美が払ってくれた。家までのタクシー代は俺が払おうとしたが、彼女に止められた。俺は素直に従った。

部屋に入った。

「こっちです」

勇蔵のマンションは居間を中心にして、振り分けになっていた。右の突き当たりの部屋を宏美が開けた。

むっとした熱気が籠《こ》もっていた。宏美がクーラーを点けた。

四畳半もない小さな部屋。そこに机や本棚が入っているので、かなり狭い。

几帳面《きちょうめん》な性格の勇蔵だから、机の上は整然としていて、本はまるで図書館のようにきちんと並んでいた。

「君が調べて」俺が言った。

宏美が不安そうな目を俺に向けた。「調べるって何を?」

「なくなってるものとか、隠してるものとか……ともかく、そういうものをだよ」

宏美は机の前の椅子に座り、まず手前の引き出しを引いた。

俺は後ろに立った。空き箱を利用して、文房具類を種類別に収めていた。特に気になることはないようだ。

「箱の底を調べてみて。何か隠してあるかもしれないから」

宏美が言われた通りにした。しかし、何も見つからなかった。

次々と引き出しの中身を見ていった。下段に封筒や便箋《びんせん》が仕舞《しま》ってあった。宏美は未使用の封筒に触れてゆく。

その手が止まった。何の変哲《へんてつ》もない白くて四角い封筒の中から写真が一枚出てきた。

宏美はその写真をまじまじと見つめていた。

「知ってる人?」

「二年、いや、もっと前だったと思うけど、うちに行員の人が何人か遊びにきたことがあったの。その中に、この人がいたわ」

俺は写真を手に取った。

ボブ風の髪をした二十七、八に見える女だった。それほど美人ではないし、色っぽいというわけでもない。強《し》いて長所を挙げると、屈託《くったく》のなさそうな笑顔だろうか。

「名前、覚えてない？」

宏美は背もたれに躰を倒した。茫然自失《ぼうぜんじしつ》。質問に答える気力も失《う》せてしまったようだった。

「宏美さん、結論を出すのはまだ早いと思うけど」

「………」

「俺は、勇蔵が女と逃げたなんて思わない」

宏美がきっとした目を俺に向けた。「じゃなぜ行方《ゆくえ》知れずなの」

「香織ちゃんの誘拐と関係があると考える方が現実的じゃないかな」

勇蔵が不正融資に関わっていることを、この段階で話す気はなかった。勇蔵の失踪と関係あることが或る程度はっきりしたら、教えるべきだろうが。

「名前なんか忘れたわ」

「一緒にここに来た行員に訊けば分かるはずだ。まさか、その人たちの名前まで全部忘れたわけじゃないだろう」

宏美はふらふらと立ち上がると、部屋を出ていった。

少し間をおき、俺も部屋を出ようとした。その時、状差しが目に入った。念のために見てみた。転居通知や絵画展の招待状などが差し込まれていた。注目すべきものはなかった。徹底的に調べる気なら、本も一冊一冊取りだし、物がはさまっていないか確かめるべきだろう。そう思いながら、本棚を見ていたら、下段の隅に、ポケット版の時刻表が置かれているのに気づいた。最新のものだった。

ぱらぱらと捲《めく》ってみた。左隅が折られている箇所《かしょ》が見つかった。東海道《とうかいどう》・山陽《さんよう》新幹線の下りのページだった。その見開き二ページには、始発から午前九時までに東京を出るひかりやこだまの発着時間が載っていた。

突然、音楽が聞こえてきた。聞き覚えのある曲だった。

俺は女の写真と時刻表を持って、勇蔵の部屋を出た。

居間のドアが開いていた。宏美はソファーに浅く腰を下ろし、正面を見つめていた。手には缶ビールが握られている。

居間に流れていたのはカーペンターズの『愛のプレリュード』だった。

「ビール、もらっていいか」

「すぐに用意するわ」

俺は立ち上がろうとした宏美を制し、キッチンに向かった。もう遠慮する気はまったくなくなっていた。

勝手に冷蔵庫を開けた。一瞬、中身をじっと見つめてしまった。

食料品や飲料水でほとんど隙間がない。

詰まっているのは充実した家庭生活、そのものである。少なくとも、宏美は、香織の誘拐未遂《みすい》事件で気を揉んでいたとしても、昨日までは、平穏な暮らしが続くと信じていたのだ。

その土台を揺るがしたのは勇蔵だ。しかも、かなり前からガタついていたらしい。

俺は、中に入っていた缶ビールをふたつ取りだし、静かに冷蔵庫の扉を閉めた。

居間に入った俺は、肘掛け椅子に腰を下ろした。宏美の座っているソファーは左手にある。

「懐かしいな、カーペンターズ」俺はそう言ってから、缶ビールのプルトップを引いた。

「何だか知らないけど、大学時代のことを思い出しちゃって。こんな時に変ね」

「飲もうか」

宏美がぼんやりとしたままうなずいた。しかし、突然、俺に目を向けた。

「怪我してるんでしょう?」

「ちょっとぐらい飲んでも大丈夫さ」俺は缶を口に運んだ。

しばらくふたりとも口を開かなかった。カーペンターズが歌い続けている。

棚に飾られているデコイが目に入った。宏美と付き合っていた頃のことが思い出された。しかし、それは断片的で、さらさらと胸の表面を流れていっただけである。

今、自分がぶつかっているいくつかの問題がどす黒く居座《いすわ》っているものだから、二十歳の頃の思い出に浸ってはいられなかった。

宏美がビールを飲み干した。俺が新しい缶を開けてやった。

「時刻表、どうかしたの？」

「大したことじゃないんだけど」俺は時刻表を手に取り、折ってあったページを宏美に見せた。「新幹線に乗る予定があったのかもしれないな」

「本当に京都に行ったのかしら」

「他の駅名で、勇蔵と関係のありそうなところはない？」

「ないわ」

宏美は、改めて時刻表に目を落とすこともなく即座に答えた。そんなことどうでもいい、と言外に言ってるようだった。

「氏家さんが、あの人に会ったのは、彼がいなくなる前の夜よね」そこまで言って宏美はビールを口に運んだ。

「勇蔵が俺に何か秘密の話をしたんじゃないかって、君は思ってるんだね」

宏美が小さくうなずいた。

「秘密の話なんかしてないし、別に変わったところもなかったよ」俺は嘘をついた。

「その写真の女の人のこと話したんじゃないの」

俺は短く笑った。「まったくしてないよ。車の話とか、景気のこととか……雑談をしてただけさ」

「じゃ、消える前にあなたに会いたかったってことかもしれないわね」

「まだ失踪したって決まったわけじゃないよ」

別れ際の勇蔵の姿が目に浮かんだ。勇蔵は俺を呼び止め、謝ったが、本当は他に言いたいことがあったのかもしれない。奴はいつまでも頭を下げていた。円形脱毛のできた頭を。

誘拐などではなく勇蔵は失踪した。何だかそんな気がしてきた。

「ともかく、写真の女の名前と住所を、勇蔵の同僚か誰かに訊いてみて」

「そんなこと知っても何にもならないでしょう。その女と一緒に決まってるもの」

「住所が分かったら、俺がその女のところに行ってみるから」

宏美が俺に目を向けた。「気持ちは嬉《うれ》しいけど、もういいわ。氏家さんには、本当に感謝してます」

「宏美さん、〝氏家さん〟って呼ぶの止めてくれない？」俺は軽い調子で言った。「何だか他人行儀《ぎょうぎ》で気持ちが悪い。俺と君は昔、付き合ってた。だけど、別れた。君もそうだろうけど、俺ももう何も気にしてない。こうなった以上は、俺に何でも打ち明けてくれ。俺と君は、兄妹でもないし、友だちと言っても、ちょっと特殊だ。だから、却って、本音で話せると思う」

宏美が手で口を被い、顔を背《そむ》けた。閉じた目から涙が滲《にじ》み出てきた。

俺は、そんな宏美を無視してこう言った。「勇蔵が、この女と一緒だろうがなかろうが、銀行員の職も、家族も捨てて失踪したとしたら、本当の理由は他にあると俺は思ってる」

宏美が涙顔を俺に向けた。「さっき言ってたよね、香織の誘拐事件と関係があるかもしれないって」

「そこまでは分からないけど、銀行でトラブルを抱えてたんじゃないかな」

「あの人が不正に関係してたって思ってるの？」

「トラブルがあったかもしれないけど、不正と関係があるとは限らないよ」

「…………」

「ともかく、写真の女の名前と住所が分かったら、すぐに俺に知らせて」

宏美は虚《うつ》ろな目を壁に向け、小さくうなずいた。「豊さんの言う通りにする」

俺は念のために、勇蔵の携帯の番号を宏美に訊き、メモした。

カーペンターズが歌うのを止めた。

俺はビールを飲み干すと、ふうと息を吐いた。「明日は工場は休み。家に電話くれ」

「そうします」

ひとりで大丈夫か、と喉《のど》まで出かかったが、口にはしなかった。俺が泊まってやるわけにはいかないのだから愚問《ぐもん》である。


宏美から電話が入ったのは翌日の午後二時すぎだった。

女の名前は杉浦愛実《すぎうらまなみ》。住所を訊いた俺は驚いた。杉浦愛実は勇蔵のマンションからすぐのところに住んでいるらしい。

監禁されていた俺は、勇蔵と電話で話した。喫茶店からかけてきたと言っていたが、女の家からかけたのかもしれない。

「日曜日なのに、さっき勇蔵の上司だけではなく、支店長もうちに来たわ」

「どうして?」

「はっきりとは言ってないけど、あの人、だいぶ前から不正融資をやってたらしいの」宏美が消え入るような声で言った。

「警察は?」

「ここには来てないけど、上司の話だと、警察が動き出したのを知って、勇蔵は行方をくらましたみたい」

「杉浦愛実のことは何か言ってた?」

「女のことは電話で、彼の同僚に聞いたから、支店長たちとは彼女のこと話してない。私、ここにはいたくないから、実家に行きます」

宏美の実家は港区白金《しろかね》だったはずだ。俺は改めて住所と電話番号を訊き、受話器を置いた。

俺は駆り立てられるような気分で、杉浦愛実の住まいを目指した。別段、宏美の役に立ちたいと思ってるわけではない。そうやって動き回ってると、車の修理をやってる時と同じように気分が紛《まぎ》れるのだった。

中野駅で電車を降りた俺は、また書店に寄って、今度は中野区の住宅地図を買った。書店を出たところで、住所を探した。

中野通りを下り、大久保通りを左に曲がった。勇蔵のマンションの前を通り、そのまま進む。杉浦愛実の住んでいるマンションは、区立第九中学の近くにあった。勇蔵のマンションは中野二丁目にあり、問題の女の住まいは中野一丁目だが、直線距離だと一キロも離れていないだろう。

それにしても、人間というのは分からないものだ。好きな女が自宅の近くに住んでいると逢引《あいび》きには都合がいいが、家族といる時に、ばったり会ってしまう可能性が高い。勇蔵が、女にそのマンションを借りさせたのではないにしても、心穏やかではないはずだ。勇蔵の大胆さに驚くばかりである。

女のマンションはオートロック式だった。四〇四号室のボタンを押した。

「はい」

女が応えた。てっきり不在に決まってると思い込んでいた俺は、すぐに言葉が出てこなかった。

「何でしょうか？」

「杉浦愛実さんですね」

「そうですが」

「私、五十嵐勇蔵さんの学生時代の友人で氏家豊と申します。勇蔵さんについてちょっとお伺いしたいことがあるんですが、お時間、取っていただけないでしょうか」

愛実は一瞬黙ったが、「どうぞ」と沈んだ声で言った。

予想せぬ展開に、俺は戸惑いつつ、エレベーターに乗った。

愛実は硬い表情で俺を部屋に迎え入れた。

写真とそれほど違ってはいない。笑わないとどこにでもいる目立たない女で、服装も地味だった。田舎《いなか》の洋装店でオバサンが買いそうな、花柄のブラウスに紺のフレアスカートを穿いていた。

俺は改めて名乗り、突然の来訪を詫びた。愛実は俺に麦茶を入れてくれた。

「五十嵐さんから、あなたのこと聞いたことがあります」

「何て言ってたんですか？」

愛実はちょっと困った顔をした。

「何を言われても平気です」

「奥さんの昔の恋人だったんでしょう？」

「勇蔵、あなたには何でも話せたんですね」

「………」

灰皿は見当たらない。俺は煙草を我慢することにし、麦茶を口に運んだ。

「勇蔵、失踪したようです」

愛実が目を伏せた。

「何か知ってますね」

「〝何もかも嫌になった。お前と一緒に蒸発したい〟。そんなことを言ってました」

「でも、あなたはここにいる。ということは……」

愛実の眉が険しくなった。「何で、私が五十嵐さんと蒸発しなきゃならないんです？

そんな義理、私にはありません」

俺は愛実の顔を覗き込んだ。「付き合ってなかったってこと？」

「関係は持ちました。それは認めます。でも、愛だとか恋だとかいうんじゃないんです」

「じゃ、お金？」

　愛実はそっぽを向いた。「よくはしてもらいましたけど、お金はもらってません。ここの家賃だって自分で払ってます。彼が積極的だったから、私、ほだされたんです。でも、私としてはベタベタした関係にはなりたくなかった。そういうことってあるでしょう？」

「もちろん。あなたは若いから知らないだろうけど、昔、金井《かない》克子《かつこ》という歌手に『他人の関係』って歌がありました。〝愛したあとおたがい　他人の二人〟っていう男と女のクールな付き合いを歌ったものだったけど、それを思い出しました」

「知ってます」愛実が小さな歯を覗かせて笑った。「〝パ、パッ、パッパッパ〟って歌ですよね」

「そう」

「そこまではいかないけど、まあ、似たような感じかな、私の気持ちは」

「勇蔵は十五日の水曜日からいなくなったようですが、ここに来たんじゃないんですか？」

「来ました」愛実はあっさりと認めた。

「正確にはいつ？」

「十五日の夜……日付が変わってたから、十六日の午前一時頃です。かなり酔っていて、一晩泊めてほしいって言われました。でも、私、中にも入れませんでした。正直に言って、彼との付き合いは重すぎて、うんざりしてたんです。お友だちのあなたに言うことではないかもしれないですけど、彼、勝手に、この部屋の合い鍵を作ってたんですよ。それでいっぺんに冷《さ》めちゃったっていうか、気持ちが悪くなってきて……」

「勇蔵が合い鍵を作ってたって知ったのはいつ？」

愛実が少し考えた。「十日の夜でした。私が帰ってきて、エレベーターを降りた時、彼が私の部屋から出てきたの。彼、すごくバツが悪い顔してました。その顔を見た瞬間に嫌悪感を催して、鍵を返してもらって、二度と来ないでって怒鳴《どな》ってやりました」

「鍵は早速、替えたんですね」

「もちろんです」

勇蔵は、間違いなくこの部屋から、ハンチングの男の携帯にかけ直したのだ。

「ここに変な電話がかかってきたとか、勇蔵を呼び出した人間がいたとか、そういうことはなかった？」

「ありません」

「不審な人間に付きまとわれたことも？」

「ないですよ」愛実の苛立ちが露《あら》わになった。「どうしてそんなこと訊くんですか？」

「人ってそう簡単には蒸発しませんから」

「彼、何かやったんですか？」

「さあね」俺は肩をすくめてみせた。「ところで、あなたの仕事場は六本木支店ですか？」

「以前はそうでしたけど、今は四谷支店にいます。不思議なんですけど、どうやって氏家さんは、私と五十嵐さんの関係を知ったんです？　彼も私もとても用心深いから、誰にも分からないように付き合ってたんです。私と親しい同期の子だって知らないのに」

「酔った時、あなたの写真をあいつ、私に見せたんです。それで私が面白がって質問したら、いろいろ教えてくれて」

「もしも、彼が悪いことをしてたら……きっと私も調べられますね」

「六本木支店時代、彼の仕事ぶりを見てたんでしょう？」

「私、部署が違いましたから、よく知りません」

「彼の携帯番号は知ってますよね」

「ええ」

「あなたとのホットラインだったらしくて、親友の私にも、携帯を持っていることすら教えてくれなかったんです」

「ホットラインじゃなかったですよ。彼、仕事でも使ってましたから」

「あなたと一緒にいる時にも、携帯で誰かとしゃべってたんですね」

「ええ。でも、私の前で長電話をしたことはありません。必ず席を立つか、〝後でかける〟と言ってました」

勇蔵は、この女が好きで、心を許していたらしいが、裏でやっていることは絶対に知られないようにしていたらしい。

ここまで話した限りでは、杉浦愛実の言っていることは信用できた。

「勇蔵、きっとあなたにはまた連絡してくる気がするな」

愛実の顔が歪んだ。「迷惑だわ。家庭も仕事も捨てて蒸発する人なんかと金輪際《こんりんざい》関わり合いたくないです」

「連絡があったら、上手に居場所を訊きだしてくれない？　〝逢いたくなった〟とか何とか言って」

「嫌です、そんなことするの」愛実はきっぱりと断った。

「自殺されたりするよりはましでしょう」俺は淡々とした調子で言った。「遺書にあなたのことが書かれたりしたら、余計に面倒なことになる」

「あの人、気が弱いものね」愛実がつぶやくように言った。

「だから、うまく言って、居場所を聞きだしてほしいんですよ」

俺はメモ用紙を取りだし、自宅と工場の電話番号を記した。

「ポケベル持ってないんですか？」

「私が破産したって、勇蔵、言ってませんでした？」

「いいえ」

「会社を潰し、借金を作った。だからポケベルも持てない身分なんですよ、今は」

愛実の頰がゆるんだ。「そうは見えませんけど」

「恰好ぐらいきちんとしてないと相手にされないでしょう？」俺はにっと笑った。

「分かりました。連絡があったら訊きだしてみます」

「お時間取らせちゃって、すみませんでした」俺は愛実に頭を下げ、腰を上げた。

「本当のこと言って、彼とのこと誰かに話したかったんです。少し気持ちがすっきりしました」

「あいつから電話があっても、私の名前は出さない方がいい。奥さんに通じると思って警戒するだろうから」

愛実が黙ってうなずいた。

俺は目いっぱい優しく微笑んで、愛実の部屋を後にした。

来た道を戻り、中野駅に向かった。勇蔵のマンションの前を通った時、玄関口に目をやったが、寄る気はなかった。

宏美はもう実家に戻っているかもしれないし、戻っていなかったとしても、会って話すのは面倒だと思ったのだ。

勇蔵が哀《あわ》れに思えてきた。あんなどこにでもいる女に翻弄《ほんろう》されるなんて。だが、愛実を非難する気はまったくなかった。中年オヤジが、トチ狂ったにすぎない。〝お前と一緒に蒸発したい〟だと？　馬鹿も休み休み言え。

生真面目に家庭人をやりすぎた反動か。それとも、犯罪に手を染めたことで気が動転してしまったのか。いずれにせよ、悪い方角に勇蔵は走り出してしまったのだ。

学生時代に遊びすぎだと俺を馬鹿にし、非難していたが、お前はもっと遊んでおけばよかったんだよ。

俺は心の中で勇蔵に悪態をつきながら電車に乗った。

宏美の実家に電話をしたのはアパートに戻ってからである。受話器を取ったのは、宏美でもなく両親でもなかった。香織だった。

「氏家のおじさんだけど、お母さんを呼んで」

「おじさん、お元気?」香織はこまっしゃくれた口調でそう言った。

屈託のない明るい声がちょっと辛かった。

宏美に代わった。

勇蔵が杉浦愛実と一緒ではないと教えた。

「その人が、その……」

周りに人がいるらしい。宏美はそこまで言って黙ってしまった。

「勇蔵を匿《かくま》ってるって言いたいの?」

「可能性あるでしょう?」

「ないと思うね。そこまでの関係ではなかったみたい。勇蔵が、ちょっと若い子に憧れてただけだったんじゃないかな」

「………」

「俺の勘を信じて。その子は関係ないよ」

「じゃ、やっぱりあの人……」

「詳しいことが分かったら必ず俺に教えて」

「はい」

切った受話器に手を置いたまま俺はじっとしていた。何か考えついたことがあったわけではない。疲労が重く肩にのしかかってきて、その場を離れる気にもならなかっただけである。

ドアがノックされた。放っておいた。三度目のノックで、やっと腰を上げた。

やってきたのは、俺の事情聴取をやったふたりの刑事だった。

「お休みでしたか?」川西に訊かれた。

「いえ」

相棒の三田村は、部屋の中を覗き込んでいる。

「氏家さん、できましたら、署までご足労願えませんか」川西が続けた。

「なぜ?」

「またいろいろお伺いしたいことができたんです」

「ここまで来たんですから、うちで話しましょう」

「これはあくまでお願いなんですけど、署でお話ししたいんです」

川西の口調は穏やかだったが、譲《ゆず》るつもりは毛頭《もうとう》ないという強い意思が感じられた。要するに任意同行を求めているらしい。拒否したら、どうするのだろうか。抗《あらが》ってやろうかと一瞬、思ったが止めた。

新太郎を殺したのは俺ではないのだから、何を言われても、訊かれても堂々と渡り合えるではないか。

俺は、先ほどまで着ていた麻のブルーのジャケットを羽織ると、部屋を出た。

階段を降りようとした時、隣の部屋のドアが少し開いているのに気づいた。川中が盗み聞きしていたらしい。

三田村の運転する車で愛宕第一署に向かった。警察官は慎重である。署に着くまで制限速度をきちんと守っていた。

取調室に入ると、お茶が俺の前に置かれた。灰皿も用意された。

この間と同じように、川西が俺の正面に座った。三田村は左側の壁際で俺をじっと見つめていた。

川西がノートを拡げ、指を軽く舐《な》めてページをくった。

「富沢さんに頼まれたことは何にもなかった。間違いありませんね」

「ありません」

「実は、富沢さんの自宅を捜査したところ、或るところから、氏家秀勝《ひでかつ》って人物の真新しい預金通帳が出てきたんですよ」

俺は唖然としてすぐには言葉が出てこなかった。

「あなたの父親の名前ですよね」

「ええ」

「亡くなられているお父さんの名前が架空口座に利用されてた。ちょっと引っかかるんですがね」

「僕は何も知らない」

「富沢さんが、あなたに五千万、融通《ゆうずう》したのは、あなたが何らかの形で、富沢さんの裏金作りに協力してたからじゃないんですか？」

「親父の名前を貸してくれと頼まれたことなんかないですよ」自然に言葉に力が籠もった。

川西が上目遣いに俺を見た。「勝手に名前を使われた。そう主張なさるんですね」

「どこの銀行にいくら預金してたんです？」

「同朋銀行六本木支店に十八億、預けてありました」

俺の口があんぐりと開いてしまった。そして、動揺が笑いを呼んだ。

鼻から息と一緒に抜ける笑い声に、三田村の目つきが変わった。「笑い事じゃすまないんだよ、氏家さん。富沢は、銀行員と結託し、ノンバンクを使い、かなりの額の金を不正に受け取ってた」

「六本木支店の課長が行方不明なんです。誰のことを言ってるのか、あなたには分かってますよね」と川西。

「勇蔵、いや五十嵐が富沢さんと組んで不正を働いてたってことですか」

そう訊いた俺の声は弱々しかった。何が何だかさっぱり分からないので力が入らない。

「惚けるのもいい加減にしろ！」三田村が怒鳴った。

俺は三田村を睨み返す気力もなかった。笑いが収まると、口を手の甲で拭《ぬぐ》った。

「本当に僕は何も……」

川西が鉛筆をノートの間に置き、煙草に火をつけた。「本当のことを言ってくださいよ。私たちは名義貸しや不正融資の件を調べてるんじゃない。富沢さん殺しの捜査をしてる。あなたが正直に話してくれることで、事件解決が早まるかもしれないと期待してるんです」

「そう言われても、僕は答えようがない。五十嵐とは時々、会ってましたが、富沢さんのことなんか一度も話に出なかった。僕が彼の妹と結婚してることは知ってたし、彼女に会ったこともあったのに。五十嵐は前から警察に目をつけられてたんですか？」

「或る会社の詐欺事件を捜査中、五十嵐勇蔵の名前が浮上してきて、警視庁の捜査二課が動き始めてた。それを知って逃走したのでは、と二課ではみてます」

勇蔵夫婦の娘、香織の誘拐騒ぎ、俺の拉致監禁事件が、新太郎殺しと繋がっているということか。

「しかし、こういう見方もできないことはないですよ」川西が続けた。「被害者と五十嵐さんの間にトラブルがあり、あの殺人事件が起こった。それが原因で五十嵐さんは姿を消した」

「かもしれないですが、僕は関係ないです。繰り返しになりますが、富沢さんの仕事を手伝ったことなど一度もありません」

「あなたが離婚する前は、富沢さんはあなたの義理の兄だった。そして、五十嵐さんは、あなたの学生時代からの友人。あなたが富沢さんと五十嵐さんを引き合わせたんでしょう？」

俺は川西から目を逸《そ》らさず、首を何度も横に振った。

「富沢は、あの夜、あんただけじゃなく、五十嵐も呼び出してたんじゃないのか」三田村が口をはさんだ。

俺は呆然として、また首を横に振った。

「首を振っただけじゃ分からないよ」三田村が声を荒らげた。「五十嵐は呼び出されてなかったって意味か」

「今日、聞いたことはすべて初耳です」

川西が俺をまっすぐに見た。そして、手にしていた鉛筆の先をノートの上に強く押しつけた。折れた芯が俺の方に飛んできた。

「妹との夫婦関係がうまくいかず、離婚した男の借金を兄が肩代わりをした。なぜそうしたか……。こういう事実が出てくると、納得できますよ」

俺は他のことを考えていた。

銀行員の勇蔵が結託していれば架空口座など簡単に作れる。しかし何もわざわざ、俺の親父の名前を使う必要はないではないか。大体、あいつが俺の親父の名前を知ってたかどうかも定かではない。仮に知っていたとしたら、安易に使ったとしか思えない。

いずれにせよ、俺の親父の名前が利用された。警察が俺を疑う根拠はあるということだ。

俺は新太郎に対してより勇蔵にむかっ腹が立った。

川西がノートをめくった。「あなた、昨日、新宿の喫茶店で五十嵐さんの奥さんに会い、自宅に寄ってますよね」

「僕を監視してたんですか？」

「そういう情報が入ってきただけです」

勇蔵が失踪したことで、警視庁の二課が動いていたということらしい。

「何を奥さんと話したんですか？」

俺は本当のことを教えた。よほど香織の誘拐未遂事件について話そうかと思ったが、そんなことを話したらさらに面倒なことになる。むろん、俺の拉致監禁事件のことも、今の段階では話すつもりはない。

警察にすべてを打ち明ける方が、疑いを晴らす近道かもしれないが、俺の言うことをまるで信じていない、こいつらを頼りにするのは不安だった。

急に動揺が収まった。勇蔵に対する怒り、刑事たちに対する不信感。それらが、俺を奮《ふる》い立たせたようだ。

会社を潰した後の俺は、静かな暮らしを求めていた。しかし、世俗《せぞく》から遠く離れて生きようとしている俺を、世の中が生々しい世界に引き戻した。だったら戦うしかない。バブル期のように調子に乗りすぎないように気をつけなければならないが、走り出したら止まらない性格は変えられないだろう。

俺は煙草を取りだし、火をつけた。そして、思い切り、煙を吐きだした。

三田村が俺を睨んだ。不貞不貞しい態度だとむかついたのだろう。

「僕が、彼らと組んで良からぬことをやっていたら、自分の父親の名前なんか使わないと思いませんか」

川西が俺に挑むような視線を向けた。「あなたの親父さんの名前が使われたのは、ほんの短い間だけでね。その十八億は消えてる」

「その金はどこにいったんです？」

「それは二課が目下捜査中だ」

「親父の名前が使われたのはいつ頃？　最近ですか？」

「今年の三月から五月にかけてだそうだ。たった一ヶ月あまり。だから、あなたは、死んだ父親の名前を軽い気持ちで貸したんじゃないのか」

「ちょっと待ってください。僕が仲間だったと決めつけるような発言は止めてほしいですね」俺は川西から目を逸らさずに、煙草を消した。「十八億なんて金、想像もつかないですが、普通じゃ簡単に引き出せない金額ですよね。どこかに振り込まれてるはず。それを洗えば……」

三田村が机を叩いた。「お前、どの面《つら》下げて、捜査員みたいなこと言ってるんだ。質問するのはこっちだ」

「あくまで、私たちは殺人事件の捜査をやってる。金の流れはさっきも言ったが……」

ドアがノックされた。川西は話を止めた。

若い刑事がメモを手にして、部屋に入ってきた。その刑事が出てゆくと、川西はメモを読み始めた。

俺は冷たくなったお茶を一気に飲み干した。

「七月三日から四日にかけて、五十嵐さんの娘、香織さんが誘拐されたそうじゃないですか」

「五十嵐の奥さんが話したんですね」

「なぜ、あなたは隠してたんです？」

「無事に助かったんだから、内密にと五十嵐に頼まれたからです」

「五十嵐さんとの友情、私たちが思っている以上に深いんですね」川西が嫌みたっぷりに言った。

「ここに来て初めて、僕はあいつに裏切られてたことを知った」

「だったら、さっきしゃべってもよかったじゃないか」と三田村。

「奥さんと娘のために黙ってたんですよ」

「義理立てする必要があったんですか？」川西が訊いてきた。

「奥さんは、僕の学生時代の恋人なんです。今は何の気持ちもないけど騒ぎ立てたくなかった。でも、彼女が話したんだったら、何でも訊いてください。犯人の顔、全員じゃないが覚えてますから」

川西がうなずき、新しい鉛筆を手に取った。

俺は、日比谷公園で遭遇した〝ルジェノワ〟の追っかけのことから話を始めた。

途中でふたりの刑事が口をはさむこともあったが、大体、彼らは黙って聞いていた。監禁の現場となった場所とビル名を口にすると、三田村が部屋を出ていった。

裏を取るために、すぐに捜査員を現場に行かせるつもりなのだろう。

クーラーは入っていたが効きが悪いのか、俺が興奮しているせいか、首筋にじんわりと汗が滲んだ。

話している間に川西は三度、鉛筆を取り替えた。

部屋に戻ってきた三田村は、菓子パンとお茶のペットボトルを携《たずさ》えていた。

俺のための夕食だった。

監禁されていた時の方が、まだ上等な食事が出た。そう言ってやりたくなった。

俺はあんパンを口に頬張った。あんパンは俺の好みじゃない。クリームパンが大好きなのだが、それはなかった。

しかし、文句は言わず、話を続けた。

いつ終わるかも分からない聴取だが、俺は覚悟を決めていたので、いくらでも耐えてやると自分に言い聞かせ、あんパンをお茶で胃袋に流し込んだ。

四

その夜、俺は赤坂見附《みつけ》近くのイタリアンレストランにいた。愛宕第一署で二度目の事情聴取を受けた翌日のことだ。刑事の尾行があるかもしれないと、ちょっとピリピリしていたが、見た限りでは、そんな人物はいなかった。

その日、関東の梅雨《つゆ》が明けた。昨年よりも三日早いそうだ。

俺の方は梅雨明けどころじゃない。これから本格的な暴風雨を体験するかもしれないのだから。

俺と一緒にいるのは、薬丸興産の事務員、米原悦子だった。悦子が待ち合わせのエリアを指定し、イタリアンを食べたいと言ったから、手頃なレストランを選んだ。高級店に連れてゆく相手ではないし、これからのことを考えると無駄使いは慎まなければならない。

電話番にしかすぎないであろう悦子が、会社の事情に詳しいとは思えないが、細い糸でも手繰《たぐ》ってみるべきだと思った。

窯《かま》焼きピザを売り物にしているその店は若者に人気があった。

俺と悦子は、キャンティ・クラシコを飲みながら、ピザを食べた。

「田宮さんって前は何をやってたの？」

俺は、化粧品の押し売りに化けて悦子に近づいた時、田宮六郎と名乗った。偽名を使うなんて初めてのことだから、彼女に電話した際、つい忘れそうになり、ひやりとした。

俺は潰れた会社のことを話したが、さらりとしか説明しなかった。悦子も詳しい話に興味はなさそうだった。

悦子は、黒地に白い花柄のワンピースを着ていた。胸がV字に切れている。かなりの巨乳。俺の目は時々、雄《おす》になった。

愛宕第一署での事情聴取は、五時間以上に及んだ。というのは、警視庁捜査二課の刑事ふたりが、その場にやってきて、川西たちと交替して、勇蔵が関わったと見られる不正融資事件について訊いてきたからだ。

二課の刑事たちは、感情を露わにせずに淡々とした調子で質問を続けた。父親の名前が使われた背景を知りたがったが、答えようがなかった。二課の刑事は、そのことよりも、勇蔵の行方を気にしていた。友人である俺が匿っている可能性があるかもしれないと思っているようだった。

下手に隠し立てするのはまずい。飯倉片町近くの公園で会ったことを話した。むろん、内容には触れなかったが。

「……公園に呼び出されたこと自体が変だったし、やたらと昔話ばかりして、最後に僕に深々と頭を下げたんです。今にして思えば、不可解と言えば不可解ですね。僕が勇蔵に会ったのは、それが最後です」

「杉浦愛実に会いにいきましたね」眼鏡《めがね》をかけた刑事に訊かれた。

俺は、なぜそうしたかを話した。

ペンを走らせていた眼鏡の刑事が顔を上げ、名刺をテーブルに置いた。「彼が、あなたに連絡してきたら、必ず、そこに書いてある番号に電話ください」

「はい」

署を後にしたのは午前零《れい》時すぎだった。花島に電話を入れ、事情を話し、休みがほしいと言った。

「お前、自分で調査する気か」

「このままじゃ、ボルトとナットの違いさえ分からなくなりそうで、まともな修理ができそうもありません」

「質問にちゃんと答えろ」

「ええ、そのつもりです」

「止めろ！」花島が声を荒らげた。「殺人事件が絡んでるんだぞ。お前ひとりで何ができる」

「自分の車をひとりでレストアできるのが理想でしょう。それと同じ気分です」

「減らず口を叩くな。殺されるかもしれないんだぞ」

「すみません。これだけは俺の我《わ》が儘《まま》を聞いてください」

花島がしばし黙った。そうしてこう言った。

「俺がしてやれることはあるか」

「工場にある車、軽トラでもかまいませんから、必要な時に使わせてくれませんか」

「お前の下手な修理で直せるやつを貸してやる。いつでも言ってこい」

花島は、俺の礼の言葉を聞かずに電話を切ってしまった。

米原悦子に連絡を取ったのは今日の午後だった。やる気のない声で電話に出た悦子は、俺とのデートを案外簡単に受けた。会った際、化粧品をふたつほどプレゼントしてやった……。

緊張が続いている最中である。悦子の胸の谷間は、見ているだけで気持ちを和らげてくれた。

「あなたの勤めてる会社、儲かってるみたいだね」俺はさりげなく話を薬丸興産に振った。

「あんなの会社じゃないわよ」

「え？」

悦子は少し突き出た前歯でピザを嚙《か》みきってから、俺の方に躰を倒した。「今日、警察が来たのよ」

「何で？」俺は大袈裟《おおげさ》に驚いて見せた。

「知らない。ともかく、実際は何《なん》にもしてなかった会社なの」

「幽霊会社ってこと？」

「私、働くこと自体、あんまり好きじゃないけど、何にもしないで会社にいるのって死ぬほど退屈《たいくつ》なのよ」

「たまには社長、顔を出したんだろう？」

「うん。でも、そういう時は、私を事務所から追いだした」

俺はワインを口に運んだ。「暴力団の息のかかった会社なのかな」

「そうみたい。私が忘れ物を取りに戻った時、柄《がら》の悪い男がふたり、社長を取り囲んでたもの」

俺は考え込む振りをした。「ヤクザが銀行の不正融資で得た金を、あの会社を使って迂回させてたのかもな」

アイラインを濃く引いた目が大きく開いた。

「田宮さん、勘がいいね。私もそう思った」

悦子は警察から写真を数枚見せられたという。その中に真面目なサラリーマン風の男の写真があり、悦子は、その男の顔を見たことがあると言った。写真を見せた刑事が同朋銀行からの電話を受けたことがあるかと訊いてきたという。

「で、受けたことあったの？」

「ないわ。でも、私が見たサラリーマン風の男って、いかにも銀行員みたいだったから、きっと、あの人が同朋銀行の人だったのね。そう思ったのは、今日、写真を見せられてからのことだけどね」

悦子がグラスを空けた。俺が酒を注《つ》いだ。

「その男を見たのはいつ頃？」

「つい最近。先週の月曜日だったと思う」

先週の月曜日は七月十三日。おれが監禁されていた時である。

「で、社長は今、どうしてるの？」

「分からない」悦子は溜息をついた。「もう辞めたいんだけど、社長がつかまらなきゃ、辞めるに辞められない」

「今月の給料、払ってもらえるかな」

悦子が顔をしかめた。「そうなのよ。自宅に電話しても通じなかったから、社長のマンションに行ってみたんだけど、誰も出なかった」

「社長って会社の近くに住んでるの？」

「この近く。だから、赤坂で待ち合わせをしたの」

知りたいことを真っ直ぐに訊けない。俺は歯痒《はがゆ》くてしかたがなかった。

「赤坂のマンションね。悪いことして儲けた金でゴージャスなマンションに住んでるんだろうな」

「それがね、名前はすごいんだけど、古くて汚い建物だった」

「すごいってどんな名前？」

「赤坂ゴールド・レジデンス。見たら笑っちゃうぐらいのボロマンションだった」

これまで悦子は、警察に事情聴取を受けたことなど一度もなかったのだろう。人は、異例な体験をすると誰かに話したくなるものである。だから、こうも簡単にしゃべってくれているのだろう。

しかし、この件にばかり話を向けていると変に思われるかもしれない。俺は、悦子個人のことに話題を変えた。

悦子は山梨《やまなし》出身で、高校を卒業してから上京したという。最初は小さなホテルに就職したが、給料がよくない上に、先輩に苛《いじ》められたから退職し、渋谷にあるスナックで働いた。それがきっかけで水商売に入った。二軒目の店で知り合った客と恋仲になり結婚した。だが、二年後、男が交通事故で死に、また働きに出ることになったそうだ。子供はおらず、東向島《ひがしむこうじま》のマンションでひとり暮らしをしているという。

食事を終えた俺は、悦子を連れて田町《たまち》通りを溜池《ためいけ》方面に歩いた。韓国系の店がやたらと目立つ。

山王下《さんのうした》から乃木坂《のぎざか》に通じる通りを渡った。数年前に入ったことのある有名なクラブ『川崎《かわさき》』を通りすぎた時だった。

「氏家君」

偽名を使っている俺は背筋が寒くなった。

薄い卵色の着物姿の女が、上品に微笑んでいた。料亭『瀧田家』の女将、澄子だった。

「人違いです。僕は田宮というものです」

澄子は怪訝な表情をした。だが、それは一瞬のこと、いかにも申《もう》し訳《わけ》なさそうな顔をしてこう言った。

「失礼しました。よく似た方が知り合いにいるものですから」

俺は小さく頭を下げ、クラブ『川崎』の並びの雑居ビルに入った。エレベーターを待っている間、通りに目をやった。

澄子がちらりと俺の方を見て通りすぎた。

「クラブのママかしら」悦子が言った。

「さあね」

エレベーターに乗ると五階のボタンを押した。

こぢんまりとしたカウンターバー。初めてくる店ではないが、ここにくる時はいつもひとりだったし、初老のバーテンに名乗ったことはない。本名が悦子に知られないですむ店を選んだのだ。

しかし、澄子はさすがに勘がいい。料亭で、ライバル会社の偉いさんや政治家がかち合うこともあるはずだから、惚けることは　演技派女優よりも上なのだろう。

「シャンパン、飲んでいい？」甘い声が耳許でそう囁いた。

「お好きなものを」

グラスシャンパンは置いてなかった。ヴーヴクリコを一本頼んだ。

「あなたって化粧品を売り歩いてる人には思えないわね」悦子が言った。

「元は田宮商事って会社の社長だったからね。シャンパンの一本ぐらいは、今だってご馳《ち》走《そう》できるさ」

この店にはよく来るのかと訊かれた。友だちと二、三回来ただけと嘘をついた。バーテンが聞いていたとしても、余計なことを言うはずはない。

「ね、田宮さん、私を雇ってくれるとこ知らないかしら」

「事務でいいの？」

「水商売、嫌いだけど、お金になるから戻るしかないかも」

「探してみるよ。でも、今の事務所どうするの？　会社の鍵、君が持ってんだろう？」

「うん」

「だったら、しばらくはあの事務所にいなきゃ。給料だって払ってもらわないと馬鹿みたいだしね」

「あーあ。面倒臭い」悦子が投げやりな調子で言った。

「俺が時々、会社に遊びにいってあげるよ」

「そうして。さっきも言ったけど、暇で暇でしかたないんだから」

悦子はよく飲む女だった。しかし、酔いつぶれるような気配すらしなかった。

ボトルが空になった。

「送っていこう」俺が言った。

悦子の表情が硬くなった。「私、攻めっ気の強い男、苦手《にがて》なの」

「送り狼なんて俺の趣味じゃない。誘う時はちゃんと誘うよ」

悦子は肩をすくめただけで、何も言わなかった。

大事な調査をやっているのに、悦子を抱きたくなった。会社が傾き始めてから、俺はまったく女に縁がなくなった。そんな俺の前に、妙に色っぽい女が現れたものだから、雄の本能が呼び覚まされ、俺の頭、いや躰を悩ました。

いけない。いけない。血迷うのはいい加減にしろ。俺は自分を戒《いまし》め、勘定《かんじょう》を頼んだ。

そして、表通りまで一緒に出て、空車を停めた。そして、悦子にタクシー代を渡した。

「また連絡するね」

タクシーに乗った悦子に軽く手を上げる。

あっさりと引かれたものだから、悦子はちょっと物足りなさそうな顔をしていた。別段、俺は駆け引きするつもりはなかったが、結果、そうなった気がしないでもない。

悦子と別れた俺は、公衆電話から『瀧田家』に電話を入れた。

澄子はまだ店にいた。

「先ほどはすみませんでした」俺は澄子に謝った。

「ひとりになったの」

「ええ」

「じゃ、ちょっと店に寄って」

「いいですが、何か？」

「花島さん、すごく心配してたわよ」

俺は『瀧田家』に寄ることにした。

『瀧田家』の灯《ひ》は落ちていた。下働きの人間が裏木戸から帰途につくところだった。

裏木戸のインターホンを鳴らす。澄子自身が迎えに出てきた。着物姿ではなかった。黒いスカートに臙脂《えんじ》色のブラウス姿だった。

通路には飛び石が敷かれていた。そこから裏に回る。客室から見えないように竹塀《たけべい》が施されていた。

料亭に入った。奥の部屋には、澄子の母である大女将が住んでいるという。大女将は馴《な》染《じ》みの客が来店した時だけ、挨拶《あいさつ》に出てくるのだそうだ。以前は澄子も、料亭の奥の暗い部屋で暮らしていた。しかし、それほど敷地があるわけではないので、改装したおり、四谷のマンションに引っ越したと聞いている。

澄子と知り合うまで、待合と料亭の違いがよく分からなかった。待合には調理場がなく、食事は仕出し屋に頼み、宴席の場所を提供するところで、料亭は自前の料理を出す文字通りの料理屋なのである。『瀧田家』は小さいながら、大女将時代からいる板長《いたちょう》が、調理場を仕切っている。

俺は女将の部屋に通された。畳の香りがした。狭い部屋だが、床の間があり、深山《しんざん》から勢いよく流れ落ちる滝が描かれた掛け軸《じく》が飾ってあり、艶やかな緑の葉に守られた黄色い花が、広口《ひろくち》の四角い器《うつわ》に活《い》けられていた。

「飲み物は？」澄子に訊かれた。

「飲みすぎたので、何もいりません」

黙って部屋を出ていった澄子は茶を用意して戻ってきた。熱い茶だった。冷たいものがいいと思ったが、飲んでみると思いのほか気持ちよく、喉が潤《うるお》った。

澄子が煙草に火をつけた。「私が口を出すことじゃないけど、調査なんか止めなさい」

「犯人でもないのに刑事にぎゅうぎゅうしぼられました。そしたら、むかついてきて……。俺が〝分相応の生き方をしたい〟って言ったら、〝つまらないことを言う〟って女将さん、おっしゃってたじゃないですか？」

「その気持ちに変わりはないわよ。でもねえ……」

「ご心配をおかけして申し訳ないですが、引く気はありません」

澄子は唇をきゅっと結んで、何度かうなずいた。表情は穏やかだった。

「さっき、何で偽名なんか使ったの？」

「社長から俺のどんなことを聞いてるんです？」

「あなたが話したことを全部教えてくれたはずよ」

澄子はたまたま、今日の午後、マスタングに乗りたくて工場を訪れたそうだ。俺がいなかったから、社長が何があったか教えたらしい。

「……拉致監禁されたそうじゃない。相手は、私のところに電話をしてきた人間なんでしょう？」

「多分」

「だから、口を出したくなるのよ」

俺は真っ直ぐに澄子を見た。「女将は赤坂の生き字引みたいな存在ですよね」

澄子が鼻で笑った。「私、そう言われるほどお婆ちゃんじゃないわよ」

口調は優しいが、澄子には威圧感があった。

「いや、そういう意味じゃなくて……」

「私に何か訊きたいことがあるのね」

「さっきの女、麹町にある薬丸興産という会社の事務員なんですけど、社長の薬丸剛司は赤坂のマンションに住んでるんです。友人の五十嵐が絡んだ不正融資で、二十億が薬丸興産に流れたらしい。今日、警察が社長に会いに事務所に来たそうです。ですが社長はこのところずっと不在で、警察は彼女にいろいろ訊いたらしい。薬丸剛司って男に心当たりはないですか？」

「聞いたこともない名前ね。いくら私でも、赤坂のマンションに住んでるっていうだけで分かるわけないでしょう？」

「こんなこと言うのは失礼ですが」俺は澄子を上目遣いに見た。「料亭で密談が行われることって珍しくないですよね」

澄子が大声で笑い出した。「あなたの友だちの絡んだ不正融資事件の関係者が、ここを使ってるかもしれないって思ったわけ？」

「料亭にはいろんな人が出入りするでしょう？　同朋銀行の人間が来てもおかしくない」

「いらっしゃったことあるわよ、頭取がね」

「単刀直入にお伺いしますが、バブル期は、品のない客もこの店を利用したことがあるんじゃないですか？」

「あるわよ。不動産業者っていったって地上げ屋でしかないバブル成金も芸者を揚《あ》げてたわ。だけどね、氏家君、うちは一見《いちげん》の客は断ってるし、紹介があっても、その手の客はなるべく取らないようにしてたの。品のいい馴染みのお客さんをそれで失ったら元も子もないもの」

俺はただただうなずくしかなかった。

澄子はゆっくりと茶を飲んだ。そして、淡々とした調子でこう言った。「あなたに五千万を貸した人って、富沢さんだったのね」

俺はあんぐりと口を開けた。「女将さん、彼と面識があったんですか？」

「お客様としてお見えになったことがあったわ。たった二度だけですけど」

「よく回数まで覚えてますね」

「私たちの仕事は政治家と同じよ」澄子が含んだような口調で言い、薄く笑った。「或る首相はね、入社したての新聞記者のことも忘れずに、二度目に会った時には〝やあ、氏家君〟なんて声をかけてた。そうするとね、相手は、あんなえらい人でも、自分を覚えていてくれたって感激するでしょう。私も、その首相のように、お客さんのことは絶対に記憶しておくの」

「なるほど」俺は心から感心した。「政財界の人間の集まる料亭の女将さんってすごいんですね」

澄子は曖昧に微笑んだだけで何も言わない。

「富沢さんが、誰と一緒だったか教えてくれませんか。二度しかきていない富沢さんのことを覚えてるわけですから、相手のことも忘れてないでしょう」

「もちろん、覚えてますよ。でも、相手の名前を覚えるよりも、この商売で、もっと大切なことは口が堅いこと」

「それぐらいは俺にも分かりますが、富沢さんは殺された。警察は当然、富沢さんの人間関係を徹底的に調べてるはずです。結果、富沢さんが『瀧田家』で人と会ってたことが分かれば、警察は、女将さんから、会食の相手の名前を訊きだそうとするでしょう。その時はどうするんです？」

澄子が俺から目を逸らし、穏やかな調子でこう答えた。「相手のことをお話しするかどうかはケースバイケースね。相手の方が富沢さんの死に深く関係していると分かれば、お話しするしかないでしょうが、そうでなければ、お客様のプライバシーを、たとえ相手が警察でも絶対に話しません」

「警察は俺を疑ってます。確かに俺の借金を肩代わりしてくれたのは富沢さんですけど、俺は、富沢さんの不正行為にはまったく関係してません」

「富沢さんから、呼び出されて彼の事務所に行ったのよね」

「ええ。彼は〝折り入ってお前に話がある〟と言い、貸してる金のことじゃないと断言してました。思うに、窮地《きゅうち》に立たされていた富沢さん、俺を何らかの形で使いたかったんじゃないかな」そこまで言って俺は、澄子を見つめた。「女将さん、他言はしませんから、富沢さんが一緒にいた相手のことを、俺にだけ教えてくれませんか」

「なぜかしらね」澄子がぽつりと言った。

「何がです？」

「私、あなたのことが気に入ったの。それが変な気がして。歳を取ったせいで、若くて潑《はつ》剌《らつ》とした男が傍にいるだけで愉しいんでしょうね、きっと」

「協力してくれたら、俺、何でもします」

澄子の鋭い視線が、俺の頰を刺した。「あなたに何ができるの？　私、あなたを若い愛人にしようなんて、これっぽっちも考えてないのよ、誤解しないで」

「俺はそんなつもりで、言ったんじゃないんです」

しどろもどろで否定したが、俺は、もしも誘われたら、寝てもいいぐらいのつもりだった。歳は歳だが、澄子なら抱けると思った。躰の関係にまで持ち込んででも、俺は情報が取りたいのだった。

「いくらあなたを気に入っていても、お客様のことは話せない」

澄子の口振りからすると、常連客のひとりが富沢をここに連れてきたということらしい。

俺の親父の名前を使って架空口座に入金された金と、薬丸興産に渡った金は、同じ流れに乗ったものなのか。それとも、二件の不正融資は別物なのか。分からないことだらけである。

政財界を巻き込んだ贈収賄《ぞうしゅうわい》事件の舞台として、よく料亭が使われてきた。しかし、料亭の女将や関係者が、内情を暴露したという話は聞いたことがない。

澄子の口を割らせるのはかなり難しそうだ。だが、諦《あきら》めたわけじゃない。もう少し調査を進め、新たな事実を摑《つか》んでから、再度、澄子に直談判《じかだんぱん》することにした。

「さっき薬丸何とかって男の名前を出してたわね」

「薬丸剛司ですが……」

「その男が、この界隈を仕切ってる暴力団と関係がある人物だったら、調べる手立てはあるわよ」

「是非《ぜひ》、お願いします。でも、女将さん、大丈夫なんですか？　相手が暴力団関係者だったら……」

「平気よ。うちに手出しできる組なんかないわ」澄子はさらりと言ってのけた。

遊んでいた頃に聞いた話だと、銀座の飲み屋で、暴力団の嫌がらせを受けないところがあるという。なぜならば、その店が入っているビルのオーナーが、しかるべき人物で、政財界と深い繋がりをもっている場合、暴力団は避けるらしい。『瀧田家』も、それと同じなのだろう。

俺は、薬丸剛司の住んでいるマンションの名前を教えた。

「調査に車が必要な時もあるんじゃないの」

「そういう時は、社長から使ってない軽トラを借りることになってます」

「探偵みたいなことをやるんだったら、軽トラは恰好悪いわね。私のマスタング、使っていいわよ。花島さんに、明日、話しておくわ」

俺は礼を言い、部屋を見回した。「この部屋、落ち着きますね。あの花、初めて見ますが、可憐《かれん》ですね」

「河骨《こうほね》っていうスイレン科の花よ。根が骨に似てるから、そういう名前になったらしいわ。だから、祝儀《しゅうぎ》には活けちゃいけない花なの。調伏《ちょうぶく》って意味分かる？」

俺は首を横に振った。

「心身をきちんとして悪行を制するってことだから、普段は活けていいの。でもね」澄子が目を細めて俺を見た。「調伏には、祈禱《きとう》して悪い霊をねじ伏せること、それから、相手を呪《のろ》い殺すって意味もあるのよ」

「怖い花なんですね」

「見えない敵と戦おうとしているあなたには、運をもたらす花かもしれないわよ」

確かに。俺は澄子を見返し、大きくうなずいた。

薬丸剛司の自宅マンションは電話帳を調べれば、すぐに分かると思ったが、電話帳には掲載されていなかった。しかたなく俺は、赤坂の不動産屋を回ることにした。

友人の引っ越し先が赤坂ゴールド・レジデンスだが、住所も電話番号も分からないと嘘をつき、調べてもらおうと考えたのだ。しかし、最初に飛び込んだ一軒目も、次に入ったところも、相手にされなかった。三軒目で、やっと、社長らしい初老の痩せた男が話を聞いてくれた。

「あんた、振られた女につきまとう気じゃないだろうね」

「まさか。相手は男ですよ」

「赤坂ゴールド・レジデンスね。ちょっと前に、うちで仲介物件として扱ったことがあったな」社長は台帳を捲った。「ここか」

社長が口にした住所をメモし、大体の行き方を教えてもらった。

俺は説明された通り、一《ひと》ツ木《ぎ》通りに向かった。TBSの前の通りをすぎ、しばらく行くと、パチンコ屋があった。その手前の通りを左に入った。百メートルほど先の左手に階段が見つかった。それを上り、一本目の角を右に折れた。

赤坂ゴールド・レジデンスは間口の狭い、古びたビルだった。ポストを調べると、薬丸剛司は、最上階の五階に住んでいるらしい。

エレベーターの前に立ったが、すぐにはボタンを押さなかった。

不正融資先である会社の社長が逃走を計《はか》ったとすると、自宅にいるはずはない。しかし、偶然、家にいたらどうするか。勇蔵が失踪しているのだ。直接、疑問を薬丸剛司にぶつけてみよう。

ボタンを押した時、マンションの入口にふと目を向けた。茶色いジャケットを着た男がちらりとこちらを見てから、すぐに顔を引っ込めた。細い通りの向こうにある駐車場にも人影があった。

おそらく張り込み中の刑事たちだろう。

首筋に汗が滲んだ。

五階までエレベーターで上り、薬丸剛司の部屋のインターホンを鳴らした。

応答はなかった。

一階に戻った俺は、ゆっくりとマンションを離れた。後を尾けてくる者はいなかった。

青山通りに出ると、赤坂署の前でタクシーを拾い、「御殿山《ごてんやま》」と運転手に告げた。

俺が向かっているのは死んだ富沢の家である。富沢の住まいは北品川《きたしながわ》五丁目。八《や》ツ山《やま》通りの御殿山の交差点からすぐのところなのだ。

俺は別れた妻、尚子と会って話がしたかった。しかし、彼女が今、どこに住んでいるのか知らない。兄の富沢の家は一軒家で、彼の妻子だけではなく、両親も同居している。ひょっとすると尚子もそこに身を寄せているかもしれない。

御殿山の交差点を越えた二本目の道を左に曲がり、次の角でタクシーを降りた。

富沢家の雨戸はすべて閉まっていた。マスコミがうるさいので、どこかに隠れているのかもしれない。インターホンを押しても応答はなかった。

〝今、尚子さんはどこにいるのでしょうか。至急、連絡を取りたいのですが〟

俺は名前と電話番号を書き添《そ》えて、ドアの間に挟んだ。

気温がどんどん上がり、蒸《む》し暑かった。電車に乗るのが億劫《おっくう》になり、タクシーで家に戻った。

鍵を開けようとした時、隣の川中が階段を上がってきた。買い物にいった帰りらしい。

この爺さんと話すのは面倒だ。そう思ったが、顔を作って挨拶をした。

「お仕事は？」ぎょろっとした目が興味津々《しんしん》である。

つまらない質問をするんじゃねえよ。

心ではそう言ったが、笑みを絶やさなかった。

〝あなたの隣人をあなた自身のように愛せよ〟

キリスト教徒でも何でもないのだが、聖書の言葉がなぜか脳裏をかすめた。

俺は、休暇をもらったのだと川中に言った。そして、こう訊いた。「僕のいない間にまた誰か来ました？」

「週刊誌の記者が、あなたのことを訊きに、わしのところに来たよ。記者の名刺、持ってくるから、部屋で待ってて」

俺は黙ってうなずき、鍵を開けた。むっとした熱がこもっていた。クーラーを点ける。ほどなく、川中がやってきた。俺は彼を部屋に入れ、缶ビールを川中の前に置いた。そして、自分もプルトップを引いた。

『世人《せじん》ウイークリー』毒島仁史《ぶすじまひとし》。

渡された名刺にはそう書かれてあった。

「この記者、川中さんにどんなことを訊いたんです？」

「主にあなたのところを訪ねてきた人間のことだね。わしは余計なことは一切言ってないよ」

川中は、何があったのか記者に訊いた。相手は、俺が巻き込まれている事件のあらましを教えたという。

「新橋で起こった殺人事件の第一発見者、あなただったんだってね」

「迷惑な話です」俺は力なく答えた。

「男の写真を見せられて、その人を見なかったかとも訊かれた」

ひょっとすると、勇蔵の写真かもしれない。どんな顔の人物か訊いた。川中の説明が正確だったら、記者が持っていた写真は勇蔵のものだろう。

俺は黙ってビールを飲んだ。「お騒がせして申し訳ないですね」

「いえいえ。訪ねてくる人間もいない身だから、こんなこと言っちゃ悪いけど、けっこう愉しませてもらってるよ」

　正確な歳は分からないが、枯《か》れきっている感じはしない。いまだ脂《あぶら》ぎった気持ちを隠し持っている男のようだ。

「川中さんは、以前、何をやってたんですか？」

「或る時は役人、或る時はサラリーマン、或る時は盗人《ぬすっと》……」そう言って川中は笑い出した。

「捕まったことは？」

「一度ある。刑務所には行ってないけど」

「何を盗んだんです？」

「窃盗《せっとう》なんかやっちゃいない」川中が真顔になった。「実は一番長くやった職業は選挙参謀。千葉《ちば》県市川《いちかわ》市の市議会議員が県会に進出しようとした時をかわきりに、代議士のお世話もした。選挙ってのは魔物です。博打《ばくち》に入れ込むのに似てて、一度嵌まると止められなくなる。逮捕されたのは公職選挙法違反ですよ。私が選挙に関わっていた頃は、それはもう無茶苦茶でね。先生の秘書に頼まれて、鍵屋に偽名で就職して、鍵を開ける技術を学ばされたこともあったな」

「学んだ腕は、どんな時に発揮《はっき》したんです？」俺は川中の話が面白くて、自分の抱えている問題も忘れ、そう訊いた。

川中は、その時、当時仕《つか》えていた先生の対抗馬の事務所に侵入し、贈収賄に絡んだ極秘文書を手に入れたという。それをマスコミに流した。結果、本命視されていた対抗馬には票が集まらず、川中を使っていた先生が勝利した。

「それっていつ頃の話ですか」

「昭和三十年代の終わり頃から四十年代初めの話です。ちょうど東京オリンピックが開かれてた頃だよ。今だったら、あんなこと、ひっくり返ってもできやしない。でも、懐かしい。鍵を特殊な工具で開けるのも、窓ガラスをマイナスドライバーで切って侵入するのも、これがなかなかスリリングでね。私は病《や》みつきにはならなかったけど、窃盗の常習犯の気持ち、分かるな。金品を手に入れるために泥棒に入るんだけど、窃盗行為そのものに痺《しび》れて止められなくなるんだよね、きっと」川中は遠くを見つめるような目をして、しめやかな調子で言った。

川中の言っていることに嘘はないだろう。

「立ち入ったことを聞きますが、身内はいないんですか？」

「若い頃、ヤンチャしすぎて、女房と娘に愛想《あいそ》を尽かされました」川中がビールを飲み干した。

「そこのとこだけは、ちょっとだけ僕は川中さんに似てますね」俺はそう言いながら、腰を上げ、新たなビールとさきイカを用意した。

「お子さんは?」川中が訊いてきた。

子供がいないことを伝え、俺は、殺された富沢が、離婚した妻の兄だと教えた。話をしてみないと分からないものである。先ほどまでは、鬱陶しい爺さんとしか思っていなかったが川中の見方ががらりと変わったのだ。人生に失敗したとまでは言えないが、敗者のニオイのする川中には、すんなりと心境を語れ、巻き込まれた事件についても話せた。

そうこうしているうちに辺りが薄暗くなってきた。

腹が減ってきた俺は店屋物《てんや》を頼むことにし、一緒に食べようと誘った。川中は恐縮したが、断りはしなかった。

俺はカツ丼《どん》、川中は冷やしキツネの大盛にした。

食事をしながら、なぜ工場を休んでいるか教えた。

「ほう。自分で事件を解決しようっていうのかい?」

「何もしないでいると落ち着かなくて、仕事にもならないんです」

「十八億とか二十億とか聞くと、昔を思い出すね。実弾が飛び交《か》ってる世界で生きてた時代を」川中は皿に口をつけ、汁をすべて胃に流し込んだ。「ご友人と元の義理のお兄さんが関与した不正融資にはヤクザだけではなくて、政治家が絡んでるかもしれんね」

「まあね。でも、僕は富沢さんを殺した人間を見つけたい。それが分かれば、友だちの失踪事件もおのずと見えてくると思うんです」

「それは甘いな。富沢さんって人を殺したのは鉄砲玉《てつぽうだま》でしょうよ」

俺はうなずき、カツ丼を平らげた。

「氏家さん、米粒がついてるよ。ほら、そこ」川中が口許を指さした。

米粒を取った。その時、電話が鳴った。

「私よ」別れた妻、尚子の声は投げやりだった。

俺は来客中だから、かけ直すと言ったが、尚子はそれを無視した。

「親んとこにまで来たってどういうこと？」

川中が立ち上がり、俺に手を振った。

「そのまま切らないで待ってて」

俺は玄関に向かう川中を追った。

「すみません。また近いうちに飲みましょう」

「ご馳走さん。困ったことがあったら、いつでも言ってください。こんな老《お》いぼれが役に立つことはないだろうけど、手足は二本よりは四本あった方がいいでしょう」

川中はそう言い残して自分の部屋に戻っていった。

俺は電話口に引っ返した。「すまない。待たせて」

「で、用は何なのよ」

「お前、俺が殺ったと思ってはいないだろうな」

「気安く〝お前〟なんて呼ばないでよ」

「悪かった。で、尚子さんは、俺を……」

一瞬、沈黙が流れた。

「分かんないよ、そんなこと」

「尚子さん、今から俺と会ってくれないか」

「………」

「富沢さん、話があるって言って、俺を事務所に呼び出した。それに、俺はまったく知らなかったんだけど、五十嵐が……」

「じゃ、兄さんの事務所に来て」

そう指定された俺は、ちょっと驚いたが、犯行現場にもう一度、入れる。新しいことが見つからなくても、あの夜の緊張感をもう一度味わうのは悪くない。

電話を切り、部屋を片付け、皿やどんぶりを外に出した。

その時また電話が鳴った。

尚子は気分次第で生きてる典型的な女だ。待ち合わせの変更かと頬を歪めながら受話器を取った。

「氏家君、あまり長くは話せないの」澄子が小声で言った。

「薬丸剛司のことですか？」

「そう。会って話すわ。深夜になるけど会えるかしら」

尚子とは十時に待ち合わせをしている。おそらく午前零時を回れば、躰は空くはずだ。

だが、念のために、店に電話を入れると言い、受話器を置いた。


道は空いていて、三十分ほどで、富沢のビルの近くに着いた。まだ十時になっていなかった。俺は外で待つことにした。だが、殺人事件のあったビルの前に突っ立っているのは憚《はばか》られた。少し離れた場所で、煙草に火をつけた。

十時を少し回った時だった。吹けのいいエンジン音がビルの谷間に響いた。

見ると、フェラーリが富沢のビルの前に停まった。しばらく誰も降りてこない。エンジンが低く唸《うな》っている。

助手席のドアが開いた。ピンヒールが路上に、そして、すらりとした生脚が現れた。

尚子はアニマルプリントのミニスカートを穿いていた。ヒールは十センチ以上ありそうだ。あいつが好きなグッチの靴に違いなかった。どんなに高いヒールを履《は》いても、尚子の姿勢はいい。履き馴れていない女だと、前のめりになるものだが。

尚子は今もバブルの中を泳ぎ回っているようだ。

尚子がビルの中に消えても、フェラーリはその場に留《とど》まっていた。俺は建ち並ぶビルに沿《そ》ってフェラーリに近づいた。

念のためにナンバーを暗記した。ハンドルを握っているのは女だった。髪が短いこと以外は分からなかった。携帯で誰かと話しているようだ。俺は、フェラーリが走りだすまで、暗がりに立っていた。

ほどなく、超高級スポーツカーは、爆音を残して去っていった。

社長室のある階に上がり、チャイムを鳴らした。尚子はドアを開けると、さっさと社長室に戻っていった。大きな窓のブラインドが上がっていた。

「女を待たせるのは相変わらずね」

「先に着いてたけど、その辺を散歩してたんだ」

尚子はソファーに腰を下ろし、サラブレッドのような脚を組んだ。そして、シガリロに火をつけた。

「兄貴の会社を継いだのか」

「まだだけど、近いうちにそうなることに決まったわ。で、用件は？」

俺は尚子の前にゆっくりと腰を下ろし、まっすぐに彼女を見た。

肩を軽く撫でている髪は以前と同じようにワンレングスだが、毛先が荒っぽくカットされていた。ワイルド感が増している。目の化粧は、悦子同様に濃いが、アイラインの引き方ひとつ取っても、尚子の方がセンスがいい。ほっそりとした顔だが、しばらく会っていないうちに、頰に若干《じゃっかん》肉がついていた。

兄が殺された直後にもかかわらず、心労がありそうには見えなかった。もっとも、尚子は気が強いので、人前で憂《うれ》いに満ちた表情を絶対に見せない女ではあるが。

「綺麗になったね」俺はにやりとし、軽口を叩いた。

尖った目が、さらに鋭くなった。

「尚子さん、俺の最大の驚きは、お兄さんと俺の大学時代の友人、五十嵐が結託してたこと。君は五十嵐に何度か会ってるよね。ふたりを引き合わせたのは君か」

尚子が俺から視線を外した。「偶然よ。私が兄さんと六本木の喫茶店で会ってた時、彼が入ってきたから紹介したの」

「それはいつの話だ」

「忘れたわ」

「話しちゃまずいことでもあるのか」

「私、自分に関係のないことには興味ないの。そういう性格だって知ってるでしょう？」

俺は鼻で笑った。

「あんた、落ちぶれても偉そうね」

言ってくれるじゃないか。俺はむっとしたが、何も言わなかった。あんた、と呼ばれることはまるで気にならない。そこに、かつて夫婦であった名残りが感じられたからである。元々、尚子は生意気な女だったが、それは裏表のない性格の表れでもあった。尚子を嫌な女にしてしまった責任は俺にもある。

「兄さん、同朋銀行の六本木支店に昔から口座を持ってたのか」

「さあね。でも、メインバンクは、旭日《きょくじつ》銀行よ。おそらく、五十嵐さんが、兄さんのことを顧客《こきゃく》にしようとして近づいたんじゃないかしら」

俺は首を捻った。富沢と勇蔵が不正融資で繋がるようになるまでには、それなりに時間が必要だったはずだ。それなのに、ふたりとも俺には、相手のことを一度も話していない。

これには何か裏があるようだ。

尚子が躰を起こし、額にかかった髪を撫で上げた。「死んでる兄さんを最初に見つけたのはあんたよね。その時、この部屋のものをいじった？」

「ここに俺が興味を引くもんなんか何もないよ。何か気になることがあるんだったら言ってくれ」

尚子が目の端で俺を見た。「あんた、私に探りを入れにきたのね。どうして？」

俺は、架空口座に、死んだ親父の名前が使われていたことを話した。そして、こう続けた。「どうなってるのか知りたくなって、当たり前じゃないか。尚子さん、俺に兄さんを殺す動機なんかないよ。借金の肩代わりだって俺は頼んでない。兄さんの方から言い出したことだ。君は知らなかったのかもしれないけど」

「聞いてたよ。訳分かんないし、腹も立って、私を不幸にした男に、そんなことする必要ないって言ったけど、兄さん、聞いてくれなかった」

「俺、兄さんにビンタを食らった」

「え？」

「妹を不幸にしたことに怒ってたんだよ。でも、男としては認めてくれてた。何らかの形で、将来、俺と一緒に仕事をしたいと思ってたらしい」

「兄さん、私にもそんなことを言ってた。でも、私、信じなかった」

「じゃ、何で五千万もの金を、俺に……」

「あんた、兄さんが裏でやってたことを摑んで、強請《ゆす》ったんじゃないの」

思いも寄らぬ発言だった。俺は二の句が告げず、背もたれに躰を倒すと笑い出した。

しばし沈黙が流れた。

「俺はいい気になって会社を潰した。女遊びもした。だから、君に愛想を尽かされた。だけど、俺は身内を強請るような人間じゃない。兄さんが裏で何かやってるのは薄々気づいてたけど、俺は兄さんが好きだった。それは、君も感じてたはずだ」

「兄さんに借りた金、どうするの？　相手が死んだからチャラになるなんて思わないでよ。きちんと返してもらいますからね」

「返すよ。でも、今は無理だ」

「兄さんが持ってた、借用書なんて法的には何の効力もない。いずれ、弁護士を立てて正式な話し合いをしましょう。それでいいわね」

「それはちゃんとするから、兄さんの死にまつわることで気にかかることがあったら、教えてくれ。少しは俺のこと信じてくれよ」

尚子は深い溜息をつき、天井を見上げた。

「兄さん、五十嵐さんと組んで、ノンバンクから融資を受けてた。その金の一部が消えたそうよ」

「俺の親父名義の口座には十八億が振り込まれてたみたいだけど、どこに流れたか分からない」

「その他にもあるみたい。詳しいことは分からないけど」

「兄さん、政治家、或いはその関係者と付き合いはなかったのか」

「私は知らない。女ってそういうことには疎《うと》いのよ。今の大蔵大臣の名前だって覚えてないもの」

俺は小さくうなずいた。以前、キャバクラの女にされた質問を思いだした。

自民《じみん》党のポスターは見たことあるけど、野党って党は、何でポスター貼らないの？

これには俺も答えようがなかった。

「暴力団との付き合いはあったよな」

「兄さんの高校時代のクラスメートのひとりに真大組《しんだいぐみ》の組長の息子がいるの。彼らが高校の時、うちに遊びにきて、ピストルを兄さんに見せてたのを、私、偶然目にしたことがあるよ。親に黙って、持ち出したのね、きっと」

「そいつの名前は？」

「名前なんか聞いてどうするのよ」

「兄さんをあんな目にあわせた可能性のある人間のことは頭に入れておきたい」

尚子の眉が険しくなった。「本気で犯人捜しをするつもり？」

「まだ新聞には出てないが、五十嵐は失踪した。奴が殺ったのかもしれないし、そうでなくても、俺の親父の名前を勝手に使った件について、直接、奴から理由を訊きたい」

「警察って本当に横柄《おうへい》だよね」尚子が吐き捨てるように言った。

「だいぶ嫌な思いをさせられたみたいだな」

「家にまで家宅捜索が入ったの。ママなんかそれで心臓がおかしくなって、今、入院してるよ」

そこまで言って、尚子は立ち上がり、窓辺に立った。

暗い空に、ビルの位置を知らせる赤い照明灯が点滅していた。霞《かすみ》が関《せき》ビルのようだが、はっきりしない。

尚子は窓の前に整然と並べられていたカセットテープのケースのひとつを手に取った。そして、俺の前に戻ってきた。

背には手書きで〝GUILTY（ギルティ）〟と書かれていた。

赤黒いマニキュアを塗った長い爪が、ケースを軽く叩いた。「警察に話してないことがあるの」

俺はケースに目を落としたまま、口を開かず、尚子の言葉を待った。

尚子はカセットの蓋を開けた。

市販されているテープ。〝ギルティ　バーブラ・ストライザンド〟と英語で書かれている。一九八〇年制作のものだった。

ケースは手書きで、中身は市販されているもの。妙である。

「兄さん、自分に何かあったら、このギルティって書かれたケースに収めてあるテープを聞け、と私に言ったの」尚子が顔を上げた。

「それが消えて、本物のテープが入ってた」

「聴《き》いてみた？」

「もちろん。バーブラ・ストライザンドが歌ってたよ」

「兄さん、内容についてはまったく話さなかったの？」

尚子は黙って首を横に振った。

「誰かの秘密を握ってたのかもな」

「相手があんたの可能性は少ないわね。破産して自動車修理工場で働いてる工員に秘密なんかあるはずないものね」

「じゃ、何で俺を疑ったんだい」

「殺した人間が、ここに入っていたテープと関係あるとは言えないじゃん」

「まあね」

「その話を聞いたのはいつ？」

「六月の初め。兄さん、疲れ切ってて、酒豪なのに、その日は結構、酔ってた」

富沢が尚子に話してから一ヶ月半は経《た》っている。もしも、消えたテープが原因で、富沢が殺されたとしたら、その間に、相手と何かあったに違いない。

テープの内容を富沢は、俺に話したかったのか。まさか。俺は、富沢の裏の顔とは付き合っていなかったのだから。

しかし、いずれにせよ、そのテープが大きな鍵を握っているようだ。

ギルティ。〝有罪の〟とか〝やましい〟とかいう意味の言葉ではないか。

第二章　東奔西走《とうほんせいそう》

一

『ギルティ（有罪の）』というタイトルのミュージックテープのケースに、何らかの重大な秘密を録音したカセットが隠されていたのか？

この事務所の窓際に並んでいるカセットテープの数は五十は下るまい。誰かの、かなりヤバい隠し事を摑んだ富沢は、その証拠となるテープを、どこに隠そうかと考えた。金庫に仕舞うよりも、カセットテープ群に紛れさせる方が発見されにくいと思ったのかもしれない。

どのカセットでもよかったのだろうが、相手の悪事を暗に示すタイトルのものが目に留まり、そこに忍ばせた気がしないでもない。

そのテープが本物にすり替わっていた。

富沢が違う場所に隠し替えた可能性はある。しかし、そうでなかったとしたら、すり替えたのは、秘密を握られた人物だろう。その場合は、すり替えた人物が、『ギルティ』というバーブラ・ストライザンドのカセットケースの中に、自分の弱味が吹き込まれたテープが入っていることを知っていて、本物のテープを用意して、ここにやってきたことになる。

むろん、この仮説は、すり替えられたテープに、誰かの悪事の証拠が吹き込まれていたという前提でのものだ。俺が考えたような理由ではなく、富沢の気まぐれが原因で、そうなっただけかもしれない。

しかし、俺は、自分の仮説を信じることにした。

カセットを手で弄《もてあそ》びながら、俺は上目遣いに尚子を見た。「ひょっとすると、兄さん、俺にこのテープを預けたかったのかもしれないね」

「あんたに?」

「そう。俺は、妹と離婚した相手。普通だったら、そんな人間に大事なものを託したりはしない。その盲点を利用したかった」

「そんなこと、私に言われても答えようがないよ」尚子の声に苛立ちが波打った。

「尚子さんに答えを求めてるんじゃない」俺は優しい口調で言った。

「やっぱり、テープをすり替えた人間が、兄さんを殺したのかしら」

「さっき、君も言ってたが、そうとは限らないだろう。兄さんに恨みを抱いてた人間に心当たりはある？」

「たくさんいたと思うよ。兄さん、強引だったから、土地を取り上げられたって恨んでる人間もいたようだし、クビにされた社員もひとりやふたりじゃなかった」

富沢の会社の社員数は二十名足らず。富沢が社員に厳《きび》しかったのは俺でも知っている。土地買収に手こずってたりすると、辺《あた》り構わず怒鳴り散らす直情径行《ちょくじょうけいこう》型の男だった。しかし、事を首尾《しゅび》良く運べた社員には、惜《お》しみなく報奨《ほうしょう》金を出していた。

「君がこの会社を引き継ぐってことだけど、正直言って、不動産取引にはまるで素人だよな」

「これから勉強すれば何とかなるわよ」

世の中を甘く見ている性格は変わらないようだ。以前の俺もそうだったけれど。

俺は腕時計に目を落とした。まだ午前零時にはなっていなかった。

「これから待ち合わせ？」尚子が訊いてきた。

「まあね。でもまだ時間はある」

「私のような不幸な女が、またひとり誕生しそうね」

「気になる？」俺はにっと笑った。

「背負《しょ》ってるね」

「今の俺についてくる女なんかいやしないよ」

しばし沈黙が流れた。

尚子が、そろそろお開きにしたいと言い出すかと思ったが、彼女は何も言わない。俺に愛想を尽かした気持ちが揺らいだわけではないのだろうが、やはり、兄をあんな形で亡くした動揺、今後に対する不安が、俺を必要としているらしい。夫としては最悪だったと思ってはいても、尚子にとって俺は今でも気心《きごころ》の知れた相手なのだろう。

俺は、その心理状態を利用して、尚子との関係を保っておきたかった。いつ正式に尚子がこの会社の経営者の座に収まるかはどうでもいい。今日からでも、会社のことを知る権利は彼女にある。そんな尚子は、俺の調査にとってもっとも大事な人物だと言える。

「柳生《やぎゅう》専務はこれからどうなるんだろう」俺が訊いた。

「彼が私の指南役よ」

「事実上、しばらくは彼が陰の経営者ってことだな」

「まあね」

柳生吾一《ごいち》のことはよく知らない。大手不動産会社にいた柳生を富沢が引き抜いた。歳は六十近い。上場会社を辞めてまで、地上げ屋紛《まが》いの不動産会社に就職した理由は分からない。富沢とは違って物静かな男で、それが却って、凄みを感じさせる人物である。

「柳生さんと今回のこと話した？」

「話したけど、得られるものはなかった」尚子の眉根が引き締まった。「私、正直に言って、あの人、苦手。何を考えてるのか分からないとこがあるもの」

「兄さんの不正融資に彼が関与してないわけないよな」

「………」

「富沢さんが死んでも、事件の真相究明がそれで終わるわけじゃないから、いずれ、柳生専務や社員の何人かが逮捕されることもありえるね」

「そう簡単に言わないでよ」不安が尚子をいきり立たせたようだ。

「兄さんの手帳とかは警察が押収したの？」

「古い手帳や住所録とか、何でもかんでも持ってった。でも、携帯は見つからなかったみたい」

「兄さんに女はいた？」

「いたみたい。でも、妹の私には一切、そんな話はしなかった」

「じゃ、どうして女がいるって分かったんだい？」

「六本木のホテルから、兄さんのベンツが出てくるところを偶然見たことあるの。助手席に女が乗ってた。サングラスをかけ、帽子を被ってたから、女の顔は見てない」

「兄さんにそのことを話した？」

「〝見たわよ、誰よ、あの人〟って訊いたら、笑って、こう答えたわ。〝俺だって女遊びぐらいするさ〟ってね」

チンチラに成りすました野良猫みたいな女なら、六本木には掃《は》いて捨てるほどいる。そんな女を拾ってホテルに連れ込んだだけかもしれない。

それでも念のためにホテルの名前を訊いた。ラブホテル代わりによく使われている有名なホテルだった。

「ところで、薬丸興産とか薬丸剛司って名前に心当たりはないか」

「聞いたことない」尚子は即座に答えた。

俺は吸っていた煙草を消した。「尚子さん、俺を信じることができるか」

尚子は髪をまた掻き上げ、やや間《ま》をおいてこう答えた。「あんたに人を殺す度胸なんかないもんね」

俺はにやりとした。「だったら、この件に関しては、お互い協力しあおう」

「私に何をしろって言うの？」

「今のところ具体的にしてほしいことは何もない。兄さんの交友関係、通《かよ》ってた店、君が知り得た限りのことを思いだし、俺に教えてくれればいい。君が実家に戻ってからは、兄さんと頻繁《ひんぱん》に会う機会があったはずだから。それに、警察が見落としていることがあるかもしれない。ここの経営者になる君なら社員たちのことも調べられるしね」

尚子は皮肉めいた笑みを口許に浮かべた。「あんたと、こんな形でまた付き合いができるなんて」

「腐《くさ》れ縁。そう思って、俺と一緒に兄さんを殺した奴を暴《あば》き出そうぜ」

俺はそう言って頬をゆるめたが、尚子は難しい顔のままだった。

「じゃまた連絡するよ」俺はゆっくりと立ち上がった。

「携帯電話、持ってる？」

「持ってない。ポケベルもな」

尚子はメモ用紙に、彼女の携帯番号を書き、俺に渡した。そして、「携帯電話ぐらい持ちなさいよ」と偉そうな口調で言った。

俺は小さくうなずき、先に事務所を後にした。

尚子の言う通りだ。なけなしの金を使ってでも、携帯電話ぐらいは持った方がいいだろう。必要なくなったら解約すればいいのだから。

そんなことを考えながらビルを出た。通りの角に公衆電話ボックスがあった。

午前零時十五分。俺は『瀧田家』に電話を入れた。

受話器を取ったのは澄子だった。

「女将さん、氏家です」

「今どこにいるの？」

「新橋です」

澄子が指定した待ち合わせの場所は、西麻布《にしあざぶ》にある会員制のダイニングバーだった。大体の場所と電話番号を聞き、電話を切った。

尚子が路上に現れたのが目に入った。背筋を伸ばし、ゆっくりと昭和《しようわ》通りに向かって歩いてゆく。俺には気づいていないようだった。

俺も昭和通りを目指した。尚子の後を尾けていると誤解されたくないので十分に距離を置いた。

俺が昭和通りに出た時には、彼女の姿はなかった。タクシーを拾ったらしい。

『ヴェラオ』という会員制のバーは、青山墓地寄りにあった。細い道が幾重《いくえ》にも重なった静かなエリアのビルの半地下が入口。看板は出ていない。インターホンを鳴らすと、男が出た。澄子の名前を出すと、ドアが開いた。中は広く、背の高い丸テーブルが並んでいて、ユーロビートが流れていた。小洒落た恰好《かつこう》の客ばかり。中には金髪連れの初老の男の姿も見られた。そのホールが一般席で、脇の通路を進むと個室があり、そのひとつのドアを、マネージャーらしい男が開けてくれた。

澄子は何も飲まずに、煙草を吸っていた。ジーンズにトレーナーという軽装だった。すでにシャンパンが用意されていて、案内してくれた男が、グラスに注いでくれた。

「ありがとう。後は私がやります」

男は黙ってうなずくと、部屋を出ていった。

「バブルの頃のニオイのする店ですね」俺が言った。

「今年、オープンした店よ。不況になれば、テナント料、叩けるでしょう」落ち着いた調子で言って、澄子はグラスを手に取った。

俺もシャンパンで喉を潤した。

「お腹、空いてない？」

「大丈夫です。で、お話というのは薬丸剛司のことですね」

「地元の人間で知ってる者がいたわ」

「ヤクザが……」

「違うわ。赤坂に事務所を持ってる探偵に聞いたの」

「やっぱり、顔が広いですね、女将は」俺も煙草に火をつけた。

「薬丸剛司って男は、不動産ブローカー。数年前、デベロッパーの迫《さこ》田《た》貢《みつぐ》の会社が、総会屋に利益供与した事件があったんだけど、覚えてる？」

「新聞で読んだ記憶がありますが、詳しいことは知りません」

「そう。でもまあ、その事件のことはどうでもいいの。その時に総会屋と組んで土地の転売に加担したのが薬丸剛司と、その仲間だった東《ひがし》出《で》菊《きく》次《じ》郎《ろう》っていう不動産ブローカー。その東出は死んでるんだけど、その男が真大組っていう暴力団と深い関係にあったらしいの」

「真大組ですか」俺の声色が変わった。

「あなた、真大組と何か関係あるの？」

「まさか。富沢さんの高校時代のクラスメートが、当時の組長の息子で、息子は富沢さんの家に出入りしてたみたいです」

「よく知ってるわね」

「ここに来る前、別れた女房と会って聞いたんです。息子は高校時代にすでに拳銃を持ってたって話です。で、つまりは、薬丸剛司は今、真大組の企業舎弟《しゃてい》になっているってことですね」

「おそらくそういうことなんでしょうね。三月に暴対法が施行されたから、これまで直接、真大組と関係のなかった薬丸剛司を仲間に引き入れたんじゃないかしら。富沢さんが、あなたのお友だちの五十嵐さんと組んで不正に手に入れた金を薬丸興産へ迂回させ、組に流れるようにするために」

「薬丸剛司が今のところ逮捕されたとは聞いてないですが……」

澄子はグラスを空けた。俺が酒を注いだ。

「警察は薬丸剛司の居場所を把握していて監視を続け、彼を動かしている人間にまで捜査の手を伸ばそうとしているのかもしれないわね」

俺は思わず、笑みをこぼしてしまった。「女将さん、そっちの方も詳しいですね」

「新聞や週刊誌を丹念に読んでおくのも女将の仕事。勉強してるうちに女の私でも、そういうことに頭が働くようになるものよ」

俺は本気で感心した。

「五十嵐さんのお嬢さんを誘拐しようとしたのも、あなたを拉致監禁したのも、真大組の息のかかった連中なんでしょうね」

「多分。富沢さんと五十嵐の間に何かあったのかもしれないですね。彼らが裏で手を握ったのは昨日今日のことじゃない気がしますから。昨日も話しましたが、薬丸興産に二十億流れたわけですが、死んだ俺の親父名義の口座からは十八億が消えてる。それが同じ金なのかどうかは分からない」

「二億の差ね」澄子がつぶやくように言った。「手数料にしては高すぎるから、別の金だと考えた方がいいんじゃないの。分散して真大組に入るように仕組んだ気がしないでもないわね」

「或いは政治家に流れたのかもしれない」

「それもあるわね。でも、富沢さん、政治家に金を回して何か得があったのかしら」

俺は真っ直ぐに澄子を見た。「女将の店で、富沢さんが会ってた人間は政治家或いはその関係者ですか?」

澄子が口をすぼめて、ほ、ほ、ほと笑った。「違います」

「誰だか教えてください」

「名前は言えないけど、ゴルフ場開発を手がけている社長よ。お客様の悪口は言いたくないけど、ちょっと怪《あや》しげな人」

ゴルフ場開発、つまりデベロッパーか。それなら、富沢の残した書類を尚子に丹念に調べさせれば、或る程度しぼり込めるだろう。

「五十嵐さんの行方もまだ分からないの？」

「ええ」俺は目を伏せた。

「最悪の事態を考えてるのね」

「なるべく考えないようにしてます」

「五十嵐さんの暮らし振りって派手だった？」

「そこが疑問なんです。小綺麗なマンションに住んでいて、女も作ってたんですが、贅沢《ぜいたく》な暮らしはしてませんでした」

去年から今年の初めにかけて、富士《ふじ》銀行、東海《とうかい》銀行などの行員が絡んだ大がかりな不正融資事件が世間を騒がせた。どちらの事件も、動いた金は法外なもので、何百億、何千億というものだった。捜査二課は、バブル不正取引捜査本部を立ち上げた。このような特別本部が作られたのはロッキード事件以来だという。徹底的な捜査の結果、何人かの行員、いくつかの会社社長が有印私文書偽造、および行使、そして詐欺などの罪状で逮捕された。

これから先のことは分からないが、富沢と五十嵐が絡んだ不正融資の額は、それらに比《くら》べたらかなり小さい。

しかし、それでも総額、三十八億円に上るかもしれない不正に、あの五十嵐が加担した理由がまるで理解できなかった。

弱味を握られていたのか。そうだとしても、杉浦愛実との関係が、それに当たるとは考えにくい。行内での〝不適切な付き合い〟など、どの銀行でも起こってるはずだから。では何か？　さっぱり分からない。

「どうしたの黙っちゃって」

「すみません。五十嵐のことを考えてしまって」

「あまり思い詰めない方がいいわよ」そう言って、澄子はグラスを空けた。

俺たちは午前一時半すぎにバー『ヴェラオ』を出た。

「自宅までお送りします」

俺はタクシーを拾った。俺が後に降りるのだが、先に澄子を乗せた。

青山一丁目の交差点で信号に引っかかった時、右側にフェラーリが停まった。女将の躰越しに運転席に目を向けた。髪の短い女が運転していた。車の色は尚子が降りてきたものと同じだった。

信号が青に変わった。フェラーリはあっという間に、信濃町方面に向かって走り去った。

ナンバーをきちんと確認できたわけではないが、間違いなく、富沢のビルの前で目撃したフェラーリだろう。

「フェラーリっていい車だけど、私はポルシェの方が好きよ」澄子が言った。

「女将に一番似合うのはマスタングですよ」

そんなことを冗談口調で言いながらも、フェラーリの女が気になった。澄子を乗せていなければ、後を尾けていたに違いない。だが、尚子の単なる遊び仲間の可能性が強いし、タクシーでフェラーリを尾行するのは至難《しなん》の業《わざ》。どうせ見失ったに決まっている。

翌日、まず俺は、都心まで出て、携帯電話の契約をした。保証金十万円、加入金四万五千八百円、一ヶ月の使用料一万六千円と、今の俺にとってはべらぼうに高いが、背に腹は代えられない。

一度使ったことがあるので、設定等々は簡単にできた。

番号を教えるべき人間に次々とかけた。

花島には奥さんに、澄子には従業員に伝えたが、尚子と宏美は電話に出なかったので、留守電に吹き込んでおいた。

それから、同朋銀行の四谷支店に電話を入れ、杉浦愛実を呼び出そうとした。しかし、彼女は休んでいた。

自宅に電話を入れた。沈んだ声で愛実が出た。

「氏家です。銀行に電話したら休んでるって聞いたから」

「………」

「どうしたの？」

「五十嵐さんから、ちょっと前に連絡が入ったの。氏家さんに知らせようかどうしようか迷ってた時に……」

「どこにいるか分かる？」

「声が聞きたかったって言ってた」

「それだけ？」

「私、黙っちゃったら、五十嵐さんも同じように口をきかなくなった。大丈夫？　って訊いてみたら、迷惑かけてごめんって謝ってた。銀行内の噂だと、彼、不正融資に関わってたみたい」

「あいつ、君に会いたいとは言わなかったんだね」

「言わなかったけど、夜にまた電話するって言って切ったわ」

「受話器を通して何か特徴のある音とか声とか、聞こえなかった？」

「賑《にぎ》やかな場所にいるって感じがした。周りがざわついてたし、サイレンの音がした。救急車のような気がしたけど、はっきりしない」

東京にいるとは限らないが、五十嵐は人里離れた場所にはいないようだ。

「杉浦さん、五十嵐から連絡があったら、すぐに俺に知らせて」

「………」

「何かあるの？」

「私が五十嵐さんに隠れて会いにいったら、私も警察に捕まるんじゃないの。私、巻き込まれたくないよ」

「大丈夫。君は来なくていい。俺が君の代わりに奴に会いにいく。自首させるために」

「うん、分かった。必ず連絡する」

俺は携帯の番号を愛実に教え、電話を切った。

花島の工場には歩いて向かった。近くの公園から蟬時雨《せみしぐれ》が聞こえてきた。蒸し蒸ししていて、工場に着くまでにシャツが汗でびっしょりと濡れた。

溶接をしている音がし、車の下に潜《もぐ》り込んでいる種田修一の足が見えた。顔が見えないのに、大きな足だけで種田だと分かった。

レストアには時間がかかる。花島は酒井英典と共にMGと格闘していた。

「何度言ったら分かるんだ。そうじゃねえって教えたろうが！」

花島が酒井を怒鳴りつけた。酒井と目が合った。

「お前、俺の話を聞いてんのか、え？」

「社長、氏家さんが」酒井がおずおずと口を開いた。

花島が肩越しに俺の方に目を向けた。

「いいか、俺が教えた通りにやるんだぞ」

花島は酒井にそう言い残して、俺の方に歩いてきた。不機嫌そうな顔をしている。酒井に対する怒りの感情が尾を引いているだけなのだろうが、俺に怒りをぶつけてきそうな雰囲気である。

俺は口許に笑みを浮かべて、ちょこんと頭を下げた。「軽トラ、お借りしたいんですが……」

「事務所に来い」ぼそりと言って、花島は先に歩き出した。

事務所に入ると、良枝がびっくりした顔をした。しかし、何も言わず、すぐに笑みを作って「汗びっしょりね」と言い残して麦茶を入れ始めた。

花島は椅子に躰を投げだし、缶ピースの蓋を開けた。

「成果は上がってるのか」

「いろんなことが分かりましたが、分かれば分かるほど、分からなくなってきました」

花島が思い切り吸い込んだ煙草の煙を天井に向かって吐きだした。「禅《ぜん》問答みたいなことを聞いても始まらん。お前に休みをやっただけの成果は上がってるのか」

「結果はまだ……」

「困ったもんだな」

「すみません」

「『瀧田家』の女将から聞いた。女将さんまで利用して、事件に迫ろうとしてるんだってな」

「利用してるなんて言わないでください。俺はただ、顔の広い女将さんの助けを借りようとしただけです。女将さん、社長に不満を言ったんですか？」

「逆だ。できるだけ手助けしたいそうだ。お前の真っ直ぐで必死な態度を見て、放っておけなくなったようだ。結婚もせずに、暖簾《のれん》を守ってきた女将さん、きっとお前が息子のように思えるんだろうよ」

「………」

「ただな、豊、女将さんを危険な目にあわせるような真似《まね》だけはするなよ」

「それはもう重々承知してます」

「で、何で軽トラなんだ。女将さんから、マスタングのキーをお前に渡すように言われてるんだが」

俺は何に使おうとしているのか詳しく教えた。

「なるほど。だとすると目立つ車は使えねえな」

花島は煙草を消し、壁にかけてあった鍵を三本、俺に渡した。一本は軽トラのもの、もう一本はマスタングのスペアキー、そして、もう一本は、マスタングが仕舞ってあるガレージのものだった。

「氏家君、無理しちゃ駄目。私、心配で……」

「余計なことを言うな」花島が妻を睨みつけた。「出陣する兵士の足を引っ張るようなことを言うと、ろくなことはないんだ」

「でも、あんた……」

「女は黙ってろ！」

良枝がそっぽを向いた。

「しかし、何だな、豊。お前は、女をやきもきさせる男だな」

「そんな……」俺は照れくさそうに笑った。

「何勘違いしてんだ。もてるって言われたと思ってるらしいが、そうじゃない。お前が頼りない男だから女が心配するんだよ」

俺は返す言葉もなく、小さくうなずくしかなかった。

「これからも何かあったら、俺に言ってくるんだぞ」

「社長も気になることがあったら携帯電話にかけてください。失礼します」

俺は軽トラに乗った。スズキの4WDで、農繁《のうはん》キャリイという車種。その車には幌《ほろ》がついていた。排気量は六五七cc、直列三気筒のエンジンを積んでいる。ガレージに大事に保管されているマスタングのハンドルを握りたかったが、そうはいかない。積まれている物を調べてみた。汚れたタオルと軍手、そして懐中電灯が見つかった。

車をスタートさせる前に尚子に電話を入れた。彼女は兄の会社にいた。会いたいというと、理由を訊かれた。

「兄さんと深い付き合いのあったゴルフ場開発を手がけているデベロッパーが誰だったか知りたいんだ」

「事件と関係があるの？」

「詳しいことは会って話すよ。今から会社に行っていい？」

「いいよ」

尚子がこんなにすんなりと承知するとは思っていなかったから、ちょっと拍子《ひょうし》抜けした。

富沢のビルの隣が専用駐車場になっている。そこに軽トラを突っ込んだ。隣にワインレッドのＢＭＷが駐まっていた。３シリーズのＥ３０型。乗り心地《ごこち》のいいＦＲ車である。バブルの時は〝六本木カローラ〟と異名を持っていた。女の子を引っかけるのに最適な車だった。しかし、俺は儲かっている時も、〝六本木カローラ〟で女子大生をナンパする気にはなれなかった。乗ってきたスズキ、農繁キャリイが愛《いと》おしく思えた。

ビルに入り、八階へ向かった。

秘書はいなかった。

尚子はマホガニー製の社長用の机の前に座っていた。周りには書類が堆《うずたか》く積まれている。

応接用のソファーの前のテーブルに置かれた灰皿が目に入った。吸い殻《がら》で溢れんばかりだった。煙草の種類は一種類ではなかった。

「悪いな。仕事中に」

尚子は立ち上がり、俺に近づくと灰皿を手に取り、流しに向かった。

戻ってきた尚子に、秘書はどうしたのかと訊いた。

「辞めちゃった。今度のことが原因らしい。今は有休を取ってるから、まだ社員ではあるけどね」

俺は尚子を見て微笑んだ。「だいぶ疲れてるようだな」

「慣れないことしてるから。さっきまで弁護士がここに来てたし」

「柳生専務は？」

「今日も警察で事情聴取を受けてるわ」

「事情聴取って、どっちの？　殺人事件の？　それとも不正融資の方？」

「警視庁の二課に行ってるから、不正融資の方ね」

顔色も冴《さ》えないが、声にも力がない。兄の仕事を簡単に引き継いだはいいが、いざとなったら、困惑《こんわく》するばかりで、どうしたらいいのか分からないのだろう。勝ち気なだけで、百鬼夜行《ひゃっきやこう》、魑魅魍魎《ちみもうりょう》の不動産会社のトップの仕事ができるわけがない。

その疲れが、俺と会うことを簡単に承知した理由に思えた。

「用は何だったっけ」

「ゴルフ場開発の……」

「ああそうだったわね。ちょっと待って」

尚子は内線電話で社員のひとりを呼んだ。

ほどなく、俺と同じ歳ぐらいの小柄な男がやってきた。

これまで何度も、ここにきているが、初めて見る顔だった。

針を失った時計のような表情の乏《とぼ》しい人物である。紺色のスーツに明るいブルーのネクタイを締め、上等な生地《きじ》を使ったスーツを着ている。やや長めの髪は、わざとだろうが外跳《は》ねさせていた。すっきりとした二重《ふたえ》で、目がくりっとしている。自分が女にもてると自信を持っている感じがする。実際、この男なら女が寄ってくるに違いない。

「営業の児玉《こだま》さん。こっちは……」

「存じております」児玉は恭《うやうや》しく頭を下げ、名刺を俺に渡した。

「渡せる名刺がない立場なものですから、すみません」

児玉庄一《しょういち》は、尚子に促されて、彼女の隣に座った。

「兄さん、ゴルフ場開発の会社と付き合いがあったみたいだけど、その会社の名前を知りたいの。書類はまだ警察から戻ってきてないから、あなたに訊くのが一番だと思って」

児玉がちらりと俺を見た。「お知りになりたい理由を伺ってもよろしいでしょうか」

尚子も俺に視線を向けた。「儲け話があるらしいの。知ってると思うけど、この人、会社を潰して、金がないから、離婚した私にまで頼みにきたのよ」

尚子は大嘘をついたが、俺を小馬鹿《こばか》にしたような言い草には本気がこもっているようだった。

「社長は、いろいろなデベロッパーとお付き合いがありましたから、そう訊かれても」

「そのうち大物と思える人物は誰ですか？」俺が口をはさんだ。

「うちは、この通り、小さな会社ですから、大物と呼べるような人は……。強いてあげれば間島《ましま》産業の社長、間島さんぐらいですかね。千葉のエース・カントリークラブは間島さんとこのゴルフ場で、土地開発に熱心な方ですから」

「その資料も警察が？」

児玉は黙ってうなずいた。

「間島産業の住所は分かります？」

児玉が手帳を開いた。

俺は児玉が口頭《こうとう》で告げたことを手帳に控えた。その時、児玉の腕時計が目に入った。ロレックス。かなり値の張るものである。

「児玉さん、ありがとう」

「失礼します」

児玉が社長室を出ていった。

「尚子さん、あの男のこと、前から知ってた？」

「ええ。でもちゃんとしゃべったことはなかった。兄さん、結構、あの男を買ってたみたい。ゴルフの会員権の会社にいた男を、一年足らずで部長にしたんだからね」

「社内で反発する者がいたろうね」

「だと思うけど、兄さん、ワンマンだったから、誰も文句、言えなかったんでしょうよ。私、あいつのこと、柳生さんよりも嫌い」

「理由は？」

「理由なんかないわよ。裏で何かやってそうな陰険な男に思えるだけ」

「いけ好《す》かない男だよな、確かに」

「あんたもそう思うの。珍しく気が合ったわね」尚子は生意気な調子で言って、頬をゆるめた。

「気が合うのは、別れたからだよ」俺も微笑んだ。

「でも、何でゴルフ場開発の会社に拘《こだわ》るの？」

「そういう会社の大物と兄さん、つるんでたって情報が入ったものだから」

「そんな情報、どこから手に入れたの？」

「或る飲み屋の女からだよ」

「金もないのに、まだそんなとこに出入りしてるの」言葉に棘《とげ》があった。

「店に行かなくても、昔のよしみで、教えてくれる情の濃い女はいるもんだよ」

尚子は軽く肩をすくめただけで、それ以上そのことには触れなかった。

「柳生専務と一度会わせてくれ」

「いつでも会わせてあげるけど、このまま逮捕されたら……」尚子が目を伏せた。

「そうなったらそうなったでしかたないけど」

尚子は煙草に火をつけ、天井を見上げた。

「面倒なことばかりだろうが、この会社、しばらくは絶対に手放すなよ」

「馬鹿なこと言わないで。今は右も左も分からないけど、兄さんの会社は私が守るよ」

「合法的にやれよ。じゃないと、手が後ろに回るぜ」

尚子は黙ったまま煙草をふかしていた。

「間島産業と兄さんの関係、警察がすでに把握してるだろうけど、家宅捜索に入られる前に処分した書類があったかもしれない。柳生専務がそれを知ってる可能性があるかな」

「あるかもね。でも、彼だけじゃなくて児玉も知ってそう」

俺は小さくうなずき、尚子に言った。「俺はこれで引き揚げるが、何か理由をつけて、もう一度、児玉をここに呼んで」

「呼んでどうするのよ」

「今日の動きを、それとなく聞いてほしいんだ。俺は、あいつの後を尾けてみる。夜には予定が入ってるけど、時間がたっぷりあるから。それから間島産業のことももう少し調べてほしい」

「そんなにいろんなことといっぺんにできないわよ」尚子が口早に言った。「他にも処理することがいっぱいあるんだから」

俺は優しく微笑みかけた。「間島産業の件はいつでもいい。大変なのは分かってる。でも、ここは踏ん張ってほしい」

尚子は大きな溜息をつき、「分かった」と沈んだ声で答えた。

富沢のビルを出た俺は、軽トラを駐車場から出し、ビルの入口近くに駐めた。

クーラーがついていないので、車内にはむっとした暑さがこもっていた。窓を開けても、吹き込む風が爽《さわ》やかなはずはなかった。

クーラーはないがラジオはついていた。ＦＭもかかる。俺はツマミを回して、Ｊ《ジェイ》・Ｗ《ウェ》Ａ

VE《イブ》にチャンネルを合わせた。夏のイベント情報を流していた。しばらくするとTUBE《チューブ》の『夏だね』という曲がかかった。

言われなくても夏だよ。だが、俺はこれから冬を迎えるかも。俺は肩で笑い、煙草に火をつけた。

児玉という社員が、不正融資に関わっていたという根拠は何ひとつない。ただ、尚子と同じように、何となく裏がありそうな気がしただけである。杉浦愛実から連絡が来るまで、つまらない暇つぶしをするよりも、ちょっとでも事件に関係ありそうなことに関わっていたいのだった。

二十分ほど経った時、携帯電話が鳴った。尚子からだった。

「児玉はもうすぐ事務所を出るはずよ。富久町《とみひさちょう》の土地の件で、陽光《ようこう》不動産って会社と打合せがあるって言ってた」

「陽光不動産ってどこにあるんだ」

「ちょっと待って、調べてみるわ」一旦、尚子は電話を切った。

その間に、児玉が書類鞄を手にして表に姿を現した。そして、ビルに併設されている駐車場に入った。

児玉が乗った車は、先ほど、俺が気になったBMWだった。時計はロレックス、車は〝六本木カローラ〟。児玉はバブル時代にブイブイ言わせたらしいが、俺のようにバーストせずに、今も羽振りの良さを保っている。どこからか金が出ているのかもしれない。

ワインレッドのＢＭＷは昭和通りに出るとそのまま外堀通りに入った。

尚子から連絡が入った。陽光不動産は池袋《いけぶくろ》にあるという。

俺の片頬が歪んだ。ＢＭＷが走っている方向からすると池袋に向かっているとは思えない。

虎《とら》ノ門《もん》に出たＢＭＷは左折した。そして、通りに面した喫茶店に入っていった。ＢＭＷのハザードランプが点滅している。

路肩に軽トラを滑《すべ》り込ませた。喫茶店の窓には細《こま》かな格子《こうし》が嵌まっていた。俺は喫茶店に近づき、こっそりと小暗《こぐら》い店内を覗いた。奥の席に、小太りの猪首《いくび》の男が座っていた。薄茶色の上着を着ていた。児玉はその前に腰を下ろした。

俺は軽トラに戻った。

児玉は、池袋に向かう途中、小太りの男と会っておく用があったようだ。すぐに終わる話なら電話を使えばいい。緊急に相手に渡すものがあったのかもしれない。そうでなければ、込み入った話を至急しておく必要に迫られたということだろう。呼び出したのがどちらかは分かるはずもないが。

児玉は三十分以上、喫茶店から出てこなかった。駐車違反など気にしてはいられない話があったようだ。

児玉は周りに視線を配ってからＢＭＷに乗り込んだ。奴を尾行するよりも、小太り男の行き先を突き止める方を俺は選んだ。

十分ほどで、問題の男が外に姿を現した。歳は五十はすぎているだろう。タクシーを拾った男の尾行を開始。男を乗せたタクシーは赤羽橋《あかばねばし》をすぎた一本目の通りを右に曲がった。そして、男は立派なビルの前で降りた。俺はまた軽トラを路肩に寄せた。

小太りの男の入っていったビルは常井《とこい》観光開発の本社だった。

入口に警備員が立っていて、ホールの右側が受付になっていた。

俺も、少し間をおいてビルに入った。警備員にじろりと見られたが、何も言われなかった。

小太りの男は受付に向かった。俺はゆっくりと近づいた。

受付嬢が小太りを見上げるようにして言った。「佐山《さやま》部長は不在で、今日は戻らない予定です」

俺は腕時計に目をやり、首を傾げながら、先にビルを後にした。

太った男の様子を車の中から窺った。男は携帯電話を耳に当てながら、一の橋の交差点に向かって歩いてゆく。タクシーを拾う気配はない。

一般の人にはまだ高すぎて手が出ない携帯電話の利用客の大半は、胡散《うさん》臭い連中かもしれない。

車が便利な時と、お荷物になる時がある。俺も児玉同様、駐車違反のキップを切られるのを覚悟で、車を乗り捨てなければならないか。幸いなことがひとつある。近くに電車が通っていないことである。

太った男の行き先は、この周辺とみて間違いないだろう。

電話を切った男は交差点を渡り、麻布十番《あざぶじゅうばん》のエリアに入った。車で先回りし、男の様子をバックミラーで窺った。男は、軽トラの横を通りすぎ、斜《なな》めに延びた通りを進んだ。

俺はその通りに入ったところで、車を乗り捨てた。男は、次の角に建つ低層のビルに姿を消した。小走りにビルに近づいた。男の姿はなかった。エレベーターが上がってゆき、三階で止まった。俺は階段を駆け上がった。

廊下に人影はなかった。しかし、ドアに取り付けられたポストの口から新聞が引き抜かれるのが見えた。おそらくその部屋に男は入ったに違いない。

ドアに近づいた。小宮山《こみやま》企画というプレートが貼ってあった。

児玉の不可解な動きが、俺の追っている事件と繋がりがあるかどうかは分からない。しかし、小宮山企画の正確な住所を頭に叩き込んでから車に戻った。

婦人警官が軽トラに近づこうとしていた。俺は軽トラに駆け寄り、運転席に飛び込んだ。間一髪《かんいっぱつ》、キップを切られずにすんだ。婦人警官と目が合った。大原麗子《おおはられいこ》にちょっと似ているが、そのちょっとの違いが大きいことを、如実《にょじつ》に教えてくれる田舎臭い女だった。

午後六時少し前。腹ぺこだった。新一の橋近くに、タクシー運転手がよく集まる、旨い洋食屋がある。店の前にはタクシーが二台駐まっていた。そこでメンチカツとパスタを食べ、コーヒーを飲んだ。

杉浦愛実の電話待ち。どこで暇を潰そうか考えた。勇蔵と最後に会った小さな公園は目と鼻の先だ。俺はそこに寄ってみたくなった。

公園の脇に軽トラを駐め、俺は公園のフェンス越しに、往来《おうらい》を流れる車を見ていた。

富沢殺し、勇蔵の失踪の背後に深い闇が拡がっている。俺がその闇を白日《はくじつ》の下に晒すなんて鮮《あざ》やかなことはできやしない。懐中電灯で照らすぐらいが精一杯《せいいっぱい》だ。自分が疑われていて、父親の名前を無断で使われた。そして、その前に俺自身が拉致監禁された。それらが、俺を突き動かしたわけだが、妙に開放された気分になっている。むろん、車のレストアが一番好きなのだが、やはり、行動することは、人を活気づかせるものらしい。車のレストアも実は、行動することと無関係とは言えない。いじった車が颯爽《さっそう》と走る姿を、漠然《ばくぜん》とだが頭に描きながら修理をしているのだから。

夕暮れが静かに俺を包んだ。俺は一度、家に戻ることにした。

急ぐことはないのでゆっくりと走った。京葉道路の東小松川の交差点で停まった時、携帯電話が鳴った。

午後七時四十分すぎである。

杉浦愛実の声に緊張が漂《ただよ》っていた。

「五十嵐さんから連絡があった。私にどうしても会いたいんだって」

信号が青に変わった。俺はアクセルを踏んだ。

「何時にどこに来いって言ってきたの？」

「…………」

「何かあったの？」

「気が引けて……」

「俺に教えたことが」

「そう。私、会いたくないって言っちゃった」

俺は、電話の内容に気を取られ、前を走っていたセダンに追突しそうになった。

路肩に車を寄せた。

「警察に尾行されるかもしれないからって言って断ったら、彼、黙って電話を切った」

「時間と場所は聞き出せなかったのか」俺の口調から優しさが消えた。

「…………」

「聞いたんだったら、俺に教えてくれ。君の気持ちは分かるけど、君に断られたから自殺するかもしれないよ。お願いだから教えて」

「白鬚橋《しらひげばし》の袂《たもと》に午後九時って言われたけど、断ったんだから来ないと思う」

「袂ってどっち側の?」

「西詰《にしづめ》。都の水道局のポンプ場の方だって言ってた」

「ありがとう。また連絡するね」

俺は煙草に火をつけ、考えた。

白鬚橋のところにあるポンプ場。記憶にある。確か、勇蔵の親戚が近くで小さな工務店を営んでいて、学生の時、隅田川《すみだがわ》の花火大会を見にいった後、その工務店に寄って酒盛りをやったことがあった。大酒の主人に無理やり付き合わされ、途中で気持ちが悪くなり、トイレで吐いたのを覚えている。

愛実にその住所を教えても、迷うだけだと思い、白鬚橋の袂で待ち合わせをしようと言った気がしないでもない。

都内の地図を積んでなかったのが失敗だった。しかし、何とか行き着けるだろう。

俺は適当な場所でUターンをし、荒川《あらかわ》を渡った。

丸八《まるはち》通りに入れば、明治通りに繋がり、そのまま走れば白鬚橋に出る。

俺は、標識を頼りに亀戸《かめいど》七丁目を右折して、丸八通りに入った。

二十分ほどで墨田《すみだ》区側の白鬚橋の袂についた。

午後八時十五分。

橋の袂に勇蔵の姿がないのは分かっていたが、一応探してみた。人影すらなかった。

橋を渡ったところを左に曲がり、ポンプ場を越えた。その辺りで車を駐めた。

この辺にきたのは、二十年ほど前のことだから、記憶が極《きわ》めて曖昧だった。工務店の名前すら思い出せない。

俺は道を進んだ。

そう言えば、工務店の隣か裏に不動尊《ふどうそん》があった。自転車で通りかかった男を呼び止め、訊いた。運良く地元の人間だった。

少し先の路地を右に曲がったところが不動尊だと教えられた。

「近くに工務店がありましたよね」

「塩山《しおやま》さんとこね」

「ええ」

「あんた借金取り？」

「違いますよ」

「どっちでもいいけど、夜逃げしたから行ったって誰もいないよ」男はにやりと笑って去っていった。

空き家になった親戚の家に勇蔵は隠れている。俺にはそう思えた。

俺は軽トラに戻り、懐中電灯と念のために軍手を手にして、路地に向かった。

塩山工務店はすぐに見つかった。雨戸が閉め切られていた。工務店の隣は倉庫と駐車場だった。

工務店のガラス戸が破られ、段ボールが当てられていた。

俺はガラス戸を叩いた。「勇蔵、俺だ。氏家だ。中にいるのは分かってる」

返事はない。

もう一度、激しく戸を叩いたが、結果は同じだった。

隠れ潜んでいるのか、本当にいないのか。どちらにしても、このチャンスを逃すわけにはいかない。

段ボールで塞いである箇所は、ドアノブの斜め上ぐらい。段ボールを外せば、鍵の内側のサムターンに手が届くかもしれない。だが、ガラスが割れている箇所は大きくない。周りのガラスを何とかしないと、腕が入らないだろう。俺は懐中電灯を使って、ガラスを割ることにした。

五千万の借金を抱えてしまった時は茫然自失。地獄に突き落とされた気分だった。しかし、どうにでもなれ、と居直れた。

だが、これからやろうとしていることは家宅侵入。泥棒と間違われてお縄になるかもしれない。こちらの方が断然、勇気がいった。だが躊躇っている暇はない。

軍手を嵌め、通りの様子を気にしながら、段ボールの具合を指で押し、感触を確かめた。そして、思い切り、ガラスを割った。嫌な音が響いた。割れたガラスが手前にも落ちてきた。それを手で受け止めた。段ボールはガムテープで留められているようだ。それを、端の方から指で強く押し、剝《は》がしてゆく。意外に、その作業に時間がかかった。

屋内から人の気配はしない。

やっと腕が入るだけの空間ができた。サムターンを回した。ドアが開いた。段ボールにくっついていたガムテープを貼り直し、懐中電灯で照らしながら中に入った。

そこは事務所だった。黒板に仕事の予定が書かれている。満開の桜の写真が目に入った。それはカレンダーだった。今年の四月までは営業していたらしい。天井近くに神棚があった。

間取りはまったく覚えていない。奥にドアが見えた。鍵はかかっておらず、ドアの先は洗面所やトイレ、そして工具置き場になっていた。急な階段が左手にあった。

「勇蔵、いるんだったら応えてくれ」

二階に声をかけてみたが応答はない。

階段を上がった。そこは経営者の住まいになっていたらしい。思いだしてきた。大きな畳の部屋があり、そこで宴会をやったのを。襖《ふすま》を開ける。確かに、この部屋でへべれけに酔ったのだった。

一部屋、一部屋、ドアや襖を開けていく。片付いている部屋もあれば、そうでないところもあった。

どんづまりにあるドアを開けた。

そこは子供部屋だったらしく、机や本棚が置かれていた。壁には、巨人の原辰徳《はらたつのり》の写真がパネルにして飾ってあった。本棚に残っている参考書から想像すると、高校生の男の子が使っていたようだ。金属バットが机に立て掛けてある。俺をこの家で、飲ませに飲ませた男の孫の部屋だったらしい。

高校生が勉強していた机の上には、吸い殻が数本残っている灰皿、その周りにはウイスキーの瓶《びん》とグラス、そして、新聞や週刊誌が載っている。ベッド脇のサイドテーブルにはラジオ、ゴミ箱は、ひしゃげたビールの缶で溢れ返っていた。

人の体温を感じる部屋はここだけだった。勇蔵が隠れ潜んでいたに違いない。心が荒れているのは〝神聖な〟勉強机の上を見るだけで一目瞭然《いちもくりょうぜん》である。

しかし、そんなことはどうでもよかった。気になったのは、ベッドの上のスーツケースと黒い旅行バッグ。

俺はバッグを開けた。長財布よりも大きな外国旅行用の黒革のケースが目に飛び込んできた。ボタンで留められるようになっていて、挟み込まれているものが端からはみ出していた。航空券らしい。

ボタンを外した。明後日《あさって》、マニラに発《た》つ予定のようだ。名義は五十嵐勇蔵ではなかった。

田坂慎次《たさかしんじ》。一緒に収められていたパスポート、トラベラーズチェックも偽名だった。杉浦愛実に会いたいと電話をしたのは、外国に逃亡したら、一生日本の地は踏めないと思ったからだろう。

宏美と娘には連絡を取ったのだろうか。宏美よりも杉浦愛実を恋しく思ったとしても、娘の香織に対しては、父親として深い愛情を抱いているに決まっている。

しかし、何であれ、自殺を心配したのが馬鹿臭くなってきた。勇蔵には、逃走を手助けしてくれる何らかの組織がついているのだ。

だとしても、分からないことだらけ。娘が誘拐されたのも、俺が、勇蔵のせいで拉致監禁されたのも紛れもない事実。脅かされて、やむなく悪事に手を出したと俺は考えていたが違っていたらしい。

俺を拉致したハンチングの男たちと勇蔵の関係はどうなっているのだろうか……。

さらにバッグの中身を調べた。手帳や名刺入れは出てこない。茶封筒の中身は見なくても分かった。札束に違いなかった。中を見てみた。百ドル札。金欠病の俺は、迷惑料としてポッポに入れたくなった。

百円ライターが出てきた。クラブ『リッチモンド』。局番からすると新宿の店のようだ。マニラの市内地図の端に、携帯電話の番号が走り書きされていた。

０９０－２４４－８８××

名前はない。

俺はその番号をメモし、もう一度、黒革の貴重品入れの中を調べた。

出したものをバッグに戻し、今度はスーツケースに近づいた。鍵はかかっていなかった。大半は下着や着替えだった。秘密の書類でも出てこないかと期待したが、逃走を図《はか》ろうとしている犯罪者が、そんなヤバいものを持っているはずはない。

スーツケースのポケットも探る。そこで見つかったものはマッチだった。スナック『亜《あ》佐《さ》実《み》』。局番から京都の店だと分かった。

勇蔵は、家から姿を消した後、本当に京都に向かったらしい。

かすかに一階から物音がした。俺は懐中電灯を消し、ドアの前に立った。

ほどなく廊下の電気が点された。

原辰徳のファンだった野球少年の部屋に足音が近づいてくる。

ドアが開いた。

俺と目が合った勇蔵は、躰を硬くしてその場を動かない。

二

勇蔵を見た途端、俺はかっとなった。気づいたら、奴を突き飛ばしていた。

勇蔵は廊下の壁まで吹っ飛び、半回転して廊下に転がった。

俺は蹴りを入れようとした。しかし、蹴れなかった。

勇蔵はまったく反撃してくる様子を見せず、倒れたまま、荒い息を吐いているだけだったのだ。

その姿を見た瞬間、俺は冷静さを取り戻した。

勇蔵を痛めつけても何にもならない。

「立て。もう何もしないから」

俺は部屋に戻り、ベッドの端に腰を下ろした。勇蔵が逃げ出す心配はしていなかった。外国に発つために用意したものを残して、どこに行けるというのだ。

「おい、どうした、早くこっちにこい」俺は廊下に声をかけ、煙草に火をつけた。

ほどなく、勇蔵が姿を現した。首の辺りを押さえながら、部屋の奥まで進み、机に寄りかかった。そして、窓の方に目を向けた。

「偽名を使ってマニラにとんずらか」そう言った俺の声は重く沈んでいた。

「愛実から聞いたのか」

「彼女に、この場所を教えてないだろう？」

「じゃ、どうやって」

「そんなことはどうでもいい。お前、富沢さんと組んで、不正融資をやってた。それもかなり前から。その際、俺の死んだ親父の名前を使って架空口座を作った。よくまあ、そんなことができたもんだな」

「……………」

「こっちを向けよ」

勇蔵は言われた通りにした。無精髭《ぶしょうひげ》がのび、目はどんよりと曇っている。頰はこけ、すさんだ感じがした。短い間に、これほど形相《ぎょうそう》が変わることがあるのだろうか。

勇蔵は根っからの悪人ではない。そういう人間が悪事に手を染めた。身の程知らずのことをした結果が顔に表れている。俺にはそのようにしか思えなかった。

「お前に逮捕状はまだ出てないみたいだ。今の内に、自ら警察に行き、真相を話せ。その方が気持ちが楽になるぞ」

「もう後戻りはできない」勇蔵は弱々しい声でつぶやいた。

「愛実って女に惚《ほ》れたせいで、金がほしくなったのか」

「違う」

「じゃ、どうして」

「お前の親父の名前を使えと言ったのは富沢だ」

質問の答えにはなっていないが、俺にとっては、そっちの話の方が大事だった。

「なぜだ」俺は低くうめくような声で訊いた。

「知らん。それまでは、俺の作った架空名義を使ってたんだが、春先に、突然、あの十八億についてだけ、お前の親父の名前にしろと言われた」

「理由は訊かなかったのか」

「訊いたが、俺の言う通りにしろ、と答えてもらえなかった」

「つまり、お前は富沢の言いなりになって、不正をやってたってことだな」

俺はもう、あの男の名前に敬称をつける気はなくなった。

「これ以上は何も言えない。俺が、勝手にお前の親父の名前を使ったんじゃないということだけは伝えておきたかった」

「お前の自己満足なんか知ったことか」俺は怒鳴った。

勇蔵は黙ったままである。

「富沢に脅されたのか」

「あいつはワルだよ」勇蔵の声に力が戻ってきた。

「富沢は殺された。俺が死体を見つけた」

「俺は殺してない」

俺は鼻で笑った。「どうだかな。お前が脅されてたとしたら……」

「あいつを殺しても、何も変わらない」

「ほう。ってことは富沢を使ってる奴がいるってことだな」

「俺は詳しいことは何も知らない」

「なぜ、俺まで拉致されることになったんだ」

「………」

「それぐらい話せ。俺は、富沢の妹と結婚してたが、富沢と仕事をしたことは一度もない。お前の友人というだけで、俺はあんな目にあったんだぜ」

勇蔵はやや間《ま》をおいて、弱々しくこう言った。「俺が、日和《ひよ》りそうになったからさ」

「香織ちゃんが誘拐されたのもそのせいか」

勇蔵がうなずいた。「香織を二度とあんな目にあわせたくない」

「愛実って女には連絡を取ったが、女房には？」

勇蔵は首を横に振った。

「娘には会いたいだろうが」

「香織の話はするな」勇蔵の語気が荒くなった。

「外国に逃げても捕まるに決まってる」

「お前は富沢の妹と離婚してる。俺はもう家庭には戻れない。宏美は、俺よりもお前が好きなんだよ」

「お前は馬鹿か。彼女は俺じゃなくて、お前を選んだんだぞ」

「それが失敗だったたって、結婚してすぐに気づいたみたいだ」

俺は天井を仰ぎ見て、笑った。「俺が彼女と一緒になっていたら、お前を選べばよかったって思ったさ。隣の芝生は青く見えるって言うじゃないか」

勇蔵が首を横に振った。「違うな。あの頃のお前を見て、結婚には不向きな男だと、彼女は二の足を踏んだんだ。で、安全な俺を選んだ」

「その安全だった奴が、この始末かい」

「香織もお前には懐いてるみたいだし、宏美の精神的支えになってやってほしい」

「お前、銀行なんていう巨大組織で働いてるうちに、世の中が見えなくなったんだな。〝宏美の精神的支えになってほしい〟だと。よくまあ、そんな偉そうな口がきけたもんだな。俺にあれだけ迷惑をかけておいて、今度は俺に家族を丸投げする気か」

胸の底で煮えたぎっていた怒りで呼吸が乱れた。

「ともかく、宏美は今でもお前のことが好きだ」

「勝手なこと、ほざくんじゃねえよ！　心細くなって、愛実に〝ボクちゃん、大変なの〟って泣きつきたくて呼び出そうとしたんだろう。あの子のオッパイをしゃぶりながら、

〝よし、よし〟って言ってもらいたくて」

勇蔵は俺を睨んだ。しかし、それは一瞬のことで、また顔を背けてしまった。

俺は深呼吸をしてから、また煙草に火をつけた。宏美の不幸には心が痛むが、今はそんなことに気を取られている場合ではない。

「薬丸興産に二十億、不正融資しろと命じたのも富沢か」

「俺に訊いても無駄だ。何もしゃべる気はないから」

「富沢が、俺の借金の肩代わりをしてくれた。妹と離婚した男に五千万、ポンと出した。あれには裏があったんだろう」

「そういうことは、俺にはまったく分からない。ただ、富沢はお前が好きだった。それは感じた」

「奴の妹、つまり俺の元の女房が、兄貴の会社を引き継ぐことになったそうだ。尚子は、お前らのやってたことに関与してたのか」

「それはないよ。富沢は、妹とお前には、裏の世界に足を突っ込んでもらいたくなかった気がする。だから、俺と奴との繋がりを、お前に絶対に話すなって釘を刺したんだと思う」

「俺を襲ったのは真大組の息のかかった連中だろう?」

勇蔵が反応した。しかし、ちらりと俺を見ただけで、表情に変化があったわけではない。

　俺は腰を上げ、勇蔵の隣に立った。勇蔵はそれでも俺に目を向けない。

「マニラに逃げて、お縄になるのを免れても」俺はそこまで言って、勇蔵のこめかみに指を当てた。指はピストルの形をしていた。

「向こうで、ズドン……。殺されるに決まってる。富沢もお前も、将棋の駒にすぎないんだろうよ。富沢はすでに殺されてる。次はお前だな。真大組だって誰かの駒かもしれないが、あれは組織だから、何があったって組長にまで警察の手が伸びることはないだろうがな。勇蔵、宏美さんはお前が事件を起こし、失踪するなんて思ってもいなかった。相談を受けた俺は、お前の家に行った。台所から、温かな家庭のニオイが立ち上ってたぜ」

　勇蔵は肩を落とし、両手をぎゅっと握って、喘《あえ》ぎ声を上げた。

　俺は勇蔵の肩に手をおいた。「傷を深くするな」

「もう遅い」

「遅くはない」

「俺は離婚届に判を押して、今日、郵送した」

「それはいいが、ともかく、俺の言うことを聞け」

　勇蔵がうなだれ、泣き出した。革靴がキュウキュウ鳴るような声だった。

「な、そうしようぜ」俺は穏やかな口調で言った。

勇蔵がうなずいた。

善は急げ。俺は勇蔵から離れ、ベッドの上に開きっぱなしになっていたスーツケースに近づいた。出したものを元に戻し、スーツケースの蓋を閉めようとした時だった。

勇蔵が俺に近づいてきた。

振り返った。勇蔵の手には金属バットが握られていた。身構える暇もなかった。

右側頭部が殴打《おうだ》された。激痛が走り、俺は床に倒れ込んだ。

一瞬、意識をなくしたようだが、すぐに戻った。しかし、動けない。

「豊、すまない」勇蔵の声が聞こえた。

目を開けた。勇蔵が荷物を持って俺の横をすり抜けてゆく。俺は手を伸ばし、勇蔵のズボンの裾《すそ》を摑もうとした。だが、指が触れたかどうかも分からなかった。

躰を起こさなければ。しかし、動けない。俺はしばし天井を見つめたままじっとしていた。

車が走る音が遠くできこえた。他には何の音もしない。

どれぐらいそうやっていたか分からないが、俺はゆっくりと躰を起こした。殴打された場所がずきずきと痛んだ。

勇蔵にこんな目にあわされるとは。憤怒《ふんぬ》がアドレナリンを放出させた。そのせいで、痛みが気にならなくなった。骨折していてもピッチを去らないサッカー選手のようなものだ。

俺はベッドに座り直し、一服してから、空き家となった工務店を後にした。

アパートに戻った俺は、殴打された部分を氷で冷やした。

不安だった。殴られたのは頭である。医学のことはまるで無知だから、何とも言えないが、数時間後に死んでしまう可能性だってあるかもしれない。

医者に診《み》てもらうべきだろう。だが、事故を装うには、信憑性《しんぴょうせい》のある作り話が必要だ。それを考えるのが面倒だった。

酒で気分を紛らわせた。酒は血管に作用する。それが原因で……。そうは思っても飲まずにはいられなかった。

架空口座の名義に親父の名前を使えと言ったのは富沢だった。勇蔵が嘘をついたとは思えない。富沢は、話があると言って、俺を呼び出した。親父の名前を使ったことと関係があるのかもしれない。

富沢は俺に好意的だったが、それには裏があったということか。

勇蔵の奴。再び怒りが噴《ふ》き出した。頭がずきずきと痛んだ。

眠りは浅く、途中で何度か起きたが、午後三時すぎまで寝ていた。

参院選が近づいていることもあり、選挙カーがうるさくて目が覚めたのだ。

死んでいないことだけは確かである。殴打された箇所が瘤になっていた。この状態だと心配はいらないだろう。

勇蔵がマニラに発つのは明日。警察に通報すれば逃亡を防げるだろう。しかし、俺にバレたことで、予定を変更するに違いない。

俺はもう勇蔵のことは放っておくことにした。

死んだ富沢が何を画策《かくさく》していたのかを突き止めれば真相に迫れるだろう。

富沢の会社の情報は尚子から取れるだろうが、業界のことを何も知らない彼女が、勘を働かせて、兄の死に繋がるものを見つけ出せるかどうかははなはだ疑問である。

社員の児玉庄一を徹底的にマークするか、それとも、児玉が虎ノ門の喫茶店で会った男の監視をするか。

小太りで猪首の男は、児玉と別れた後、常井観光開発の佐山部長に面会を求めている。

常井観光開発は大企業ではないが、それなりに名の知れた土地開発会社である。

そんな会社に、得体の知れない男が立ち寄った。

土地開発会社にしろ銀行にしろ、ブローカーのような人間と付き合いがあることは珍しくない。だから、必ずしも、あの小太りの男が、富沢や勇蔵の起こした事件に関係しているとは言えないが、富沢が買っていた児玉という社員に会ってすぐに、常井観光開発をアポなしで訪ねたことが気になった。

とりあえず、〝小宮山企画〟という会社を監視し、あの小太りの男の動きを調べてみることにした。

腹が減っていたが我慢して麻布十番を目指した。そして、昨日、夕飯を食った洋食屋でハンバーグライスを注文し、電話帳を借りた。

〝小宮山企画〟の職種が分からないから、港区の五〇音別『企業名、個人名』の電話帳を調べた。

まず企業名を見てみた。『小宮山企画』という会社の番号は登録されていなかった。個人名のページを繰った。

小宮山次夫《つぐお》。住所が『小宮山企画』と同じだった。電話番号をメモし、食事をすませた。

『小宮山企画』の入っているビルの近くに軽トラを駐めた。ビル名はタカノビルだった。

携帯電話で事務所にかけた。

「はい、小宮山企画」甲高い声の男が出た。不機嫌そうな声だった。

「小宮山次夫さんですか？」

「そうだが」男の声が曇った。

「僕です。甥《おい》っ子の孝《たかし》です」

「はあ？」

「甲府《こうふ》から出てきて、電話帳で調べたんです」

「人違いです」

「でも……」

「俺には甥なんかいない」男は電話を叩ききった。

電話に出たのが、目撃した男かどうかは分からないが、十中八九、社員のいない、ひとりでやってる会社だろう。

俺は、小太りの男が外出するのを気を長くして待った。

しかし、二時間経っても、三時間がすぎても、問題の男はビルから出てこない。

ビルに入る人物にも目を配った。男女合わせて数名の人間が出入りしていた。しかし、小宮山企画を訪れた人間かどうか分かるはずはなかった。

煙草が切れた。灰皿から溢れ出そうになっているシケモクを吸ってしのいだ。飲み物は取らないようにしていたが、トイレに行きたくなった。

午後八時半を少し回っていた。

俺は軽トラをスタートさせ、公園に行き、そこのトイレに入った。それから自動販売機で煙草を買い、再びタカノビルの近くに戻った。小宮山企画の窓の明かりは消えていなかった。男はまだ中にいるようだ。

それからまた一時間以上、監視を続けたが、動きはなかった。

俺は諦め、引き揚げることにした。

アパートの近くの空き地の隅に軽トラを駐め、アパートに戻った。

鍵を開けようとした時、川中の部屋からかすかにテレビかラジオの音が聞こえてきた。

俺は川中の部屋をノックした。

「どなた？」

「隣の氏家ですけど」

ドアが開いた。どんぐり眼が俺を見つめた。

「こんばんは。ちょっとお話があるんですが」

「入って、入って。汚くしてるけど」

川中はステテコに黄色いTシャツ姿だった。テレビが点《つ》いていた。

川中は『とんねるずのみなさんのおかげです』を視ていたようだ。

「お邪魔じゃないんですか？」

「全然」

川中はテレビを消した。クーラーはなく、扇風機が回っていた。

「ビール、飲むかい」

「お構いなく」

そう言ったが、川中は台所に向かった。

間取りは俺の部屋と同じだった。布団が隅に丸められていた。本棚は文庫本でいっぱいだった。ノンフィクションから小説までそろっていたが、夏目漱石《なつめそうせき》がやたらと多かった。

部屋を狭くしているのは仏壇だった。田舎の家の奥座敷に置かれるのが本来の姿に思える立派なものである。

缶ビールとグラスを持って川中が戻ってきた。

俺は缶ビールのプルトップを引いた。グラスは使わず、直接、飲んだ。

「話があるって言ってたけど」川中が好奇の目を俺に向けた。

「時間があるっておっしゃってましたよね」

「暇で暇でしかたない」

「じゃ、俺を手伝ってくれませんか」

「錠前破りの腕はかなり錆《さ》び付いてるよ。老眼だし、聴力も落ちてるし」

「今日、或る人物の監視をしてたんですが、やはり、ひとりじゃ限界がある。トイレにも行けませんからね」

「そんなことならお安い御用だよ」

「報酬はないですよ。飲食代は当然、出しますが」

「退屈しのぎ。金なんかいらない」川中の目つきが変わった。「この間、少し話を聞いたが、最初から、包み隠さず教えてくれるか」

　俺は黙ってうなずき、またビールで喉を潤し、勇蔵の娘、香織が誘拐された時のことから、今日、『小宮山企画』を監視したまでのことを思い出せる限り、順を追って川中に話した。

　川中はビールを飲み、煙草を吸いながら一言も口をはさまず聞いていた。

「……これがここまで起こったことと、俺がやってきたことです」

「かなり奥の深い事件のような気がするな」

「俺もそう思います」

「常井観光開発がどんな会社か知ってる？」軽い調子で訊いてきたが、声は真剣そのものだった。

「詳しいことは何も」

「かなり強引な土地買収をやってる会社だ。裏でヤクザを使い、政治家に手蔓《てづる》がある」

「そんなこと」俺は小さく笑った。「土地開発会社にしろ不動産会社にしろ、建設会社にしろどこだって同じようなことをやってるんじゃないんですか？」

「その通りだ。極端に言えば、優良企業なんていうのは、ほとんど存在しないってことだ。銀行、証券会社、商社、どこの企業も大きくなったところは同じだ。だけど、一般論はあんたに何の関係もないだろう。常井観光開発は、名前はあるが二流の企業だよ。いや、一流半ってとこかな。この手合いは、一流の仲間入りがしたくて焦る。一流どこは、裏で汚いことをやっていても、〝鉄砲玉〟になってくれる会社や人を抱えてるから、本丸には累《るい》が及ばない。けど、常井観光開発は危ないな」

「川中さん、常井観光開発と裏で繋がってる政治家が誰か分かります？」

「知らない。どうせ、金はいろんなところを迂回して、たとえばだが、何とか現代社会研究所なんていう訳の分からん団体に流れる。そこから政治家や政党に渡る。あんたが思っている以上に、政治の世界は魑魅魍魎だよ」

「川中さんの知り合いで、そういうことに詳しい人はいませんか」

川中が眉根をゆるめた。「もう少し前ならいたが、今は墓に入ってるか、病院で管に繋がれてるか、そうでなくても一線から身を引いてる。まあ、誰かいないか探してみてもいいが、ちょっと時間がかかるな」そこで川中が軽く膝を叩いた。「ともかく、あんたの申し出は引き受けた。明日から、あんたの助手になるよ」

「助手だなんて」

「選挙参謀をやるような人間は、自分が中心になることを嫌う。脇で目立ちたいっていうひねくれた自意識の持ち主が多いんだ」川中はからからと笑った。

刷毛《はけ》でさらりとはいたような雲が、高みに押し上げられた空にアクセントをつけていた。

川中は、茶色い麻のスーツに、紺色のネクタイ姿だった。昨夜のステテコ姿とえらい違いである。しかし、スーツはダブダブだった。

選挙参謀時代の服かどうかは分からないが、世俗《せぞく》から遠く離れてから、躰が細り、合わなくなったのだろう。しかし、表情は生き生きしていた。

俺と川中はタカノビルの出入口が見える場所に軽トラを駐めた。

ここにくる前、俺はもう一台、携帯電話の契約をした。それを川中に渡した。かなりの出費になるがいたしかたあるまい。

午後一時半をすぎていた。

ビルに着くとすぐ、川中が軽トラを降りた。小宮山企画のある三階の様子を見てくるという。ややあって川中が戻ってきた。

「部屋から電話で話す男の声が聞こえてきた。何をしゃべってるかは分からなかったけど」

それから三十分もしないうちに、小太りの男が外に姿を現した。

「あの男か」川中の声色が変わった。

「ええ」

川中は咳《せ》き込んだような笑い声を立てた。「あの男なら知ってる。名前は小宮山じゃない。安崎《やすざき》だ」

小太りの男は軽トラの目の前を通り、路地に入った。そのままいけば麻布十番の商店街に出る。

その路地は一方通行。だが、運良く、軽トラを駐めた通りから入れた。やや間をおいて、俺は軽トラをスタートさせた。

男は左に曲がった。タクシーを拾う様子はない。

麻布十番商店街の通りは、一の橋の方からしか車は入れない。軽トラでの尾行は可能だ。

「何者なんです?」

「今泉秀晃《いまいずみひであき》っていう埼玉《さいたま》県選出の衆議院議員の私設秘書だった奴だ」

「今泉って詐欺と脱税で捕まった議員ですよね」

俺は話を聞きながら、麻布十番商店街を左に折れた。男は右側の歩道を歩き、次の角にある喫茶店に入った。

以前、俺も使ったことのある喫茶店だった。

俺は路肩に車を駐めた。

「安崎も一緒に逮捕されたが、奴には執行猶予がついた」

「今でも、政治の裏側でうろちょろしてるんですか?」

「表舞台であいつを使う政治家はまずいまい」

「川中さんが奴に近づくことはできますか？」

「顔見知りって程度の付き合いだったから悪い印象は持ってないだろう。それに親分風を吹かせたがる男だから、何とかなるかもしれんな」川中は俺を見てにっと笑った。「ちょいと顔を拝んでくるかな」

軽トラを降りた川中は、ネクタイを締め直してから、通りを渡り、喫茶店に入っていった。

その直後、俺の携帯が鳴った。宏美からだった。嫌な予感がした。勇蔵に何かあったのかもしれない。

「やあ」俺は何事もないような調子で出た。

自分から電話をしてきたくせに宏美は黙ってしまった。

「何かあったの？」

「仕事中じゃないの？」

「しばらく休みを取った。で、何か用？」

「用と言うほどのことじゃないんだけど」

「まだ実家にいるの？」

「マンションに戻った。私だけ」

「香織ちゃんはどうしてる？」俺の声が曇った。

「〝お父さんを信じてる〟って言ってる。私、辛くて」宏美が泣き出した。「さっき、彼に逮捕状が出て、全国に指名手配されたそうよ」

ついにくるものがきたのだ。

「離婚する気はないの？」俺は惚けて訊いてみた。

「あの人から離婚届が届いた。判子《はんこ》、押して、さっき役所に出してきた。マンションに戻ったのは、荷物を整理するためよ。もうこのマンションには住んでられないもの」

「とりあえず実家に？」

「それも両親に迷惑がかかるから、上野のマンションに引っ越すことにしたの」

俺は喫茶店の出入口を見ながら、宏美の話を聞いていた。勇蔵に家族の世話を頼むと言われた。あいつの言い草に激怒したが、宏美たちの心の支えぐらいにはなってやるつもりでいた。

今でも宏美に想《おも》いがあるのか。甘酸っぱい香りが残っているだけ。よりを戻すつもりなどさらさらない。

「あのう……」宏美が口ごもった。「本を段ボールに詰めてたら、段ボールの内側に変なものが貼り付けてあったの」

「変なもの？」

「ビニール袋なんだけど、中に、粗目《ざらめ》状の白いものが入ってるの」

「覚醒剤かな」

「そんな気がする。豊さん、見たら分かる?」

俺は短く笑った。「俺は覚醒剤だけじゃなく、大麻《たいま》もやったことないよ。でも、そんなところに隠してあるってことは、ドラッグだな」

「あの人がドラッグをやってたなんて」

川中が喫茶店から出てきた。ひとりだった。

「今夜、八時頃に、そこにいて。必ず行くから」

「ありがとう」

「それじゃ」

川中は軽トラに背を向ける恰好で六本木方面に歩いてゆく。ほどなく携帯を取りだした。

俺の携帯の着信音が鳴った。

「今夜、奴と一杯やることになったよ」

「大成功ですね。で、あいつは誰と一緒にいたんですか?」

「それは分からない。中年のいかにも紳士風の男で、紺色スーツを着て、アタッシェケースを持ってる。眼鏡はかけてない」

「ちょっと待って」俺は川中の話を止めた。

「それらしき男がひとりで出てきて……。角を右に曲がりました」

「すぐに車を出して」

「OK」

俺は川中に言われた通りにした。

車をスタートさせてすぐ、小宮山か安崎かは知らないが、問題の男が出てきて、一の橋方面に歩き去った。事務所に戻るのかもしれない。

次の角を右に曲がった時、川中が軽トラに近づいてきた。アタッシェケースを持った男は、表通りに出ると立ち止まった。顔の動きからタクシーを拾うと踏んだ。

川中が軽トラに戻った。再び車をスタートさせた。果たして男は空車に手を上げた。

「あいつですね」

「うん」

男の乗ったタクシーの尾行を開始。タクシーは芋洗坂《いもあらいざか》を上り、三叉路《さんさろ》を右折し、六本木の交差点に出た。信号が赤だった。防衛庁の方に直進するつもりらしい。

「どんな話をしてたかは聞こえなかったですよね」

「奴と少し話をしてから、俺は遠くの席に座った。近くに座ったら変だからね。声をかけられて、奴も懐かしそうな顔をしてたよ……」

川中は、就職活動のために近くの会社に寄った帰りだと言い、採用されなかったと教えたという。それから、安崎が今、何をしているか訊いた。

「奴は、小宮山って女と再婚して、婿《むこ》養子に入ったらしい。仕事は求人広告を取ることだそうだ。広告代理店の下請《したう》けをやってる、そういう事務所は都内にいくらでもあるんだ。だけど、怪しいな。絶対に他の仕事をやってる気がする」

「で、どうやって今夜、飲む約束を取り付けたんですか？」

「私が帰り際に、時間があったら、今夜、会ってほしいって頼んだんだ。奴はふたつ返事で承知したよ」

「就職先を世話してくれるかもしれませんね」

「その可能性はあるな。どうせ、ろくでもない仕事を回してきそうだけど」

「川中さんが奴の下で働けたら、いろいろなことが分かってきますね」

「まあ、そう先走るな」そう言って、川中は煙草に火をつけた。

　アタッシェケースを持った男を乗せたタクシーは四谷三丁目まで走り、交差点を右折した。そして、三菱銀行の角を左に曲がり、百メートルほど先で停まった。

　男が通りに面したビルに入るのを見届けると、今度は俺が車を離れた。そして、津《つ》の守《かみ》ビルと書かれた建物を覗いた。

　男がエレベーターに乗るところだった。エレベーターは四階で止まった。

　調べてみると、そのフロアーを使っているのは、泰平《たいへい》総合研究所だった。何らかの団体らしい。

俺は車に戻って、そのことを川中に教えた。

「おそらく、大物政治家の政治団体だろうな。氏家さん、面白くなってきたね」

問題の男が、泰平総合研究所の人間かどうかは分からない。しばらく、そのままビルを監視することにした。

「ちょっと、小便してくる」

「どこで？」

「立ちションするしかないだろう」

車を降りた川中は、路地に消えた。川中が戻ってくる前に、男が姿を現したらどうするか。ちょっと心配になったが、杞憂《きゆう》に終わった。

川中が車に乗り込んだ。

「チャック、開いてますよ」

「早く戻らないとって思ってな。歳を取ると、ションベンのキレが悪くて。若い頃は馬みたいな音がしてたのに、今は締まりの悪い蛇口《じやぐち》みたいなんだよ」

俺の携帯が鳴った。尚子からだった。

「柳生専務が逮捕されたわ」

或る程度、予想がついていたことなので驚きはしなかった。罪状も訊かずとも分かる。

「で、専務は自白したのか」

「弁護士の話によると、否認してるらしいわ。五十嵐さんとあんたが口にしてた、薬丸剛司は逃走し、指名手配されたそうよ」

「児玉庄一は？」

「彼は前に事情聴取されてるけど、今日も普通に働いてるわよ」

「奴は今日、どんな仕事を？」

「そんなこと私、知らないわよ」尚子がヒステリーを起こした。

すぐにパニックを起こす尚子に会社を引っ張っていけるとはとても思えなかった。しかも、当てにしていた柳生専務が獄中の人になったわけだから、何もできないのではないか。

「会社の機能がストップしちゃうんじゃないの？」

「そんなこと絶対にない」

「誰が君のアシストをするんだい」

「…………」

「児玉を使ってみたら」

「あの男、好かないって言ってたでしょう」

「俺はあいつが裏で何かやってる気がしてる」

「昨日、何か摑んだのね」

川中が俺の腕を軽く叩いた。

問題の男が出てきたのだ。

「用ができた。夜にでもまた連絡する。何時になるか分からないけど」

「分かった」

男は通りを渡り、タクシーをつかまえようとしている。俺は軽トラをスタートさせ、男の様子を見ながら、Uターンした。

男は再び空車を拾った。ひとつ気づいたことがある。手ぶらだった。ということは、男は泰平総合研究所の人間だと見て間違いないだろう。

男は新宿のデパートに入った。新宿通りに車を停め、俺が後をつけることにした。

しかし、一階に入って見回したが、男の姿はなかった。

デパートの出入口はいくつもある。俺は焦って、右に左に視線を振って出入口を見たが、結果は同じだった。

尾行に気づかれたらしい。俺は諦めて、車に戻った。

俺の報告を聞いた川中は、ふうと息を吐いた。「しかたないな。でも、何とかなる」

「川中さんの姿を見ていたら、奴は小宮山に連絡するでしょう。そうなったら……」

「顔が見えるほど接近はしてなかった。大丈夫さ」

一旦、アパートに引き揚げることにした。

午後五時をすぎていた。

小宮山と会った後、川中は俺に連絡を入れると言って、自分の部屋に戻っていった。

七時すぎに、俺は電車で勇蔵のマンションに向かった。

宏美に会っても、事件に繫がる収穫があるとは思えないが、離婚したとはいえ指名手配犯の妻だった重い事実は背負《せお》っていかなければならない。おまけにドラッグらしきものを発見した。心おきなく話せるのは、俺しかいないはずだ。

別れた妻、尚子も今は俺を頼っている。

事情の違いこそあれ、ふたりとも俺を振った女だ。俺は、振られてから価値の出る男か。何だかなあ……。俺の口許に笑みが浮かんだ。

俺はコンビニで缶ビールやお菓子を買ってから、宏美の待つマンションに向かった。

エントランスが見えてきた時、俺は周りに目を馳せた。逃亡中の勇蔵が、妻に連絡を取り、妻が逃走を助けるかもしれない、と警察が考えて当然である。離婚したとて、それで縁が切れたと、俺が刑事でも考えない。

見たところ不審な人物や車はいないようだが、たとえ見られてもかまわない。

俺は堂々と、マンションに入っていった。

勇蔵と宏美の暮らしていたマンションはがらんとしていた。尚子と別れた時のことが脳裏をよぎった。

大半の荷物は梱包《こんぽう》されていたが、家具や椅子は少しだけ残っていた。廃棄するつもりだという。

ソファーや飾り棚がなくなった居間に二脚の折り畳み椅子が置かれていた。

「缶ビールとお菓子、買ってきた。君の好きな甘い物が何か分からないから適当に買ったけど」

「ありがとう」宏美は泣き出した。

「めそめそするなよ。チョコを食べると気分が晴れるそうだよ」俺はチョコボールを彼女に勧め、缶ビールのプルトップを引いた。

宏美がチョコボールを口に運んだ。心ここにあらずといった体《てい》で食べていたが、急に立ち上がって、居間を出ていった。

戻ってきた尚美の手に茶封筒が握られていた。

俺は床に座り、中身をそこに開けた。粗目状の白いものが入ったビニール袋が出てきた。覚醒剤に思えた。

「あいつからは連絡はないんだね」

宏美が首を横に振った。

「あいつが不正に加担することになったのは、この白い物のせいかもしれないな」

「ハイになって変になったってこと？」

「違うよ。ドラッグをやってたことを知られ、脅されて、利用されたのかも」

「あの女が引きずりこんだのよ」宏美が吐き捨てるように言った。

俺は否定も肯定もしなかった。「それは俺には分からない」

当然、俺を金属バットで殴った件も口にする気はなかった。

「私、あの人に自殺してもらいたい」宏美の口調があまりにも淡々としているので、ぞっとした。

「外国に逃げたかもしれないよ。そういうことってよくあるじゃないか」

「どこで死のうが、私にはもう関係ない」

俺は宏美を薄情な女だとは思わなかった。香織という娘の将来を考えたら、母親として、勇蔵に消えてもらいたくなって当たり前だ。

「覚醒剤かどうかは分からないけど、他のゴミに混ぜて、捨てちまえ。君が所持してたなんて誤解されたら、大変なことになるから」

「うん、そうする」

俺は缶ビールを飲み干した。「そろそろ俺は退散する」

「また会ってくれる？」

「もちろん」

宏美は引っ越し先の住所と電話番号をメモし、俺に渡した。

外に出た俺は、深く息を吸い込み、ゆっくりと吐きだした。宏美の心の支えにはなってやろうと思うが、不思議と、それ以上のことは望んでいないことを改めて確認した。

勇蔵が覚醒剤をやっていたとしたら、どこで手に入れたのだろうか。

街中で偽造テレカを売っているような外国人から入手したのかもしれないが、勇蔵がハメられたとしたら……。

タクシーを拾った俺は歌舞伎町に向かった。

勇蔵のスーツケースの中に入っていたクラブ『リッチモンド』のライターが気になったのだ。

電話をかけて場所を訊いた。カラオケで歌っている男の声がうるさかった。

クラブ『リッチモンド』は風林《ふうりん》会館をさらに職安通りの方に上がった裏通りの雑居ビルの中にあった。周りはラブホテルばかりである。

カラオケを聞いた時から、クラブとは名ばかりの店だと思っていたが、想像していた以上の小箱で、汚い店だった。ホステスの数は四人。三人の客は、いずれも五十代後半から六十代にかけての男で、みんなひとりで来ているようだった。

客層は悪くはない。しかし、ママらしい年増の女は目が落ちくぼみ、若い頃から裏社会の空気ばかり吸ってきたような品のない感じがした。ホステスたちの服装もケバい。ママの指示にしたがって、いつでも客と寝そうな女たちに見えた。

　俺はカウンターの端の席に腰を下ろした。

「先ほど、お電話くださった方？」

　ママらしき女に訊かれた。

「そうだよ」俺はママに笑いかけた。

　相手も頬をゆるめたが、目はまったく笑っていなかった。

　俺は酒棚を眺め、フォアローゼズの水割りをショットで頼んだ。

　ママがカウンターにボトルやアイスペールを並べ、酒を作った。隣の客が美川憲一《みかわけんいち》の『さそり座の女』を熱唱し始めた。

「うちのこと、どなたかに聞いたんですか？」ママらしき女が訊いてきた。

「いいや。リッチモンドって名前をたまたま電話帳で見つけてね。ママは知らないと思うけど、南北戦争時代に建造された軍艦の名前なんだ。俺、軍艦が好きなんだよ」

　リッチモンドは地名でもあるし、同名のホテルもある。子供の頃、車だけではなく戦闘機や軍艦も好きだった。その頃に覚えた知識を口にしたのだ。

　相手にとっては想像もつかない答えだったはずだ。だから、戸惑いを感じているようだった。しかし、すぐに顔を取り繕《つくろ》った。

「軍艦ですか。私には縁がないですけど、それでお客様がひとり増えたんですから、喜ばなくっちゃね」

　俺は水割りに口をつけた。

「ママさんですか?」

「そうよ。摩子《まこ》って言います」ママが奥の席の方に目をやった。「ミーちゃん」

　赤いボディコンのワンピースを着た女が立ち上がった。パンツが丸見えになりそうなほどのミニである。

「ミチルちゃんです。お客様のお名前聞いていいかしら」

「梶田《かじた》です」俺はあらかじめ考えておいた偽名を告げた。

　俺はミチルに飲み物を勧めた。ミチルはビールを所望した。

「いただきます」ミチルが軽くグラスを私に向けた。

　俺は小さくうなずき、水割りのお替わりを頼んだ。ミチルが水割りを作った。

　初めての客だと分かると、ミチルはママと同じ質問を俺にした。俺は同じことを言った。ミチルの反応もママと変わりなかった。

　ミチルは二十四歳。草加《そうか》市の出身で、この店で働いて、もうじき一年が経つという。

　勇蔵に繋がる話題に持っていきたいのだが、なかなかきっかけが摑めなかった。

「梶田さん、おいくつですか?」

った。

「四十一」

「若く見えますね。三十五、六かと思いました」

「貫禄《かんろく》がないんだよ」

職業を訊かれたので、歯医者の医療機器の販売会社の営業マンだと、口から出任せを言った。

ミチルの目が輝いた。「私、歯科衛生士になろうかと思ったことがあったんですよ」

「どうしてならなかったの？」

「勉強、苦手だから」

「勉強以外で得意なことは？」俺はミチルの躰を舐めるように見ながら訊いた。

「何にもないな。運動も苦手だし」

俺は彼女の耳許でこう囁いた。「君の唇、楽器を吹くのに合ってそうだよ」

「楽器って」

「俺の友だちに尺八の名人がいてね」

ミチルが両手で口許を押さえ、笑い出した。「それって男の人？」

「もちろん。本物の尺八を吹いてるんだ。君も上手なんじゃないの」

「嫌だあ、どうして分かるの？」

「君よりもちょっと長く生きてるから」

「ブランデー、飲んでいい？」

「どうぞ」

ミチルはママを呼んだ。「ブランデーをお願いします」

他の客の相手をしていたママがカウンターに入り、ブランデーを用意した。そして、俺をじっと見つめた。

「うちのブランデー、特別な味がするし、高いんですけど、いいんですか？」

「媚薬《びやく》が混じってるってこと？」

「或る意味、そうね」

「おいくら？」

ママは周りに目を馳せてから、右手の指を三本立てた。

「店が終わるまで待てないよ」

「このビルの斜め前に、『オータム』っていうホテルがあるの。二時間で帰してもらわないと、超過料金がかかるけど。でも、うちはホステスたちに強要してないのよ。あくまで、彼女たちの自由意思」

俺はうなずきながら、もう一度、ミチルをじっと眺めた。

ホテルに行けば、当然、ミチルは下の〝口〟を開くだろうが、俺は本当の口も開かせたい。うまくいくかどうかは分からないが、ともかく、因業《いんごう》ババアの言う通りにすることにした。

俺は飲み代と特別な味のする〝ブランデー〟代を払い、先に店を出た。

ブロック塀で囲まれた間口の狭いラブホテルが、斜め右に見えた。

俺は周りの様子を窺った。脚がきちんと二本ついた〝お化け〟が出てきそうな一角である。勇蔵が、『リッチモンド』という店で罠《わな》に嵌められたかどうかも分かってないが、ともかく、気になることはひとつ残らず検証してみるしかないだろう。

ホテルの門を潜った。『リッチモンド』の客だと告げると、前払いで一万円を請求された。

貯金はどんどん少なくなり、このままでいくと、もうじき底をついてしまうだろう。

二階の二十四号室の鍵を渡された。

狭い部屋に大きなベッドが置かれていた。ベッドカバーは派手な赤だった。浴室はガラス張りになっていて、ベッドからよく見えるように作ってある。

ほどなくチャイムが鳴った。ドアスコープで確かめる。

ミチルが立っていた。変わった様子はない。

ミチルを部屋に通した。

「何か飲む？」

「いらない。私、お酒に弱いの。梶田さんがくるまで、けっこう飲まされたし」

ベッドの端に立ったミチルは、ミニワンピースをさっさと脱ぎ始めた。下着はすべて黒。パンストではなく、靴下留めでストッキングを留めている。靴下留めを外さなくても、切れ込みの激しい小さなパンツが脱げるように、その上に穿いていた。透けてみえるパンツだった。ミチルは陰毛を剃《そ》っていた。

俺も裸になった。

「ストッキング、つけてた方がいい?」

「どっちでも」

「お客さんの中には、ナマ脚が嫌いな人がいるの」そう言いながら、ブラジャーを外した。

弾力のある大きな乳房が息づいた。窒息しそうになっていたところを助けられた小動物のようである。

乳輪は大きくやや黒ずんでいた。俺の趣味ではないが、そんなことはどうでもよかった。

「横になって」

俺は言われた通りにした。俺のイチモツはすでに興奮していた。長らくご無沙汰しているから、早くいってしまうかもしれない。

ミチルは俺を上目遣いに見て、イチモツをくわえ始めた。

俺は、自分から女をかまってセックスするのが好きだが、商売女のミチルに任せることにした。

サービスすることが仕事の商売女とばかりやっている男は、ラクをしているから素人の女の扱いが下手になる。AVを見すぎている男と同じだ。最初から、こんなに濃厚なサービスをしてくれる素人女がいるはずはないのだから。

だから、俺はあまり商売女を抱いたことがない。

俺のイチモツはさらに元気になった。俺はミチルの無毛の股間を舐めた。

柔らかくて小さな小銭入れのようなアソコは、俺の好みである。乳首を優しく苛めてやる。

ミチルが用意してきたコンドームを嵌め、俺は彼女の中に入った。大きな乳房が左右に粘《ねば》りをもって開き、髪が乱れた。

久しぶりのわりには、保《も》った。歳のせいで遅漏《ちろう》になったのかもしれない。

次第に高みに登り詰めていった。揺らしすぎたシャンパンの栓《せん》が抜かれたように、一気に事果てた。

俺はミチルの上に乗ったまま、まだ腰を軽く動かしていた。クールダウンすると、ミチルが洗面所に向かった。

戻ってきたミチルが俺の上に乗った。そして言った。「いいもの持ってるんだけど、やらない？」

「バイブかい？」

「違うよ。ハイになるもの」

「シャブ？」

ミチルがうなずいた。

俺はにやりとし、首を横に振った。「シャブは俺の躰に合わないんだ。なぜか、ああいうものをやると吐き気がしてしまうんだ」

「そんな話、聞いたことないけど」

俺は彼女を隣に寝かせ、煙草を彼女に勧めた。ミチルは煙草をくわえた。火をつけてやる。仰向けになった俺も煙草を吸い始めた。

「こういう商売、好きでやってんの？」

「セックスは好き。でも、客を取るのはね。そろそろ辞めたいって思ってる」

「お宅のママ、厳しそうだもんな」

「ヤクザがついてるからね」

「君が勤めるような店じゃない気がするな」

「養ってくれる男がいたら、すぐに辞めるわよ」

「前借《バンス》りがあるんじゃないの」

「それも綺麗にしてくれる男よ」

俺はベッドから出てトイレに向かった。しかし、トイレを使う気はなかった。水を流し、そっとドアを開けて、ミチルの様子を見た。

俺の着ていたものは、椅子の上に放り投げてあった。

ミチルは煙草を消すと、椅子に近づいた。そして、まずズボンのポケットの中に手を入れた。

俺は静かにトイレを出た。豊満な尻を俺の方に向けている。

「売春にシャブに窃盗《せっとう》かい」

ミチルの動きが止まった。

俺はミチルの肩を抱き、股間に指を這《は》わせた。まだたっぷりと湿っている。

「警察、呼ぶか」

ミチルは首を巡らせ、俺を見た。動揺が目に表れていた。しかし、それは一瞬のことだった。

「呼んだら」ミチルは投げやりな調子で言い、ベッドに躰を投げ出した。

三

素っ裸のまま、ベッドに仰向けに寝転がっているミチルを、俺は立ったまま見つめていた。乳房が軽く脇に流れ、恥毛のない股間は剝きだしである。

裸で商売しているうちに、羞恥心《しゅうち》など干《ひ》からびてしまったのだろう。

「ママに頼まれて、俺の持ち物を探ったのか」

「………」

「答えろよ」

「一見《いちげん》の客の身元は必ず調べろって言われてるの」

「逮捕されたことは？」

「ないよ」

「あんたが挙げられたら、ママも引っ張られるな。俺が、あったことをすべて警察にべらべらしゃべるから。それだけじゃない。真大組のヤクザが絡んでるっていうことも話す」

俺は当て推量で真大組の名を出してみた。

ミチルが躰を起こし、両手で胸を被った。急に羞恥心が芽生《めば》えたんじゃない。恐怖心がそうさせたに違いなかった。

ミチルが俺を見つめた。「あんた何者？」

「警察に行くか、俺の話を聞くか。ミチル次第だ」

ミチルが腹立たしげに大きく息を吐いた。その息に火をつけたら、炎を上げそうだった。

「あんた、ヤクザには見えないし、デカでもなさそうなのに、ママの男が真大組の人間だってどうして知ってるの？」

俺はベッドに座り、ミチルに目を向けた。「質問の答えになってない」

「…………」

「この商売から足を洗いたいんだろう？」

ミチルは胸を隠していた手をベッドに戻し、抑揚《よくよう》のない声でこう言った。「いくらくれる？」

俺は、ミチルの乳首を指で軽く弄んだ。

「気安く触んなよ！」ミチルが歯を剝いた。

にっと笑った俺は立ち上がり、上着のポケットから携帯電話を取りだした。「この辺は四谷署の管轄だっけ？　それとも新宿署かな」

「ちょっと待ってよ。あんたの訊きたいことって何？」

俺は携帯を持ったままミチルを見た。「ママの男の名前は？」

「中谷弥太郎《なかたにやたろう》。愛称はヤッちゃんなんだけど、〝ヤッチャン〟にヤッちゃんって呼ぶのってておかしくない？」

小さくうなずいてから、俺を拉致した時の首謀者の風貌や身なりを教えた。

「あんた、ヤッちゃんのこと知ってんじゃん」

「そいつが、あの店に五十嵐勇蔵って男を連れてきたよな」

ミチルが目を背けた。

「お前が、さっき俺にやったように、五十嵐とセックスしてから、ハイになろうって誘ったらしいな」

「店でかなり飲まされてて、その人、勃《た》たなかったよ」

またも答えになっていないが、得られるものはあった。

「ヤッちゃんが飲ませたんだね」

「五十嵐って人、ヤッちゃんとは来てないよ」

「じゃ誰と来たんだい？」

「不動産屋の社長だっていう男とよ。名前は忘れた」

「富沢って名前じゃなかった？」

「違う」

薬丸の名前も口にしてみた。ミチルは知らないと答えた。

誰であれ、偽名を使っていた可能性はある。

「どんな感じの男だった？」

「普通。カタギの感じがしたけど、私、オジサンっぽい男って、みんな同じに見えるから、よく覚えてない」

言っていることに嘘はないだろう。オジサンっぽい男がみな同じに見えるというのは、若い女にありがちなことだから。

いずれにしろ、五十嵐は嵌められた。あのクラブとは名ばかりの店ですでに一服盛られていたのかもしれない。謹厳実直《きんげんじっちょく》で、分別《ふんべつ》の檻《おり》の中で自分を殺して生きていた人間が、一旦、檻から出されると、歯止めがきかなくなることは珍しくない。勇蔵は浴びるほど飲まされ、理性の壁が崩れ、女体に貪《むさぼ》りつき、勧められるまま覚醒剤に手を出した。

相手の思う壺《つぼ》に嵌まったってことだ。後は奴らの言いなりになるしかなかった。

富沢が関係していたのは明らかだが、罠をしかけたのは真大組と関係をもっている何者かなのだろう。

「ところで、ヤッちゃんと親しい女の中に気の荒いのがいるだろう」

俺は、勇蔵の娘の誘拐に一役買い、ゲシュタポみたいな振る舞いをした女の容姿や服装を教えた。

「それって君絵《きみえ》さんだね。ヤッちゃんの姪《めい》っ子よ」

った。

「苗字《みようじ》は？」

ミチルは首を横に振り、枕許のサイドテーブルに手を伸ばし、煙草とライターを手に取

「あんた探偵？」

「にわかのね」

「にわか？」

〝にわか〟って言葉も死語になりつつあるようだ。

俺は腕時計に目を落とした。二時間は経っていなかった。

富沢のところの社員、児玉庄一、常井観光開発の佐山部長、小宮山次夫の名前も出して

みたが、ミチルは知らないようだった。

「摩子ってママ、ヤッちゃんと同棲してるの？」

「だと思うけど」

「住まいはどこだ」

「私が教えたって分かったら、薬づけにされて、私、売り飛ばされるよ」

「今までしゃべったことを、ミチルから聞きましたって言ったら、どうなるんだい。ビン

タを食らうだけじゃすまないだろうよ。もう遅い。全部、話しな」

「あんた、痛い目に遭ったことないんだね。だから、そんな強気な発言ができるのよ。ヤ

クザを舐めてかかると命を落とすよ」

俺は腕時計に目を落とした。

「もうあまり時間がない。余計なことを言わずに教えろ」

ミチルが溜息をついた。「ここからすぐよ。職安通りを渡った向こう。小学校の近く」

「マンションの名前は？」

第五大久保マンション、三〇三号室だという。

電話番号を訊くと、渋々バッグの中からアドレス帳を取りだし、番号を教えた。

「ママんとこには時々寄るのか」

「私も近くに住んでるから、帰りが一緒になることがあるだけ。中には入ったことない」

ミチルの住まいを訊ねたが、彼女は絶対に口にしなかった。

制限時間十分前に、内線電話が鳴った。従業員が延長するかどうか訊いてきた。

俺は「もうすぐ出る」と答えた。

ミチルはさっさと服を着始めた。

「また付き合ってくれるよな」

「もう来ないで」ミチルが冷たく言い放った。

「俺がまた来るまでに、ヤッちゃんのことそれとなく注意してみててくれ」

「バンス、払ってくれる？」

「ネタがよかったらな」

俺たちは部屋を出た。ミチルとはホテルの前で別れた。俺は職安通りを目指した。

『リッチモンド』のママの住まいはすぐに見つかった。

古いマンションだった。ミチルに教えられた電話にかけてみた。誰も出なかった。

俺は元来た道を引き返し、靖国通りを目指した。

時々、煙草を吸う振りをして尾行があるかどうか調べた。

二人組の男が気になった。俺が立ち止まると、そいつらも足を止めたからだ。

おそらく刑事だろう。尾行されて困ることはないが鬱陶しい。しかし、彼らを撒《ま》こうとすると、さらにあらぬ疑念を持たれそうだ。放っておくことにした。

午後十一時をすぎていた。川中から連絡はない。

ミチルから得た情報は貴重なものだった。しかし、深い闇のとば口に立ったにすぎない。

富沢の会社の児玉から辿り着いた小宮山の動きの方が、真相に迫る道筋を開いてくれる気がする。

気になるのは泰平総合研究所。川中の言っていた通り、あの団体が、政治家への献金の受け皿になっているのはほぼ間違いないだろう。

川中から連絡がないので、尚子と先に会おうかと思った時、携帯が鳴った。

ゴールデン街の入口のところで立ち止まり、電話を受けた。ふたりの男たちもまた歩みを止めた。

「今、安崎、いや小宮山と別れた」

「どうでした？」

「会って話すよ」

「今、どこに？」

「錦糸町《きんしちょう》。小宮山、ルーマニア人の女にぞっこんらしい」

錦糸町は外国人のホステスが多く、大半は売春をやっている。

「アパートに戻っててください。俺には警察の尾行がついてるみたいですから」

「分かった」

俺がアパートに引き揚げれば、尾行はなくなるだろう。二十四時間態勢で見張っていなければならないほど、俺がマークされているとは思えない。

タクシーで帰路についた。タクシーが後についてくるのが分かった。

アパートに戻ると川中に連絡し、事情を説明した。

川中が酒屋の自動販売機までいってビールを買ってくることになった。途中、監視されているような様子はまったくないと報告が入った。

川中はビニール袋を提《さ》げて、俺のアパートにやってきた。中には缶ビールが四本入っていた。俺は、代金を彼に渡した。

しかし、俺だけではなく川中も飲みたくないようだった。俺はビールを冷蔵庫にしまい、グラスに氷を入れた水を用意した。

「川中さん、成果があったようですね」

川中は含み笑いを浮かべ、煙草に火をつけた。「私に仕事をくれるそうだ」

「どんな仕事です？」

「それはまだ……。私は是非、お願いしますって言っておいたよ。そしたら、あいつ、私の過去をちらちらしゃべり出した。意味分かるか？」

「つまり、あなたの昔の腕を買いたいってことですかね」

「その可能性が高いな」

うまくいけば確信に迫れるだろう。俺は、そうなることを心から期待した。

「ルーマニア女のいるスナックにいた時、奴に電話が入った」川中が続けた。「奴は低姿勢で話を聞いていたんだけど、〝妹は何も知らんでしょう？〟って口走った。あんたからの情報を頼りに考えてみると、殺された富沢の妹のことではないかって思ったよ。断定はできんがね」

「その可能性はあり得ますね。俺は元の女房である尚子に社内事情を調べろって言ってありますから。尚子は上手に立ち回れる女じゃない。電話の相手、児玉って社員だったのかも。で、小宮山はどこに住んでるんですか？」

「事務所からすぐのマンションだ」川中はポケットからメモを取り出し、テーブルに置いた。

そこには住まいの住所と電話番号が記されていた。

「奴が今、付き合ってる政治家のことは話に出なかったんですね」

「水を向けたら、〝大物でも、俺には一目《いちもく》置いてる〟って豪語してた。だけど、当てにはならんよ。あいつは、昔からそういうこと言って、偉そうに見せたがる男だったから」

「他に気になったことは？」

「特にないが、小宮山の女房の父親は広告代理店の経営者だったそうだ」

「だった？」

「とっくに潰れてるそうだ」川中がくすりと笑った。「あいつが社長になってからな」

「じゃ、女房との関係はよくないんじゃないんですか？」

「別居中だそうだ。子供はいないって言ってたな」

俺の携帯が鳴った。尚子からだった。

「連絡くれるって言ってたのに、こないじゃん」

かなり酒が入っているようだ。だとしても、社長の椅子に座ろうとしている女のしゃべり方ではない。先行きが思いやられた。

「いろいろあって連絡できなかったんだよ、ごめん。今、どこにいるの?」

「北青山。友だちと今後のことを相談してた」

「友だち?」

「秘書が辞めちゃったでしょう。だから代わりを探してるの」

「で、見つかったの?」

「うん」

「今から、俺のアパートまで来てくれないか」

「あんたがこっちに来ればいいじゃない」

「俺んとこで話すのが一番安全だ」

「安全って、どういうこと」

「いいから来てくれ」

不承不承《ふしょうぶしょう》、俺の言うことに従った尚子に、アパートの詳しい場所を教えた。

北青山から来るのだから少し時間がかかるだろう。

川中に、尚子との話の内容を改めて教えた。そして水を飲み干し、溜息混じりに笑った。「秘書を雇うなんてもっと後でもいいのに……。形ばかり気にする女でね」

「児玉とかいう社員のことを考えると、社長室に盗聴器が仕掛けられた可能性もあるな。調べてみるべきだよ」

川中の言ったことはもっともだ。しかし、俺はそういうことにはまるで知識がない。

「探知器って高いんでしょう？」

「物により、周波数や何か、いろいろな違いがあるから、一概《いちがい》に何がいいかなんて私も言えないよ。電話盗聴の場合でも電話機本体に仕掛けられているか、ヒューズボックスがいじられたかで事情が変わってくる」

「明日、秋葉原《あきはばら》に行って専門店で訊いてみます」

「それがいいだろう。まあ社員が取り付けたとしたら、タップ式のコンセントか何かを使ってることが多い。そうだったら安い探知器でも見つけ出すことはできる」そこまで言って、川中は生あくびを嚙み殺した。「明日、小宮山から連絡が入ることになってる。その時、私の仕事の内容が分かるだろう」

川中が小宮山に食い込んだ。だから小宮山の尾行監視は今のところ必要ないだろう。

「さて、私は帰って寝るか」

「ご苦労さまでした」

川中が「お休み」と軽く手を上げ、俺の部屋を出ていった。

それから三十分ほど経って、尚子から電話が入った。近くまで来ているが、迷っているという。タクシーの運転手に代わってもらい、尚子の大体の居場所を知った。尚子は近くにいた。運転手に指示を出してから、俺は外に出た。

ほどなくタクシーがやってきた。

尚子を連れて、外階段を上がり、部屋に通した。

尚子は座りもせずに、部屋を眺め回していた。

「尚子さんとすごした〝愛の巣〟とはえらい違いだろう?」

尚子が俺を睨んだ。「気持ち悪いこと言わないで」

「何か飲む?　大したものはないけど」

「何もいらない」

「まあ座んなよ」俺は川中の座っていた座布団を裏返しにして勧めた。

尚子はゆっくりと腰を下ろし、脚を斜めに崩した。穿いているスカートが短いから、太《ふと》股《もも》が露わになった。

俺は尚子から目を逸らした。狭くてむさくるしいアパートには、尚子の存在そのものがむんむんして暑苦しい。

「もう知ってるかもしれないけど、薬丸って男、捕まったってニュースで言ってたよ」

「知らなかった。警察はどんどん真相に迫ってるようだな」

「うちの会社の評判、悪くなる一方よ」

俺は煙草に火をつけた。「何でここまで来てもらったかというと、今夜、俺には尾行がついてた」

「警察?」

「おそらくそうだろう。指名手配された五十嵐の女房に会ったからだと思う」

俺は、五十嵐が覚醒剤をやったことで脅され、不正融資に手を染めたらしいと教えた。

尚子の顔が曇った。「兄さん、そのことに関係してたの?」

「直接は関与してないだろうけど、五十嵐を嵌めた仲間だったろうな」

尚子が目を伏せた。

「お宅の社員、児玉庄一のことを頭におくと、君が兄貴の会社を引き継ぐと分かった後、社長室に盗聴器が仕掛けられた可能性があるかもな」

顔を上げた尚子が目を瞬《しばたた》かせた。「私が誰かとしゃべってるのを聞かれてるってこと?」

「まだ取り付けられてると決まったわけじゃない。明日の夜、俺が調べてみる」

「あんたにできるの?」

「さあね。プロを雇いたかったら、そうしてもいいけど、社員にばれないようにやれるか?」

「まずはあんたがやってみてよ」

「君が児玉を嫌ってるのは分かるけど、君の側近にして様子をみろ。そうすると奴の動きがもっとよく分かるから」

「あんたも知ってる通り、私、感情がすぐに表に出てしまうタイプでしょう?　だから、駄目。落ち着いて仕事できないもの」

確かに。尚子には荷が重すぎるかもしれない。

「で、秘書はどんな人間なの？」

「まだ会ってない。明日、面接するの。イベント会社をやってる友だちが、社員のひとりを一時的に回してくれるって言ってるから」

「友だちって女？」

「うん」

「その友だちのことを言ってるわけじゃないけど、君に近づいてくる人間には気をつけて」

「その友だちは大丈夫よ」

「ところで、兄さん、小宮山次夫って男と付き合いなかった？」

「いきなりそんなこと訊かれても……。その男がどうかしたの？」

「児玉が密《ひそ》かに会ってた男なんだ」

俺は、旧姓を教え、元衆議院議員だった今泉秀晃の名前も口にした。

「今泉秀晃？」

「知ってるんだな」

「話に出た友だちの父親よ。その子は愛人の子だけど」尚子は力なく答えた。

「その女のことを俺に教えろ」

「彼女は私の友だちよ」尚子は不愉快そうに言った。

俺はメモ帳を用意した。「いいから教えて」

「あんた、その子のこと調べるの？」

「尚子さん、兄さんを殺した奴を見つけたいんだろう？」

「そうだけど。友だちのことを調べるなんて」

「君がやるんじゃない。俺がやるんだ」俺は強い調子で言った。

尚子が問題の友だちのことを、俺に訊かれるままにぽつりぽつりと話した。

名前は大内《おおうち》佐和《さわ》。三十三歳。北青山のマンションに住んでいて、会社も同じマンション内にあるという。

社名は『サワーズ・コーポレーション』。

パーティーやイベントを企画運営する会社で、政財界の人間の個人的なパーティーにタレントを呼んだり、若き実業家を参加させたりしているそうだ。

尚子が知り合ったのは、俺と別れた直後。西麻布のバーで出会い、彼女の企画するパーティーに出たのがきっかけで親しくなったという。

「バブルが弾けた後も、会社はうまくいってるってことか」

「儲かってるみたいよ。フェラーリを乗り回しているくらいだから」

尚子の話を聞きながら、フェラーリの女のことが頭にちらついていたが、十中八九、俺が目撃した女が大内佐和に違いない。

「何を気にしてるのよ。佐和ちゃんが、うちの会社を探るために秘書を送り込む必要なんかないじゃん。今泉の元私設秘書だった小宮山って男に児玉が情報を流してるんだったら、それで用は足りてるって思うけど」

俺は大きくうなずいてみせた。「なるほど。尚子さんの言ってることは正しいかも」

「でしょう?」

「だけど、小宮山と大内佐和が結託していないってこともありえるじゃないか」

「よく分かんないな」

「兄さんが、今泉を知ってた可能性はあるな」

「…………」

「佐和って娘は、親父のことはどう思ってるのかな?」

「そんな話、したことないよ」

「その子、どうやって政財界の人間にコネを作ったのかな」

尚子の眉根が険しくなった。「頭が痛くなってきた。私には答えられないことだらけだもの」

俺は小さく微笑み、うなずいた。「そうだね。質問攻めだもんな」

「あんた変わったね。一緒に暮らしてた時は、そんなに優しくなかった」

「君に振られ、借金を作ったことで学習したんだよ」

尚子は、小馬鹿にしたように笑ったが、棘のある笑いではなかった。

「ね、明日、面接する子、どうしたらいい？」

「うーん」俺はうなった。「難しいなあ……。とりあえず、雇ってみたら。しばらく様子を見てるうちに尻尾を出すかもしれないから」

「そううまくいくかしら」

「泳がせておけば、俺が調べられるかもしれない」

尚子が小さくうなずいた。「あんたの言う通りにするよ」

面接は、午後五時半から、社長室で行われるという。履歴書を提出しないわけはないから、そこからいろいろな情報を得られるだろう。嘘が書かれていたら、それはそれで大きな手がかりになる。

「さて、今日はこれぐらいにしておこう」

「そうね」

盗聴されている心配があるので、電話でのやり取りを決めておいた。

俺は表通りまで尚子を送ることにした。

「あんた、今の暮らしに満足してるの？」

「満足もしてないし、不満もない」

「五千万、貸してること忘れないで」

「ちゃんと覚えてますよ」

尚子はなぜか目を伏せた。

彼女をタクシーに乗せ、人気のない通りを戻った。周りに目を光らせたが、監視されている様子はなかった。


「飯がまずくなるような話だな」

電話口に出た花島が口をもぐもぐさせながら、そっけなく言った。

翌日の朝、俺は花島に電話を入れ、もったいをつけずに、金を貸してほしいと頼んだ。

「ともかく、顔を出せ」

「はい。で、何時にお伺いすればいいですか？」

「時間は後で教える」

花島から電話があったのは午前十時すぎだった。今から来いという。

約束の時間少し前に、俺は軽トラで工場を目指した。

工場の敷地の外れに軽トラを駐め、工場内に向かった。仲間の視線を浴びた。ＭＧのレストアはまだ続いていた。

俺は早く平穏な日常を取り戻したいと思った。

ふと見ると、ガレージのシャッターが開いていて、ポルシェとマスタングが目に入った。

俺は、仲間に挨拶をしながら事務所に向かった。

ドアを開けた。

澄子がいた。花島と麦茶を飲みながら話している。

澄子は、ざっくりとしたストライプのシャツを羽織り、オフホワイトの膝丈パンツを穿いていた。靴は同じく白っぽいスニーカーだった。

「おはようございます」俺は花島と澄子に頭を下げた。「お邪魔でしたら、外で待ってますが」

「いいのよ」澄子が口を開いた。「何だか車を飛ばしたくなって、ここに来たら、あなたが来るっていうから待ってたの」

「お前、これから用があるのか」両切りのピースをテーブルで縦に軽く弾《はず》ませながら、花島が訊いてきた。

「いえ」俺はちょっと口ごもった。

「何かあるんだったらはっきり言え」

「三時ぐらいまでなら大丈夫です」

「ぼーと突っ立ってないで座れ」

俺は椅子を引いた。右に花島、左に澄子が座っている。

「で、いくらいるんだ」

「とりあえず、三十万ぐらい……」

「カッ！」花島が顔を歪めた。「〝とりあえず〟か」

「すみません」

工場から作業の音が聞こえている。その音に、社長の右腕、種田修一が酒井を叱《しか》る声が重なった。

花島は作業ズボンの後ろポケットから、茶封筒を取りだし、俺の前に投げた。

「五十入ってる。お前が戻ってきたら、毎月の給料からさっ引くからな」

「はい」

「麦茶、飲むか」花島が立ち上がろうとした。

「俺がやります」

俺は自分でグラスを用意し、注いだ。

「金を貸すんだ。その後どうなってるか教えろ」

「私も興味があるわ」澄子が口をはさんだ。

俺は包み隠さず、ここ数日で起こったことをふたりに話した。といっても、女と寝て情報を取ったことだけは口にしなかった。

花島は煙草をふかしながら、俺に目を合わさずに聞いていた。澄子も無言だった。

話し終えた後、しばし沈黙が流れた。

また種田の怒鳴り声が聞こえた。

澄子がまっすぐに俺を見た。「氏家君、これ以上、関わるのは止めなさい」

「もうそういうわけには……」

「探偵気取りで事件を追うことに夢中になってるんじゃないのか。お前は俺んとこの修理工だ。それもまだ半人前のな」

あっさりと金を貸した後に花島は俺に文句をつけている。そこに花島の優しさを見た。

おそらく、花島は死んだ息子にも、こういう態度で接していたのだろう。

「社長に、いや、おふたりに迷惑のかかるようなことは絶対にしませんから」

「安請け合いするんじゃない！」花島が怒鳴った。

俺は目を伏せた。

「どうしても事件が解決するまで、嘴《くちばし》を突っ込み続ける気なのね」澄子がつぶやくように言った。

俺は黙ってうなずいた。

花島が溜息をついた。「女将さん、こいつは意外と頑固《がんこ》で。本当は気が弱いくせに引かない。四十すぎてもまだガキなんですよ」

「氏家君、私に付き合って」澄子ががらりと調子を変えて言った。

「え？」

「ドライブしたいの。そのためにここまで来たのよ。三時までには解放するから。花島さん、氏家君をお借りするわね」

「好きに使ってください」

澄子は、サングラスをかけ、テーブルの上においてあったヴィトンのショルダーバッグをたすき掛けして、事務所を出ていった。

澄子はポルシェには見向きもせず、マスタングに近づいた。

澄子がハンドルを握るマスタングは京葉道路に出ると、江戸川の方に向かった。

「やっぱり、この車、気持ちいい」澄子は加速し、大型トラックを抜き去った。瞬間、進路を変更したニッサン・プリメーラがたらたらと追い越し車線に現れた。

どきりとした。

澄子がブレーキを踏んだ。躰が前につんのめった。間一髪のところで追突を免れた澄子がクラクションを思い切り鳴らした。しかし、プリメーラはどく気配すら見せない。

獲物を狙う鷹《たか》のような目で周りを見、走行車線に戻ると、プリメーラを抜き去った。その際、澄子はプリメーラの運転手にガンを飛ばした。

相手は真面目そうな若い男だった。若者は驚いた顔をして澄子を見ていた。

「若いのにね。教習所だけで運転すべきよ、ああいうのは」

「公道はレース場じゃないんですから、気をつけてくださいよ」

「ご忠告ありがとう」澄子はからからと笑って、切れ味のいいハンドル捌きで、また追い越し車線に出た。

マスタングの意味は確か野生馬だったはずだ。澄子自身が野生馬に思えた。

京葉道路を離れると篠崎街道に入った。ポニーランドの横を通り、江戸川水門の方に走ってゆく。

「女将さん、さっき俺が話した今泉元衆議院議員、私設秘書だった安崎次夫、泰平総合研究所のことで、何か知りませんか」

「捕まった今泉秀晃は何度かうちの店に来てるわよ。えらく口のうまい、茶坊主みたいな男だったわね。安崎って秘書については何も知らないな」

「今泉は誰の派閥に属してたんですか？」

「氏家君、そっちには深入りしない方がいいわよ」澄子は俺を見ずに、淡々とした調子で言った。

「派閥のことぐらい調べれば分かることですから、教えてください」

「あの頃は総理を務めた畑中《はたなか》派だったわ」

「畑中は一年ほど前に死にましたよね。畑中派は、いろいろあったみたいですけど、神尾《かみお》源一《げんいち》が跡を引き継いだんですよね」

「そうよ」

「次の総理の座を狙ってるひとりですよね」

「源一の父親のことは知ってるでしょう?」

「有名ですから」

神尾源一の父親、万作《まんさく》は畑中派を支えていた政界のドン。本人に総理の座に就く意思があったかどうかは知る由《よし》もないが、俺の知ってる万作は畑中平三郎《へいざぶろう》の右腕だった。汚職疑惑が何度か取りざたされ、その都度《つど》、週刊誌が派手に書き立てた。しかし、逮捕されたことはない。政界の裏で暗躍する男は東京地検にも食い込んでいたのかもしれない。

「神尾万作はだいぶ前に引退してますが、今、いくつぐらいなんですか?」

「九十をすぎてるんじゃないかしら」

「しかし、変わった男ですね、実力があるのに、自分は首相の座を狙わず、一歩引いていたっていうのが」

「主役を張らない方が、実力を発揮できる脇役タイプの役者がいるでしょう? あれと同じよ」

「その方が実入りがいいのかな」

「そういうことはないでしょうけど」澄子が煙草をくわえた。

俺が火をつけ、自分でも煙草を取りだした。

「引退したとはいえ、政界に働きかける力は衰えてないんでしょうね」

「氏家君、あんた、神尾親子が、今度の一連の事件に絡んでるって思ってるの？」

「今泉の愛人の娘が関係してるようだから、気になって当然でしょう」

澄子がくくっと笑った。「神尾派が関係してたら、万作を敵に回して戦おうっていうわけ」

「ここまできたら頂上を目指すしかないです」

「遭難するかもよ」

「危なくなったら引いて、警察に届けます」

陽の光が川に跳ねていた。

マスタングは篠崎街道を走り続け、新今井橋《しんいまい》を渡り、新大橋《しんおおはし》通りに入った。そして、中川《なかがわ》を渡り、都心を目指した。

日本橋《にほんばし》まで出た澄子は、駐車場にマスタングを入れた。

「お腹空いたわね。お鮨《すし》でもつまみましょう」

午後一時半すぎだった。秋葉原で盗聴探知器を買い、富沢のビルにいく時間は十分にあった。

澄子の馴染みの店らしい。お好みで鮨をつまんだ。澄子は俺をマスタングを預けている工場の修理工だと紹介した。その後は、俺とはあまり口をきかず、主人と雑談を交わしていた。

鮨屋を出たのは二時半少し前である。

澄子は店に戻るという。

「泰平総合研究所ってやはり、政治家の資金管理をやっているところですかね」

「あんたの頭の中には、そのことしかないのね」

「早くすべて忘れて工場に戻りたいですよ」

「あんたの言う通り、大体、そんな名前のついた団体は政治家と深い関係があると思っていいんじゃないかしら」

「誰が裏で糸を引いてる団体か調べることはできませんかね」

「私にそれをやれって言うの？」

「他に頼める人、いませんから」

澄子が肩で笑った。「私、一介《いっかい》の料亭の女将よ。たとえ政治家が、うちの店に来たとしても、そんなこと訊けやしないでしょう？」

「そうですね。でも、頭に入れておいてください」

それには応えず、澄子はアクセルを踏んだ。

三時頃、料亭の前に到着した。

「車、戻しておいてね」

「明日でいいですか？　時間がないので」

「好きなだけ使って」

澄子と俺が車から降りた時、老女が澄子に近づいてきた。

「それじゃ」澄子は老女の方に駆け寄った。

老女は陽射しが眩しいのだろう、目を細めて俺の方を見ていた。歳を取るごとに縮んだ。そんな感じの小柄な女だった。どことなく目と唇が澄子に似ていた。

おそらく、澄子の母親だろう。

俺はマスタングの運転席に乗り込んだ。

澄子は老女と共に裏木戸に向かった。老女は肩越しに俺の方を見ていた。若い男と一緒だったことが気になっているのかもしれない。

目立つ車を調査中には使いたくなかったが、やはり、マスタングのエンジンを繋いだだけで、全身が痺れた。農繁キャリイとはまるで違う。

秋葉原では、大型店は避け、小さな店を選んだ。盗聴盗撮用の商品を売っている店は、俺が考えていた以上に多かった。産業スパイが使うだけではなさそうだ。それだけだったら、こんなに多くの店は必要ないだろう。

覗き見趣味が流行《はや》っているということらしい。他人の私生活を秘密裏《り》に知りたいという欲求は誰もが持っているものだが、機材までそろえる神経が俺には分からなかった。レンズが異様に厚い眼鏡をかけた陰気くさい中年男の店に入った。男がいかにもマニアックな感じがしたからである。

盗聴探知器について何も知らないと言うと、男が丁寧《ていねい》に教えてくれた。高いものになると百万近くする。安いものだと四万円台。とりあえず、小型でさまざまな電波に対応する機種を選んだ。十四万円。馬鹿臭いが購入することにした。店で試し、使い方を覚えた。使わなくなったら高値で引き取ってくれ、と言い残して店を出た。

新橋に着いたのは、五時を少し回った時間だった。川中の携帯を鳴らした。川中は近くの喫茶店にいた。

川中を待つ間に、盗聴探知器をオンにし、アンテナを伸ばし、ツマミを回した。盗聴器の発する電波を拾った。周波数を変えても拾い続けている。富沢のビルから発されているかどうかは分からないが、ともかく、この近くの建物で何台もの盗聴器が活躍しているということだ。

川中は車が違うことに驚いていた。

「目立ちすぎるな。こんなのに乗って尾行できるのは、テレビドラマの探偵だけだよ」

八〇年代に『私立探偵マグナム』というハワイを舞台にしたテレビドラマがあった。主人公は確か、フェラーリに乗っていたはずだ。

「工場まで戻る時間がなかったんです」

川中は盗聴探知器に興味を持った。

「それで何とかなるといいんですがね」

値段を訊かれたので教えた。

川中は口笛を吹いた。

五時半少し前、グレーのスーツを着た女が富沢のビルに入っていった。その女が面接を受けにきたのかもしれない。

三十分と経たずに尚子から電話が入った。

「富沢です。今から会社を出ます」尚子は打合せ通り芝居を打った。

「お待ちしてます」俺は声を殺して答えた。

ほどなく、グレーのスーツの女が出てきた。そして外堀通りに向かった。川中がマスタングを降りた。

女は土橋を右に曲がった。俺は車をスタートさせ、そして、女と同じように右折した。

女は右側の歩道を歩いていた。車を駐め、様子を見た。女はほどなく日航《にっこう》ホテルの階段を上がっていった。川中が続いた。

俺は少し車を前進させ、日航ホテルがよりよく見える位置で再び車を路肩に寄せた。

二十分ほどでグレーのスーツの女が出てきた。

川中から電話が入った。「女は、背の高いモデルっぽい女と会ってた。青いジャケットに黒いミニスカートの女だ。彼女はまだ喫茶店にいる」

「引き続き、面接にきた女の尾行を頼みます」

携帯を切った俺は煙草に火をつけた。吸い終わらないうちに、ブルーのジャケットを着た女が階段を降りてきた。スカートは黒。サングラスをかけている。フェラーリに乗っていた女に感じが似ているが断定はできなかった。

女は外堀通りを渡り、右に曲がった。俺は車を出した。そして交差点を渡った。

女はビルの地下に降りていった。そこは駐車場の出入口だった。

フェラーリが現れたら、間違いなくブルーのジャケットの女が乗っている。

果たしてフェラーリが現れた。数寄屋橋《すきやばし》の交差点に向かっている。それほどスピードは出していなかった。

十分に距離をおいて俺は尾行した。

フェラーリはお堀沿いを走り、結局北青山にあるビルの地下駐車場に入った。

歩道に現れた女はそのままビルの中に消えた。それでも俺はしばらく動かず、ビルに出入りする人間を観察していた。

四十分ほど煙草を吹かしながら様子を見ていた。数名がビルに出入りした。が、見知った顔はなかったし、女が再びビルから出てくることもなかった。

携帯が鳴った。川中からだった。

「すまん。女を見失っちまったよ」

面接を受けにきた女は銀座線に乗り、渋谷で降りた。そこからタクシーに乗ったので、川中も同じように空車を拾った。ところが、運の悪いことに、新米の運転手だった。割込みも下手で、女の乗ったタクシーと距離ができ、三軒茶屋《さんげんぢゃや》の商店街辺りで見失ってしまったという。

「気にしないでください。女は尚子に履歴書を出してるから、素性を確かめるのは難しくはないでしょう」

尚子と会社で会うのは深夜すぎだ。とりあえず、やることはない。

俺は車をスタートさせた。

泰平総合研究所のある四谷三丁目に向かった。あそこが気になってしかたがないのだった。

国立競技場の脇を通り、信濃町方面に向かった。道は空いていた。俺はスピードを上げた。ルームミラーに見え隠れするワインカラーの小型車が気になった。その車もかなりのスピードを出していた。プジョー２０５のようである。運転しているのは女である。単にドライブを楽しんでいるのか、先を急いでいるだけなのか……。

四谷三丁目の交差点を右折した。プジョー205は離れない。

泰平総合研究所のことは放っておき、四ツ谷駅方面に向かった。そして、四谷二丁目の交差点で再び右に曲がった。文化放送の前を通った。プジョーはかなり距離を取っていたが、マスタングにへばりついてくる。

俺は近くの寺の前で車を降り、境内《けいだい》に入った。女の尾行はなかった。境内の裏手から歩いて、プジョー205の背後に近づいた。

プジョー205GTI。右ハンドルの五速マニュアル車である。最初に日本に輸入されたGTIは左ハンドルだったが、千六百CCだったものを三百CC排気量を上げてから右ハンドルが売り出されたはずだ。

ドアに鍵はかかっていなかった。

俺は周りに目を配りながら、素早く躰を車内に突っ込んだ。ダッシュボードを開け、車検証を探した。解説書と一緒に車検証が出てきた。

所有者の登録されている住所を見た俺は頬がゆるんだ。

俺はドアを閉めると、ボンネットに躰を預け、煙草に火をつけた。

プジョーの前方、約百五十メートル先にマスタングが駐まっている。女は五分ほどで境内から出てきた。マスタングが気になったのだろう。プジョーには目を向けなかった。

「マスタングに興味があるの？」

俺は女の背中に声をかけた。

女が肩を怒らせて、立ち止まった。

「乗り味を試したかったら、貸してやってもいいぜ」

「………」

「こっちに来なよ。あんたが大内佐和とかいう女に頼まれて俺を尾行したことははっきりしてる」

女は肩越しに俺を見てから、携帯電話をショルダーバッグから取りだした。

尾行を命じた人物に連絡を取っているのだろう。

俺はゆっくりと女に近づいた。女が再び俺を見た。目に恐怖が波打っていた。

「俺に電話を代われ」

俺の言ったことを女は電話の相手に伝えた。ややあって、女は携帯を俺の目の前に突き出した。

「初めまして、梶田と言います」

『リッチモンド』で使った偽名を再び口にした。

「………」

「大内さんですよね」

「私の何を調べてるの？」

「俺は何も調べてないですよ」

「じゃ、どうして私の名前を……」

「プジョーの車検証を拝見させてもらったんですよ。所有者の名前が大内佐和だった。で、どうして俺の後を可愛い女の子に尾けさせたんです？」

「あなたが何者か知りたかったから」大内佐和は動揺する様子もなくそう答えた。

「どういう意味？」俺は惚けた。

「あなたが私を尾行しなかったら、私もしなかった」

「あっああ」俺は素《す》っ頓狂《とんきょう》な声を出した。

「あんた、フェラーリに乗ってる別嬪さんね。やっと謎が解けた」

「尾行したことを認めるのね」

「フェラーリを自由自在に転がす別嬪さんを見つけたら、後を追ってみたくなったんですよ」

大内佐和はまた黙ってしまった。

「これも何かの縁。今から、俺と会いませんか？　プジョーの女の子にいろいろ訊いてもいいけど、可哀想でしょう？」

「北青山まで戻ってくれます？」

「いいですよ」

「あなたがさっき車を駐めたところから、通りを渡ると、カフェ『シュブリーム』というのがあります。そこで待ってます。車はカフェの裏手の駐車場に入れればいいでしょう」

「ご親切に」

「彼女に代わってください」

俺は女に携帯を返した。

女は緊張した声で「はい」を繰り返しながら、ちらちらと俺に目を向けていた。

携帯を切った女に俺は微笑みかけた。女はそれを無視してプジョーの方に足早に去っていった。

俺は後を追った。

「ちょっと待てよ。尾行した詫びぐらい言ったらどうだい」

「すみませんでした」女は唇をへの字に曲げて謝った。

「大内さん、何やってる人」

「そういうことは社長に聞いてください」

女が車に乗り込んだ。そして、エンジンを繋ぐと、俺の躰をかすめるようにして車を出し、去っていった。

俺は北青山に戻った。

大内佐和が教えてくれたところに駐車場があった。

カフェもすぐに見つかった。

トロピカル風に作られたカフェだった。レゲエが店内に流れている。

大内佐和は、奥の席に長い脚を組んで座っていた。観葉植物の大きな葉っぱが、彼女の顔を隠している。

大内佐和の前に腰を下ろした。彼女はマンゴージュースを飲んでいた。俺はメロンジュースを頼んだ。それから改めて梶田と名乗った。

佐和は名乗らない。

「こういう出会いってなかなかないですよね」俺は大内佐和に笑いかけた。

佐和はストローを口に運んだ。反《そ》り気味の前歯が、ストローを噛みちぎるのではないかと思えるほど苛々した調子でジュースを一口飲んだ。

「誰に頼まれて私を尾行してたの？」

「だから、素敵な女性がフェラーリを乗り回し……」

「下手な嘘はつかないで」

「理由があってあなたを尾行するんだったら、マスタングなんて目立つ車は使わない。そう思いませんか？」

メロンジュースが運ばれてきた。俺もストローに口をつけた。

先ほどから疑問に思っていることがひとつあった。佐和は尚子の友人である。尚子が俺と別れてから付き合いができたのだから、俺の顔を知らないと思っていいのか。それとも、意図を持って尚子に近づいたのだったから、別れた亭主の顔写真ぐらい手に入れていてもおかしくない。

後者だとしたら、この女、かなり強《したた》かである。いずれにせよ、刑事事件を起こして失脚した政治家の娘で、しかも婚外子である。尚子よりも歳下だが、生きる力は数倍上だろう。

「あなたってミステリアスだなあ。尾行されてるって疑ったってことは、何か表には出せない活動をしてるってことかな」俺は軽い調子で言って煙草に火をつけた。

「尾行がバレたんだから、誰に雇われてるのか話したら」

佐和は、自分が尚子の元夫だということには気づいていないらしい。

富沢と勇蔵が関わった不正融資事件は単純なものではなさそうだ。不正に得た金は、誰かひとり、或いはひとつの団体に流れたのではなくて、数箇所あるはずだ。

佐和は、政治家と繫がっているのか、暴力団と関わり合いがあるのか、はたまた、どこぞの実業家の手先なのか。

俺はジュースを飲み干した。わざとストローの音を下品に立てた。そうしながら佐和を上目遣いに見つめた。

「何を怯えてるんですか？　よかったらお助けしますよ」

「梶田さん……」佐和は鼻で笑ってそっぽを向いた。「あなた、富沢尚子さんの元の夫でしょう？」

気づいていないと思ったが、完全にしてやられた。

「氏家さんっておっしゃいましたっけ」

俺は佐和から目を離さずに、うなずいた。

「尚子さん、あなたのやってることを知ってるの？」

「知るわけないでしょう。今泉秀晃の愛人の子が、なんで富沢の妹に近づいたんですか？話してくれなかったら、尚子に教えるしかないですね。あいつとは縁が切れたけど、そのぐらいのことをする義理はある」

「…………」

「お互いに手のうちを見せてもいいんじゃないんですかね」

「あなたの携帯番号教えてくれます？」

俺は番号を口にした。

「あなたのも知りたいな」

「次回、教えるわ」

そう言って、佐和は勘定書を長い指で優雅につまみ、カフェを出ていった。

四

俺は泰平総合研究所の入っているビルがよく見える場所にマスタングを駐めた。

北青山のカフェで大内佐和と別れた後、ここにやってきたのだ。

泰平総合研究所が、俺の調べていることと関係を持っているかどうかは分からない。しかし、今泉元代議士の私設秘書だった男、そして彼の愛人の娘が登場してきたのだから、政治献金と関係のありそうな団体に目を向けるのには必然性がある。

小宮山と会っていたアタッシェケースを持った男は泰平総合研究所と深い繋がりを持っている。その男の尾行に俺は一度失敗している。

もしも、監視中に、男がビルから出てきたらどうするか。農繁キャリイの尾行に気づいたのだから、マスタングを見逃すはずはない。

そんなことを考えながら、煙草をくわえた時だった。問題の男がビルから出てきた。

この間同様、アタッシェケースを携えている。スーツの色は焦げ茶色だった。

男はビルの前に立ち、往来を見ていた。空車を待っているらしい。ほどなく黒いタクシーがやってきた。

男はそれに乗った。

俺はマスタングをスタートさせた。すぐに尾行はバレるだろう。そうなったら、相手は本来の目的地を目指さず、俺を撒こうとするに違いない。

しかし、そんなことはどうでもよかった。〝常にお前は見張られてる〟と無言の圧力をかけてやることにしたのだ。このやり方が相手の警戒心を強める結果を招くかもしれないが、揺さぶりをかけることで、新たな展開が起こることもあり得るだろう。

黒いタクシーはT字路を右に曲がり、靖国通りを市ヶ谷《いちがや》駅方面に向かった。そして、数百メートルほど走ると、市谷本村町《いちがやほんむらちょう》のところをまた右折した。

四ツ谷駅が見えてきた。

走りがおかしい。アタッシェケースの男は果たして尾行に気づいたようだ。

結局、黒いタクシーは、泰平総合研究所のビルの前に戻り、男を降ろした。タクシーは男を待つこともなく走り去った。

男は、これからやろうとしていたことを中止し、少なくとも今日は大人しくしている気がした。

携帯が鳴った。川中からだった。

「小宮山から連絡があって事務所に呼びだされたよ」

「いよいよ仕事の話ですね」

「おそらく、そうだろう。奴との用がすんだら、まっすぐアパートに帰る。あんたはどうしてる？」

俺はビルの入口から目を離さず、川中と別れた後に起こったことを教え、こう続けた。

「……今からは特に用はないので、アパートで待ってます。深夜すぎには、富沢の会社に行きますがね」

「じゃ後《のち》ほど」

電話を切った俺は、まっすぐにアパートに戻った。アパートの隣の空き地に無断でマスタングを駐めておいた。

雷が鳴った。くぐもった音である。一雨きそうだ。

冷蔵庫の中を調べてみた。ハムと野菜しかない。買い物に出るのは億劫だ。野菜炒《いた》めを作ることにした。

激しい雨が屋根を叩き始めた。

食事を終えた時、家の電話が鳴った。

俺は料亭『瀧田家』にかけ、澄子を呼び出そうとした。受話器を取った女の従業員が電話口を離れたがすぐに戻ってきた。

女将は今、忙しいので、後でかけ直すという。

マスタングのナンバーを、アタッシェケースの男が記憶し、所有者を調べた可能性がある。だから、念のため女将に一言言っておきたかったのだ。

家の電話がまた鳴った。無言電話でもなく澄子でもなかった。

薬丸興産の事務員、米原悦子だった。

「元気かい？」俺が軽い調子で訊《き》いた。

「元気じゃないから電話したの」

「社長が逮捕されちまったから失業したんだもんな」

「給料も未払いだよ」悦子の声が苛立っている。

「俺に怒っても仕方ないだろうが」

「何か仕事ない？」

俺の脳裏に、クラブ『リッチモンド』のことが浮かんだ。しかし、売春をやらせている店に送り込むようなことはしたくない。悦子を他のことで使えないか考えたが、いいアイデアは浮かばなかった。

「知り合いに頼んで探してみるよ。水商売でいいんだろう？」

「うん」

「ところで、社長が逮捕されたことで、君もまた警察にいろいろ訊かれたんじゃないの？」

「まあね」

「どんなことを訊かれたの？」

「大したことは訊かれないよ。でも何であんた、そんなことに興味を持つの？」

「別に。君が面白そうに話すから、つい訊きたくなっただけさ」

悦子に本当のことを言っても問題はなさそうだが、用心するにこしたことはない。

「またご飯食べようよ」

「そうしよう」俺は近いうちに連絡すると言い、受話器をおいた。

それから三十分ほどして、今度は携帯が鳴った。澄子からである。

「長くはしゃべってられないわよ」

「用件だけ言います。マスタングのことでまた電話はなかったですか？」

「ないけど、何があったの？」澄子の声色が変わった。

俺は、泰平総合研究所の男のことを手短《てみじか》に話した。「……相手が政治家と繋がっていたら、マスタングのナンバーから所有者を見つけ出すのは簡単なことだと思って」

「そうだけど、今のところ誰も何も言ってきてないわよ。ちょっと待ってね」澄子が受話器を押さえた。「……立て込んでるから切るわよ。店を閉めてから電話するわ」

「はい」

これで一安心というわけではないが、無言電話の主は、あのアタッシェケースの男とは関係ないのかもしれない。

勇蔵が持っていたマニラの地図の端にも携帯番号が走り書きされていた。名前はなかった。

繋がったらどうしようか。いろいろ考えてから、携帯を非通知にして番号を打ち込んだ。

ややあって男が電話に出た。話し方から外国人だと分かった。おそらく、東洋人だろう。

俺は咄嗟にこう言った。「五十嵐勇蔵に金を貸してる者だが、奴の居場所を教えてくれ」

「どこにかけてるんです?」

男は中国人ではなかろうか。

「あんたが手引きしたって聞いてるんだけど」

男はいきなり電話を切ってしまった。

マニラの地図の端に書かれていた男は外国人だった。逃亡の手助けをした中国人だと俺は確信を持った。

勇蔵は計画通りマニラに逃げたのか、それとも他の国に入ったのか、はたまた日本に潜伏しているのか……。もうひとつの嫌な予想が頭に浮かんだ。

馬鹿な奴だ。俺はそうつぶやき、煙草に火をつけた。

川中がアパートに戻ってきたのは十時半を回った頃だった。かなり飲んだようで、頬が桜色に染まっていた。

「すごい雨ですね」

「こんな日にまた錦糸町に連れていかれたよ」川中はふうと息を吐き、座布団の上にどすんと座った。

俺は水を用意して川中に渡した。川中はお替わりを所望し、三杯立て続けに飲んだ。

尚子との約束があるので、早く話を聞きたかったが、せっつくことはしなかった。

「酒が弱くなったよ、まったく」川中は自嘲の笑いを口許に浮かべた。

「で、仕事、決まったんですか？」

「思ってた通りのことを頼まれた。ピッキングの腕は鈍ってるって言ったんだけどね」

「小宮山はどこの誰を狙ってるんです？」

「渋谷にある藤倉《ふじくら》商事って会社と、社長の自宅だ」

「その会社と小宮山の関係は？」

川中は首を横に振った。「事務所で会ってから、一緒に下見に出かけたが、会社は桜丘《さくらがおか》町《ちょう》の古いビルの中にあった」

「何をやってる会社なんです？」

「宝石の輸入会社だそうだ」

「社長の家も見にいったんですね」

「ああ。会社から歩いていけるとこにあるアパートの一室だったよ」そう言いながら、紙袋の中からメモ用紙を取りだした。「ここに、住所や何かが書かれている。書き移してくれ」

俺は言われた通りにした。

社長の名前は藤倉善治郎《ぜんじろう》。自宅のアパートは渋谷区鶯谷町《うぐいすだにちょう》にあった。

「この男は独身なんですね」

「うん」

「で、いつやるんですか？」

「明日の夜だ。小宮山の言うところによると、藤倉は明日から一泊で、人間ドックを受けるそうなんだ」

「どこの病院に？」

「それは訊かなかった。余計な質問はしない方がいいと思って」

俺は大きくうなずいた。

川中の頰にチックが走った。「この歳になって、またああいうことをやるようになるとは思ってもみなかったよ」

長い間、ピッキングをしていない川中は自信がないのかもしれない。

「開けられそうな鍵でした？」

「アパートの方はな。会社の鍵だって開けられるとは思うが。手間取りたくないんだ」

俺は小さく笑った。「トレーニングの時間をもらえばよかったのに」

「そんな時間の余裕はないって断られた」

「俺、近くで密かに見てることにします」

川中が顔を上げた。「見てたってしかたないだろうが」

「その後の小宮山の動きを知りたいんです。調べた結果を報告するか、或いは盗んだものを渡すために、誰かに会うかもしれないですから」

「気をつけろ。奴には、危ない連中がついてるに決まってる。とんでもないことになるかもしれんぞ」

「分かってます。だけど小宮山の動きをきちんと摑めると、かなり事件の核心に迫れる気がするんです」

川中が食い入るように俺を見た。「そこまでする必要がどうしてあるんだい？」

「俺にもよく分かりませんが、五十嵐勇蔵は学生時代からの友だちで、尚子は俺の元の女房。ここまでくると後に退《ひ》けないですよ。それに、尚子に俺は五千万の借金があります。借金を払う気はありますが、現実的にはどうにもならない金額でしょう？　今度のことで、借金をチャラにしろとは言わないけど、減額を尚子に迫ろうと思ってます。うまくいくかどうか分かりませんがね」

「いっそのこと縒《よ》りを戻したら？」

「それはないですね。別れたからうまくいってるんですよ。それにもう終わったことは終わったんです」

「案外、あっさりしてるんだな」

俺は川中から目をそらし、つぶやくようにこう言った。「尚子との関係だけじゃなくて、着地に失敗した過去を、綺麗に清算できるいい機会だとも思ってます」

「なるほどね」川中の口調がしみじみとしたものに変わった。「わしの方は、過去に引き戻された気分だよ」

俺は川中に視線を戻した。「本当はやりたくないんでしょう？ 失敗したらとんでもないことになるし」

「この歳で臭い飯は食いたくない。だけど、張り切ってるのも確かなんだ」

「本当にやってもいいんですね。今だったら退けますよ」

川中は唇をへの字に曲げ、大きく首を横に振った。

俺は腕時計に目を落とした。

「盗聴器の有無を調べにいくんだったな」川中が言った。「わしは帰って寝るよ」

「明日のこと正確に分かったら知らせてください」

「うん」

川中は〝どっこいしょ〟と言って腰を上げた。

川中が姿を消して間もなく、俺は盗聴探知器の入ったバッグを持って、タクシーで新橋に向かった。

富沢のビルに着いたのは午前零時五分すぎだった。

雨は小降りになっていた。

尚子の携帯を鳴らした。

「俺だ。盗聴器が見つかったら芝居を打つ」

「え？」

「うまく俺に話を合わせてればいい」

「分かった。上がってきて」

俺は社長室に入る前、廊下で盗聴探知器をバッグから取りだした。探知した時の音が外に漏れないようにイヤホンを嵌めてから、スイッチをオンにした。すでにその時点で探知器が反応した。

社長室のドアをノックすると、尚子は声を発さずに俺を迎え入れた。表情がかなり緊張していた。

「久しぶり、元気にやってる？」俺は明るい声で言った。

「何とかね」

部屋中を、当たり障りのないことを口にしながら歩き回った。テレビの裏側に探知器を向けると、反応が強くなった。

テレビを動かした。壁に取り付けられていたコンセントにタップが嵌め込まれている。

俺は片頬をゆるめた。電波はそこから出ていたのだ。

盗聴器が一個だけとは限らない。さらに部屋を歩き回る。電話機には仕掛けられていないようだ。ペンの類《たぐ》い、飾りの縫いぐるみ等々も調べたが問題はなさそうだ。

素人だから完璧かどうかは分からないが、社長室に取り付けられた盗聴器は一個だけらしい。それほど大きな部屋ではないし、このビル内に受信機があれば、会話を直接盗み聞く、或いはテレコに録音することは容易だろう。

「いろいろ分かったことがある」俺は尚子にウインクした。

「どんなこと？」

「明日、いや、正確に言えば今日だけど、午後三時に宮下公園で人に会う。そいつが情報を流してくれるはずだ」

「その人ってどこの誰？」

俺は尚子に、親指と人差し指で丸を作って、その調子だ、というサインを出した。

「いずれ話すよ。ところで、五千万の借金だけど、この事件が解決できたらチャラにしてくれないかな」

尚子がきっとした目で俺を睨んだ。「そんなことできるわけないでしょう。借金は借金よ」

俺は噴き出しそうになった。芝居ではない。本気で言っているらしい。

「つれないこと言わないで、考えてくれよ」

「調子に乗らないで」

「分かったよ。機嫌直して、飲みにいこうぜ。詳しいことは、そこで話すから」

「いいわよ」

俺は先に社長室を出た。ほどなく尚子が出てきた。

エレベーターに乗った時、俺は尚子に耳打ちした。「児玉の机に案内してくれ。それから、電話のヒューズボックスを調べたい」

尚子がうなずき、下の階のボタンを押した。

営業課の部屋に入った。

児玉の机は窓際にあり、平社員のものよりも一回り大きかった。右下の大きな引き出しにだけ、鍵がかかっていた。

尚子が黙って部屋を出ていった。戻ってきた彼女は鍵を手にしていた。

その鍵で引き出しが開いた。

中には受信機が隠されていた。受信機にはテレコが繋がれている。自動で録音できるようにしてあるらしい。

俺は引き出しを閉め、鍵をかけ、廊下に出た。そして、尚子に案内され、ビルの一階の裏手に足を運んだ。ヒューズボックスがいじられた跡はなかった。それで安心できるものではない。さらに巧妙なやり方で電話の盗聴はできると、探知器を買った店の男に教えられた。しかし、これ以上のことは俺にはできない。それに、尚子は携帯をよく使っている。固定電話の盗聴はそれほど役に立たないかもしれない。

バッグに探知器を仕舞うと、尚子と共にビルを出た。お互いが同時に深い息を吐いた。長い間、海に潜っていた後みたいな感じで。

「昔、沖縄《おきなわ》でスキューバダイビングをやったよな」俺が言った。

「やったけど、それがどうしたの？」

「いや、何でもない」

俺たちは表通りに向かって歩いた。

「引き出しの鍵だけど、あれを持っててくれて助かったよ」

「児玉の机って秘書のものと同じなの。だから合うんじゃないかって思って」

「勘がいいんだね」

「あんたの浮気のおかげで、よくなったのよ」

とんだところから思わぬ矢が飛んできた。俺はちょっと困った顔をして見せた。

「盗聴器、外したい。じゃないと落ち着いて人と話ができないもの」尚子が険しい表情で言った。

「児玉にガセネタを流せるんだから、今のところは我慢してくれ」

「いつまで？」

「そんなこと答えられないよ。とりあえず、俺の様子を探るために宮下公園に現れる人物を見てみたい」

「児玉をクビにしたいよ」

「慌てるな」俺はにっと笑って空車に手を上げた。

俺は運転手に西麻布の交差点と告げた。

「どこに行くの？」

「あの辺だったら、尚子さん、いっぱい店を知ってるだろう？　静かなバーで話そう」

尚子が携帯を取りだし、どこかに電話をした。店の個室を予約したのだった。

西麻布の『ホブソンズ』の前でタクシーを降りた。尚子は横断歩道を渡り、青山墓地の方に歩を進めた。

裏通りに入った。澄子と待ち合わせをした『ヴェラオ』というダイニングバーの前を通りすぎた。

「あんた佐和ちゃんと会ったんですってね。私とあんたが結託してるって思ったみたいよ。強く否定しておいたけどね。どうなってるのよ、一体」

「店はどこ？」

「その右側のビルの四階」

店名は『ＣＡＰＡＢＬＥ』だった。

黒壁の狭い店で、奥に臙脂色のカーテンで仕切られた個室があった。

壁際がゆったりとしたシートになっていて、クッションが置かれている。

客は並んで座るしかなかった。

「シャンパン、飲まない？」

「安いのにして」

「私が払うわよ」

「ご馳走さん」

酒の準備が整うまで、俺たちは口を開かなかった。男の従業員が引き下がると、俺が酒を注いだ。

乾杯はしなかった。

俺はまず大内佐和と会った件について話した。

「大体のことは彼女から聞いてたけど、あんたを尾行し返すなんて、あの子らしいわ」

「君の敵かもしれないよ」

「絶対に違うって、彼女、言ってた」

「どうなんだろうなあ」

「改めて、あなたに会いたいって言ってたよ」

大内佐和の態度は腑《ふ》に落ちない。俺に会ってどうするつもりなのだろう。

「連絡を待ってるって伝えてくれ」

「あの子、可愛いでしょう?」

「まあね」

「向こうは、あなたのこと恰好いいって言ってたわよ」

俺は鼻で笑った。「そんなことよりも、大内佐和がなぜ秘書として、社員を会社に送り込もうとしたのか摑みたいな」

尚子がバッグから、面接した女の履歴書を取りだした。

女の名前は千葉貴代《ちばたかよ》。歳は二十五歳で、住まいは世田谷《せたがや》区若林《わかばやし》だった。専門学校で経理を学んだと書かれていた。ご面相は十人並みである。

俺はもう、この女には興味がなかった。千葉貴代を送り込もうとした大内佐和に会ってしまったのだから。

「で、この女を雇うの?」

「うん。雇わないって言ったら、佐和ちゃんのこと疑ってるみたいでしょう?」

俺は黙ってうなずき、グラスを空けた。

俺の携帯が鳴った。澄子からである。

「先ほどはごめんなさいね。今夜は大事なお客様が三組もお見えになったものだから」

「こちらこそ、かき入れ時に電話してすみません」

「で、何があったの?」

俺はちらりと尚子を見た。「今、西麻布で元の妻と一緒なんです。もうじき出られますが、お店にいらっしゃいます?」

「家に来てくれない?」

「十分以内にここを出ます」

澄子がくすりと笑った。「そんなに急がなくてもいいわよ」

電話を切った俺に尚子が、誰なのか訊いてきた。

隠す必要はないので正直に教えた。「……兄さんも行ったことのある店だよ」

「あんた、意外にいろんなところに手蔓があるのね」

「料亭の女将って裏を知ってることが多いから大事にしてる。だけど、なかなかしゃべっちゃくれないんだ」

「こんな時間に、家に呼ぶって下心《したごころ》があるんじゃない?」

「あったらあったでいいさ」

「嫌な男」尚子がそっぽを向いた。

「渋谷の桜丘町に藤倉商事って会社があるんだけど、兄さん、藤倉って名前を口にしたことなかった？」

「前にも言ったけど、兄さん、会社の話、私にはほとんどしなかった」

「兄さんが、その会社の社長、藤倉善治郎と付き合いがあったかどうか調べてみてくれ」

「その人、何なの？」

「まだよく分からないが、兄さんのやってた不正に関係してる可能性が高い」

「分かった。書類や何かをチェックしてみる」

「俺はこれで行くけど、尚子さんはどうする」

尚子も帰るという。支払いをすませた尚子と共に表通りに出た。

「嫌な雨ね」

「そうだな」

「私、何だか不安」

「分かるよ。ともかく、お互い、踏ん張ろうぜ」

「うん」

俺は彼女のためにタクシーを拾ってやった。尚子は小さく手を振り、去っていった。

自分もタクシーに乗ってから、俺は澄子の自宅の場所を詳しく訊いた。

澄子は四谷第一中学の裏手のマンションに住んでいた。

彼女の部屋に入ったのは午前一時半になろうかという時刻だった。

そんなに大きな住まいではなかったが、ルーフ・バルコニーは広かった。そこにはアウトドア用の椅子とテーブルが置かれ、鉢植えの大きな木が目隠しに使われていた。

居間は西洋風で、猫脚のソファーや椅子はゴブラン織りのようだ。テレビもAV機器も最新のものである。

澄子はストーンウォッシュのジーンズに赤いトレーナー姿だった。足首でアンクレットが光っている。

「お腹、空いてない？」

「大丈夫です」

コニャックを振る舞われた。

澄子はCDをかけた。聞き覚えのある曲が流れた。ポール・アンカの『君は我が運命』だった。

「調査に進展があったみたいね」澄子が煙草に火をつけながら言った。

「横滑りですね。前に進んでる感じはしません」

「泰平総合研究所のことだけど、あなたがあんまり言うもんだから電話帳で調べたけど、載ってなかったわ。四谷三丁目にあるって言ってたけど、住所は？」

俺は口頭で教えた。

「津の守ビルね。近くに津の守建設って会社なかった？」

「真隣にそんな看板が出てました。それがどうかしたんですか？」

「津の守建設は神尾万作と深い関係のある会社よ」

ゼネコン大手の那良山《ならやま》組の下請け会社で、裏金を政治家に渡す窓口になっているのだという。

「……隣のビルが津の守建設。津の守ビルの登記簿を調べてみると、何か分かるかもしれないわね」

「さっそく明日、新宿の法務局に行ってみます」

「でも、簡単に神尾に繋がらないと思った方がいいわね。いろいろな会社を迂回させてると思うから」

「所有者が分かったら、お教えします」

「私で分かることがあればいいんだけど」澄子はゆっくりとコニャックを喉に流し込んだ。

俺は、澄子にも藤倉商事のことを訊いてみた。

「聞いたことないわね」

俺はにやりとした。「でしょうね。古いビルの中にある小さな会社だそうですから、『瀧田家』にそこの社長が通ってたとは思えませんし」

澄子が頬をゆるめた。「そんなことはないわよ。常連さんの素性は分かってるけど、お連れがどんな人かは分からないもの。で、その会社がどうかしたの？」

「今泉代議士の秘書だった安崎が、人を使って、その会社と社長の自宅に侵入しようとしてるんです」

澄子がグラスを宙に浮かせたまま、口をあんぐりと開けた。「そんな情報をどうやって手に入れたの？」

「ひょんなことで、知り合いが、安崎、今は小宮山と名乗ってますが、そいつに雇われたんです」

「錠前を破るために？」

「ええ。その人、昔、そういうことをやってたんです」

「つまり、泥棒だったってこと？」澄子が心配げな顔をした。

「いいえ。カタギです。今は普通のお爺ちゃんだし」

「錠前破りだったら、どんなに歳を取っても、普通のお爺ちゃんではないわね」

「いい人ですよ」

「その人が失敗したら、あなたに累が及ぶんじゃないの」

「大丈夫でしょう。小宮山は、俺とその人が結託してることをまったく知らないですから」

「藤倉商事にはどんな秘密があるのかしら」

「それを突き止めたいんですよ。明日の夜、決行するそうですから、何か分かったらすぐに女将に教えます。何か引っかかる会社や人物名がでてくることもあると思いますから」

「それはいいけど、本当に気をつけてよ」

「はい。もうひとつ面白いことが分かりました」

「何？」

「別れた妻の友人が、今泉元代議士の愛人の娘なんです。名前は大内佐和っていうんですが、何らかの意図をもって尚子に近づいたと思われます。女将さん、議員だった頃の今泉の女関係の噂を耳にしたことはなかったですか？」

「おそらく、その娘って、赤坂のホステスに産ませた子供じゃないかしら」

俺の頬から笑みが消えた。「そのホステスの名前とか消息、分かります？」

「働いてた店はクラブ『コスモス』。この間、あなたと擦《す》れ違ったとこからすぐよ。源氏《げんじ》名《な》、何だったかしらね。誰かに聞けば分かるけど、そんなこと知っても何にもならないんじゃないの」

「素性を知っておいて悪いことはないと思って」

澄子は小さくうなずき、煙草を消した。そして、首を少し傾げ、じっと俺を見つめた。

優しさに溢《あふ》れた眼差《まなざ》しだった。

色香を漂わせた目つきでは毛頭ない。四十をすぎているのに、我が身を省《かえり》みずに無鉄砲なことをやろうとしている歳下の男に驚きつつも、温かい感情を抱いている。そんな目遣いに思えた。

「戦前、私が四、五歳の頃の話だけど、プロ野球選手を目指してた中学生の男の子がいてね、私、その男の子に可愛がってもらった。その男の子の感じに、あなた、似てるの。夢中で話す時の雰囲気がね」

「その少年、プロの道に進めたんですか？」

澄子は首を横に振った。「戦争に取られてね」

「死んだ？」

澄子はまた首を横に振った。「生きて帰ってきたけど、片腕を失ってた。人も変わっちゃって、何と強盗団のボスになってたわ」

「或る意味すごいですね。ハンディーをものともしないところが」

「結局は、刺し殺されて多摩川《たまがわ》に捨てられたわ。優しくて勝ち気な少年だったけど、走った方向が間違えてたと思う」澄子はしんみりとした調子でつぶやいた。

「その少年が、女将の初恋の人なんですね」

「どうなのかしらね。恋心を抱いてるなんて意識したことなかったけど」

「女将は、俺に走る方向を間違うなって言いたいんですか?」

澄子はグラスを空けた。注いでやろうとすると、断ってきた。

俺は自分のグラスに少しだけ酒を流し込んだ。

「余計なことはしないで。早く工場に戻りなさい」

俺はそれには答えず、グラスを口に運んだ。そして、暇《いとま》を告げた。


翌日も、梅雨に逆戻りしたような雨が降っていた。宮下公園に植わっているアオキから滴《しずく》が垂れている。

公園には誰もいなかった。

午後三時、俺はビニール傘をさし、ベンチに座っていた。

湿度も高く、何もかもが濡れていて、ズボンがじわりと水分を含み、尻が冷たい。

俺は何度も腕時計に目をやった。

児玉は、録音した俺と尚子の会話を聞いたはずだ。俺が宮下公園で人に会うと知った限り、何らかの措置をこうじるに決まっている。

公園には俺しかいなかったが、どこかで誰かが俺を監視していると思った方がいいだろう。

宮下公園に来る前、法務局の新宿出張所に行った。出張所は北新宿の交差点からすぐのところにあった。

登記されていなければ無駄足になるが、一応、確認しておきたかったのだ。

津の守ビルは登記されていた。登記簿謄本《とうほん》を取り、建物と土地の両方を調べた。

いずれも、伊能忠《いのうただし》という男の名義になっていた。伊能の住まいは新宿区西新宿四丁目だった。過去に遡《さかのぼ》って所有者の移転や抵当権等々の記述があった。

津の守建設についても登記簿謄本を取った。代表取締役は向山菅次郎《むこうやまかんじろう》。自宅は世田谷区奥沢《おくさわ》。役員名も記されていたが、気になる名前はなかった。

そこから紀伊國屋《きのくにや》書店に足を運び、住宅地図で、藤倉商事の入っているビルと社長の住まいの正確な場所を調べた。そして、渋谷に出た後、渋谷区の法務局の出張所にも立ち寄り、藤倉商事が登記されているかどうか探ってみた。

藤倉商事は登記されていなかった。

出張所は渋谷公会堂の隣だったので、歩いて宮下公園に向かった……。

公園に入って、三十分がすぎた頃、俺は携帯を取りだした。自分の家の電話にかけ、誰かとしゃべっている振りをした。何度か渋面を作ってみせた。それからやおら立ち上がると、公園を出て、近くの本屋を目指した。

その本屋は七階建てだった。

一階の奥のエレベーターに乗り、哲学、社会科学、心理学の本が並んでいる三階で降りた。そして、出入口が見える本棚の裏に身を隠した。

ほどなく男がやってきた。サングラスをかけた顔色の悪い中年男。マルクスやサルトルを読みそうもない柄の悪い人物である。手にしているこうもり傘ででも、人を殺しそうな感じがした。

男が奥に向かって歩き出した。その動きを見ながら、俺はその階を出た。そして、階段で上に上がった。踊り場にあったトイレのドアを素早く開け閉めしてから、さらに階段を駆け上った。ちょうどエレベーターが目の前で開いた。

階段を駆け上ってくる音がした。男が気づいたらしい。トイレのドアが開けられ、男が中に入るのが見えた。

エレベーターからカップルが降りてきた。エレベーターに飛び乗ろうとしたが、ドアが閉まってしまった。

俺はさらに階段を上り手摺《てす》りから下の様子を見た。

男はエレベーターの前に立った。エレベーターが降りてゆく。

男が携帯を取りだした。「一階に降りたかもしれない」

俺は一気に駆け上り、次の階の売場に入り、奥の方に身を潜めた。

並んだ本の隙間から出入口に目を向けた。問題の男は、先ほど同様、出入口で立ち止まった。七階まであるから、この階の売場に入ろうかどうしようか迷っているようだった。

が、ややあって中に歩を進めた。

俺は男を避け、反対側の通路を使って階段に向かった。そして、一気に駆け降りた。もうひとり監視している人物がいるが、気にしていない。むしろ、そいつの顔も拝んでおきたかった。

雑誌コーナーを抜け、歩道に出た。

車道で信号待ちをしていたタクシーの行列がそろそろと空車のまま動き出した。俺は目の前のタクシーに手を上げた。

俺が乗ると、タクシーがスタートした。

首を巡らせて後ろを見た。慌ててタクシーに乗る女の姿が見えた。

「どちらまで？」運転手が訊いてきた。

「江戸川区の篠崎町に。近づいたら、正確な行き先を教えます」

高速を使うかと訊かれたので、そうしてほしいと答えた。

タクシーに乗り込んだ女に見覚えがあった。

俺が拉致された時、俺の躰に容赦《ようしゃ》なく煙草の火を押しつけた女だった。ミチルが本当のことを言っていたとすると、名前は君絵。真大組の組員、中谷弥太郎の姪っ子だ。

俺は煙草に火をつけ、肺の奥までニコチンで満たし、ゆっくりと吐きだした。

ふたりの尾行者を切り離すことはできた。それはよかったが、これからどうするか考えておかなければならない。

渋谷から篠崎町までは二十キロ以上あるので、策を練る時間はたっぷりとある。

タクシーは首都高三号渋谷線に乗った。高速は混んでいた。

女を乗せたタクシーが尾いてくる。

谷町《たにまち》ジャンクションを通り、都心環状線に入った。

渋谷を出て五十分ほどで工場の近くに着いた。

雨は降り続いている。

俺は花島に電話を入れた。そして、協力を仰いだ。大した頼みではなかったが、花島は不機嫌だった。しかし、断りはしなかった。

花島のオヤジには、いつか恩返しをしなければ、と思った。

工場の前でタクシーを降りた。午後五時半を回っていた。

女を乗せたタクシーは少し離れた場所に駐まった。

「ありがとうございました」俺は工場の中で大声で言い、事務所から裏に抜けた。

裏は草むらになっていて、古いタイヤなどが置いてある。そこに雨に濡れた農繁キャリイが駐まっていた。

俺はそれに乗り込むと、通りに出て、女の乗ったタクシーの見える場所でエンジンを切った。

タクシーはハザードランプを点滅させていた。時間がじりじりと経《た》っていった。

タクシーが動きだしたのは、六時十分すぎだった。

工場から出てこない俺を待っていてもしかたがないと諦めたのだろう。

辺りは暗くなっていて、ヘッドライトの灯りが雨粒を浮かび上がらせていた。

これで、児玉と真大組が繋がった。児玉の得た情報は、誰かを経由して、下《した》っ端《ぱ》に伝わったようだ。

これだけ分かっただけでも収穫といえる。しかし、女の行き先ぐらいは摑んでおきたかった。

運転中、川中から連絡が入った。藤倉商事と社長の自宅に侵入するのは、午後九時頃だという。まずは会社を狙うそうだ。

「従業員はいないんですか?」

「いない」

「その頃には、この間使った軽トラで、会社の近くに待機できるでしょう」

「車に乗ってるようだが、何をしてるんだい?」

俺は、女を乗せたタクシーを見ながら、簡単に何があったか教えた。

「深追いするなよ。相手は女でも凶暴だし、暴力団がついてるんだから」

「川中さんの仕事が成功したかどうか確認する仕事がありますから無茶はしませんよ。そっちこそ、ヘマをやらないように。外で妙な動きがあったら、携帯を鳴らします」

「電源切ってるよ」

「そうですよね」

女の行き先は道筋からすると新宿のようだ。

工場を出て四十五分後、タクシーは職安通りに入った。しかし、クラブ『リッチモンド』のママのマンションに行くのではなさそうだ。駐まった場所はハローワークの前だった。女は通りを渡った。

俺はタクシーが駐まった場所まで、農繁キャリイを移動させた。

女は共同《きょうどう》石油のスタンドの角から路地に入った。そして五十メートルほど進んだところで、左に姿が消えた。

俺は車を駐めたまま、通りを渡り、女が消えた辺りで足を止めた。

橘《たちばな》コーポという建物が連れ込み宿に挟まれて建っていた。まぐわっている男女の声がステレオで聞こえてきそうな、細長い小さな建物だ。

郵便ポストを調べた。二〇四号室に『中谷』と書かれた紙が貼ってあった。

女は住まいに戻ったらしい。

エレベーターはなかった。俺は二階に上がり、足を忍ばせて二〇四号室に近づいた。

突然、ハウス・ミュージックが聞こえてきた。耳が悪いのか、すごいボリュームだ。周りから文句がでないのだろうか。イカれた女に関わり合いたくないから、住人は我慢しているのだろう。

俺はドアから離れた。足を忍ばせる必要などまるでなかった。

新宿で夕食をすませ、喫茶店でコーヒーを飲み、農繁キャリイを駐車場から出したのは午後八時少し前である。

雨は上がっていた。しかし、道路は濡れていて、タイヤが湿った音を立てている。

藤倉商事は、明治通りから行くと、玉川《たまがわ》通りのガードを右に潜ってすぐ左に曲がる一方通行の道に面している。

ガードの下は低くなっているので、いつもそこに水が溜《た》まるのだが、その夜も同じだった。

ガードを潜り、左に折れた。そして線路沿いの道を進んだ。

通りは、軽トラでも交通の邪魔になりそうなくらい狭い。

十仁《じゆうじん》美容整形を通りすぎた。

山手《やまのて》線が枕木を叩いて走り去った。

藤倉商事のあるビルはすぐに見つかった。その十メートルほど手前に車庫があり、シャッターが下りていた。そこだったら、何とか車を駐めておけるだろう。

そのまま走ると、右に曲がる道があり、その辺りだけ道幅が広くなっていた。

次の通りを右折した。しばらく行くと和菓子屋の看板が見えた。その手前のアパートに社長は住んでいるらしい。

この辺りは、車では走りにくい路地が多い。一方通行に阻《はば》まれ、車を駐める場所まで戻るのにえらく苦労した。

午後九時すぎ、バックミラーに人影が映った。川中と小宮山に違いない。ふたりともスポーツバッグを手にしていた。

乗用車がふたりを追い抜いた。

クラクションが鳴り響いた。その車は、俺の駐まっているところのガレージに入るようだ。

俺は車を移動するしかなかった。先ほど通った、道幅が広くなったところで駐まった。なるべく近くに駐車したかったが、ぐるりと回って元の場所に戻ると時間がかかりすぎる。

大きなマンションの植え込みの横で待機することにした。どうせ、社長の自宅に向かうのだから、ここで待っていても差し支《つか》えはないだろう。

十分経っても路上には誰も姿を現さない。

ドアを開けるのに十分以上費《つい》やしているとしたら、やはり、川中の腕が錆び付いているからだろう。開けられない可能性もあるかもしれない。

そう思った直後、人影が現れ、急ぎ足でこちらに向かってきた。

俺は車の窓を開けた。川中はサングラスをかけキャップを被っていた。

「時間がかかりましたね」俺はバックミラーで様子を見ながら川中に微笑んだ。

「でも何とか開けられた」川中が唇を手の甲で拭った。ほっとした顔をしている。

「奴は何をしてるんです？」

「部屋を物色してる。何を探してるのかは分からんがな。行くよ。自宅のほうのドアを開けたら帰っていいって言われてる」

「奴がビルから出てきたら携帯を鳴らします。その間、部屋を探ってみてください」

「探るって何を？」

「どんな書類でもノートでもいいから見てみてください。何か気づくことがあるかもしれない。政治の裏を知ってるあんただから、運がよければ、知った名前を目にすることもあるでしょう」

川中は何も言わず、社長のアパートに向かった。

ほどなく、問題のビルの前に人影が見えた。

川中の携帯を鳴らした。おかしい。応答がなかったのだ。電源を入れ忘れたのだろうか。

小宮山に姿を見られたくない俺は、車を降り、マンションの植え込みの後ろに隠れた。

足音がした。かなり急いでいるようだ。小宮山ではなさそうだ。

小宮山が長い影を伴《ともな》って、俺の隠れているマンションの前を通りすぎようとした。

その時、川中が現れた。走ってきたのは川中だったらしい。

外回りと内回りの電車が交差した。川中が血相を変えて小宮山に何か言っていたが、電車の音で聞こえない。

話をしていたのはほんの短い時間だった。

小宮山が先に歩き出した。川中は落ち着きなく視線を周りに馳せながら、小宮山の後について、社長宅の方に引き返していった。

車に戻った俺はエンジンをかけた。そして路地を曲がり、藤倉の住むアパートの前にゆっくりと近づいた。

問題のアパートの外階段を降りてきた人物がいた。川中である。

農繁キャリイに気づいた川中が駆け寄ってきた。俺は無視して、アクセルを踏んだ。路地を適当に曲がり、アパートから離れた。そしてとりあえず渋谷駅の方に向かった。

途中で携帯が鳴った。川中からだった。俺は路肩に車を駐めた。

「何があったんです？」

「男が死んでた」呆然とした声だった。

「藤倉だったんですか？」

「小宮山に確かめさせたら、そうだった」

「渋谷駅のガードの近くで待ってます」

川中は黙って携帯を切った。

玉川通り沿いにあるＪＴＢの近くに車を駐めた。

十分ほどして川中が現れた。

川中を乗せた農繁キャリイは玉川通りを旧山手通り方面に向かって走り出した。

川中は放心状態だった。

「藤倉は人間ドックに入ってるんじゃなかったんですか？」

「小宮山も啞然《あぜん》としてたよ」川中が力なく答えた。

「ドアの鍵は？」

「開いてた」

俺は目的もなくただ真っ直ぐに走っていた。

「死んでたって、殺されてたってことですか？」

「多分。腹を刃物で刺されたらしい。周りに血だまりができてた」

「血だまりは新しかったですか？」

「いや、乾《かわ》いてた気がする」

「ってことは、殺されてかなり時間が経ってるってことですね」

「そんなことわしに分かるか！」川中が声を荒らげた。

俺は煙草に火をつけた。川中も煙草のパッケージを取りだした。しかし、中は空だった。川中がパッケージを握りつぶした。俺は彼に煙草とライターを渡した。

川中の手がかすかに震えていた。

旧山手通りを通りすぎ、山手通りを左折した。

「どこに行くんだい？」川中が訊いてきた。「別に。車ん中で話すのが一番安全です」

「とんだことになっちまったな」川中がうなだれた。

「川中さんがひとりでアパートから出てきたのは、小宮山の指示だったんですね」

「ああ。あいつも動揺してたが、捜し物をするために残ったんだろうよ」

「気づいたことがあったら、何でもかまいませんから教えてください」

「鍵は開いてて、部屋は荒らされてた。押入に入ってた金庫のドアも開いてたな」

藤倉という人物については何も分からない。小宮山は藤倉の何を狙っていたのか。それも定かではない。

「わし、人に見られた」川中がぽつりと言った。

「見られたって……」

「死体を見つけた後、階段を駆け下りた時、通行人の女に見られたんだ」

「あの辺は暗いし、川中さん、帽子を被り、サングラスをかけてたから、人相、よく分からなかったと思いますよ」

「だといいけど」

「血は乾いてたんでしょう？」

「うん」

「だったら心配いらないですよ」

川中の頰に笑みがさした。「そうだな。殺されたのは、わしがあそこに入るずっと前ってことだもんな」

不安が、俺の同意を求めている。

「その通りです。犯人は小宮山でもなさそうだし、安心してください」

「うん」

農繁キャリイは中目黒駅を通過した。

「で、小宮山と会う約束はあるんですか？」

「追って連絡すると言われた」

「川中さん、小宮山に、住まいがどこか教えましたよね」

「娘の住所を教えておいた。家に来られて、あんたと鉢合わせしたら大変なことになると思って。ほとんど家には戻ってないって誤魔化しておいたけど」

「お嬢さん、川中さんの住まい、知ってるんでしょう？」

「いいや。あいつは、いい加減な父親に愛想を尽かし、会う気もないんだよ。早く死んでくれたらって思ってるんじゃないかな」

「まさか」

「自業自得だからしかたないけどな」

「しかし、本当の住所を教えなかったってのは、さすがですね」俺は大いに感心してみせた。

「何がさすがだよ。死体を見ただけで、わしはぶるっちまった。情けないよな」

川中の気分がだいぶ落ち着いてきたようだ。

「川中さん、退きたかったら正直に言ってください」

「今更、退けないよ。小宮山を使ってる連中は、わしの存在は知らないはずだ。だが、こういう事態になったから、小宮山が仲間に話すかも。そうなると、向こうはわしのことが気がかりの種《たね》になるに違いない。下手をしたら、消されるかもしれないな」

俺との関係がバレたら、川中の心配は杞憂に終わらないかもしれない。

しかし、川中の言う通り、時すでに遅し。ここで退く方が、却って怪しまれる可能性もある。

大鳥《おおとり》神社の交差点を左に曲がった。

「藤倉という人物について、どんなことでもいいですから知りたいですね」俺が言った。

川中が携帯を取りだした。「小宮山に連絡してみる」

俺は車を路肩に駐めた。川中は外に出て、小宮山に連絡を取った。しかし、相手は出なかった。

車は日黒駅に向かって走った。

上大崎《かみおおさき》の交差点をすぎた時、川中の携帯が鳴った。俺は再び、車を駐めた。

外に出た川中は、車のドアを閉めなかった。

「……今ですか？　自然教育園の近所にいます。……別に用なんかないですよ。気持ちを落ち着かせてるだけです。で、小宮山さんは今、どちらに？……話が違うじゃないですか、どういうことなんです？」

先ほどまでの動揺が嘘のように、川中は小宮山に苛立ちをぶつけた。

「……分かりました。今すぐに行きます」

川中が助手席に戻ると、車をスタートさせた。

「奴は事務所に戻ったんですね」

「煙草、くれないか」

俺は言われた通りにした。

川中は口から煙を立ち上らせながら言った。「奴もおろおろしてる。話が聞き出せるかもしれんな」

第三章　深い闇

一

川中が小宮山に会いにいった。

俺は農繁キャリイの運転席に座り、小宮山の事務所のあるビルを見張っていた。用心して、車はビルからかなり離れている場所に駐めた。

俺は携帯を耳に当てっぱなしだった。

川中の携帯は俺のものと繋がっている。少しでも小宮山の事務所の様子を直接知りたかったのだ。川中に何かあったら、どんな手を使ってでも助け出さなければならない。

事務所に入った川中が小宮山に挨拶をした。が、小宮山はすぐには口を開かなかった。

「小宮山さん、どうなってるんですか？」川中が不安そうな声で訊いた。

「俺にも分からんよ」小宮山はかなり苛立っているようだった。

携帯は盗聴器ではないので、どれぐらい音を拾ってくれるか心配だったが、案外よく聞こえた。川中と小宮山はかなり近い位置で話をしているらしい。

「藤倉って何者なんです？」

「そんなことあんたが知る必要はない」

「わしらは一緒に藤倉の死体を発見した。警察が調べたら、わしらのことも……」

「おたつくことはない。藤倉の死体はもうとっくに、あのアパートから消えてる」

「え？」川中が絶句した。

驚いたのは川中だけではなかった。俺も同じだった。

「ともかく、奴の死体が発見されるとまずいだろうが」小宮山は投げやりな調子でつぶやいた。「俺たちが死体処理を命じられなくて幸せだと思え」

「わし、これからも小宮山さんの下で働くつもりでしたが、これっきりにしたいです。二度と顔を合わせない方が、お互いのためでしょう。今ここで、金を払ってくださいよ」

「まだあんたにはやってもらいたいことがある」

「どっかにまた忍び込んで、また死人の顔を拝むのは願い下げです。金、もらったらわしは引き揚げます」

沈黙が流れた。

「わしの受け取る金なんて微々《びび》たるもんだ。早く払ってくださいよ」

「後一回、侵入してもらいたい場所がある」

「嫌だと言ってるでしょうが」

音が聞こえなくなった。バッテリー切れか。いや、そうではない。かすかに人が動くような音が耳に入ってきた。

ほどなく、小宮山の声がした。「川中さん、中身を確かめるのかい？」

小宮山から渡された金を川中が数えているらしい。

「あんたのことは信用してますけど、いろいろ騙されてきたわしですから、クセだと思ってください」

「川中さん、次の仕事が最後だ。今回の三倍は払う」

「俺、ビビっちまってる。次はきっと失敗しますよ」

「鍵の写真がある。そいつの自宅には、これと同じものがついてる。これだよ」

小宮山が、錠前の写真を川中に見せたらしい。

「破れるか」

「できないことはないけど、何度も言ってるでしょう？　やる気ないって。理由も知らされずに、錠前を破れ、破れって言われると、猿回しの猿みたいな気分になるんですよ」

「俺も詳しいことは知らされてない。俺を使ってる人間は用心深くてね」

「でも、あんたは何を盗むかは聞いてるんでしょう？」

ったのだ。

「深入りせん方がいい」小宮山が静かに言った。

「そんな気は全然ないですよ。だけど、知らない仲じゃないのに、何も教えてもらえないっていうのはね」

「ともかく、次の仕事だけはやれ。そしたら違う仕事を世話してやる」

俺の携帯がバッテリー切れのサインを発し始めた。しかし、その前に音がまるで聞こえなくなった。川中の携帯の方が先に使い物にならなくなったようだ。

俺は車の中で充電できる付属品は持っていなかった。

携帯を仕舞うと煙草を吸いながら川中がビルから出てくるのを待った。

二十分ほどで川中が通りに現れ、表通りに向かって歩き出した。

俺は目を見張った。

ビルの近くに駐まっていた薄茶色のセダンが動き出したのだ。

表通りで川中はタクシーを拾った。問題のセダンが後を追っている。

川中の行き先を知りたい奴がいるらしい。

俺は、監視がついていることもあるから念のために、まっすぐにアパートに戻るなと川中に言ってあった。尾行がないと分かったら新宿の深夜喫茶で落ち合うことになっていた。新宿を選んだのに理由はなかった。篠崎町から遠く離れていればどこでもよかった。

小宮山から得た情報によると、藤倉は人間ドックに入っていて、今夜は病院泊まりのはずだった。その男が、アパートで殺されていた。しかも小宮山と川中が部屋に侵入する日に。あまりにもタイミングがよすぎる。

小宮山を使っている人間は当然情報が漏れたのではないか、と強い疑いを抱いたろう。小宮山が拾ってきた川中の行動を知りたくなって当たり前である。

俺は、川中に一言言っておいてよかった、と胸を撫で下ろした。

携帯を盗聴器代わりに使おうと考えたのは、小宮山の事務所に到着する寸前のことだった。バッテリー切れは覚悟していたが、こうも早く通話不能になるとは予想していなかった。

これから、携帯やビデオカメラ等々の機器はどんどん小型化していくだろう。一昔前は〝大きいことはいいこと〟だったのだが、そういう時代はすぎたらしい。機器が小型化された時の問題はバッテリー。俺は、実感をもってそう思った。

俺の農繁キャリイは薄茶色のセダンを追った。

川中に尾行されていることを伝えたいが、携帯は使えない。頃合いを見計らって公衆電話から、落ち合うことになっている喫茶店に電話を入れようかと思ったが、それも危険である。尾行者はひとりではないはず。誰かが喫茶店の中に入るだろう。呼び出し電話はいかにも怪しい。

尾行に気づいた川中はどうするだろうか。まるで見当もつかなかった。

薄茶色のセダンは新宿方面に向かっていた。川中は尾行に気づかないのだろうか。

やがて薄茶色のセダンは甲州《こうしゅう》街道に入った。ほっとした。待ち合わせに使うつもりだった喫茶店は歌舞伎町にある。甲州街道を走るはずはない。

西新宿も通りすぎ、初台《はつだい》、幡《はた》ヶ谷《や》も通過。川中は一体、どこに向かっているのだろうか。

環七にぶつかった。薄茶色のセダンの右ウインカーが点滅した。川中を乗せたタクシーは、尾行者の乗っている車の二台前にいる。

信号が変わった。

神田川《かんだがわ》を横切った。その数分後、薄茶色のセダンが停まった。

これ以上近づくのは危険だと考え、マツダの営業所を越えたところで路肩に車を寄せた。エンジンもライトも消した。

ほどなく川中らしき人物が歩道に現れた。川中は脇道に姿を消した。すると薄茶色のセダンの後部座席から女が現れた。

すぐに誰だか分かった。

シルエットすら見たくない、俺を痛めつけた女に違いない。

俺はそのままじっと待った。

十分ほどで女が戻ってきて、後部のドアを開けた。女を乗せた薄茶色のセダンは走り去った。

俺は、川中の消えた脇道に入り、路地を一周してから、路地の入口近くに車を駐めた。女が戻ってきた時間を考えると、脇道から五分以内の場所に川中はいる。

俺は車を降り、煙草に火をつけた。風はあるものの涼とは縁遠く、蒸し暑くてしかたがなかった。

一軒家と集合住宅の圧倒的に多いエリアである。

通りの向こうに建つ小さなマンションから人が出てきた。川中の影が勢いづいた。走ってきた川中の手を俺は思わず握った。

「うまくいった」川中がにんまりとした。

俺は川中が出てきたマンションに目を向けた。三階のベランダに人影があった。女だったが、俺に気づかれたと思ったのか、すぐに室内に引っ込んでしまった。

「ひょっとしてお嬢さんのマンションに？」

「小宮山にそう言ってあったから、ここに来るしかなかった」

「お嬢さんと仲が悪いのに、よく入れてくれましたね」

「酒が飲みたい」

俺は車だから飲めないが、川中を慰労《いろう》することを厭《いと》う気持ちはなかった。

車をＵターンさせ、環七通りに戻った。車中、俺たちはほとんど口をきかなかった。というのも、川中が目を閉じていたからである。最初は寝てしまったのかと思ったが違った。時々、煙草に火をつけた。物思いに耽《ふけ》っている様子である。

歌舞伎町の裏にある駐車場に農繁キャリイを入れ、西武《せいぶ》新宿線の駅近くにある小さなバーに入った。そこは夜食も食べられるのだ。

俺も川中もナポリタンを頼んだ。スパゲッティーをパスタと呼ぶようになる前の、子供っぽい味に、俺は舌鼓《したつづみ》を打った。川中もがっつき、生ビールの大ジョッキを口許に泡をつけながら飲んだ。

「あんたもビールぐらい飲めばいいのに」

俺は黙って首を横に振り、コーラで喉を潤した。

「娘が家に入れてくれた理由は簡単さ」川中の片頬がゆるんだ。「金だよ、金」

尾行に気づいた川中は、娘のマンションを目指した。時間も時間だし、突然、やってきた父親に、娘は怒って最初はドアを開けようとしなかった。それで新聞受けから、金を少しずつ落としたという。

「……それからだな、わしは小声でこう囁いた。〝ドアを開けてくれたら、もっと渡す。これまでの償《つぐな》いに〟ってな。玉手箱《たまてばこ》は簡単に開いたよ」

「小宮山からの報酬、全部やったんですか？」

「いや。半分だけ。娘は礼も言わずに受け取った。〝しばらくしたら出ていく〟って言ったら〝強盗でもやったの？〟って平然と訊いてきたよ」川中は肩を落とし、ジョッキを手に取った。

「お嬢さん、父親と付き合う気はまったくないんですか？」

「ない、ない。一応、何かあったら困るから、携帯の番号だけは教えてきたけど、電話なんかしてきやしないさ」

「タクシーを降りたあんたを尾行した女、俺を痛めつけた奴でしたよ」

「あれか。顔はよく見てないが」

「娘さん、独身なんですか？」

「子供がいるが離婚し、旧姓に戻ってる。女は郵便受けの〝川中〟って表札を見てるはずだ。わしが部屋に入ったかどうか確かめたろうな」

「しばらくアパートには戻らない方がいいですね。隣の住人が俺だって分かったら一大事ですから」

「そうするしかないな」三杯めの大ジョッキを空け、またお替わりを頼んだ。

「お互いの携帯、ほぼ同時に切れちまいましたよ」

「それまではちゃんと聞こえてたのかい」

「小宮山があんたに新しい仕事を頼んだけど、あんたがしつこく拒《こば》んでいるとこまで聞きました」

新しいジョッキがテーブルに置かれた。

川中がじっと俺を見つめた。「仕事、引き受けた。今度は誰を狙ってると思う?」

「俺ですか?」

「いや。大内佐和だ」

意外な展開に一瞬、言葉を失った。

大内佐和は今泉元議員の愛人の子供。そして、小宮山は私設秘書だった。ふたりが手を結んでいるのでは、と考えていたが違っていたのか。それとも推測通りだが、仲間割れを起こしたということか。

いずれにせよ、大いに興味のある話だ。

「で、いつ大内佐和の自宅に忍び込むんです?」

「連絡を待ってろって言われた。罠かもしれんよ。情報を得たわしが、誰かに連絡を取るかどうか監視してた気がするんだ」

「だとしても、大内佐和という具体的な名前を出したのはなぜでしょうね」

酔眼《すいがん》に一筋の光が走った。「あんた、今の情報を大内佐和に伝える気だろう?」

俺は背もたれに躰を倒し、腕を組んだ。

佐和が何らかの意図をもって尚子に接近したのは間違いない。殺された富沢、失踪した勇蔵が絡んでいたと思われる不正融資事件に関係しているのも当たっているだろう。しかし、狙いが分からない。

「どうした？　黙っちまって」

「佐和に注意しようかどうしようか迷ってるんです」

「止めろ。佐和が妙な動きをしたら、わしが情報を流してるってバレちまう気がする。おそらく、佐和は小宮山の仲間だよ。お前がわしから得た情報を教えたら、あいつらの思う壺だ」

「しばらく様子を見ましょう。あんたに妙な動きがないと分かったら、大内佐和の家に侵入するという話が中止になるかもしれない。その場合は、小宮山の言ったことは、あんたを試す罠だったということになる。何もわざわざ仲間の家に侵入する必要はなくなりますからね」

「ともかく、わしら、これまでのように大手を振って会わん方がいいな」

「今夜はビジネスホテルに泊まってください。確か新宿五丁目辺りにありましたね」

バーを出た俺は、川中をビジネスホテルまで送った。

金を渡そうとすると、川中がにやりとした。「あんたも軍資金不足だろう？　落ち着いたら改めて請求する。わしは、小宮山に金を貸してくれと頼める立場だ。小遣い銭ぐらいはせしめられる」

「本当にいいんですか？」

「お休み」川中はそう言い残して車を降りた。

曲がった背中が目に入った。川中は俺の誘いに乗り、張り切っていたが、後ろ姿には、その時の面影《おもかげ》はまるでなかった。

翌日は静かにしていた。車の中で携帯を充電できる付属品を買っただけである。

翌々日の午後、川中から電話が入った。

「大内佐和の住まいに侵入するって話、本当だったぜ。今から小宮山と下見に行くことになった」

「住所は？」

「渋谷区渋谷１‐19‐×……。マンション名はえーと……『ヴィラ・レ・ジュー』。部屋番号は４０１だ」

事務所からそれほど離れてはいない。

「大内佐和に伝えてもいいぜ」

「でも……」

「一昨日《おととい》、あんたが言った通り、仲間の住まいには入らんよ」

「で、錠前、破れます？」

「何とかなるだろう」

「ドジ踏まないでくださいよ」

川中に、佐和に伝えてもいいと言われたが、俺は迷った。罠の可能性は低いが、それでも……。

しかし、俺の周りには、事件の真相に迫るために役立つ人間は大内佐和をおいて他にない。小宮山や富沢のところで働いている児玉や泰平総合研究所の男にはおいそれとは近づけない。

佐和が小宮山と敵対している。確実な証拠はないが、そう信じて佐和に接近することにした。

気持ちが決まった俺は、さっそく佐和の事務所に電話を入れた。

佐和は事務所にいた。

「ご機嫌はいかが」佐和は人を食ったような高飛車《たかびしゃ》な口調でそう言った。

「あんたに話がある」

「私の興味を引くお話かしら」

「あんたの親父さんの私設秘書だった安崎次夫、今は小宮山って名前だが、あいつのことで知ってることを教えてほしい」

「小宮山ね。男のくせに雌狐《めぎつね》みたいな嫌な奴よ」

「会って話したい。会う場所は、そうだな、車ん中。フェラーリは目立ちすぎるから他の車で来てくれ。あんたを監視してる奴がいるかもしれないから注意して」

「渋谷の西武デパートの駐車場で会いましょう」

「OK。着いたら俺の携帯を鳴らしてくれ」

「そうするわ」

　待ち合わせの時間は午後四時と決まった。

　俺はシャワーを浴び、小腹《こばら》が空いたので、近くの食堂で飯を食った。そして電車で渋谷に向かった。尾行はないようだが、何度も周囲に目を向けた。

　俺はまずロフトをぶらついた。四階に上がったり、二階に降りたりして様子を窺った。怪しげな人間はいないようだった。連絡通路を使い、デパートに移動。そこで洋服を見た。

　ブランド品を何着もまとめ買いしていたバブルの頃のことが脳裏をかすめた。不思議なことに夢よもう一度という気持ちにはならなかった。ブランド品を着ていたのではなく、着られていた自分の姿を思い浮かべると、当時の自分をあざ笑いたくなった。それはまともな感覚には違いない。しかし、たった一度痛い目に遭っただけで懲《こ》りるなんて、性根《しょうね》が据わってない表れでもあるから、二重におかしくなった。

　携帯が鳴った。登録されていない番号からである。携帯を耳に当てた。佐和だった。西武の駐車場の四階にプジョーを駐めているという。

「尾けられてないだろうね」

「大丈夫。フェラーリはスタッフに使わせてるし、私、だいぶ前に来て、服を見てから、化粧品を買ったわ」

俺は駐車場に向かった。ワインカラーのプジョー205はすぐに見つかった。俺は助手席に乗った。

後部座席に化粧品の入った袋が置いてあった。

「男とドライブするの久しぶり。どこを走りたい？」

「どこでもいいけど、あんたの事務所にすぐに戻れるようにしておく方がいい」

佐和の頬から笑みが消えた。「どういう意味？」

目の前をゆっくりとホンダＣＲ－Ｘが通りすぎた。助手席に乗ってた女がじろりと俺たちを見た。

「早く出して。これじゃ、車ん中で別れ話をしてる男女みたいだぜ」

佐和はむっとした表情のままエンジンを繋いだ。

通りに出たプジョーは原宿方面に向かって走り出した。

「佐和さん、肝が据わってるな」

「そうかしら」

「もう少しおどおどした方がいい」

「どうして？」

「肝が据わりすぎてると、ただのイベント屋じゃないって痛くもない腹を探られることになるよ」

「起業した女はね、男より度胸があるのよ」

「世も末だね」俺は鼻で笑った。

「くだらない話をしてるだけなら降りて。私、忙しいんだから」

「雌狐みたいな小宮山は畑中派の神尾源一とくっついてるのかい」

「何の話よ。私、政治になんか興味なくってよ」

「嘘つけ。今泉元議員の娘を売りにして人を集め、商売してるんだろうが」

「もちろんよ」佐和はシフトダウンし、素早く車線変更して、前を走っていた車を二台まとめて抜き去った。

澄子も運転はうまいが、佐和は澄子よりも若いせいだろう、さらに上手だった。

「だったら、或る程度は政治の話もできなきゃならないんじゃないの」

「あなた、私の仕事、まるで分かってないわね。それに政治家って生き物についても。彼らが私の開くパーティーやイベントにくるのは可愛い女たちがいるからよ。誰も政治の話なんかしたがらない。人にもよるけど、政治家も人気商売。芸能人と同じだと思えばいい」

「親父さんもそういう人だったってことかな」

「さあね。でも、私には優しい父親だった」

　プジョーは神宮前《じんぐうまえ》の交差点に着いた。赤信号で停まると、佐和は煙草に火をつけ、窓ガラスを少し開けた。

　交差点は買い物にきている若者で賑わっていた。

「でも、なぜ、あなたが安崎、いえ、小宮山のことに興味を持ったの？」

「逃亡中の五十嵐勇蔵は、俺の学生時代からの友人なんだ。そいつが尚子の兄さんと共謀して不正融資に関わっていた。その金がどこに流れたか。おそらく、次期総理を狙っている神尾源一の政治資金に充てられたんじゃないかって思ってる」

　佐和は口を開かない。前方に視線を向けているのに信号が変わったことに気づいてもいなかった。俺は佐和の横顔を見たが、何も言わなかった。

　後ろの車がクラクションを鳴らした。プジョーが勢いよくスタートした。

「佐和さん、あんた、小宮山と組んでるのか」

「馬鹿なことを言わないでよ。あなたの言ってること自体、私には理解できない」

「惚けるなよ。正直に打ち明けよう。俺は小宮山に友人を近づかせた。あんたが小宮山と組んでたら、おそらく、その友人は殺される。そうなったら、俺は放っておかない」

　東郷《とうごう》神社をすぎた辺りで、プジョーが路肩に滑り込んだ。

「賢明だな。このまま話してたら、通行人を撥《は》ねたかもしれないから」

佐和は右腕をハンドルに載せ、俺の方に顔を向けた。「あなたを使ってる奴がいるのね」

「俺に組織なんかないよ。あんたにはあるかもしれないけど」

「私にもないわよ」

「今夜、あんたの住まいに泥棒が入る」俺は正面を向いたまま、淡々とした調子で言った。

佐和の躰が硬くなった。目はあらぬ方向を向いている。吸っていた煙草が灰皿の中から煙を上げていた。

俺はその煙草を失敬してくわえた。メンソール味の煙草。まずかった。

「小宮山が画策してるのね」

「ご本人が、あんたん家《ち》に侵入する」

佐和がシートに躰を倒した。俺は吸いかけの彼女の煙草を口にもっていった。嫌がられると思ったが、佐和は素直に煙草をくわえた。

「なんで私の住まいに侵入するのよ」

「理由を知りたくて、あんたを呼び出したんだ」

俺は自分の煙草を取りだし、火をつけるとリクライニングシートを少し倒した。

「氏家さんは尚子さんの元夫よね」

「知っての通り、離婚された男だよ」

「でも、尚子さん、今はあなたの言いなりみたいね」

「ろくでもない男でも、同じ屋根の下で暮らしてた相手だ。社員や兄貴の周りの人間よりも信用されてる。あの子が会社なんかやっていけると思うかい？」

「なるほど」佐和が小馬鹿にしたような目で俺を見た。「弱味につけこんで、あの会社の実権を握ろうとしてるのね。そうなれば五千万の借金も有名無実のものになるし」

「かもな」俺はぷかっと煙を吐きだした。「だから、友だち面《づら》して、尚子に近づいたあんたに警戒心を持った」そこで俺は一呼吸おいた。「ということにすると辻褄《つじつま》が合うね。尚子は、兄さんが不正融資に関わったことを気にしてない。そんなことより殺した奴を見つけたがってる。尚子と離婚した後も、富沢は俺を可愛がってくれた。富沢の会社なんてどうでもいいが、俺も犯人を見つけたい」

「………」

「佐和さん、藤倉商事の藤倉善治郎って奴を知ってるかい」

「誰よ、それ」

「昨日、渋谷にある自宅アパートで殺された奴さ」

佐和が俺に視線を向けた。「そんなこと新聞にも出てなかったし、テレビのニュースでもやってないわよ」

「死体は何者かによって運び出され、現場にはもうないらしい。おそらく、どこぞの人里

「どうしてあなたがそんなことまで……」佐和の顔に動揺が表れ、声も力強さを失った。

「佐和さん、あんたの目的を聞かせてほしい」

佐和は落ち着きなく髪に触れ、目を瞬《しばた》かせた。呼吸が若干荒くなり、首が上下左右にゆっくりと動き始めた。その動きが妙に艶《なま》めかしかった。

「目的は神尾を潰すことか」

佐和はギアをローに入れ、窓から首を出して、道路の流れを見た。そして、ゆっくりとプジョーをスタートさせた。

「あんたの親父は畑中派で神尾と一緒だった。そんな時、ふたりの間になんかあったのか」

「父は神尾万作に心酔《しんすい》し、万作の無理難題を聞いてきた。息子の源一は首相になる器ではないから、畑中派の将来を託せるのは君だけだ、とか何とか万作におだてられ……」

「結果、親父は獄中の人となり、息子の源一は、今や次期総理の最有力候補」

「あの親子に父は操《あやつ》られてただけだった」

「あんたはその恨みを晴らしたいんだね」

「神尾源一を失脚させたい」佐和が口早に言った。

俺は短く笑った。

「何がおかしいのよ」

離れた山にでも埋められたんだろうよ」

「今時、珍しい孝行娘なんだね、あんたは」

「銀行からの不正融資の一部は神尾派に流れたか、流れようとしてる。それを見つけ出せれば、源一の首相の目はなくなる」

「そうなると誰が喜ぶんだい？」

「田所陽介《たどころようすけ》でしょうね。源一は本命視されてるけど、それは国民に人気があるからで、党の重鎮《じゅうちん》は田所陽介を首相に祭り上げたがってる。田所だったらいいように使えるから」

「政治に興味がないって言ってたのに、やけに詳しいんだな」

佐和はそれには答えなかった。

プジョーは新宿を走っている。伊勢丹を越え、靖国通りとの交差点を右折した。やがて厚生年金会館が見えてきた。

「俺は、五十嵐勇蔵の娘を、通りの向こう側の信号のとこで乗せた。それが発端《ほったん》になって、今度の事件に巻き込まれた」

佐和がちらりと俺を見た。「どういうこと？」

俺は簡単に、香織を車に乗せた後に起こったことを教えた。佐和は黙って話を聞いていた。表情ひとつ変えずに。

「今泉さん、結婚してて子供がいたんだろう？」

「いたわよ。でも、父は、私の母を本気で好きだったの。私、幼い頃は、ふたりは結婚してると思ってた。違うって分かったのは幼稚園の時。何とも言えない気持ちだった。一時は両親のどっちも嫌いになった。だけど、家にいる時の父は、子供みたいな可愛い人でね。母の膝枕で、その頃の自分の立場を話してた。自慢げにまくしたてることもあったし、〝もう俺は駄目だ。全部捨てて、お前と佐和と三人でどこか遠くにいきたい〟って言ってたこともあった。母は政治の話はまったく分かってなかったと思うけど、上手に相づちを打ったり、叱咤激励《しったげきれい》したり、慰《なぐさ》めたりしてた」

「まるで母親だな」

「そうね。でも、馬鹿にしたような言い方しないで。男なんてみんな、そんなもんでしょう？　氏家さん、尚子さんに甘えたことないの」

俺は黙ってしまった。尚子に仕事の話をしたことはほとんどなかった。自慢したこともなければ、愚痴ったこともない。女にそんな話をしても鬱陶しがられるだけだと思ったし、尚子は聞き上手の女ではなかったから。

俺は佐和にそのことを正直に教えた。

「あなたみたいな男もいるし、相手の仕事の話を聞きたがらない女もいるね。でも、私の両親は違った。特に父はね。子供心にも正直で可愛い男に見えた」

「父親の仇《かたき》討《う》ちするんだったら、議員に立候補して、大臣の椅子でも狙うのが、まっとうなやり方じゃないのか。そういう二世っているよ」

「私、認知されてない子供だし、議員なんて窮屈な仕事、私には向いてない。フェラーリに乗ってる女に主婦が投票すると思う？」

俺は黙ってうなずき、佐和に微笑んでみせた。佐和は何の反応も返してこなかった。

プジョーは新宿通りに入って四谷方面に走っている。

「このまま進むと四谷三丁目だな。三菱銀行の角を左に曲がろう」

佐和の片頬がゆるんだ。「泰平総合研究所のこと知ってるのね」

「神尾の政治資金と関係のあるところだろう？」

「金の流れる先のひとつ。神尾万作は、裏金の流れる会社や団体をあとふたつほど持ってて、功妙に迂回させてるようよ」

「いつもぱりっとしたスーツを着て、アタッシェケースを持った男があの研究所にいるが、名前、分かるか？」

「三品卓治《みしなたくじ》。大学で政治学の講師をやってた男で、神尾との繋がりは直接はない。誰がどんな経緯で、あの男に泰平総合研究所を託したかは分かってない」

四谷三丁目を通過してすぐに、プジョーは左車線に移動した。そして、次の信号を左折した。

「話を戻すが、藤倉商事はどう関係してるんだ」

「裏金が通過する会社。おそらく、あなたのお友だちが、富沢に不正融資した金の一部はあの会社に一旦、送られたはずよ」

「小宮山は常井観光の佐山って男と何らかの繋がりを持ってる。その辺のことで何か知ってることとある?」

「常井観光が絡んでてもおかしくない。佐山はスケベ親父よ。私の開いたパーティーにくると、女を世話しろってしつこいの」

泰平総合研究所を越え、百メートルほど走ったところで、佐和はまた車を停めた。

「研究所を監視する気?」

「まさか」

「こういう話をしながら運転するのって疲れる。運転代わってくれる?」

「お安い御用だよ」

俺は外に出て運転席側に向かった。佐和は車の中で助手席に移動した。

座席の位置を変えて、ミラーの角度を確かめてから、車を出した。

マスタングみたいなやんちゃな車じゃないが、プジョー205はいい走りをする。俺は気持ちよく飛ばした。

「藤倉が殺され、死体が隠された。それって本当の話?」

「あんたに嘘をついてもしかたないだろうが」

「誰が運び出したのかしら」

そうつぶやいた佐和に俺は鋭い視線を馳《は》せた。だが、佐和は気づいていなかった。

「おそらく、真大組って暴力団と関係してる人間だろう。しかし、変だな」

「何が？」

「小宮山と藤倉は面識がなかったとしても、両方とも神尾と末端でくっついてる人間だぜ。なのに、小宮山は藤倉の事務所と自宅に侵入し、何かを探してた」

「藤倉が小宮山を裏切ったか裏切ろうとしてたんじゃないの」

「だったら、先にまず奴を拉致し、白状させてからやるのが普通だろうが。小宮山は藤倉が殺されるなんて考えてもいなかった。奴はかなり動揺してたらしい」

「私に答えられることがあれば、何でも正直に答えるけど、その話は私にとっても驚きよ」

「だろうね。でももうひとつ疑問がある。なぜ、あんたの部屋を探るかだ」

「それは簡単よ。私が神尾の作る裏金のルートを解明しようとしてるのが、あいつらにバレたからでしょう」

「藤倉は秘密を握ってた。それを文書か何かにしてたらしい。でも、奴は殺された。あんたは、さっき死体を誰が運び出したのかって訊いてたよね」

「うん」

「普通は、誰が殺したのかっていう疑問が真っ先に頭に浮かぶはずだぜ」

「そんなの分かってるじゃない。真大組かどうかは分からないけど、暴力団員がその男を殺し、口封じをした。小宮山にいちいち知らせることはしないでしょう。あいつは下っ端なんだから」

「まあね」

「あなたは私が藤倉を殺し、証拠を手にいれた。そう考えてるわけ？」

佐和に動揺はまるで見られなかった。

「頭に浮かんだ疑問を口にしただけさ」

「藤倉は昨日の何時頃に殺されたの？」

「小宮山が藤倉のアパートに侵入したのは午後九時半頃だ。現場を見た友だちの話だと、流れ出た血は乾《かわ》いていたっていうから、かなり前に殺《や》られたらしい。消えた死体がどこかに埋められてしまっていたら、死亡時刻を推定するのは不可能になるだろう。死体が見つかっても白骨化してるだろうからね。その日、藤倉は人間ドックに入り、病院で一泊するはずだった。なのにアパートに戻ってた。どうしてもそうしなきゃならない理由があったらしい」

「私、人殺しなんてしないわよ。いくら神尾の尻尾を摑みたいと思ってても」

「あんたもひとりで行動してるって言ってたが、協力者はいるんだろう」

「使ってる人間はいるわよ」

「この間、このプジョーを運転してた女もそうなんだろうね」

「ノーコメント」佐和が軽い調子で答えた。

「イベント屋を始めたのは、政治家や秘書に接近するためだった？」

「長い時間をかけて、神尾に繋がる線を調べてたのよ」

プジョーは麴町《こうじまち》の辺りにさしかかっていた。

「金の流れを摑むって大変なことだぜ。パーティーを開いて政治家や秘書と親交を深めるだけじゃ無理だと思うけどな」

「女には女ならではの武器があるわよね」佐和は薄く微笑み、さらりと言ってのけた。

半蔵門《はんぞうもん》の手前で俺の携帯が鳴った。川中からだった。

「決行は午後七時だそうだ」

「小宮山に変わった様子はなかったか？」

「別に」

俺は佐和に目を向けた。そしてこう訊いた。「大内佐和は、その時間、絶対に自宅に戻らないって分かってるのか」

話しているうちに半蔵門の信号に引っかかった。

「今夜、大内佐和の会社、南青山の会員制のクラブで若い実業家と議員秘書との懇親会を開く。だから、その時間、主催者は絶対に家には戻らない」

「前と同じように錠前を破ったらあんたは消えろって言われてるんだな」

「ああ」

「今日の大内佐和の行動について、小宮山が何か言ってたか？」

「何も。大内佐和と話したのか？」

「今、俺の隣にいる」

川中が短く笑った。「俺がまだ生きてるってことは、大内佐和は敵じゃなさそうだな」

「うん」

「で、あんたはどうする？　一昨日みたいに小宮山を監視するのか」

「そのつもりだ」

「奴と別れたら電話する」

「待ってる」

携帯を切ったと同時に信号が青に変わった。

俺は、今夜開かれる懇親会について佐和に訊いた。小宮山の得た情報は正しかった。

「小宮山、どうやってその情報を手に入れたのかな？」

「秘密パーティーじゃないのよ。誰でも知ることができるわけじゃないけど、うちの会員にはパンフを送ってるから、知ろうと思えば、簡単に手に入る情報よ」

「主催者は必ず会には出席するんだね」

「ほとんど」

「話を元に戻すが、あんたは色仕掛けで議員や秘書に近づいた。で、どこまで真相を摑めた」

「まだまだよ」

嘘か真《まこと》か。判断しようがなかった。

「富沢に唆《そその》かされて五十嵐勇蔵は不正融資に加担した。その金の一部は、すでに捕まっている薬丸って札付きに流れた。そのことをあんたはずっと前から摑んでた？」

佐和が小さくうなずいた。「富沢が真大組の今の組長と高校時代、クラスメートだったことは知ってるわよね」

「ああいうことがあった後に尚子から聞いた」

「真大組にも金は流れてるのよ」

「だろうね。で、神尾万作は、真大組とは昔から付き合いがあったのかな」

「そうよ。でも、富沢は真大組と手を切りたがってた」

俺の目つきが変わった。「どこからそんな情報を得たんだい？」

「私、富沢とも寝たもの。あの人、私に夢中だった。根がいい人だから、他のこともよくしゃべってくれた」

「架空名義に俺の死んだ親父の名前が使われてた。それも解明したい謎のひとつなんだ。

富沢、俺について何か言ってた？」

「別に」

「富沢は、あんたが今泉元議員の娘だって知ってたの？」

「もちろん。私の開いたパーティーに神尾にくっついてる当選一回の新人議員と出席したことがあったから」佐和が腕時計に目をやった。「そろそろ私、事務所に戻らなきゃ。あなたはタクシーを拾って」

「数寄屋橋の交差点近くで別れよう。まだ話があるから」

「私もよ」

「じゃ、あんたから先に」

「小宮山の事務所に送り込んだ友だちって、錠前破りなの」

「まあね」

佐和が目の端で俺を見た。「氏家さんって顔が広いのね。どこでそんな人間と知り合ったの？」

「それは内緒」俺はにっと笑った。

「今日、あなたが言ったこと信用していいのかしらね」佐和が外に目をやった。

「俺は賭《かけ》に出た。あんたが小宮山と組んでないと信じて、本当のことを話した」

「すべて私に近づくための嘘かもって、今頃になって思った。あなたが、今度の事件に興味を持った理由は聞いたけど、錠前破りをスパイとして送り込んでまで調べるっていうのは……」

「そういうことを言い出したら始まらない。あんたが、神尾一派に一泡《ひとあわ》吹かせてやろうっていう理由も、今ひとつぴんとこない。親父が好きだったにせよ、そこまでやるかなって首を傾げてる」

「母はまだ生きてるんだけど、かなりボケが進んでて、特別な施設に預けてる。今はまだらボケだけど近いうちに何も分からなくなるでしょうね」

「神尾がぐうの音《ね》も出ない証拠を摑んだ時、それを相手に売って金にする気はないのか」

「まさか。母は今でも父のことを時々、まるで生きてるかのように話すのよ。神尾を潰すことしか頭にないわよ」

「お涙ちょうだいの敵討ち。昔の売春婦が客に寝物語に語る作り話みたいだぜ」

言い終わった瞬間、左頰に衝撃が走った。何が起こったのか一瞬分からなかった。右に顔が傾いた時、アクセルに力が入ってしまった。急にスピードを上げたプジョーが前を走っていたタクシーに追突しそうになった。思い切りブレーキを踏んだ。間に合わない。そう思った瞬間、タクシーが車線変更をした。

安堵の溜息をついた俺は佐和を睨みつけた。

俺は佐和のパンチを頰に食らったのだった。

「頬にキスされたみたいだったよ」気を取り直してそう言った。

「手加減したのよ。降りて。今すぐ」佐和が声を荒らげた。

俺はマリオンの前で車を停め、ハザードランプのボタンを押した。

「佐和さん、言いすぎた。謝るよ。あんたの住まいに小宮山が侵入するのは本当だ。で、金の流れに関することを記したファイルみたいなもの、自宅においてあるのか」

「ないわよ」

「だったら、小宮山が家に侵入しても放っておけるね」

「…………」

「俺が送り込んだ人間のこと、向こうが疑ってる。小宮山が探してるものがないんだったら、そうできるだろう?」

「貴金属や何かも、そのままにしておけって言うの」

「小宮山はそんなものには興味ない」

「でも、ついでに失敬するってこともあるでしょう? あいつはそういう男よ」

「ともかく何もいじらないでほしい。でないと、友だちがどうなるか分からない」

佐和の顔が歪んだ。「何も盗まれなくても、他人が私の部屋の引き出しや何かを開けるのよ。それだけで気持ちが悪い」

「それぐらいは我慢しろよ。危険を冒《おか》してまで、政治家としての神尾を叩きのめそうとしてるんだから」

佐和が煙草をくわえた。俺は火をつけてやり、自分も吸った。

しばらく、俺と佐和は正面を向いたままだった。

「平和だな」俺がぽつりと言った。

「何が？」

「歩いてる人間だよ。見ろよ、男の腕にぶら下がってる女の幸せそうな顔を」

「誰にでもそういう時はあるし、人間は見た目じゃ分からない」

「あんた、リアリストなんだな」

「また私の批判？」

「そうかっかくるなよ」

「尚子さんが、あなたと別れたのは正解ね」

「俺もそう思う」

佐和は吸い始めたばかりの煙草を消した。

「分かった。あなたの言う通りにする。でも、どっかで様子を見てたい」

「懇親会、どうするんだい？」

「施設に入ってる母親が病気だと言って欠席する。前にも母親のことで、会をうちのスタッフに任せたことあるから変じゃない」

「あんたには普段通りの行動を取ってもらいたい」

「どうしようが私の勝手よ」

俺は、仲間に疑いの目を向けられないようにしたい、としつこく繰り返した。しかし、聞き入れてはもらえなかった。

「私の住まいに他人が入るのよ。あなたの仲間が関わってなかったら警察を呼んでるとこよ」

俺は屈服するしかなかった。「じゃ俺と一緒にいよう。どのみち、俺は、あんたのとこに侵入した後、小宮山がどうするか監視するつもりだから」

「私、一旦、事務所に戻る」

車を降りようとした俺を佐和が引き留めた。

「車、必要でしょう？　六時半に宮益坂上の朝日《あさひ》生命の辺りで待ってて」

「あんたのマンションを、人に気づかれずに見張れる場所ある？」

「大丈夫。それよりも、私が事務所に着いた頃に、施設の職員の振りをして、私に電話くれる？」

「分かった」

佐和は施設の名前を口にしてから車を降りた。

俺はゆっくりと車を出し、コンビニで菓子パンとミネラルウォーター、そして煙草を購入した。そして頃合いを見計らって、佐和の事務所に電話をした。佐和は事務所に戻ったばかりだった。

一芝居打ってから、俺は宮益坂上を目指した。

佐和は小宮山の仲間ではなさそうだ。だが、全面的に信用してはいなかった。女の武器を使って、神尾の裏金の流れを摑もうとした。眉唾《まゆつば》ではなかろうか。佐和を使っている人間がいるのかもしれない。

しかし何であれ、今のところ、佐和は俺にとっては大切な協力者。大事にしておく必要があるが、向こうにとって、俺は利用価値があるのだろうか。メリットはないように思える。抱き込んでおいた方が邪魔にはならない。そう考えたのかもしれないが、すっきりした気分にはなれなかった。

逮捕された柳生専務についても薬丸に関しても、その後の報道は何もない。ふたりとも否認を貫き通しているのか、警察が摑んだことを伏せているのか。そのどちらかだろう。

六時半ぴったりに、プジョーの前にタクシーが停まった。佐和が降りてきて、周りに注意を払ってからプジョーに乗り替えた。

俺は佐和の指示通りに路地に入った。

「この辺も道が入りくんでるね」

「そうなの。青山通りからだとうちはすぐなんだけど、一方通行だから、ぐるっと回らなきゃならないの」

　佐和のマンションは大きな病院からすぐのところにあった。

「病院の駐車場に入って」

　俺は言われた通りにした。

「私のマンションの入口、あの辺の駐車スペースに駐めるとよく見えるでしょう」

「なるほど。あそこからだったら相手にばれないね。しかし、あんたが神尾の裏金を探ってることを相手はどうやって知ったか、やはり気になるな。事務所にスパイがいるんじゃないのか」

「それはないと思う」

「灯台もと暗しってよく言うじゃないか」

「うるさいわね。相手が強硬手段に出てきたってことは、私の探ってる方向が当たってた証。私、何が起きても平気よ」

　俺はそれ以上、何も言わず、佐和の住むマンションのエントランスを見つめていた。

　辺りが暮れなずんできた頃、川中と小宮山が青山通りの方から歩いてきた。ふたりとも一昨日同様スポーツバッグを持っている。

　彼らは、マンションに入る人間を待って、一緒に中に入った。

　まんじりともせず、俺は川中が出てくるのを待った。

藤倉の事務所の鍵を開けた時よりも時間がかかっている。

「開けられたら、鍵、すぐに替えなきゃ」佐和がつぶやくように言った。
十四、五分、経った時に川中が出てきた。しかし、その場に立っている。誰かと話しているようだったが、相手の姿は、病院の柵に設置されている看板が邪魔してまったく見えなかった。
ほどなく、黒いセダンが川中の方へゆっくりと走ってくるのが目に入った。

嫌な予感がした。

「あんたは降りろ」

「え？」

「早くしろ！」

佐和が降りたと同時に、俺はプジョーを素早くバックさせた。そして病院の敷地を出て、通りに向かった。

黒いセダン。五十嵐の娘、香織が拉致された際に使われたギャランに似ていたのだ。

黒いセダンがやってきた。歩道に川中の姿はなかった。俺はプジョーを通りに出すと左に思い切りハンドルを切った。

後ろに迫ってきた黒いセダンがブレーキを踏んだが遅かった。プジョーの右後部に、黒い車のフロントがぶつかった。

さしてスピードを出していなかったが、すごい音が周りに響いた。

「馬鹿野郎、どこを見てんだ！」ハンドルを握っていた男が窓から顔を出し、怒鳴った。

そのセダンは果たしてギャランだった。横浜ナンバーである。

クラクションが鳴り響いた。ギャランの後ろにトラックが停まっている。その後ろにも車が来ていた。

俺は車から降りた。ギャランのヘッドライトがハイビームになった。

手を額にかざして、ギャランを見た。前の座席にふたりの男が乗っていたが顔はよく分からなかった。

ギャランの運転席に近づいた俺は、開いた窓から中を覗き込んだ。

川中が後部座席に座っていた。俺と目を合わせない。

川中の隣にいる男に見覚えがあった。

俺が拉致された時、主導的な立場に立っていたハンチングの男だった。

二

俺の運転していたプジョーが道を塞いでいるので、ギャランは動けない。ギャランの後ろには、どんどん車が詰まってゆく。

ギャランの運転手が懐に手を入れた。拳銃のグリップがちらりと見えた。

「止《よ》せ」苛立った調子で言ったのはハンチングの男だった。

運転手は懐に突っ込んでいた手を元に戻した。

すでにギャランの周りには人が集まり出していた。トラックの運転手らしい巨漢が俺の肩に手をかけ、ぐいと引いた。

「何やってんだ、早く車をどかせ！」

「ギャランが俺の車にぶつかってきた。すごくスピード出してたのを見たでしょう？」

「そんなことはどうでもいい。早く道を空けろって言ってんだ」

「分かりました。その前に警察を呼びます」

「もう呼んだわよ」野次馬の中から女の声がした。「この黒い車、すごいスピード出してたわ」

厚化粧の小太りのおばさんだった。隣の家を覗き見し、近所の人たちの噂話を流して歩くタイプの女に思えた。

「ありがとうございます」

礼を言いながら、俺はギャランの後部座席に向かった。そして、ドアを開けた。

「怪我はないですか？」

手前に川中が座っていた。

川中もハンチングの男も口を開かなかった。

クラクションが鳴り響き、さらに人が集まってきた。病院から出てきた車も立ち往生《おうじょう》している。

「降りてください。話が聞きたいですから」俺は川中に言った。

川中はスポーツバッグを抱えて、ギャランから這い出すようにして出てきた。

ハンチングの男が俺に顔を向けた。濃いレイバンサングラスをかけているので目の動きは見えなかった。

俺は川中に視線を向けた。「そこが病院です。すぐに診てもらった方がいいですよ」

川中は小さくうなずき、病院に向かった。

自転車に乗った警官がふたりやってきた。俺は急いで車に戻った。

「あんたの車?」警官のひとりに訊かれた。

「ええ」

「バックして」

俺は言われた通りにした。

障害物がなくなった。瞬間、ギャランが急発進した。危うく、交通整理をしようとしていた警官が撥《は》ねられそうになった。

俺に話しかけた警官が無線で本署に緊急事態を報告した。

去ろうとしていた野次馬が引き返してきた。

佐和が俺のところにやってきて、警官に車の所有者だと告げた。

俺たちが何をしていたか訊かれた。佐和の家が近くだったから、無断で病院の駐車場を借りたのだと俺は咄嗟に答えた。

現場で事情聴取を受けていると、パトカーがやってきた。

車同士の接触にすぎなかったのに、ギャランの逃走で様相が一変した。

俺と佐和は渋谷署まで行くことになった。プジョーの右のリアがかなり凹《へこ》んでいたが、走ることはできた。

車中、俺と佐和は口裏を合わせるために、ふたりで話を作った。

大きな事件ではないせいだろう、俺と佐和は一緒に聴取されることになった。

取調官は、ギャランに乗っていた男がひとり消えたことを気にしていた。

俺は面識はないときっぱりと言い、男は自分の指示に従って病院に向かったと教えた。

「ギャランに乗った連中も知り合いではないんですね」

「全然。私が車を通りに出した瞬間、向こうが猛スピードでぶつかってきただけです」

同じ質問をされた佐和も知らないと答えた。

乗っていた人間の数や人相について、俺は正直に答えた。

当然、警察は逃げたギャランの捜索に重点を置いていた。事故の過失責任の問題は、ギャランが逃走したことで、決着がついたようなものだった。

事情聴取は長くはなかった。取調室を出ようとした時、刑事がひとり部屋に入ってきて、取調官に耳打ちした。その刑事が出ていってすぐに、取調官が言った。

「車は秩父宮《ちちぶのみや》ラグビー場の近くに乗り捨てられてたそうだ」

「じゃ、盗難車の可能性が高いですね」

刑事は黙ってうなずいた。

「私、どうしたらいいの。自分の保険で処理するしかないのかしら」佐和がつぶやくように言った。

「犯人が捕まらなければ、残念ながらそうなるでしょうね」取調官はそっけなく言って、煙草に火をつけた。

俺たちは取調官に一礼し、部屋を出た。

帰りもハンドルを握ったのは俺だった。

「車、どうする。あんたの駐車場に戻す?」

「そうするしかないでしょう」

「俺の働いてる工場で預かってもいいよ」

「いいわよ。ディーラーに任せるから」

「ギャランの車内についている指紋、奴ら、消す暇はなかったはずだ。ハンチング男も運転手も、間違いなく前があるに決まっている。奴らはこれでおちおち外を歩くことができなくなったとみていいだろう」

「それでも私たち、狙われるんじゃないの」

「うん。特に俺と相棒は」

　自分も、しばらくはアパートに戻れないだろう。

「さっき、ギャランから降りてきた男が、私の部屋の鍵を開けた人？」

「ああ。奴らに目をつけられているとは気づかなかった」

　プジョーを、佐和の事務所のあるビルの地下に入れ、彼女のフェラーリの隣に駐めた。

「事務所で話せるか」

「うちに来て。他人が入ったのよ。何をされたかすぐに調べてみたい」

　俺たちは裏通りを歩いて、佐和のマンションに向かった。

　歩きながら川中に連絡を取った。川中は電話に出ない。何かあったのか。それとも、ハンチングの男に取り上げられたのだろうか。川中が拉致されることを事前に知らされていたはずである。だから、騒ぎをよそに、静かにその場を立ち去ったに違いない。

　小宮山はどうしたのだろうか。気がかりだったが、どうしようもなかった。

「盗みに入ったんじゃなくて、盗聴器を仕掛けにきたのかもしれないぜ」

「あり得るわね。でも大丈夫。探知器、持ってるから」

俺は目の端で佐和を見た。「用心深いんだな」

佐和は黙って道を急いだ。

佐和の住まいは、インテリア雑誌に出ているような小洒落た部屋だった。フェラーリを乗り回す女だから、別段、驚きはしなかった。

壁は白だが、一部に赤い斜めの線が入っていた。棚にはパイプとガラスが使われていた。

黒い革張りのソファーの背もたれの真ん中が空いていて、棚と同じようなパイプが横に走っている。空間があるおかげで、軽くなり、他の家具とのバランスが取れ、無機質な部屋に馴染んでいた。

俺たちは口を開かなかった。

佐和はトイレに行った。そして探知器を持って戻ってきた。

どの部屋にも盗聴器はしかけられていないようだった。

「声を出してもいいわよ」

開口一番、俺はセンスのある部屋だと褒めた。が、佐和は心ここにあらずといった体《てい》で、書斎や寝室の様子を見に、再び廊下に消えた。

俺は窓辺に立った。かすかにだが代々木《よよぎ》公園と西新宿の高層ビルを望むことができた。

もう一度、川中の携帯を鳴らした。今度は通じた。

「今どこにいる？」

「渋谷駅の近くでコーヒーを飲んでる」

「そこにいてくれ、三十分ほどで着くから」

「分かった」

川中はまるで元気がなかった。

佐和が戻ってきた。

「どうだった？」

「何も盗まれてないみたいよ」

俺は煙草に火をつけた。

「何か飲む？」

「何もいらない。で、これからどうする？」

「どうするって……」

声に力がない。佐和は放心状態のようである。

俺は、ギャランに乗っていた人間の素性を知っている限り教えた。

黙って聞いていた佐和は途中で窓辺に立った。「私、退かないわよ」

「あんたは、どれぐらい不正融資の証拠を握ってるんだ」

「………」

「話せよ。神尾源一がどうなろうが興味はないけど、いくつかの事件が起こり、俺はそれに巻き込まれた。途中まで読み進んだ本みたいなものだよ。どんな大団円を迎えるか、俺は知りたい」

佐和が振り返った。澄んだ瞳には、怒りとも苛立ちとも取れる色が波打っていた。

「あなたは大人しくしてればいい。あなたにとって何の得もないでしょう?」

「俺が嘴《くちばし》を突っ込むのが迷惑なんだな」

「そうよ。今のところ、私の計画はうまく運んでる。だから、あなたに引っかき回されると困るの。氏家さん、お願いだから静かにしてて」

俺は佐和をじっと見つめた。佐和が再び、俺に背中を向けた。

「野党の足並みが乱れると保守党の思うツボだよ」

「一体、あなたに何ができるっていうの? 下っ端の暴力団員とやり合っても何の意味もない。政治家にも秘書にもコネはないし、金魚の糞《ふん》みたいに政治家にくっついてる実業家も知らないでしょう?」

俺は佐和の言ったことを無視した。「これからあんたが何をしようとしてるのか話してくれないか」

「ただ待つこと。それが今の私の仕事」

「意味が分かんないよ」

俺はソファーにゆっくりと腰を下ろした。

「死んだ藤倉に渡った金は、すでに他の会社か団体の手にあるはず。その金を仕切ってるのが泰平総合研究所。すでに地検特捜部が目をつけてると思う」

「証拠書類、地検に渡したのか？」

「まだよ。時機が到来するのを待ってるの」

「その時機って、いつなんだい？」

「それは言えないわ」佐和が俺のところにやってきて、躰を沈め、後ろから軽く抱きついた。

綺麗な女だが、色気は感じなかった。こんな無機質な部屋に住む女は堅いに決まっている。それを解きほぐすことに情熱を傾ける気にはなれなかった。

俺は正面を向いたまま口を開いた。「藤倉って男は殺され、死体は隠された。死体が見つかったら、被害者の素性を警察は徹底的に洗う。犯人側はそうされては困るから隠したとしか考えられない。藤倉って男のことで知ってることを教えてくれ」

佐和が俺の躰から離れた。「素性なんか私は知らない。私が知ってるのは、あの男の会社に実体がないということぐらいよ」

俺は首を巡らせ、佐和を見た。「隠すなよ」

「お願いだから何もしないで。私、心配なの、あなたが」

「気遣ってくれて嬉しいが、少なくとも尚子のために兄貴を殺した奴を探しだしてやりたい」

「引かないのね」

「あんたの邪魔はしないから、手を組もうぜ」

佐和が首を横に振った。

テーブルに置かれていた佐和の携帯が鳴った。画面をちらりと見た佐和の表情が一瞬硬くなったのを俺は見逃さなかった。

佐和は携帯を手にして廊下に向かった。社員からの電話かもしれないが気になった。とはいうものの、盗み聞きするのは難しい。佐和は俺の存在を強く意識しているはずだから。

長電話だった。

居間に戻ってきた佐和の頬に笑みが射した。

「ごめんなさい。懇親会でちょっとしたトラブルがあったの」

嘘くさい。だが、俺は何も言わなかった。

「一緒にご飯でも食べない？」

「相棒を待たせてるから、次回にしよう」そう言い残して、俺は佐和の住まいを後にした。

佐和は俺が出ていくまで一言も口を開かなかった。

川中は、ハチ公前交差点の角にあるビルの地下にいた。そこは昔からある喫茶店で、深夜営業をしている。

川中は奥の隅っこの席で、背もたれに躰を預け、目を瞑《つぶ》っていた。灰皿は吸い殻でいっぱいだった。火をつけてはすぐに消し、消しては新しい煙草をくわえる。それを繰り返していたようだ。

川中の前に腰を下ろした。川中がびくりとして、目を開けた。

俺はジンジャーエールを頼んだ。川中も同じ物を追加注文した。

「お恥ずかしい」川中は力なく笑った。

「電話に出ないから心配しましたよ」

「消音にしたままだったんだ。すまない」運ばれてきたジンジャーエールをストローを使わずに飲んだ。

「急いで新しいアパート、俺が借ります。今夜限りで、もう川中さんは手を引いてください」

川中は吸い殻の中から、長いものを選び始めた。

「俺のでよければ」

川中は俺を無視して、シケモクに火をつけた。「わしを除《の》け者にするのか」

「でも……」

「わしは確かに、拉致された時は怖じ気づいてた。昔からすぐにビビる男なんだよ。だけど、尻尾を巻いて逃げるのはやっぱり嫌だな」

「拉致された時のことを教えてください」

「うん」

川中は佐和の部屋の鍵を何とか開け、小宮山を中に入れると一階に降りた。ギャランがどこで待機していたかは見ていなかった。歩き出してすぐに、ハンチングの男が寄ってきて、「警察だ、ちょっと来てもらおうか」と言ったという。錠前を破ったばかりの川中は、口がきけなくなった。動転してしまって冷静な判断ができず、警察手帳を見せろという言葉も出て来なかった。そこにギャランがやってきた。助手席に乗っていた男が後部座席のドアを開けた。ハンチングの男の指示に従って車に乗った。

「……わしは、車に乗ってから、警察ではないと気づいたがもう遅かった」

「ハンチングの男は車内で何か言いましたか?」

「〝俺はデカじゃない。あんたのことは小宮山さんから聞いてる。どんなお人か拝んでおきたくなって〟って言ってた。あんたが気づいてくれなかったら、わしは今頃……」川中は落ち着きなく一服吸ってから、煙草を消した。

俺は舌打ちした。小宮山を使っている組織、或いは人物は、小宮山の片腕のような存在である錠前破りについて念のために知っておきたかっただけかもしれない。川中がうまく立ち回れば、さらに小宮山の下で働けた可能性がある。それをぶち壊してしまったのは自分。あの状況では、そのまま見過ごすわけにはいかなかったが、結果的には俺と川中の関係が相手にバレてしまったことになる。

「川中さん、娘さんに、気をつけるように言った方がいいですね」

「もう電話をしておいた。娘は、ろくでもない親父だって、怒って電話を切っちまったがね。で、そっちはあれからどうした？」

俺は掻い摘んでことの次第を話した。

「大内佐和は、やっぱり、小宮山と組んでるんじゃないのか」

「それはなさそうだし、神尾源一を失脚させたがってるのも本当でしょう。だが、俺に手を引け、としつこく言ってる。それが気になるんです」

「どうして？」

「何とも説明できないけど、妙に真剣だった。裏があったら、あんなに素直な反応はしないと思う。俺と手を組んだ振りぐらいしてもおかしくない」

川中の眉が八の字に下がった。「でも、やっぱり裏があるんだよ」

「でしょうね。だからよく分からないんです」俺はジンジャーエールを飲み干した。

「これからどう立ち回る気だ」

俺は上目遣いに川中を見た。

「怖い顔だな」川中が薄く笑った。

「もう一度、錠前破ってくれませんか?」

「佐和の家のか」

「いいや。藤倉商事と社長の自宅」

川中が顔を背けた。「会社はいいとして、殺人現場にまた戻るのか」

「小宮山ん時と同じように鍵を開けてくれるだけでいいんです」

川中が唇を丸く突き出し、溜息をもらした。溜息に喉が鳴る音が混じっていた。隣でスポーツ紙を読んでいた男が川中にちらりと目をやった。

「あの夜のままだったら、施錠《せじょう》されてないよ」

「かもしれないけど、一応……」

「何を探すんだい」

「藤倉善治郎の素性が分かるもの」

川中が黙って立ち上がった。そしてさっさと階段に向かった。俺は後を追った。

徒歩で藤倉商事を目指した。

藤倉商事のあるビルに入った。事務所の前で、川中がスポーツバッグから新しい軍手を取りだし、俺に渡した。川中がドアの取っ手を下げた。

鍵はかかっていなかった。中に入り、電気を点した。狭い事務所だった。

俺と川中は手分けして、机の引き出しや書類棚を調べた。宝石の輸入をやっていた痕跡はあった。しかし、十年以上前の書類だった。当時、事務所は御徒町《おかちまち》にあったようだ。

取引先らしき住所が書かれている書類を引き破いてポケットに突っ込んだ。名刺の類いは、本人のもの以外は、居酒屋やホステスのものしかなかった。それも失敬した。

佐和が言っていた通り、藤倉商事は名ばかりの会社だったらしい。

藤倉商事を後にし、藤倉の住んでいたアパートに向かった。外階段の前で川中の足が止まった。

俺は何も言わず、周りに目をやってから、先に階段を上がった。川中がついてきた。

藤倉の部屋のドアも施錠されていなかった。

電気は点さず、川中が持っていた懐中電灯を手にして、俺が家捜しした。

「そこに死体が転がってた」

川中に言われた場所を照らしてみた。血の跡は拭き取られたようだ。

小振りの木製の机にはスタンドや灰皿ぐらいしか置いてない。引き出しから出てきたものはガラクタばかりだった。店のマッチやライターが混じっていた。見るのは後にして、川中のスポーツバッグに放り込んだ。洋服簞笥《だんす》を開けた。服のポケットの中をすべて調べたが何も入っていなかった。下着もかき回す。藤倉は几帳面《きちょうめん》な男だったらしく、パンツもランニングシャツも靴下もきちんと畳んであった。しかし、それ以外のものは出てこない。

押入を開けた時、階段を上がってくる足音がした。俺は懐中電灯を消し、玄関に足を運んだ。

「……あれ以来、隣の部屋に、あの別嬪《べっぴん》、来てないのかな」

「見てないな。大体、最近、おっさん自身、ここに戻ってないみたいだし」

「しかし、あの女、イカしてたな」

「危ない女だよ、絶対。だっておっさん、何やってるか分からないし、変なのが出入りしてるから」

そんな会話が聞こえた後、隣の部屋のドアが開く音がした。

藤倉善治郎を訪ねてきた人物に美人がいた。娘がいて様子を見に来た。或いは金で女を家に呼んだだけかもしれない。それでも気になる会話だった。

俺は押入に戻った。段ボール箱が下の段に三つ入っていた。そのうちのふたつには楽譜が詰まっていた。かなり古くて、手書きのものが大半だった。藤倉善治郎は楽器を演奏するのが趣味だったのか。

最後の段ボール箱にはアルバムが詰まっていた。全部持って帰ることにした。アルバムを詰められる大きめの紙袋を探しに台所に入った。流しの下に、これまたきちんと手提げの紙袋が仕舞ってあった。

大きめのものをふたつ用意し、アルバムをそこに詰めた。

極秘書類のことも頭の隅にあったが、書類のようなものはどこからも出てこなかった。

できるだけ音を立てないようにしてドアを閉めた。

表通りに出るとタクシーを拾い、川中が泊まっているビジネスホテルに向かった。

部屋に入ったのは午前一時すぎだった。

まずアルバムを床に置いた。数は三冊。番号がふってあるので、それに従って調べてみることにした。

一冊目をぱらぱらと捲っただけで、俺の胸に衝撃が走った。

藤倉善治郎が舞台に立っている写真だった。若い頃、藤倉はサックス奏者だったらしい。フルバンドで演奏している写真もあれば、カルテットを組んでいた時のものもあった。それらの写真は戦前のものに思えた。

二冊目を開いた。さらなる驚きが俺を襲った。

そのうちの数枚の写真に、俺の親父が一緒に写っていたのだ。

他のアルバムを見てみた。ほとんどがバンドマン時代のもの。それに混じって家族の写真と思えるものも見つかった。娘がひとりいたらしい。妻はかなりの美人だった。

親父は一九一〇年生まれ。生きていれば、今年、八十二歳になっている。藤倉善治郎の現在の歳は不明だが、写真から判断すると、親父よりずっと若い。最低でも十歳近くは違うだろう。いや、もっと下かもしれない。

親父も当然、アルバムを持っていて、死んだ後は、俺が保管している。しかし、トランペット奏者だった頃の写真は一、二枚しかなく、しかも演奏中のアップのものだけしか残っていない。家族写真も極めて少なかった。

一緒にアルバムを覗き込んでいた川中に、俺はつぶやくように言った。

「藤倉って、俺の親父と親交があった。その写真の真ん中でペットを吹いてるのが俺の親父なんだ」

言い終わった俺はベッドに倒れ込んだ。川中は改めて写真を見始めた。

不正融資に、親父の名前が使われていた。藤倉と関係があるのだろうか。

「面白い人物が写ってるぜ」

俺は躰を起こした。アルバムを持った川中が俺の隣に座った。

「若い時の神尾万作が写っている写真があるぞ」

川中が指し示した写真を見た。若き日の万作は女に囲まれて舞台を見ていた。女の中には、和服の女や芸者が混じっていた。

「いつ頃の写真ですかね」

「外国人がやたらと多いし、軍服姿の者もいる。戦後すぐって感じじゃない。数年は経ってるな。しかし、どうしてあんたの親父が藤倉のアルバムに写ってたか。奇っ怪なことになってきたな」

『瀧田家』の女将、澄子は父親のことを知らないと言っていたが、藤倉の若い頃の写真を見せたら何か思い出してくれるかもしれない。

親父も藤倉もキャバレーやダンスホールに出ていたのは間違いない。歓楽街のことは、花島よりも澄子が詳しいだろう。まずは澄子に訊いてみることにした。

俺もビジネスホテルにしばらく滞在することにした。花島に借りた金はどんどん減ってゆく。しかし、先のことを心配しても始まらない。

俺は川中の部屋を出ると、フロントに行き、部屋を借りる手続きを取った。


早めに起きた俺は、新宿の喫茶店に入り、モーニングサービスで空腹を満たした。

朝刊に昨夜の事故の記事が載っていた。

当て逃げした盗難車に乗っていた連中の名前も判明したが、捕まってはいないようだった。ハンチングの男、中谷弥太郎以外の名前を、俺はメモした。

大した事件でもないのに記事になったのは、相手が札付きの暴力団員だからだろう。

しばらく時間を潰し、澄子の自宅に電話を入れた。

「すみません。こんな朝早くから」

「私、いつも七時には起きてますよ。で、何かあったの？」

「お会いしてお話をしたいんですけど」

「じゃ、お昼を一緒に食べましょう」

「はい」

「私のマスタングに乗ってるの？」

「いえ。工場においてあります」

「じゃ、そうね、正午に銀座四丁目の交差点まできて」

「必ず」

話し終えると、尚子の携帯を鳴らした。留守電だった。俺は何も吹き込まずに切った。

喫茶店を出ようとした時、尚子から連絡があった。

「打合せ中だったの」

尚子の口から飛び出した〝打合せ中〟という言葉に、一瞬、眉根がゆるんだ。俺の知っている尚子とは、まるでしっくりこない言葉である。

「どこにいるんだ？」

児玉に盗聴させていることを思い出したのだ。

「大丈夫。喫茶店にいるから」

「尚子さん、大内佐和の写真、持ってないか」

「どうしたのよ」尚子の声色が変わった。

「それは会った時に話すよ」

「あの子の写真ね……。パーティーの時のものが一、二枚あるかもしれないけど、会社にはおいてない」

「時間を作ってできるだけ早く、家に取りにいってほしいんだけど」

「何でよ」

　一緒に暮らしていた時、面倒なことを頼むと決まって機嫌を悪くした。その時と同じ雰囲気が受話器を通じて流れてきた。

「佐和には裏がありそうなんだ。頼むから、取りにいってくれ」

「分かった」尚子は、彼女の午後の予定を俺に教えた。

　俺は尚子からの連絡を待ち、待ち合わせの場所を決めることにした。

　地下鉄で銀座に出た。

　三越《みつこし》デパートのライオンの前に立った。澄子は十分ほど遅れてやってきた。

　ゼブラプリントのノースリーブのワンピース姿だった。髪を後ろでまとめ、いつものように大きなサングラスをかけている。薄紫色の日傘をさしていた。

　交差点を渡ってくる澄子を俺は見ていた。颯爽と歩を進める澄子はとても六十を超えているようには見えないと、俺は改めて思った。

「だいぶお疲れのようね」澄子が俺を見て微笑んだ。

「いろいろありまして」

澄子に連れていかれたのは、東銀座の裏通りにある洋食屋だった。

昼食時とあって店の外に列ができていた。「予約を取らない店なんだけど、大将にお願いしたから並ばなくてもいいのよ」

奥の部屋に案内された。

予約を取らない店にも裏はあるようだ。行列している客から文句が出ないように、ドアにはローマ字でスタッフルームと書かれていた。特別な客しか、ここには入れないらしい。

「密談するのに最適ですね」

「だからここにしたのよ」澄子が煙草に火をつけ、皮肉めいた笑みを浮かべた。

店の主人が挨拶にきた。澄子は、この店を有名にしたというビーフシチューをセットで注文した。

「お酒飲む？」

俺は首を横に振った。澄子はペリエを頼んだ。俺もそうした。

「女将の助けが必要になりました」

「マスタングを貸すだけじゃ駄目なのね」澄子が冗談口調で言った。

「女将さん、赤坂に限ったわけじゃないですけど、キャバレーやダンスホールに出てたミュージシャン、昔風に言えばバンドマンと親交があったでしょう?」

「少しはね」

「藤倉商事の話はしましたよね。そこの社長、藤倉善治郎は、昔、サックス奏者だったらしいんです」

料理が運ばれてきた。小鉢に入ったサラダとバゲットがついている。

「ここのビーフシチューは絶品よ」

俺は味見をした。とろけるような肉に深みのあるソースがからんでいて、とてもうまかった。

「藤倉なんて人、記憶にないわね。知ってるかもしれないけど、バンドマンってニックネームで呼び合うことが多いから、フルネームを言われても」

俺は用意してきた藤倉の写真を取りだした。数は五十以上ある。

「どうしたの、こんな写真」澄子が目を瞬かせた。

「後でお話しします。すべての写真に藤倉が写ってます。時々、俺の親父も登場しますが」

澄子はバッグから老眼鏡を取り出した。

「一枚目の写真の真ん中にいる男が藤倉で、端に立ってるのが親父です」

食事そっちのけで、澄子は一枚一枚を丹念に見ていった。

「思い出せないわ、悪いけど。若い頃の神尾万作まで写ってるわね。神尾の左側に座ってるこの人、若い頃の母よ」

俺はその写真を手に取った。澄子の母を見たのは一度きりで、しかもちらりと見ただけである。だから、再度見直しても、同じ人物だとは思えなかった。

澄子が食事に戻った。俺も肉片を口に運んだ。

「お母さんなら、藤倉のこと知ってる可能性がありますよね」

「どうかしらね。母は最近、記憶力がめっきり悪くなってるから」

「こんなことを言っては失礼ですけど、歳を取ると、昨日今日のことは忘れるのに、昔のことは鮮明に覚えてることもあるって聞きましたけど」

「氏家君、先走らないで。何があったか、私にまず話すのが順序でしょう」

「すみません」俺はビーフシチューを綺麗に食べ終えてから、どんなことが起こったかを詳しく話した。

澄子は口をはさまずに聞いていて、その間に、彼女は食事を終えた。

「あなたが、そこまでやるとはね。下手をしたら、あなたが疑われるわよ」

「危険を冒したおかげで、死んで遺体を隠された元サックス奏者と親父の関係が分かりました」

「今泉元議員の娘の言う通り。もうこの辺で手を引かないと」

「大内佐和の言うようにことが運んで、神尾源一が失脚したとしても、俺の抱えてる問題は解決しません」

澄子が肩をゆすって笑い出した。「きかん気の強いのはいいことだけど、少し子供っぽすぎるわね。警察も馬鹿じゃないから、放っておいてもいずれ富沢さんを殺した犯人、捕まるわよ」

「話を戻しますが、写真の中に、女将が知っている人がいるでしょう?」

「ええ。ふたり知ってるわ」

「ふたりともバンドマンですか?」

「そうよ」

「どの人ですか?」

澄子が再び写真を手に取った。そして、三枚の写真を俺の前に並べた。

「お父さんの隣でトランペットを吹いている若い男がいるわね。名前は古川《ふるかわ》さん」

「今どこで暮らしてるんでしょうか」

「新宿で喫茶店をやってるわ。ジャズのレコードをかける店よ」

店名は『ガレスピー』だった。

「……場所はね、新宿通りと新宿中央通りの間の道、ちょうど三越デパートの裏ぐらいね。道の角が『船橋屋《ふなばし》』って天ぷら屋で、隣が確か『ローレル』って喫茶店よ」

「詳しいんですね」

「店ができた頃、よく寄ってあげてたから」

「古川さん、今、いくつぐらいになってるんですか？」

「七十ぐらいじゃないの」

もうひとりはドラムスを担当していて、今は赤坂にある『スケール』という音楽スクールで非常勤で働いているという。名前は大田原卓《おおたわらたく》。

「卓さんとは、一年ほど前に道でばったり会った。今の情報はその時のものよ」

俺は澄子の言ったことをすべてメモした。

「母には私から訊いておくわ」

「是非、そうしてください」

「古川さんにも私から電話をしておいてあげる」

「お願いします」

澄子が溜息をついた。「私、あなたに甘すぎるわね」

「女将は俺の貴重な情報源です。これからも協力してください。お願いします」俺は頭を深々と下げた。

「ご両親が亡くなっててよかったわね」

「え？」

「だって、息子が危険極まりないことをやっているって分かったら、ご飯も喉を通らないでしょうから」

「親父が、俺の背中を押してくれてるって思ってます。だって、勝手に不正なことに自分の名前を使われたんですから」

コーヒーとデザートが運ばれてきた。俺はティラミスに口をつけたが、澄子は食べなかった。

「あなたのお友だち、どうしたのかしら」

「五十嵐のことですか？」

澄子がうなずいた。

「海外に逃亡したんでしょうよ」

「そんなことをしてもいずれ捕まるのにね」

「早く逮捕されて真相を語ってもらいたい」

「あなた、アパートに戻ってるの」

「いいえ」俺はどこをネグラにしているか教えた。

「私、乃木坂に一部屋持ってる。投資のつもりで買ったんだけど、バブルが弾けてから借り手がいないの。そこを使ってもいいわよ」

「広さは？」

澄子の眉根が険しくなった。「あなた、意外と図々しいのね」

「違います。相棒も行き場がないんです」

「その人も住めるわ。２ＬＤＫだから。家具はないけど、我慢できる？」

「もちろんです。ともかく軍資金が足りないですからシュラフで寝ます」

「今夜、もう一度会いましょう。その時、そこに案内するわ」

「ご連絡をお待ちしています」


尚子が日航ホテルの喫茶店に現れたのは午後三時半だった。

澄子と別れて二時間半ほど経っていた。俺はデパートや本屋を回って暇を潰した。そして、一冊の単行本を手にして、待ち合わせの場所に向かった。買った本は船戸与一《ふなどよいち》という作家の『砂のクロニクル』だった。ほとんど小説を読まない俺だが、冒頭の文章に惹かれて購入した。大長編だし、クルド人のことなど何も知らないが、夢中で読み進めた。

人の気配がした。視線を上げると、尚子が俺の前に腰を下ろすところだった。

「何、読んでるの？」尚子がさして興味のなさそうな調子で訊いた。

俺は表紙を見せた。

それには反応しなかった尚子がこう言った。「あんたが小説を読んでるのを見るの、初めてじゃないかしら」

「かもな」俺は本を横におき、煙草に火をつけた。

尚子はレモンティーを頼み、バッグから写真を二枚取りだした。

いずれも佐和と尚子が男を真ん中にして、にこやかに微笑んでいる写真だった。一枚目には小太りの初老の男が、二枚目には彫りの深い顔立ちの中年が写っていた。いずれも俺の知らない顔である。

俺は写真から目を離し、礼を言った。

運ばれてきたレモンティーに尚子が口をつけた。「何で佐和ちゃんの写真が必要なのよ。兄さんの事件に関係してるの？」

「おそらく」

「じゃ……」尚子が前のめりになった。

「先走るな。佐和が俺の敵か味方か、よく分からないところがあるんだ」

「どういうこと？」

どうせ説明しても、尚子には分からないだろうから、佐和の動きがおかしいとだけ言い、こう続けた。「或る人物の家に出入りしていた女が別嬪なんだそうだ。その女が佐和かどうか確かめるために写真がいるってことだよ」

尚子は俺の答えに満足はせず、もっと詳しいことを知りたがった。

「これ以上のことは、今は話せない。摑み切れてないことが多すぎて説明できないんだ。もう少し、様子が見えてきたら教える」

「私が佐和ちゃんに会ってみてもいいわよ」

「必要ないと思う。あの子はそう簡単に尻尾を出さないよ」そう言いながら、俺はまた写真に視線を落とした。「この写真、佐和が開いているパーティーか何かの時のものだね」

「南青山の会員制のレストランに呼ばれた時のもの」

「写ってる男はふたりとも政治家？」

「若い方はそうだけど、もうひとりは……。誰だっけな。常井観光の部長だか局長だかだったと思う」

「佐山って名前じゃないのか」

「違う。もっとよくある名前だった」

「山田《やまだ》とか中村《なかむら》とか……」

「そんな名前じゃなかったな。ああ、思い出した。小林《こばやし》よ。政治家の方は甲斐《かい》って言ったはず」

小林という男は佐山と繫がっているのだろうか。

「あんた、ずっとここで本を読んでたの？」

「いや。『瀧田家』の女将と昼飯を食ってた。そうだ、大事なことを言うのを忘れてた。しばらく俺はアパートには戻らない」

俺は、澄子の提案を尚子に教え、仮住まいの場所が決まったら電話すると告げた。

尚子が含み笑いを浮かべた。「前にも言ったかもしれないけど、その女将って、何であなたにそんなに親切なのかしらね。住まいまで提供するなんて、ちょっとね」

「君の考えてることは分かるけど、俺が君の兄さんと同じ運命を辿るかもしれないって心配してるんだよ。俺が逆の立場でも、そうするな。放ってはおけないから」

尚子の顔が曇った。「私、大丈夫かしら」

「児玉が盗聴を続けている限りは大丈夫だよ」

「でも、佐和ちゃんには、私とあんたの関係、知られてるわよ」

「佐和が気にしてるのは俺の存在だけ。心配はいらないよ」

尚子は不安そうな顔をして目を伏せた。

「君は児玉の様子だけ、頭に入れて、社長の業務をやってればいい」

「分かった」

「ところでどうなんだ、仕事の方は」

尚子が顎を上げ、俺を睨んだ。「私に務まるはずないって顔してるね」

「そんなことはないさ」

「業界が冷え込んでるから、兄さんの付き合ってた人間はほとんど駄目になってる。だから却ってやりやすい。都心のワンルームも億ションも売れないけど、都心から三十キロ圏内、つまり通勤に約一時間ぐらいのところの物件は売れてるの。大手みたいにはいかないけど、兄さん、その辺の中古マンションも買ってあって、空き室、結構あるの。3LDKで二千万から二千五百万で売り出すつもり。バブルが弾けても、うちは保ち堪《こた》えられる体力がある。だから、薄利《はくり》だけど、その辺から地道にやるわ」

俺は本気で驚いた。尚子にそんな才覚があったとは。

「びっくりしたみたいね」

「ああ。でも、大したもんだよ、こんなに短い間に」

「やる気になったのよ。あんたに貸した五千万が戻ってきた時のために、使い道も考えてあるわよ」

俺は天井を見上げ、黙るしかなかった。

「私、そろそろ行かなきゃ。あんたはどうするの？」

「先に出て」

「うん」

去って行く尚子の後ろ姿を見つめた。相変わらず、いい尻をしてると思った。

水を少し飲んでから、『スケール』という音楽スクールの電話番号を調べ、かけてみた。

大田原という講師は病気をし、故郷の大分《おおいた》に帰ったと教えられた。

地下鉄で新宿に向かった。

以前トランペット奏者だった古川という人物の経営する『ガレスピー』は、雑居ビルの五階にあった。

店内にはバラードが流れていた。ハスキーボイスの女のシンガーが歌っていたが、歌手名も歌のタイトルも分からなかった。

表の看板に午前二時まで営業していると書いてあった。カウンターの奥に酒のボトルがずらりと並んでいる。夜になるとバーに変わるらしい。

客はまばらだった。俺はカウンターに腰を下ろした。目の前に立った若い男の従業員にトマトジュースを頼んでから、「経営者の古川さんはいらっしゃいますか？」と訊いた。

「どちら様で？」

「『瀧田家』の女将さんに紹介された氏家という者です」

若い従業員が、カウンターの奥の引き戸の方に目を向けた。その時、引き戸が開き、初老の男が姿を現した。スキンヘッドに薄茶の度入りのサングラスをかけていた。ジーンズにペイズリー柄のブルーのシャツを着て、顎に鬚《ひげ》を蓄《たくわ》えていた。

「どうぞ、こちらに」

男はカウンターを出て、奥のボックス席に向かった。

席に着くと、俺は改めて自己紹介した。男も名乗った。ホール担当の女の従業員が俺のトマトジュースを運んできた。古川は何も頼まなかった。

「女将さんから電話をもらったよ」古川はショートピースをシャツの胸ポケットから取りだし、くわえた。しかし、すぐには火をつけず、俺をじろじろと見た。「のっけから、こんなことを言うのもなんだけど、ルイにちっとも似てないね」

「ルイって親父のニックネームですか？」

「うん」

俺は噴き出しそうになった。ルイ・アームストロングからきているのだろうか。

「でも、実の息子ですよ。母親似だったみたいです。母親は僕が三歳の時に病死してるので、ほとんど記憶はないんですけど」

「ルイは……」

「古川さん、ルイというニックネームを使われると、ぴんとこないんです。あの偉大なルイ・アームストロングの顔ばかり浮かんでしまって」

「そうか」古川が頰をゆるめた。「君は、親父さんがトランペッターとして活躍してた時代を全然知らないんだもんな」

俺は小さくうなずき、トマトジュースで喉を潤した。

「で、俺に何を訊きたいんだい？」

俺は、澄子にも見せた昔の写真をテーブルの上においた。

古川はくわえ煙草のまま、写真を手に取った。

「これは銀座の進駐軍御用達《ごようたし》のダンスホールで撮った写真だな」

「いつ頃のものですか？」

「はっきりしないが、昭和二十三、四年頃だろうね」

「そこに藤倉善治郎という男が写ってますね」

「善ちゃんね。よく一緒に仕事したよ」

「彼は今、宝石の輸入業者をやってるって聞いたんですけど」

そこまで言って、俺は古川の反応を見た。

「御徒町で宝石を扱ってるとは聞いたことあるな」

「彼、いつ頃、バンドマンを辞めたか分かります？」

「俺がこの店を持ったのは七九年だけど、その時は、もう辞めてたね。ヒロポンって分かるか？」

「一種の覚醒剤ですよね」

「昭和二十六年までは合法だったから、勤め人だってやってた。もちろん、俺も君の親父さんもやってたけど、善ちゃんは完全な中毒で、その後も止められなかった。よく暴れたし、仕事をすっぽかすようになって、消えていったんだよ。おまけにギャンブルが好きで、いつもオケラだった」

「そういう人間だったら、悪い連中と交際してた可能性が大ですね」

「多分ね」

「写真の一枚に神尾万作が写ってますが、藤倉さん、政治家とか秘書との付き合いはなかったですか？」

古川が上目遣いで俺を見た。「君は何を調べてるんだい。てっきり俺は、死んだルイ、いや、君の親父さんのことを訊きにきたと思ったんだけど」

「それも後で伺いますが、まず藤倉さんのことを知りたいんです」

「どうして？」

「誰にも話さないって約束できますか？」

「いやにもったいつけるんだな」

「そういうつもりはないんですけど」

「じゃ訊かない。話す気になったら話せ」

「ありがとうございます」

「善ちゃんがヤクを手に入れてたのは赤坂をシマにしてた売人《ばいにん》だった」

「その売人、真大組の息のかかった人間ですか？」

「うん。借金だらけだった善ちゃんに、真大組の連中が家まで押しかけ、金が払えないんだったら娘を売れって迫られていた。困り果てた藤倉は、あんたの親父に泣きついた」

「何で親父に？」

「あんたの親父さん、神尾に可愛がられてたんだよ。親父さん、人当たりのいい静かな男で、みんなに好かれてた」

「で、親父が藤倉さんの借金、何とかしたんですか？」

「詳しいことは分からんが、娘が売られたって聞いてないから、何とかしてやったんだろうよ」

「親父が交通事故で指を切断した話は知ってますよね」

「ああ。あれは確か昭和二十五年の春だった」

「よく覚えてますね」

「俺と別れた直後に起こったからね。スピードを出しすぎた車が歩道に突っ込んで、親父さんの指が、スポークホイールの間に挟まって切れちまったって話だ」

「運転してたのはどんな人間だったんです？」

「そこまでは覚えてないな。右手の指を失った親父さんは、左の指でピストンを動かす練習をしてた。けど、同じ年に突然辞めちまって、新潟《にいがた》に引っ込んでしまった」

　母親の出身地、新潟で俺は生まれた。そして、三歳の時、母親が死んだ。その後、親父は東京に戻り、サラリーマンになった。

「母は赤坂の喫茶店に勤めてたって聞いてるんですが、古川さん、会ったことないですか?」

古川の表情が険しくなった。「俺が聞いた話じゃ、赤坂のどこぞの置屋の、下働きの女だってことだったけどな。でも、噂だから、親父さんが言ったことが正しいんだろうよ」

「話を藤倉さんに戻しますが、彼の家族は今どこにいるか分かりませんよね」

「バンドマン時代に離婚しちまってるよ」古川が軽く肩をすくめた。

客がひとり入ってきて、古川に挨拶をした。

古川よりも数歳年上に見える男だった。

「有川《ありかわ》さん、いいとこにきたよ。この人、氏家さんの息子なんだ」

「そうかい、ルイのね」

有川はクラリネット奏者だったという。ニックネームは名前が常一《じょういち》なので、ジョーだったという。

有川が古川の隣に腰を下ろし、コーヒーを頼んだ。有川は歌舞伎町で酒屋をやっているが、商売は息子夫婦に任せ、悠々自適《ゆうゆうじてき》の暮らしを送っているという。

古川が、写真を見せながら藤倉について有川に訊いてくれた。しかし、有川は古川以上に何も知らなかった。

話題は父親のことに移った。

「あの事故さえなきゃ、親父さん、その後も活躍してたと思うよ」有川がしみじみとした口調で言った。「流行りがスイングからビー・バップに変わりつつある頃に辞めちまった。惜しいことしたよ、まったく。親父さんに、ディジー・ガレスピーの曲を吹かせたかったな。古ちゃんよりはご機嫌な演奏をしたと思う」

「よく言いますよ」古川が苦笑いをした。しかし、それは一瞬のことだった。「歩道に突っ込んだのはどこの誰だったかなんて覚えてないよね」

「車の持ち主は、銀座でキャバレーを経営してた男さ。俺は、社長から直接聞いたから間違いない」

「運転してたのは違う人なんですね」俺が口をはさんだ。

「修理工が車を社長のところに運ぶところだったそうだ。レースが好きな修理工はついアクセルを踏みすぎて、歩道に突っ込んだ」

有川は滑舌《かつぜつ》がすこぶる悪かった。入れ歯が合わないのか、舌が長すぎるのかは分からないが。しかし、俺は口を挟まずに聞いていた。

「そうだったのか。俺も聞いたはずだが、全部、忘れちまったよ」

「俺が覚えてるのは、ずっと後のことだけど、その修理工の息子に偶然、赤坂で会ったからだ。『瀧田家』の女将と一緒で、紹介されたんだよ」

「名前は花島っていうんじゃないですか」俺の声は弱々しく、棒読みの台詞《せりふ》みたいだった。

「何で君が知ってるんだ」言い終わっても、有川の口は開いたままだった。

俺はぼんやりとしたまま目を逸らした。

乾いたトランペットの音が静かに耳朶を揺らせていた。

三

親父のバンド仲間だった古川と有川の話を聞いた俺は、喫茶店『ガレスピー』を出た。歩いてビジネスホテルに向かう。

藤倉はすでに死んでいるが、死体は何者かによってアパートから運び出され、行方は分かっていない。

彼は昔、俺の親父と仕事をしたことのあるサックス奏者だった。そのことだけでも、かなりの驚きである。しかし、親父のバンド仲間が口にしたことは、事件を追うことを忘れるほど衝撃的なものだった。

親父が交通事故で右手の人差し指を切断し、トランペットが吹けなくなった。その原因を作ったのが花島の父親だったとは。

花島親子を俺に紹介してくれたのは親父である。俺が学生だった時の話だ。

先代に俺は会っている。しかし、よくは知らない。俺は花島について修理を勉強していたので、親方とはほとんど口をきいていない。滅多に笑わない気難《きむずか》しそうな男。そういう印象しか持っていなかった。

あの親方が、俺の親父の人生を変えた張本人。にもかかわらず、車好きの俺を、独立した花島の父親の工場に紹介したというのは、一体、どういうことなのだろうか。普通に考えれば、花島の父親に対して強い恨みを抱いていなかったとしても、親父にとって、会いたくない人物ではなかろうか。

親父は物静かな男だった。度を超した悪戯《いたずら》をして、叱られたことは何度もあったが、激昂《げっこう》することはなかった。親父が、まさに今の俺の歳、四十一の時に、俺は生まれた。子供の頃、他の父親を見ると、自分の親父が爺さんに見えた。キャッチボールをした時も、子供の俺の方が何となく気を遣っていた。

俺は親父が好きだったし、愛されているとも感じていた。が、何とも言えない距離があった。俺が踏み込んでも、親父は決してぶつかってはこなかった。薄い膜の向こうに親父がいる。そんな違和感を持ったのだ。

今にして思えば、親父は人生を投げていた気がしないでもない。毎日、きちんと会社に行き、時間になると戻ってきて、同僚が家に遊びにくることもほとんどなかった。本を読みレコードを聴き、ちょっとだけ酒を飲む。親父は淡々とした暮らしを繰り返し、静かに死んでいった。

　そんな男だったから、花島の父親を受け入れることができたのかもしれない。当然、花島の親父に並々ならぬ誠意が感じられたからだろうが。

　ホテルに戻った俺は、一旦、自分の部屋に入ってから川中に電話をした。

　川中は部屋にいた。誰かがしゃべっている声がした。テレビを視ているらしい。

　川中の部屋に行った。テレビは消えていた。午前中から何をして何があったかを事細かに川中に教えた。

　川中は煙草をふかしながら黙って話を聞いていた。

　俺は、内容にかかわらず、打ち明け話をすることに抵抗はない。女に振られたり、恥ずかしい思いをしたりしても決して隠そうとはせず、カラッとした調子で他人に話す。そうすると気分がよくなる。開けっぴろげで、他人と付き合うようになったのは、親父が寡黙《かもく》で、はっきり物を言わない人間だったからかもしれない。

「……藤倉のアパートで見つけた写真が、親父と花島さんの父親の関係まで教えてくれることになった。妙な気分ですよ」

「花島さん、そのことを知ってるのかな」

「機会があれば訊いてみようと思ってます。でも、事件を追うことが先です」

　川中はゆっくりと煙草を消した。「花島さんは、そのことを知ってるな。だから、あんたの願い事を聞いてくれてるんだよ。わしは花島さんのお前に対する接し方にちょっと疑問を感じてたんだけど、これで謎が解けた」

「だとしたら、これからも援助してもらうことにします。でも、とりあえず、ただで泊まれる場所は見つけました」

「それも花島さんが？」

「違います」

澄子が乃木坂にある持ちマンションを貸してくれるという話はまだしていなかったのだ。

「家具が置いてないってことはテレビもないってことだよな」俺の話を聞いた川中がつぶやくように言った。

「布団もないですよ」

「ここの方が快適だな」

「軍資金を節約するためです。我慢してください。夏目漱石もいいけど、今、俺が読んでる冒険小説、面白いですよ」

「何て言う本だい？」

俺はタイトルと作者名を教えた。

「冒険小説ね。わしの趣味じゃない」

「川中さんが、どう暇を潰そうがいいですけど、ともかく、俺と一緒にそのマンションで寝泊まりしましょう」

「わし、歯ぎしりするよ」

「ギリギリを音を立てられるだけの歯が残ってるとは思いませんでしたよ」俺は大袈裟に驚いて見せた。

「よく言うよ」川中は本気でむっとしたようだった。

俺は必要なものを買っておいてほしいと頼み、腰を上げた。

「これからどっかに行くのか」

「藤倉のアパートに行って、隣の住人に会えたら会ってきます。川中さんはあそこにはもう行きたくないでしょう」

川中は黙ってうなずいた。

俺は自分の部屋に戻って、一休みしてからホテルを出た。紀伊國屋書店の地下にあるカレー専門店で、カツカレーの大盛りを食ってから電車で渋谷を目指した。

藤倉の殺されたアパートに着いたのは午後八時少し前だった。

昨夜、隣の住人が帰ってきたのは、もう少し遅い時間だが、不在だったら待つことにして、アパートの外階段を上がった。

右隣の窓に灯りが点っていた。その部屋の住人が、藤倉を訪ねてきた別嬪の話をしていたのは間違いない。

表札には森永《もりなが》と書かれてあった。

ドアに耳をつけてみたが何の音もしなかった。インターホンは取り付けられていない。ブザーのボタンを押した。

応答はなかった。少し間をおき、またブザーを鳴らしたが結果は同じだった。

出直してくることにして、ドアを離れた。階段を上がってくる足音がした。短パンを穿いた三十歳ぐらいの男だった。両手にレジ袋を持っている。

俺は階段の脇に立ち止まり、男を待った。

「すみません」俺の横をすり抜けながら男が謝った。

階段に向かいつつ、肩越しに男の様子を見た。男が立ち止まったのは、俺がブザーを鳴らした部屋の前だった。

俺は男に近づいた。男は怪訝な顔をした。

「ちょっとお伺いしたいことがあるんですが」

「何でしょう？」

「隣に住んでる藤倉さんですが、最近、部屋に帰ってきてます？」

「どういうことでしょうか？」男は不安げな目をして、俺を見つめた。

「親戚の者なんですけど、電話をしても出ないので来てみたんです」

「最近、見かけませんね」

俺は懐から、大内佐和が写っている二枚の写真を取りだした。

「ここに写ってる女の人と付き合ってたみたいなんですけど、見かけたことありませんか?」

「警察の人ですか?」

「いいえ。僕は堀田《ほった》と言いまして、藤倉さんの従兄弟《いとこ》の結婚相手の姉の息子でして」俺は笑って見せた。

男は、俺の言ったことを頭の中で整理し始めたようだった。

「ともかく遠縁なんですが、親戚には違いありません。藤倉さんが、この女に金を貢《みつ》いでるかもしれないということが話に出まして。親族会議の結果、僕が調べることになったんです」

男は、俺のしゃべりに圧倒され、口をぽかんと開けたまま黙っていた。

「もう一度、お伺いしますが、この女の人、見かけたことなかったですか?」

「多分、この人だと思います」

「確信はないんですか?」

「眼鏡をかけてましたから」

「サングラス?」

「いいえ。普通の眼鏡です。でも、この人ですよ。間違いありません」

「やっぱり」俺は渋い顔をしてつぶやいた。そして、こう続けた「何度ぐらい見ました？」

「一度だけです」

二ヶ月ほど前の深夜遅く、藤倉の部屋から出てきた佐和と階段を上ったところで会った。森永は高校時代の友人と一緒だった。

昨夜も、その友人が森永のアパートに再びきたのだろう。

「藤倉さんと何か話してました？」

「いいえ」

「他にどんな人間が訪ねてきてました？」

「と言われても」男が躊躇った。

「親族のひとりにだいぶ金のことで迷惑をかけてたみたいなんです」

「あまり柄のよくない男が来たのを、二、三回見てます。借金取りじゃないですかね。藤倉さんがどんな暮らしをしてるか訊かれたこともあります」

「借金取りが来たのは最近ですか？」

「いいえ。去年の話です。そう言えば、この間、松濤《しょうとう》にある病院に行ったら、偶然、藤倉さんに会いました。どこか悪いんですかって訊いたら、人間ドックに入ると言ってました」

「去年は借金取りに追われてたのに、人間ドックね」俺は口許に笑みを溜めた。

「僕もちょっとびっくりしました」

俺は深々と頭を下げ、その場を去った。

勘は当たった。しかし、謎は深まるばかりだ。

大内佐和は藤倉善治郎と繋がりがあった。

それだけでもって、佐和の言っていることがすべて嘘だと決めつけるわけにはいかないが、秘密裏に調べていた相手に直接会うというのは異例なことだ。

明治通りまで歩きながら、携帯で佐和に連絡を取った。

電話に出た佐和の周りはうるさかった。

「今、パーティー中なの」

「俺も参加していいかい？」

軽い調子で言った俺に対する返答はなかった。電話はいきなり切られてしまった。

澄子に会うのは深夜を回ってからだ。時間はたっぷりある。ありすぎるくらいだ。

いろいろな情報が集まってきてはいるが、富沢を殺した犯人に繋がるものは何ひとつない。同じ円の外側をぐるぐる回っているだけで、円の内側に切り込むことがまるでできていない。

佐和を真っ直ぐに攻めたい。一刻も早く。

俺は横断歩道橋に上り、国道二四六号線を見ながら、もう一度佐和の携帯を鳴らした。

応答はない。一旦切って、またかけた。

「どういうつもりなの？」佐和が声を潜めて口早に言った。

「重大な秘密を掴んだ。あんたに関係してることだ」

佐和は一瞬口を噤《つぐ》んだ。

「パーティーどころじゃないぜ」

「一時間ほど後に事務所に来て」

「藤倉と同じ運命を辿るなんてことはないだろうな」

佐和はそれには答えず、またいきなり電話を切ってしまった。

川中に連絡を取り、調査結果を教えた。

「一時間ほど後に佐和に事務所で会います」

「キナ臭いな。わしが今から周りの様子を見にいってみる」

「必要ないですよ。俺が自分で見にいきますから」

川中としゃべり終えた俺は、タクシーを拾って佐和の事務所に向かった。

事務所の入っているビルをやり過ごしたところでタクシーを降りた。

通りに駐車している車は三台だけだった。ミニ・クーパーとスズキカルタス、ユーノス・ロードスター。いずれも危ない人間が使いそうな車ではない。思いきって三台の車に順に近づいた。どの車にも人は乗っていなかった。

俺はビルの地下駐車場に下りた。プジョーは所定の位置に収まっていたが、フェラーリの姿はなかった。

通りを渡った。前に佐和と話したトロピカル風のカフェは閉まっていた。カフェの横の路地に立ち、佐和の事務所の入っているビルを見ながら煙草に火をつけた。

職質《しょくしつ》をかけられてもおどおどする必要はない。佐和に連絡が取れれば、俺と事務所で待ち合わせをしていると答えるに決まっている。俺の摑んだことを知りたがっているのだから。

十五分ほど経った時、目の前にタクシーが駐まった。

驚いた。降りてきたのは川中で、手にバッグを持っていた。

俺が建物の陰に立っていることに気づかない。口笛を吹くと川中が振り返った。

「そんなとこにいたのか」

「来なくていいって言ったのに」俺はにかっと笑い、川中のバッグに視線を落とした。

「あの女が戻ってくる前に事務所に入ってみよう」

「どうしたんです？　この間は嫌がってたのに」

「時間がない。早く行こう」

俺たちは急いで通りを渡った。

ビルの中に入った。『サワーズ・コーポレーション』は五階にあった。開錠の道具を手にする佐和の事務所の前で、川中はしゃがみ込み、バッグを開けた。俺を見て小さくうなずいた。自信たっぷりの表情だった。

俺は川中の後ろに立ち、周りに気を配った。特にエレベーターの動きには注意した。じりじりと時間がすぎていった。

ドアを開けるのに十分ほどかかった。

中に入ると俺は電気を点した。灯りは表通りからは見えない。

事務所を漁《あさ》るのは俺だけ。川中の役目はドアスコープから廊下を見張ることだった。

部屋はふたつあった。机が数台並んだ部屋の窓辺には、動物の縫いぐるみが何体か置かれていた。社員が女だけということを思い出した。

奥が社長室らしい。

社長室には縫いぐるみは置かれていなかった。自宅同様、あっさりとした飾り付けの部屋だった。立派なソファーと肘掛け椅子がでんと控えている。社長が女であることを明らかにしているものは、机の上に置かれたラインストーンの蝶《ちょう》みたいな形をしたヘアクリップぐらいだった。

社訓も貼ってなければ、武者小路実篤《むしゃのこうじさねあつ》や相田《あいだ》みつをの人生訓めいた名文句も飾ってなかった。

引き出しを先にすべて開けた。鍵のかかっているところは放っておく。中をざっと見ていった。スチールケースには会社と個人の情報が、五十音順に並んでいた。

藤倉善治郎のファイルがあるかどうか最初に調べた。なかった。次に殺された富沢について見てみたがファイルはなかった。

この分だと事件に関係しているものは違う場所に隠してあると考えるべきだろう。

神尾源一の資料は出てきた。俺は、念のために住所や電話番号など必要なことをメモした。常井観光開発の佐山繁《しげる》の資料もあった。同じようにメモした。

彼らは、佐和が主催する懇親会のメンバーなのだろう。だから隠すと却って変だ。

机の左下にダイヤル式の金庫があった。川中に開けられるはずもないので、それも放っておくことにした。どうせ俺が興味を引くようなものが入っているとは思えない。

机の引き出しの中を漁っている時、俺の携帯が鳴った。佐和からだった。

「今から原宿を出るわ。あなた、今、どこにいるの？」

「あんたの事務所の近所にいるよ」

突然、社長の机の上の固定電話が鳴り出した。

「本当に事務所の近所にいるの？」佐和の声に警戒心が波打った。

電話は鳴り続けている。

「或るビルの中だ。外に立ってると変だから。路上で待ってるよ」

そう言って電話を切った。ほぼ同時に固定電話が留守電に変わったが、相手は何も吹き込まなかった。

俺は川中のところに戻った。

「もうすぐ佐和が戻ってくる。すぐに出よう。そうだ。施錠しなきゃ」

「やるよ。あんたは先に外に出てくれ」

「手間がかかってたら、時間を引き延ばす。無理しないで。終わったら電話ください。やばいって思ったら俺から連絡します」

一階に降りると、また通りを渡り、先ほどの場所に戻った。

ほどなく川中が路上に現れた。意外に早く作業をすませることができたらしい。

佐和の事務所のあるビルの近くに車が停まった。ダークグレーのセダン。おそらくマツダのカペラだろう。

川中が俺の隣に立った。

「早かったですね」

「だんだん昔の勘が戻ってきたよ」

「川中さんが、自分から錠前破りをやろうとするとはね」

「佐和は明らかに怪しいじゃないか。だから血が騒いだ。で、何か見つかったか?」

「残念ながら事件に繋がるものは何もなかった」

「そうか」川中はそう言ってから、納得したようにうなずいた。「そりゃそうだよな。秘密の書類はどこか別の場所に隠してるのが普通だもんな」

「………」

「どうかしたのか」

俺は話している間もカペラから目を離さなかった。エンジンが切られたのに誰も降りてこないのが引っかかる。窓にはフィルムが貼られていて車内は見えなかった。

「佐和が、あんたを狙って誰かを寄越したんじゃないのか」

「無関係な車かもしれないですよ」

佐和が味方だと確信が持てていたら、すぐに携帯で知らせていただろう。

佐和は原宿からくる。俺が立っている側の車線を右側から走ってきて、青山通りに出る前にUターンするのが一番早い。しかし、そうするかどうかは分からない。

数分後、フェラーリのノウズが見えた。

そこで俺は佐和の携帯を鳴らした。

「車、見えたよ。俺は初めて会ったカフェの脇の道にいる」

俺は賭に出た。これだけ俺たちに近づいてしまっているのだから、カペラに乗っている人間に連絡が取れたとしても、相手は下手な真似はできないはずだ。何らかの行動を取ったら、佐和が命じたということが明らかになってしまう。

フェラーリが俺たちの前で停まった。俺はすぐには動かなかった。

佐和が車から降りてきた。

カペラの助手席のドアが開いた。サングラスをかけた背の高い男が現れ、カペラの屋根に両肘を突いた。銃を両手で握っているようだ。

「佐和さん、しゃがんで。早く！」

佐和の顔が強《こわ》ばった。

「モタモタするな！」

佐和はうろたえつつも、腰を下げた。

そのすぐ後に、大型トラックがフェラーリの真横に迫ってきた。かすかに何かが破裂《はれつ》するような音が二度続いた。

大型トラックが通りすぎた。背の高い男が車内に戻ると、カペラが神宮球場の方に猛スピードで走り去った。

佐和はなかなか立ち上がらない。俺が彼女に近づいた。川中が後からついてきた。

「躰を起こしなよ」

佐和は言われた通りにした。俺はフェラーリのボディやタイヤをチェックした。弾を撃ち込まれた跡はなかった。大型トラックのサイドに当たったのかもしれない。運転手が異変に気づかなくてもおかしくはない。

俺は川中を改めて紹介した。佐和は心ここにあらずといった体《てい》で頭を下げた。

俺たちは佐和について事務所に入った。正確に言えば戻ったのだが、そんなことを言えるはずはない。社長室に通された。俺はセンスのいい事務所だと褒めながら、ソファーに座った。川中は俺の隣に腰を下ろした。

佐和が俺たちに何も訊かずに缶ビールを用意した。グラスなしだった。

佐和は座らない。缶を持って部屋を歩き回っていた。

「さっき何があったの？　さっぱり分からない」

「反対車線に駐まっていたカペラに乗った男が、あんたを銃で狙った」

「銃声なんかしなかったわよ」佐和が怒ったような口調で言った。

「ちょうど横を通りすぎた大型トラックに、あんたは助けられたのかもしれないな」

「私が狙われたっていうのは本当？　あなた方が標的だった可能性もあるわよ」

川中がうなずいた。「その通りだね。あそこに氏家君がいることを知っている人間が指示したのかもしれない」

佐和が顎を上げ、上目遣いに川中を睨んだ。

「今の言い方、私が仕組んだように聞こえますけど」

「違うよ」俺が割って入った。「銃口は、あんたに向けられてた。それは間違いない。相手は俺たちがあそこに立ってたことにすら、最初は気づいてなかったと思う」

「なぜ、私が狙われなければならないのよ」

「そう喧嘩腰にならないでほしいな」

俺は頬をゆるめたが、それは一瞬のことだった。

「川中さんがあんたを疑う理由、ちゃんとあるんだよ」

佐和がそっぽを向いた。「私の秘密って何なの?」

「あんたは藤倉善治郎と繋がってた」

佐和が短く笑った。「何を言い出すかと思ったら、そんなこと。私、藤倉を知らないって言った覚えはないわよ」

俺は煙草に火をつけた。「奴のアパートに行ったことあるよな」

「あるわ。不正な金の動きを知るために」

「敵のアパートに乗り込んだのかい。ちょっと信じられないな」

「信じる信じないはあなたの勝手だけど、あいつが裏切ってくれたからことが進んだの」

「色仕掛けで落としたの?」

川中がくくっと笑った。

「何がおかしいのよ」

「別に」

俺は背もたれに躰を倒した。「藤倉が神尾を裏切ったか。あんたが美人で、色仕掛けで攻めたとしても、神尾や真大組を裏切るかな。藤倉のことを調べたんだけど、去年は借金取りに追われてた。そんな男がこの間、人間ドックに入る予定だった。藤倉のとこが不正献金のためのトンネル会社になっていたら、去年だって一昨年だって金欠になるはずないよな。あんなボロアパートに住んでいることもなかったろうし」

佐和も肘掛け椅子に座り、煙草に火をつけた。

「俺は藤倉が本当に神尾と繋がってたのかって疑ってる」

「じゃ何？　私のやってきたことが全部、嘘だって言うの」

俺は肩をすくめてみせた。「そこのところがよく分からない」

「私の言ったことに嘘はないわ」

俺はぐいと佐和の方に躰を倒した。「でも、何かある。腹を割って正直に話してくれないか」

「これ以上、あなたと話すことはないわ。私、疲れてるから帰って」

俺は煙草をふかしたまま立ち上がる気配すら見せなかった。「さっきあんたを狙った奴ら、誰の指示を受けてたんだろうね」

「…………」

「真大組と関係した奴らだろうと俺は思う。神尾一派には、あんたのやってることがバレてるみたいだな」

「相手が焦ってるってことは、私がやってることが間違ってない証拠でしょう？」

「あんた、誰と組んでるんだい？　神尾を失脚させたい政治家が裏についてるのか、それとも、そういうのにくっついてる企業が後押ししてるのか。いい加減に話してくれないと、俺は神尾一派の人間に近づいて、藤倉善治郎のことをもっと探るぜ」

「ご随意《ずいい》に」佐和がゆっくりと立ち上がり、ドアに向かった。

これ以上突《つつ》いても埒が明きそうもない。俺はあっさりと引くことにした。

佐和は見送る気などなく、俺の顔も見ずに煙草を吸っていた。

「また会おうぜ」

佐和は答えなかった。

表に出ると、周りに目を光らせた。気になることはなかった。

タクシーを拾い、川中と泊まっているビジネスホテルに寄って、赤坂に向かうことにした。

「美人だが、一番いけ好かないタイプの女だな」川中が吐き捨てるような口調で言った。

「俺はそうは思ってない」

「ああいう生意気な女がいいのか。気が知れないね」

「きっと、何かあるんだよ、俺たちに言えないことが」俺はそう言いながらシートに躰を沈めた。

赤坂に着いたのは午後十一時を少し回った頃だった。

俺は『瀧田家』からすぐのところにあるビルに入った。二階にあるバーで電話を待つことにしたのだ。

先ほどまでは佐和を巡る謎で頭がいっぱいだったが、スローなジャズが流れているバーでウイスキーを飲み始めると、親父と花島の関係が思い出された。

澄子は、親父の交通事故の真相を知っているのだろうか。おそらく聞いているが、俺には言わない。常識があればそうするのが普通だ。

時が静かに流れていった。

勇蔵の行方のことを筆頭に、事件に関係した人間の顔が浮かんでは消えていった。だが仮説や推理で頭を使うことはなかった。堂々巡りに飽《あ》きてきたのだった。

三十分ほど経ってから携帯が鳴った。澄子からである。俺は自分の居場所を教えた。澄子は近くにいることに少し驚いていた。

まだ店で仕事があるという。

「このバーは三時までやってるみたいですから、ここで待ってます」

澄子は一瞬間を置き、『瀧田家』の自分の部屋で待っていてほしいと言った。

俺は言われた通りにした。

通用口のインターホンを押すと、女が出た。澄子ではなかった。仲居《なかい》らしき女の案内で、澄子の部屋に入った。

女はすぐに退散し、俺はひとりになった。

河骨という黄色い花は姿を消し、白い小振りな花が平たい器に活けられていた。三角の切れ込みのある葉が寄り添っている。

俺が煙草に火をつけた時、襖《ふすま》が開いた。

茶を運んできたのは先ほどの女ではなかった。和服姿の老女だった。一度店の前でちらりと見た女に違いなかった。

女は茶をテーブルに載せてから、改めて正座した。

「初めまして。私、澄子の母の寿子《としこ》と申します。澄子、もう少し時間がかかるみたいですから、私がお相手します」

俺は煙草を消そうとしたが、澄子の母に止められた。灰皿に煙草をおき、崩していた脚を整え、名乗った。

「お楽になさってください」寿子が目を細めて微笑んだ。

そうは言われたが、俺は正座したままだった。煙草の煙が立ち上っていた。慌てて煙草を消した。

落ち着いた浅黄《あさぎ》色の着物姿。帯には蟹《かに》が控え目に描かれていた。澄子の歳を考えると九十歳近くだろう。髪が薄くなり、口許に老いが表れていたが、小顔の凜《りん》とした女である。よく見ると目許が女将にそっくりだった。

「澄子から聞きました、あなたのお父さんのこと」

「大女将は父と面識があったんですね」

「よく存じ上げてたとは言えませんが、覚えてます。お父さん、一時、この界隈で有名になったことがあったものですから」

「何をやったんです？」

「お母さんのこと聞いてるでしょう？」

「赤坂の喫茶店で働いてたと父は言ってましたが、詳しいことは何も知りません。母の子供の頃の話は、新潟にいる親戚から教えてもらいましたけど」

「今はもうありませんが、この近くに『エスポワール』という喫茶店がありました。お母さん、そこの看板娘だったんですよ」寿子は遠くを見るような目をした。

「置屋の下働きをしてたって話を最近聞いたんですが……」

寿子が少し考え、何度かうなずいた。「そんな話を私も聞いた気がするわね。置屋を辞めて喫茶店に勤めるようになった。はっきりしないですけど、そうだったと思います」

「で、何で父は有名に？」

「お母さんを自分の女にしようとしたヤクザの親分の息子がいたんです。お父さん、その男を半殺しにして、お母さんと逃げたの」

「あの大人しい親父が」俺は首を捻るばかりだった。

「なかなか気骨《きこつ》のある方だったようね」

「新潟は母の故郷です。追っ手がきたんじゃないですかね」

「直接、新潟に逃げたんじゃないかしら。煙草吸っていいのよ」寿子が優しく微笑み、茶を啜った。

俺は煙草をくわえた。

両親に、そんなラブロマンスがあったとは。悪い話ではないが、疑問も新たに生まれた。

親父のバンド仲間だった古川と有川は、親父の武勇伝には触れなかった。なぜだろう。母は、本当にそのヤクザの息子の女だったのかもしれない。そうだとしたら、彼らは息子の俺に黙っていてもおかしくない。

「女将さんは、その話、知ってるんですか？」

「知らないと思うわ」

「大女将は、母のことをよく知ってました？」

「喫茶店でちょっと話したことがあるぐらいだったわね。でも、すごく綺麗で感じのいい人でした」

「東京に戻った後、そのヤクザと揉めることはなかったんですか？」

「そこまで詳しいことは私には分からないわ」

「話は違いますが、父のバンド仲間に……」

俺の話を遮ったのは襖が開けられる音だった。

澄子だった。彼女はすでに私服に着替えていた。ジーンズに赤いカットソー姿だった。

「今晩は、お邪魔してます」

「あら、あら、正座なんかして。母親に叱られてる息子みたいよ。脚、崩して」

俺は言われた通りにした。

澄子の足元が若干おぼつかない。珍しく澄子は酔っていた。

「澄子、みっともないですよ」寿子が注意した。

「飲んだ、飲んだ、飲まされた」澄子は歌うように言いながら、母親の隣に腰を下ろし、俺に目を向けた。「ちょうどいいと思って、お母さんに相手をしてもらってたの。お父さんのこと、少しは分かった？」

「はい。大恋愛したみたいですね」

「大恋愛かあ」澄子は両手を畳につき、躰を反らせた。

寿子の顔が一瞬曇ったが、すぐに顔を作った。「何の話をしてたんでしたっけ」

「サックス奏者の藤倉善治郎という男が、父と仕事をしてたんですが、ご存じですか？」

「藤倉善治郎。聞いたこともない名前ね。あなた、お父さんの友だちを捜してるの？」

「ええ、まあ」俺は口を濁《にご》し、澄子を目の端で見た。

「写真が出てきたから興味を持っただけ。違う？」

「その通りです」俺は澄子に話を合わせた。

「大女将と一緒に神尾万作が写っている写真がありましたが、彼とは親しかったんですか？」

「ここは料亭ですよ。いろいろな政治家がいらっしゃいます。昔は小粒な政治家でも、今の先生たちに比《くら》べたら、みんな腹が据わってましたね」

俺は茶を啜った。そして、澄子に目を向けた。「ところで、女将、花島さんとはどういう関係なんです？」

「花島さんとの関係……どういう意味？」

「実は、女将に紹介された古川さんのところで聞いたんですが、親父の指を駄目にした交通事故を引き起こしたのは、花島さんのお父さんだそうですね」

澄子も寿子も黙ってしまった。

「古川さんの店で、有川さんというクラリネット奏者に会ったんです。有川さん、女将さんにこの界隈で偶然、会った時、花島さんを紹介されたと言ってました」

「そんなことあったかしらね」

「なぜ隠すんです」

「氏家君、知らなくていいことも世の中にあるのよ」

俺はにやりとした。「もう知ってしまいました」

「そういう話は私からするもんじゃないわ。花島さんと話すのが筋よ」

「僕もそう思います。女将にお伺いしたいのは、花島さんとはどうやって知り合ったかです」

「そんなことがなぜ気になるの?」

「大した理由はないです。有川さんの口から、女将と花島さんの話が飛び出したから」

「ここから溜池はすぐですよね」寿子が口をはさんだ。「溜池は戦前はもっと華やいでいてダンスホールもあったし、自動車の町でもあったの。花島さんのお父さん、溜池の修理工場に責任者として勤めてました。うちのお客さんにとても可愛がられてて、それがご縁で、お付き合いができたんですよ。お父さんをはねた話は聞いてましたけど、あなたに教えるつもりは、澄子はなかった。分かるでしょう?」

「ええ。花島さんが僕に親切なのは、息子さんを亡くしたからだって思ってましたけど、もっと深い訳があったんですね」

寿子が目を細めて微笑み、うなずいた。

「氏家君、そろそろ行きましょう」澄子が言った。

「大丈夫ですか？」

「平気よ」

寿子には余計なことは話していないのだろう。だから、それ以上のことを口にするのは避けた。

澄子が立ち上がり、襖を開けた。入ってきた時同様、足が少しふらついていた。

寿子は座ったまま、俺をじっと見つめた。

「お話ができて、本当によかった。また遊びにいらっしゃって」

「僕もです」

「澄子のことよろしくね」

「はい」

俺は澄子について表に出た。

タクシーを拾い、先に澄子を乗せた。澄子が場所を教えた。呂律《ろれつ》が多少回っていないが、相手に通じないほどベロベロではなかった。

澄子が、部屋を持っているマンションは、乃木公園からすぐの路地にあった。

部屋は八階だった。家具が入っていないのでがらんとしていた。クーラーがあるのを見てほっとした。

３ＬＤＫ。しかし、ダイニングルームは、キッチンの延長のような狭いものだった。澄子は居間の壁に背中をつけた。赤いカットソーが白い壁に映えた。

俺は部屋の真ん中に立ったままだった。

「女将さんには何て感謝したらいいか。ありがとうございます」

「花島さんにお礼を言って。私、花島さんのお父さんとあなたのお父さんの関係を知ったでしょう。だから、あなたの援助をしたくなったのよ」そこまで言って、澄子は天井に目を向けた。「随分、昔のことだけどね、私、花島さんが好きだった。五つも歳下の人を好きになるなんて馬鹿みたいだけどね。もちろん、彼は私の気持ちなんか知らないのよ」

俺は何て受けていいのか分からず、黙っていた。

「氏家君、この部屋、いつまで使ってくれてもいいけど、いい加減に車の世界に戻って。花島さんのためにも。しつこいって言われそうだけど、何かあったら取り返しがつかないもの」

「いずれは手を引くしかないでしょうね。俺の力じゃ、どうにもならないですから」俺は軽い調子で言って、澄子に笑いかけた。

「それじゃ、鍵を二本、あなたに貸しておくわ」澄子は手にしていた鍵束を俺に投げた。

「駐車場も持ってます。この間まで人に貸してたんだけど、今は空いてるから、それも使っていいわよ。八番に駐めて」

俺はもう一度礼を言ってから訊いた。

「母親に言い寄ってたヤクザって真大組の人間ですか？」

「今の組長のお父さん」

「先代は死んだんですか？」

「ボケが始まって引退したって噂よ」

先に部屋を出たのは澄子だった。足が絡みそうになったので、俺が抱きかかえた。

「大丈夫。自分で歩けるわ」

澄子の口調に棘があるように感じられた。余計なことをしたと、俺は彼女に謝った。


翌日の午前中、俺と川中は新宿のビジネスホテルを出た。川中が買いそろえてくれた物を詰め込んだ紙袋を持って乃木坂のマンションに向かった。

俺が先に部屋に入った。

「広いなあ」川中の声が背後で聞こえた。

「川中さん、好きな部屋で寝ていいですよ」

「しかし、本当に何もないな」

「エアコンがついているだけで御《おん》の字《じ》だって言ったでしょう」

川中が用意したものは、寝袋、タオル及びタオルケット、ビニールマット、ラジオ、小振りの薬罐《やかん》、ティーバッグ、紙コップ、ニッカウヰスキー、ペットボトル数本、カップラーメンなどだった。

「俺の衣類は買ったが、あんたのは買ってない」

「それは自分で用意します」

俺はラジオを点けた。昼のニュース時だった。昨夜の発砲事件そのものはニュースにならないかもしれないが、トラックに命中した銃弾に気づいた人間がいたら警察に届けるはずだ。その場合、銃弾を受けた場所は特定できるだろうか。おそらく無理だろう。

しかし、いずれにせよ、そのようなニュースは流れなかった。他に気になることもなかった。

「何かアイデアがあるのかい」川中が訊いてきた。

「このままじっとしていてもしかたない。常井観光開発の佐山って部長に会ってみる。神尾の裏金作りにあの会社が加担してる可能性が大だから」

「簡単に会ってはくれないだろうが」

俺はそれに答えず、佐和のところでメモした紙を開き、携帯に常井観光開発の電話番号を打ち込んだ。

「総務の佐山部長をお願いします。藤倉善一《ぜんいち》という者です」

川中が眉をゆるめた。

佐山に電話が繋がった。

「はい、佐山ですが」

「私、藤倉善治郎の息子の善一と申します」

「……………」

「今から会社に行きますから、会っていただけますよね」

「君は誰だ？」

「だから藤倉善治郎の息子だと言ってるじゃないですか」

「藤倉なんて人間は知らないですね」

「佐山さんは自由《じゆう》が丘《おか》に住んでいて、お嬢さんは慶應《けいおう》大の法学部の学生なんですってね」

俺は、佐和の持っていた資料に書かれていたことを口にした。

「何が言いたいんだ」佐山の声に動揺が表れた。

「会ってくれますよね。親父が行方不明なんです」

「ちょっと待って」佐山は受話器を押さえた。

しかし、話し声が漏れ聞こえた。今から会議が始まるらしい。

佐山が俺の応対に戻った。「夕方、もう一度電話をください」

「分かりました。では後ほど」

電話を切った俺はまた水を飲み、佐山の言ったことを川中に教えた。

「奴は来なくて、おっかないのがやってくるかもな」

「あり得るけど、こっちから動かないと膠着《こうちゃく》状態が続くだけです」

「わしは何をしたらいい」

「今から俺は花島さんに車と資金を借りに行きます。車を調達したら、一緒に動いてください」

そう言い残して、俺はマンションを出た。


花島自動車に着いたのは午後二時すぎだった。

MGは姿を消し、ライトブルーのツーシーターのクーペが修理中だった。シボレー・コルベット。スティングレイと呼ばれた二代目のコルベットである。乗ったことはないからよく分からないが、V8エンジンを積んでいて、種類にもよるが、三百から四百馬力がある、とてつもなくパワフルな車だ。初代は、テレビドラマ『ルート66』で使われていて、俺は無性《むしょう》に憧れた。

パーツがばらばらにされていた。

「ブラシとベアリングは交換だな」

種田の声が聞こえた。おそらく、オルタネーターのことを言っているのだろう。

種田が俺の方に目を向け、顔を歪めて笑った。「氏家、生きてたか」

他の修理工たちも、俺に微笑みかけた。

事務所のドアが開いた。花島が俺を見ていた。笑みはなかった。

俺は浅く頭を下げた。花島は顎をしゃくって、こっちに来いと合図を送り、事務所の中に戻った。

「ご迷惑をおかけしています」

花島はそれには答えず、椅子に座り、窓の外に目を向けた。

「また、いつもと同じお願いごとできました」

「いつまで探偵ごっこをやってるんだ。クビになりたいのか」花島は不機嫌だったが、言葉に力はなかった。

澄子から連絡を受けた気がしないでもない。

花島は財布に入っていた札をすべて引き出し、テーブルの上においた。千円札が混じっているからいくらあるか分からなかったが、十万は下らないだろう。

「車もまたお借りしたいんですけど。農繁キャリイじゃないやつを」

しばし沈黙が続いた。花島は俺に目を合わせない。

「女将から聞いた。俺がお前にアマアマな理由を知って調子に乗ってるな」

「その話もしたくてやってきました」

「俺から話すことはほとんどない。俺の親父は、あのことをずっと気にしてた」花島はピースの缶を開け、煙草を取りだしたが、すぐには火をつけなかった。

「お前の親父は大らかな人で、俺の親父の誠意が通じたらしく許してくれたそうだ。お前の親父が、お袋とのことでもめて、追っ手をかけられた時、ほとぼりが冷めるまで、うちの親父が匿ったという話だ。当時は何も聞かされてなかったから、俺は知らなかったんだけど。お前が学生の時にここに来たよな。親父に面倒をみてやれと言われた時は、なぜだと疑問に思ったよ。大学の自動車部なんかにいる車好きなんか、ナンパな奴ばかりだって思ってたから。実際、お前は調子のいい奴で、俺は好きにはなれなかった」

「俺、あの時も、花島さんの言われたことはきちんと守って働いてたと思いますが」

「お前は仕事熱心だった。だが、おしゃべりで、モテ自慢ばかりしてた。それが嫌でね」

俺は首を傾げた。「そんなこと言ってませんよ」

「言ってた」

それ以上、昔話はしたくなかった。

「俺の親父との関係を知ったのはいつです？」

花島がちらりと俺を見た。「ＭＧＴＤって車、知ってるよな」

「ええ。イギリスがアメリカに広めた、大衆向きのオープンカーですよね」

「親父が事故を起こしたのは、その車だった。親父が死ぬ前、俺が事故に巻き込まれたことがあったんだが、その時ぶつかってきたのもMGTDだった」

それがきっかけとなったのだろう、花島の父親は、俺の親父との関係を詳しく話したという。

「……それを聞いてなかったら、お前なんかとっくにクビにしてる」

「『瀧田家』の女将が、俺に親切なのは、花島さんがお願いしたからですね」

花島はゆっくりとうなずくと、事務机の引き出しを開け、鍵を一本取りだし、俺に投げてよこした。

「表にブルーバードが駐まってるよな。あれを貸すが、売り物だから、ぶつけたら承知しねえぞ」

「安全運転を守ります」

「そういうことを軽々しく言うところが気にいらんのだよ」

花島はそう言い捨てて、先に事務所を出た。

俺は工場を出た。借りた車は、ブルーバードSSS　アテーサ・リミテッドだった。色は薄茶色のセダンタイプ。五年ほど前に発売された、このフルタイム4WDには乗ったことがなかった。

どんな車でも初めて乗る時は、ぞくぞくする。

イグニションキーを回した。その直後、携帯が鳴った。登録されていない番号からだった。

携帯を繋いだが、声を出さなかった。

「豊さん」

宏美の声に違いなかった。嫌な予感がした。

「久しぶり」俺は落ち着いた調子で言った。

「………」

「五十嵐から連絡があったの？」

宏美はすぐには答えなかった。俺は宏美の言葉を待った。

「バンコク郊外の浜辺に、死体が打ち上げられたって知らせが入った」

宏美の声は冷静だった。すでに生きていることを信じていなかったせいだろうが、どんな形であれ、決着がついたことに胸を撫で下ろしているのかもしれない。

「自殺？」

「銃で撃ち殺されていたって聞いたわ」

「現地に行くの？」

「行かない」宏美は冷たく言い放った。「ちょっと会いたいんだけど」

「今どこにいるの？」

「家よ。ちょっと変なことがあって」

「何？」

「あの人が死んだって知らせが入ってすぐに、バンコクから手紙が届いたの」

「勇蔵から」

「筆跡は彼のものに間違いないけど、差出人の名前は違ってた」

「内容は？」

「ひとりで読む勇気がわいてこないの」

「香織ちゃんは？」

「お友だちの家族と江《え》ノ島《しま》に行ってる。あの子がいない時でよかった」

「警察は来た？」

「来てない」

警察は当然、勇蔵の妻である宏美のことを調べたはずだ。だが、事件と無関係だと分かれば、捜査対象から外したに決まっている。

「これから出られる？」俺が訊いた。

「ええ」

俺は会う場所として、防衛庁近くの小さな喫茶店を指定した。そして、尾行があるかもしれないと付け加えた。時間はゆとりをもって四時半に決めた。

車を表に出した。

勇蔵はマニラではなくバンコクで殺された。その間、勇蔵はどんな暮らしをしていたのだろうか。逃亡に成功した安心感から案外、優雅な生活をしていたのかもしれない。いや、そんなことはないだろう。あいつはそんな太い性格の男ではないし、逃亡を助けた連中に監禁されていたとも考えられる。

車をマンションの駐車場に入れたのは午後四時十分すぎだった。部屋には向かわず、川中に携帯で連絡を取った。事情を話し、もうしばらく部屋で待機するように告げた。そして、通りの角に立ち、指定した喫茶店の入口を見張った。六本木の交差点の方から宏美がやってきたのは、それから十分ばかり経った頃だった。

宏美が喫茶店に入った後も、その場を動かなかった。

尾行があれば、必ず分かる。さらに数分が経過した。不審な人物も車もいないようだった。

四

宏美は喫茶店の窓際の席に座っていた。窓にはレースのカーテンがかかっている。アイスティーが彼女の前に置かれていた。俺はトマトジュースを頼んだ。

服装は普段と変わりないが、髪をかなり切っていたので、一瞬別人かと思った。かなり窶《やつ》れている。五歳は歳を取ったような感じである。

尚子や佐和にしろ、澄子とその母親にしろ、置かれた立場もやっていることも違うが生気が漲《みなぎ》っているし、強かさも垣間《かいま》見える。

そんな女たちの相手ばかりしてきたから、余計に宏美が哀れに見えた。

慰めの言葉も吐きたくなかった。俺はトマトジュースを少し飲んでから小声で言った。

「香織ちゃんの、その後の様子は」

「塞ぎ込んでばかり。〝ルジェノワ〟ももう聴かなくなったわ」

俺は煙草に火をつけた。「手紙、見せて」

宏美がハンドバッグからエアメールを取り出し、俺に渡した。

黙って封を切る。

『宏美

僕は、悔やんでも悔やんでも、悔やみきれないことをしでかしてしまった。

今更、詫びても遅いが、本当にすまなかった。

僕は今、バンコクの郊外の村の一軒家に暮らしている。見窄《みすぼ》らしい家で、貧しい食事をあたえられているだけの、地獄のような生活を強いられている。自業自得だけど、下痢《げり》が続いていて、苦しくてしかたがない。四六時中、監視されているわけではないが、軟禁されていると言っていいだろう。ヨーロッパに渡らせると聞いているが、僕はまったく信用していない。ひょっとすると、殺されるかもしれない。

そうなったら君には何も伝えられなくなると思い、この手紙を書いている。

僕と一緒になってくれてありがとう。

本当は豊の方が好きだったのは知っていた。それでも、僕と一緒になってくれ、尽くしてくれた。そして、香織という宝を産んでくれた。

そんな大切なものを台なしにしておいて、この期《ご》に及んで、手紙を書くことすら、許されないことだろう。最悪だと分かっているけど、一言、気持ちを伝えたくて。

この手紙、近くに住んでいる少年に金を握らせて投函《とうかん》してもらう段取りはつけてある。だが、ちゃんと届くかどうかは分からない。

豊にも手紙を書き、君たちの力になってほしいと頼むつもりでいる。聞いてくれるかどうかは分からないし、豊への手紙も届くかどうか心配だが。

豊には、僕の知りうる限りのことを教える。もしも、豊に手紙が届かなかったら、彼にも心から詫びていたと伝えてほしい。

殺される前に、ここを脱出する計画だが成功をするとは限らない。仮に脱出できたとしても、君たちに会うことはないだろう。

さよなら』

手紙を読み終えた俺は、封筒には戻さず、テーブルの上においた。

「大したことは書かれてない。読んでみたら」

宏美はおずおずと手紙に手を伸ばした。

俺は窓の外に目を向けた。外は白い光に満たされていた。

あれだけ迷惑をかけておきながら、日本に残した家族の力になれ。よく言うよ。俺は本気でむかっ腹が立った。しかし、宏美と香織に罪はない。

そんなことよりも、俺に宛《あ》てて書いた手紙のことが気になった。

勇蔵はどこまで事件の真相を知っていたのか。道具に使われただけの奴が耳にしたことなどたかがしれているのでは。

期待はしていないのに、一刻も早く手紙を読みたい。しかし、逸《はや》る気持ちを抑えた。アパートが見張られていたら面倒なことになる。

何か方法を考え出さなければ……。

宏美が何か言った。だが、俺の耳には聞こえていなかった。

「どうかしたの？」

「何でもない」俺は顔を作って宏美に微笑みかけた。

「私にとって、最高の手紙ね」宏美の言い方には棘があった。

宏美は窓の方に視線を向けた。光が眩しいのだろう、目を細めた。

「あの人らしい手紙。情けない。けど、却って、気持ちが少しすっきりした。生きていて日本に強制送還され、こっちで逮捕されたら、私と香織はまた晒し者になるだけだった。そう考えると、この結末でよかった」

宏美の気持ちは分かる。だから、俺は何も言えなかった。

俺は腕時計に目を落とした。午後五時少し前だった。席を立ち、店の電話機に向かった。

常井観光開発の佐山に繋がった。

佐山は午後八時に躰が空くと言った。

「じゃ、新橋のＳＬの前で待ち合わせましょう」

「新橋まで行く時間はない。その後で用がある。知り合いの事務所が麻布十番にある。そこで会いたい」

「小宮山さんの事務所でですか？」

「君は何でもお見通しなんだな」佐山が落ち着いた調子で言った。

「俺を何とかしようなんて考えない方がいいですよ。すでにしっかり手を打ってありますから」

「ともかく、そこに来てくれ」

席に戻った俺は宏美に微笑みかけた。「まっすぐに家に戻るのか」

「どこかで飲まない？」

「俺は今から自分のアパートに行ってみる」

「手紙を取りに行くのね。付き合うわ」

俺は、今置かれている自分の立場を説明した。「……アパートを監視している奴がいたら面倒なことになる。だから、まず、そういう連中がいるかどうか調べに行くんだ」

「車に乗っててもいいでしょう？」

宏美は、このまま引っ越したマンションに戻りたくないらしい。

「分かった」

俺は宏美を喫茶店に待たせ、車を取って来てから、店の前まで戻った。川中には知らせなかった。川中が一緒だと目立つ。助手席に女を乗せている方が、敵の目をいくらか欺《あざむ》きやすくなるだろう。

車中、宏美は、大手ビール会社社員だった父親のコネで、外食産業の会社で経理として勤めることになっていると言った。親の支援もあるから、香織が名門中学を辞めることはないという。

四十五分ほどでアパートの近くに着いた。

アパートの前の通りには軽トラが一台駐まっているだけだった。誰も乗っていない。

アパートを少しすぎたところで車を停めた。

「ここで待ってて。郵便ポストを見てくるから」

「私が行く。もしもどこかで見張られたら、あなたに何か起こるかもしれないもの」

「相手が香織ちゃんを誘拐した連中だったら、女房の顔も知ってるよ」

「髪型、大きく変わったでしょう。写真を見たぐらいじゃ、分からないわよ」宏美はそう言って、バッグからサングラスを取り出した。「あなたは香織を救ってくれた恩人よ。これぐらいの恩返しはしたい」

俺は宏美をじっと見つめた。

「ポストはどこにあるの？」

「一階の右側。二〇二号室。鍵なんかかかってない」

宏美が車を降り、アパートに向かった。俺は車をUターンさせ、スクラップ工場に沿ったところに駐めた。そこからならアパートの出入りがよく見える。

ややあって宏美が表に現れた。車を見つけると駆け寄り、助手席に乗った。

「まだ届いてないみたい」

「確かか」俺の声が鋭くなった。

「ちゃんと調べたわ」

「ポストの中が漁られた跡はなかった？」

「よく分からないけど、新聞が突っ込まれてて、誰かがいじった感じはしなかった」

「送ろう」

「これからどうするの？」

「人に会う」俺は車をスタートさせた。

宏美は親許に行くと言ったので、白金まで送ることにした。

京葉道路を走りながら川中に連絡を取り、遅くなった理由を説明した。そして佐山と会う場所を教えた。

「やばいな、それは」川中が低い声でつぶやいた。

俺は川中と落ち合う場所を決めた。

「あんたが借りた車の種類は？」

俺は車種だけではなく色と番号を告げ、電話を切った。

「氏家君、今やってることを中止できないの」しばらく黙っていた宏美が口を開いた。

「ここまできたらね」

「そこまでやるのは、元の奥さんのため？」

戸惑った俺は、ちらりと宏美を見た。そして思いつきでこう言った。「厄払いなんだ」

「厄払い？」

「勇蔵も同じだけど、俺は本厄の年なんだ。この難関を突破できれば、運が開ける気がする」

「誤魔化さないで、本当のこと言って。変な意味じゃないけど、私、あなたまで失ったら

「……」

「尚子……俺の女房、尚子って言うんだけど、俺は彼女に五千万の借金がある。あいつはしっかりしてるから、取り立てようとしてくるだろう。けど、兄貴を殺した奴を見つけ出せたら、すぐに返せとは言わないはずだ。それに、あいつの兄貴には可愛がってもらった。他にも引かない理由がある。勇蔵は、君にとってはひどい旦那だったには違いないけど、俺の友人だったことに変わりはない。もう後戻りはできない」

「………」

「だけど、限界にはきてる。もうしばらく動いてみて何も摑めなかったら、手を引くしかないだろう」

「早くそうなってほしい」宏美が独《ひと》り言《ごと》めいた口調で言った。

白金に着いた頃には、陽は沈み、夜の帳《とばり》が下りていた。

川中とはロアビルの前で待ち合わせをした。七時十五分すぎ、川中を拾って六本木交差点に向かった。

「車は川中さんに預ける。今度は、あんたがビルの入口を見張っててください」

佐山の写真は手に入れてないので、川中に特徴を教えることはできなかった。

「同じ場所に駐めてると気取《けど》られるかも」

「その辺は上手にやってください」

芋洗坂の途中で俺は車を降りた。ブルーバードが走り去った。しばらくしてから川中から連絡が入り、どこに駐めたか知らせてきた。

麻布十番商店街に入り、途中で右に曲がった。ブルーバードはコンビニの近くに駐まっていた。

およそ三十分早く、小宮山の事務所に着いた。階段を使って三階に上がった。

小宮山企画の前に立つと、辺りを見回してからドアに耳をつけた。

しゃべり声が聞こえたが何を言っているのか分からなかった。

インターホンを鳴らした。ドアチェーンが外される音がした。

小宮山の腫れぼったい目が俺を見つめた。

衝立《ついたて》があるので、内部の様子はまるで分からない。

小宮山の丸っこい顎が上がった。「あんたが藤倉ね」

「〝さん〟をつけてもらいたいね」

「偽名に〝さん〟をつけるほど、俺は間抜けじゃない」

「俺の正体を知ってる。教えてくれてありがとう」

小宮山の右頬が歪んだ。俺はそれを無視して、衝立の向こう側に回った。

安物の三点セットのソファーには、六十ぐらいの男が足を組んで座り、煙草を吸っていた。地味なスーツを着た、どこにでもいるサラリーマン風の人物だった。度の強い黒縁の眼鏡をかけていた。彼の横にステッキが立て掛けてあった。

「佐山さん、お怪我でもなさったんですか？」俺は、彼の顔を知っているような振りをした。

「ぎっくり腰でね」佐山は俺の顔を見ずに答えた。

「川中は元気にしてるのか？」小宮山が訊いてきた。

「あれ以来、ビビって俺には近づかない」

「あんなオイボレに騙されるなんて。油断しちゃいかんな」

「どうぞ、氏家さん」佐山が椅子に目を向けた。

俺は佐山の前の椅子に腰を下ろした。小宮山は、俺の背後に置かれた自分のデスクに躰を預けた。

「小宮山さん、佐山さんの隣に座ってくださいよ。背中が寒いから」

小宮山は言われた通りにした。

「用件は何だ」佐山が抑揚のない声で言った。

俺は小宮山に目を向けた。「藤倉善治郎は殺された。そうでしたよね」

「俺が殺したんじゃない。それは川中にも分かってたはずだ」

「死体を隠した理由を知りたい。事件になると、尻に火がつくからですか？」

「お前は馬鹿か。普通、死体を隠すのは殺した人間だよ」

「そうですね。でも、あんたかあんたの仲間が隠した」俺は何の証拠もないのに言い切った。

「小宮山さん、この男は何の話をしてるんだ。藤倉善治郎が死んだとは聞いてたけど」

佐山が口をはさんだ。驚いたような表情だったが嘘くさい。

「佐山さん、常井観光開発と神尾源一の関係が分からない。それが知りたくて」

佐山が煙草を消した。「帰らせてもらうよ。私は藤倉善治郎の息子に会いにきた。でも、あなたは偽者《にせもの》。話しても意味がない」

「明日にでもお宅にお邪魔して、お話を伺いたいですね」

「君の目的は金か」

「目的ね。いろいろです。ともかく、神尾源一に不正な献金がなされた。それに藤倉善治郎が絡んでた」

「それが私とどう関係があるんだ」

「分かりません。だけど、あんたは小宮山さんと親しい。小宮山さんが不正献金に深く関係してるのはほぼ間違いないことです」

「この人とは代議士の秘書だった頃からの付き合いがある。だが、それだけのことだ。藤倉とは、小宮山さんが、横浜市保土ケ谷《ほどがや》区の土地のことで、彼に会ってほしいというので一度会っただけだ。いい話だから検討しようとしていた矢先に、藤倉が死んだと聞き、そして君が息子だと言って電話してきた」

「小宮山さんは今泉秀晃の私設秘書だった。佐山さんは今泉の愛人の娘とも付き合いがある。これからじっくりと探らせてもらいますよ」

「あんたはとんでもない勘違いをしてる。神尾先生は、不正献金など受け取っておらん」

小宮山が威厳《いげん》をもった口調で断言した。

「総裁選には金がいるでしょう？　神尾源一の父親、万作は金集めの名人だったそうじゃないですか？　父親があくどかったから、息子は清貧《せいひん》な政治家になったんですか？」

「調子に乗りすぎだぞ。そんなことをしてたらどうなるか……」

すごんだ小宮山を止めた佐山が俺に言った。「常井観光開発は神尾先生を支持している。それは新聞記者だって知ってることだ。本当のことを言おう。私が君に会う気になったのは、藤倉善治郎が神尾先生を失脚させるために使われてた男だと聞いたからだ。その息子と名乗る人物が、どんなことを言うか私は興味を持ったんだ」

佐山の言っていることは、根も葉もないことなのだろうか。佐和は、神尾の不正な資金源を調べていて、かなりの証拠を摑んだようなことを言っていた。その佐和が藤倉と彼のアパートで会っていた。藤倉が佐和のスパイだったという可能性は十分にあり得る。

「佐山さんは正直な人かもしれないですね」俺は淡々とした口調で言った。

佐山は目を瞬かせ、小宮山を見た。

「この男は信用できませんよ、部長」

「富沢さんも殺されてる。あの男は、俺の友人だった五十嵐勇蔵と組んで、何十億という金を不正に銀行から引き出していた。その金の一部は薬丸興産に流れたが、他の金は誰の手に渡ったんでしょうね。いろいろなところを経由して結局、神尾のところに行き着いたか、まさに渡ろうとしている」

「君は、質問する相手を間違えてる。私は一介のサラリーマンだよ。そういう話は、神尾先生じゃなくても、然《しか》るべき人間にすることだろうが」

「会社のために不正に加担し、お縄になるなんて馬鹿くさいと思いません？」

「うちの社は、正規の手続きを踏んで献金してる。これ以上、私につきまとったら、お縄になるのは君だ」

　佐山はステッキを握ると、ゆっくりと立ち上がり、無言で去っていった。

　部屋に沈黙が流れた。

「あんたは帰りな」小宮山がねっとりした調子で言った。

「小宮山さん、大内佐和は本気ですよ」

　小宮山がじろりと俺を見た。「あの雌狐にたぶらかされたんだな」

「俺はあんたも、あの女も信用してない」

「あんたみたいな若造は、そう思ってても、ああいう別嬪には知らぬ間にいいように扱われてしまうもんだよ」小宮山は鼻で笑って腰を上げた。

俺は首を巡らせ、小宮山の様子を窺った。

小宮山はデスクの上に置いてあった茶封筒を手に取り、俺の後ろに立った。

茶封筒がテーブルの上に投げられた。

封筒の口から札束が顔を覗かせていた。

「五十、入ってる。佐和を操ってる人間がいるはずだ。それを探り出してくれたら、もっともっと払ってやる」小宮山が言った。

「………」

「嫌ならそれでもいい、余計なことに首を突っ込まずに、その金でしばらく休息を取って、本来の仕事に戻りな」

「たった五十万で、殺人に加担するのは、中国や東南アジアの連中ぐらいだよ」

「殺人？」

「あんたらは佐和を消すつもりだろう？」

「〝あんたら〟ってどういう意味だい。俺は殺人になんか加担したことはないし、これからもしない。藤倉善治郎を殺ったのは大内佐和本人か、その仲間だよ」

俺はゆっくりと立ち上がり、小宮山を見つめた。「俺は五千万の借金がある。その半分でも、ここに積み上げてくれたら、小宮山さんの子飼いのイヌになるよ」

「あんた、世の中を舐めきってんな。バブルのせいで、あんたみたいな若造が増えた。そういう奴らが十年後、日本社会の中枢を担《にな》うことになったら、日本の将来はお先真っ暗だな」

俺は小宮山を見つめ、拍手を送った。「日本の将来を憂う。議員バッジをつけて、そんな演説できたらよかったのにね」

「この小僧……」小宮山がいきなり俺の胸ぐらを摑み、締め上げた。

俺は思いきり、頭突きを食らわしてやった。

小宮山は、うっと呻いて、頭を両手で押さえた。躰が左右に揺れていた。

俺は一言も言葉を発さず、事務所を出た。

すぐにはブルーバードには近づかなかった。新一の橋の方に歩き、協和埼玉《きょうわさいたま》銀行角を左に曲がった。不審な人間も車もいないようだ。

ぐるりと回ってブルーバードに近づいた。

「どうだった？」

「大した成果はなかった。佐山は途中で帰ったし……」

「佐山が帰った？」川中が舌打ちした。「わしは佐山の顔を知らない。だけど、それらしい男は見なかったな」

「佐山はステッキをついてた」

「ステッキをついた男だったら見逃すはずはない。佐山はビルから出てきてないよ。裏の階段から降りたとしても、ビルの入口の横に出てくるしかない。ステッキの男？　絶対に見てない」

佐山はどこからか抜け出したのか。いや、奴らは同じビルの中に部屋を借りていると考えた方が自然だろう。

俺たちは様子を窺うことにした。

一時間以上動きはなかった。小宮山の事務所の灯りは点ったままだった。

「おう、お出ましだぜ」

川中に言われなくても、俺も気づいた。

佐山はひとりではなかった。尚子の会社の児玉庄一が一緒だった。俺は、連れが誰だか川中に教えた。

佐山たちは、ビルの角を左に曲がった。一方通行の道だが、俺たちのいる通りからは入れる。川中が、彼らの消えた通りが見える場所まで車を移動させた。

児玉のBMW、通称〝六本木カローラ〟の尻が見えた。彼らが車に乗り込んだ。

「尾《つ》けよう」俺が言った。

児玉の〝六本木カローラ〟は麻布地区の細い道を走り、外苑西通りに出た。向かった先は泰平総合研究所の入ったビルだった。

そこでは三十分ほど待たされた。

途中でふたりとも煙草を切らせた。俺がシケモクをくわえた時、男がひとりビルから姿を現した。

猿顔の背の高い男で、爺さんでもないのに猫背気味だった。ちょっとジェームズ・コバーンに似ていないでもなかった。

男は目の前に駐まっていたフォルクスワーゲン・ビートルに乗った。

「あいつの行き先が知りたいな」俺がつぶやくように言った。

「泰平総合研究所から出てきたとは限らんだろうが」

「他に考えられない」

ビートルが走り出した。川中が慌ててエンジンをかけた。

かなり長い尾行となった。

ビートルが早稲田《わせだ》通りに入った時、閃《ひらめ》いた。

「神尾源一の自宅は上落合《かみおちあい》二丁目だよ」俺はつぶやくように言った。

「あんたの勘、当たってるかもしれんな」

果たして、ビートルは上落合の住宅街に入っていった。

このまま尾行を続けてると相手に勘づかれる。しばらく時間を置いてから、周辺を回ってみた。ビートルが長いコンクリート壁の縁に寄った。その先に鉄製の門があり、脇に警備小屋があった。

表札を確かめる必要などないだろう。

ビートルの男は、神尾の側近に違いなかった。特徴を佐和に訊けば誰だか分かるだろう。

早稲田通りにブルーバードが戻った。俺は佐和の携帯を鳴らした。しかし、出なかった。会社にもかけてみたが結果は同じだった。

昨夜、佐和は狙撃された。念のために自宅に寄ってみることにした。

川中は俺の指示通りにした。途中で彼の手が灰皿に伸びた。俺は長めのシケモクを川中に渡し、火をつけてやった。

佐和のマンションに着くと、俺だけが車を降りた。エントランスでインターホンを鳴らしたが応答はなかった。

事務所にも行ってみた。しかし、結果は同じだった。駐車場に降りた。フェラーリもプジョーも所定の場所に駐車していた。

俺たちは、煙草を買って乃木坂のマンションに戻った。

川中は缶ビールを呷《あお》るようにして飲んだ。俺はウイスキーにした。もう一度、佐和に電話をしたが応答はなかった。

尚子に電話をする。家に戻っていたが、寝てはいなかった。

「忙しくて電話できなかったんだけど」先にそう言ったのは尚子だった。

「何かあったのか？」

「児玉から辞表が郵送されてきたの。昨日までは普段通りに働いてたのに」

「もう君の会社にいる必要はなくなったってことだな」

「ほっとしたわ」

「盗聴器はどうした？」

「調べたけどなくなってた」

「児玉の仲間が会社にいるかもしれない。気を抜くな」

「明日、専門の業者を呼んで盗聴器があるかないか調べさせるつもり」

迅速《じんそく》だ。改めて尚子の変わり様《よう》に俺は驚いた。

「ところで、君は真大組の組長とは面識があるよな」

「あるわよ。兄貴の友だちだったんだから」

「名前は？」

「真中《まなか》よ」

「真中組長の自宅の住所や電話番号を知ってるか」

「住まいは代々木よ。電話番号は兄貴の手帳には載ってると思うけど、あんた、組長に会うつもりなの？」

「できたら会わずに電話ですませたいね」

「どんな用があるの？」

「いろいろ訊きたいことがある」

尚子が鼻で笑った。「簡単に言うわね。温厚そうに見えるけど、真中さん怖い人だし、電話になんか出ないわよ」

「君が電話したら出るだろう？」

「ちょっと待ってよ」尚子の声色が変わった。「うちの会社、これからは危ない人間とは一切、関わらない。それが会社の立て直しの第一歩。いくら知り合いだからって言っても、相手はヤクザよ。借りは作りたくない」

「分かった。じゃ、住所と電話番号だけ調べて俺に知らせて」

「進展があったのね」

「痒いところに手が届かない。そんな感じが続いてる」

尚子がくくくっと笑った。「あんた、私に背中を掻かせたこと何回もあったね。ああいうことさせられるのすごく嫌だった。老夫婦みたいでね」

「悪かったな、お休み」

俺は優しく言って電話を切った。そして、煙草に火をつけた。

「聞こえてたけど、あんた、頭がどうかしたんじゃないのか。真大組の組長に何を話すんだい？」

「先代の話を知りたいんだ。親父と、俺の母親を争った相手だから」

「それを理由にして探りを入れようってわけか」川中は呆《あき》れた顔をして新たな缶のプルトップを引いた。

「まあね」

「時間の無駄だな。あんたが何を言おうが、脅しどころか圧力をかけたことにもならんよ」

俺は大袈裟に肩をすくめて見せた。

澄子から電話がかかってきた。

「どう住み心地は」

「とても快適です。ありがとうございます」

「ちょっと寄っていい？　あなたの相棒の顔も見ておきたいし」

「お待ちしてます」

「女将にはちゃんと挨拶してなかったな」そう言いながら、川中は湯を沸《わ》かし始めた。

「カップラーメン食べるか」

「ええ」

俺たちがカップラーメンを食べ終えてすぐに、澄子がやってきた。手にデパートの紙袋を持っていた。

川中が床に正座し、礼を言った。

澄子は型通りに受けてから、壁を背にして腰を下ろした。

「あなたのお友だちのこと、ニュースで知ったわ。五発も躰に銃弾を受けて死んだんだってね」

「犯人は捕まったんですか？」

澄子は俺の質問にびっくりしたようだった。「ニュース視てないの？」

「殺されたことは、あいつのカミさんから聞きましたけど、ニュースを視る暇がなくて」

「犯人とおぼしきタイ人も自宅で殺害されたそうよ」

真大組が関与しているのだろうが、日本の警察は外国での捜査は苦手。勇蔵の事件の犯人は挙がらないかもしれない。

俺は尚子と会ったことや、勇蔵が俺に手紙を出したことなどを澄子に教えた。

「その手紙を読めば、一連の事件の真相が分かるかしらね」澄子がつぶやくように言った。

「当てにはできません。深い闇の奥まで、あいつが知ってたとは思えませんから。そんなことより女将さん、神尾源一の秘書或いは側近を知ってます？」

「いいえ。あの方、うちに見えたことはありますけど、秘書とかには会ったことはないわね」

　それでも俺は、泰平総合研究所から神尾の自宅にすっ飛んでいった男の特徴を教えた。女将は知らないと答えた。

　俺は話を佐和のことに振った。

「前に今泉の娘の話をしましたよね。ひょっとすると、拉致されたか殺された可能性があります」

　澄子は口をあんぐりと開け、目尻をゆるめた。「何か証拠でもあるの？」

「ありませんが、彼女が狙われてるのは確かな上に、今夜は電話が繋がらない」

「それが神尾一派と関係があるっていうの？」

「手を出したとしたら、真大組の息のかかった人間でしょうけど」

「もう止めはしないけど、大変なことになるかも」澄子は溜息をつき、川中に視線を向けた。

　ぐんと年上の川中が止めないことを暗に批判しているような目つきに思えた。

「女将さん、氏家君は我が道をゆくタイプの男ですよ」川中がそう言って、澄子から目を逸らした。

「私、そろそろ帰るわね。花島さんに言われてあなたの着替えをそろえてきたわ」そこまで言って、澄子は川中を見た。「ごめんなさい。あなたの分は用意してないんです」

「とんでもない。こんな爺さん、何を着てても同じですから」

澄子は曖昧な笑みを浮かべて立ち上がった。

澄子が去ってから紙袋を開けた。Tシャツ、ポロシャツ、開襟《かいきん》シャツの他に靴下やパンツまで入っていた。

「あんたには応援団がいる。それだけでも気強くなるだろう?」

俺は目を閉じ、小さくうなずいた。


次の日もよく晴れた、蒸し暑い日だった。

俺は佐和の事務所に電話を入れた。社員が出て、社長は熊本《くまもと》に仕事で出かけていると答えた。

真っ赤な嘘だろう。しかし、佐和が自ら姿を隠した可能性も出てきた。拉致された後、無理やりそう言わされたのかもしれないが。

昼のニュースで暴力団員が警官の職質を振り切って車で逃走した事件を報じていた。逃げた車は、板橋《いたばし》で検問に引っかかった。だが、相手は検問を突破しようとしたという。しかし、あえなく御用になった。車には三人の男が乗っていて、車内から覚醒剤が見つかった。男たちの名前の中に中谷弥太郎の名前があった。ハンチングの男である。

「この間の当て逃げ事件でも訴追されるな」川中が言った。

「五十嵐の娘の誘拐や俺の拉致のことは口を割らないでしょうね」

「当然だろう。でも、その方があんたにとっては都合がいいじゃないか」

「確かに」

一時少し前、尚子から連絡があった。

住所と電話番号を知った俺は、すぐさま、真大組の組長、真中太《ふとし》の自宅にかけた。情けないことに掌に汗を掻いていた。

野太《のぶと》い声の男が出た。組員だと思ったが本人だった。

「私、死んだ富沢さんに可愛がってもらっていた氏家豊と申します。組長にお話があるんですが」

「話って何です?」真中は一呼吸おいて口を開いた。

「私の親父と、組長のお父さんが、若い頃、或る女を巡って争った話はご存じでしょうか?」

「あんたは、富沢さんの妹と結婚してた男だね」

「ええ」

「話の本筋は違うところにあるんじゃないのか」真中はあくまで落ち着き払っていた。

「本筋はあくまで、私の父にまつわるエピソードです。争った女というのは私の母ですから」

「今から私のところに来られるか」

「三十分以内に。住所は分かってます」

「代々木高校の真裏だ」

電話を切った俺を川中が心配そうに見つめた。

「そんな顔をしないでくださいよ」

「向こうから会おうと言ったんだよな。変だよ」

「自宅でことを起こすはずはないでしょう?」

「身なりをきちんとしていった方がいいぞ」

「スーツをアパートに取りに行く暇はないですよ」

俺は、澄子が届けてくれた黒いポロシャツを着た。ジーンズはずっと穿いたものしか持っていなかった。

タクシーを使うことにした。井《い》ノ頭《かしら》通りを走らせ、代々木高校の裏手の道に入った。その界隈では一際目立つ数寄屋造りの家が見えてきた。頭に瓦《かわら》を載せた建仁寺垣《けんにんじがき》風の塀の至るところに監視カメラが取り付けられていた。住宅街の一角。表に柄の悪い男たちが立っているようなことはなかった。

玄関前でタクシーを降りた。車寄せの奥に門があった。門扉《もんぴ》は黒い鉄板。馬鹿でかくて、高さもかなりあった。刑務所を連想させる堅固な造りだった。娑婆《しゃば》にいてもこういうところに住まなければならない。ヤクザも大変な仕事だと改めて思った。

インターホンを鳴らした。応答に出た女に名前を告げた。

ややあって門扉が自動で開いた。

目の前に黒い服を着た男がふたり待っていた。俺は彼らに挨拶をしたが、相手は口を開かなかった。身体検査をされた後、日本風の庭の真ん中の道を母屋《おもや》に向かって歩いた。

玄関の式台の向こうに、立派な虎の絵が飾ってあった。

俺は庭の見える応接間に通された。

芝生《しばふ》の向こうにサルスベリが赤い花をつけていた。

応接間には幅の広い屏風《びょうぶ》が飾ってあった。絵柄は花鳥風月《かちょうふうげつ》。古伊万里《こいまり》の絵皿、青磁《せいじ》の壺《つぼ》も見受けられた。もっとも、俺は骨董《こっとう》など門外漢《もんがいかん》だから、自分の判断に自信はまるでなかった。

茶を運んできたのは女ではなくパンチパーマの男だった。

ほどなくライトグリーンのジャケットに白いズボンを穿いた男が現れた。口髭を生《は》やした細面《ほそおもて》。ほどよく焼けた肌は艶々《つやつや》している。富沢の高校の同級生というのだから四十五歳だろう。しかし、それよりも少し上に見えた。

俺は立ち上がって自己紹介した。

「真中です」

組長が座ってから、俺は再び腰を下ろした。

「で、君のお父さんの何が知りたいんですか？」

「母は私が小さいうちに死んだので、よく覚えてないし、親父の武勇伝も知りませんでした。本当は、組長のお父上にお伺いしたいのですが、ご病気と聞いたものですから、組長がご存じのことだけでも聞きたいと思いまして」

「その話、誰に聞いたんです？」

「『瀧田家』の大女将からです」

「大女将がねえ」真中が意味ありげに笑った。

「何かあるんですか？」

「何もないよ」

「私の母親は、あなたのお父さんと付き合ってたんですか？」

「大女将は何て言ってたんですか？」

「それはないって」

真中組長は俺をじっと見つめた。「ひょっとしたら、あんたのお母さん、私の義母《はは》になってたかもしれない。私のお袋は、君の母親みたいに、私を産んですぐに病死しましてね」

やはり、母は、目の前にいる男の父親と関係を持っていたらしい。だがショックなどまったくなかった。疑問が解けて、却ってすっきりした。

「話は違うが、氏家さん、君が富沢の死体を発見したそうだね」

「ええ」

「ドスが使われたものだから、殺ったのは暴力団の人間だと警察は決めてかかっている。だが、私の組の者ではない。私は富沢の友人で、お互いに助け合ってきた。組の若いのが殺ったとしたら、私が許さない」

真中の表情はあくまで優しく、話し方も落ち着いている。それが却って怖かった。

「私の友人、五十嵐勇蔵は富沢さんと組んで不正融資をやっていた」

「らしいね。君の友人、バンコクで殺されたそうだな」

「自業自得です」

「君は案外冷たいんだな」

「不正な金の融資先は薬丸興産って会社だった。でも、それだけじゃないようです」

真中は茶を啜った。「弁護士の話だと、そろそろ私は逮捕されるらしい。薬丸に渡った金が私の組と関係のある会社に流れたことでね。警察は、何が何でも私を挙げたいんだよ。他の融資先ってどこか君は知ってるのか」

「知りません」

「君が知ってるわけないよな」

「それより富沢さんを殺した人間は誰だったんでしょうね」

「さあねえ」

真中がにやりとした。毛虫が二匹くっついたような口髭がかすかに動いた。

「私は親友を亡くした。君と同じようにね。あいつは大内佐和という女に騙されたらしい」

「どこからそんな情報が組長に」

「愚問だよ、愚問」真中が声にして笑った。

「五十嵐勇蔵の娘が誘拐されたことが七月の初めにありました。そして、私自身が拉致監禁された。あれは組織に関わる者の犯行だと思えるんですけど」

「ヤクザの組織といっても、昔と比べるとかなり様変わりしてる。組にちょっと草鞋《わらじ》を脱いだだけで、組員のような顔をする者も増えてね。警察はそういう連中を狙いうちにしてる」

組長は中谷弥太郎らの逮捕のことを念頭においてそう言ったのかもしれない。

「今、話に出た大内佐和ですが、行方が分からなくなってます」

組長が口髭を指で撫《な》でた。「それが私と関係があるのかな」

「組長に情報を提供したにすぎません」

「富沢を殺した奴にやられたかな」真中はあっさりと言って躰を起こした。「他に話がなければ、お引き取り願おうか」

俺はうなずき、腰を上げた。「お忙しいのに会っていただき、ありがとうございました」

真中がじっと俺を見つめた。「君の顔を見られてよかった。逮捕された後じゃ会えんからね。あまり無茶はせんことだ」

俺はまた柄の悪い男ふたりに付き添われて門まで歩いた。

代々木高校のグラウンドの方から金属バットで球を打つ音が聞こえ、かけ声がそれに続いた。空はあくまで高く青かった。

俺は井ノ頭通りまで歩いた。かなりの汗を掻いた。暑さのせいばかりではないようだ。

暴力団の組長とサシで会うなんて初めて。相手は大人しい男だったが緊張していたのだ。

それにしても、あの男の態度は変だった。澄子の母親の話が出た時、含み笑いを浮かべた。そして、別れ際には〝君に会えてよかった〟と言った。

向こうから家に来いと言ったのには、それなりの理由があったのか。

俺の母親は真中の父親と関係があった。ということは……汗がさらに噴き出した。

考えたくないことが頭をよぎったのだ。

自分の本当の父親が真中の親父だったとしたら……。

飛躍しすぎている。だが、真中はなぜ、俺を家に招き、ああいう態度を取ったのか。

一連の事件に真大組は深く関与している。中谷弥太郎のような下っ端は真相など知る由もないから、あいつが逮捕されても、組長に累が及ぶ心配はないだろう。しかし、大内佐和の狙撃事件も、あの組が関係しているはずだ。そして、それらの事件は神尾源一に対する不正献金に関係しているに違いない。

薬丸興産への不正融資は直接、真大組に繋がり、富沢の側近だった柳生専務の逮捕もそれに関連している。真中組長は逮捕されるだろうと自らが言った。しかし、神尾との関係は知らぬ存ぜぬを通すだろう。経済事件ですめば、彼にとっては御の字。そう腹をくっているように思えてならなかった。塀の向こうでも、組長の待遇は悪くないから、実刑を食らっても平気に違いない。

俺は澄子に電話を入れた。彼女は家にいた。真中に会ったことを話すと、澄子は絶句した。

「……本当は大女将に伺うことですが、まずは女将に話さないと、と思って電話しました。今、富ヶ谷《とみや》の交差点にいるんですが、ちょっとだけでもお会いできますか？」

「そんなに時間はないけど、じゃ、うちに来て」

俺はタクシーで四谷三丁目に向かった。

俺を迎え入れた澄子は紺色のスーツ姿だった。

「母に話があるってどういうこと」ソファーに腰を下ろした澄子は煙草に火をつけた。

俺は、真中と会った時のことを詳しく伝えた。

「組長は、何らかの理由があって俺の顔を見たかった。そうとしか思えないんです」

女将の目が泳いだ。澄子が俺の前でうろたえた姿を見せたのは、これが初めてだった。

「大女将の話だと、俺のお袋は、言い寄っていたヤクザと関係がなかったということですが、組長はそうではないと暗に言ってました。真中組長に嘘をつく理由はさしあたり見当たらない」そこまで言って俺は一呼吸おいた。「ひょっとして、俺、真大組の先代の子じゃないかって思ったんです」

澄子が力なく笑った。「確かに母は嘘をついたわ。あなたに、お母さんがヤクザと関係があったなんて言いにくいでしょう。でも、あなたは先代の子じゃないわ」

「どうしてそうはっきり言い切れるんです？　女将は詳しいことは何も知らないんでしょう？」

「そうだけど、母から、そんな話は一度も聞いてないもの。母が私に隠すはずないでしょう？　氏家君、少し休んだ方がいいわ。突拍子《とっぴょうし》もない発想が生まれたのは、一連の事件を追っかけてることと無関係じゃないって思う。何でも疑ってかかるようになったのよ。あなたが真中さんの息子？　あり得ないわよ」澄子は涼しげな声で否定した。

「お母さんに確かめてもらえますか？」

「いいわよ。母に会わせてあげてもかまわない。けど、急ぐことじゃないでしょう？」

「もちろん」

居間の入口に置かれた電話が鳴った。澄子が立ち上がった。

「……今から銀行に寄って、それから回るところがあるの。明日にしてって言っておいて」

店からの電話だったらしい。

「もういいわね」

「ええ。それじゃ俺はこれで」

「一緒に出ましょう」

澄子がソファーの後ろに置いてあったバッグを手に取った。黒い書類鞄。厚めのバッグだが膨れていなかった。

「企業のトップみたいですね」

「一応、私、経営者ですから。あ、そうだ。忘れ物があったわ。ちょっと待ってて」

澄子は鞄をソファーに置き、奥の部屋に消えた。戻ってきた澄子の手には茶封筒が握られていた。

ソファーに浅く腰掛け、キーホルダーを取り出した。そして鍵を選んだ。

俺の目はキーホルダーに釘付けになった。

澄子が選んだのは鉄色の小さな鍵だった。富沢が殺された夜、社長室で見たものとそっくりである。

　似たような鍵はごまんとある。気にするようなことではないだろう。俺は自分の考えをすぐに打ち消した。

　澄子の向かった銀行は赤坂にあった。

「氏家君、余計なことを考えないで、早く花島さんのところに戻りなさい」

　柔らかな笑みを残して澄子は銀行に入っていった。

　マンションに戻ると、川中は居間のど真ん中に寝転がり、煙草をふかしていた。ラジオがついていて、森高千里《もりたかちさと》の『私がオバさんになっても』が流れていた。

　川中が上半身を起こし、ラジオを切った。

「無事だったな」

「相手はとても紳士的でしたよ」

　俺は居間の中央に座り、膝小僧を抱いた。そして、何があったかを掻い摘んで話し、真中組長の印象も教えた。

「わしには何とも答えられないけど、あんたの予感が当たってたら、今頃、暴力団の幹部だったかもな」

「変な冗談言わないでくださいよ」

「冗談じゃない。そうだとしたら、組長があんたを優しく迎えたのもうなずける」

「真相が何であろうが、俺は動揺したりはしないし、俺の親父はあくまで、トランペッターだった男です」

澄子の鞄のキーのことがちらりと脳裏をよぎった。しかし、口にはしなかった。

宏美の実家に着いたのは午後八時すぎだった。

居間に俺を通した宏美はコーヒーを用意して戻ってきた。

「香織ちゃんは？」

「いるわ。でも……」宏美が目を伏せた。

俺の顔も見たくないのだろう。五十嵐のやったことを、受け止められる力が、中学生の香織にあるはずはない。いや、少女でなくても心模様は同じだろう。

午後六時すぎ、川中と出前の鮨を食っていた時、宏美から連絡が入った。俺の代わりにまたアパートまで行って勇蔵からの手紙が届いていないか調べてくれたのだという。手紙は届いていた。

一刻も早く読みたかったが、宏美の都合もあるので、この時間に彼女の実家を訪れることになったのだ。

宏美がジーパンの後ろポケットからエアメールを取り出した。

宛名書きを見ただけで勇蔵の筆跡だと分かった。差出人は、宏美が受け取った手紙と同じように、別人名義だった。一日遅れて着いた理由は知る由もないが、どうでもいいことだった。

深く吸った息をゆっくりと吐きだしてから封を切った。

『氏家豊様

何から書いたらいいのか。いくら頭の中で整理してもまとまりがつかない。

お前とは大学時代に知り合い、車を通じて親しくなった。お前はヤンチャで、俺は大人しかった。

一緒にパブで飲んでた時、お前が飲み逃げをやろうと言い出したことがあったの、覚えてるか？　俺は捕まるのが怖くて嫌がった。だけど断り切れずに、お前の〝肝試《きもだめ》し〟に付き合った。落ち合う場所だけ決めて、俺たちは金を払う振りをしてパブから逃げた。パブは確か六階にあって、俺たちは階段を駆け下りた。ボーイたちが追っかけてきた。俺は走った。無我夢中《むがむちゅう》で。

待ち合わせの場所にはお前が先に着いていた。俺たちは肩を抱き合って喜んだ。

「俺たちは戦友だな」お前が言った。

悪いことをしたなんて気分にはまったくならなかった。開放感しか感じなかった。

俺もやれば何でもできる。そんな気分にもなった。

今から思えば幼稚な振る舞いだけど、こそこそ逃げ回る生活になってから、あの小さな悪さが、まるで昨日のことのように思い出されてならないんだ。

あれをやった時も夏の盛りだった。

バンコクは暑い。尋常ではない暑さだ。

今更、詫びの言葉など聞きたくないだろうが、一度だけ言わせてほしい。

本当にすまなかった。

ちょっといい気になり、覚醒剤に手を出したことがすべての始まりだった。富沢に嵌められたんだが、嵌まった俺が一番悪い。

家庭人としてきちんとやっていくことにどこか不満があったし、上司との小さなトラブルも影響した。そして、愛実にも相手にされなくなった。そんなこんなが重なって、軽い気持ちでやってしまった。

俺は今、バンコクの郊外に軟禁されているような暮らしを送っている。いずれは殺される気がしてならない。

俺が知っていることをすべてお前に教えておきたい。

シャブを打った数日後、俺のところにヤクザがやってきて、シャブをやって、女といちゃついているところを写した写真を見せられた。そいつはハンチングを被っていた。香織を誘拐したメンバーのひとりと同一人物だろう。そいつは中谷と名乗っていた。

俺は奴の言いなりになるしかなかった。その直後、富沢から不正融資の指示が出た。融資先は真大組と深い繋がりを持っている会社だった。薬丸興産はそのひとつだ。

自分のやっていることに耐えきれず、シャブをやる回数が増えた。

そうこうしているうちに、富沢が新たな融資先を指定してきた。藤倉商事という渋谷にある会社だ。俺は富沢に言われた通りにした。その金は藤倉商事を迂回して、神尾源一の政治団体に不正に献金されることになっていた。しかし、藤倉商事に金が渡った後、富沢は騙されたと言い出した。誰にどんな形で騙されたのかは話してくれなかったが、女が関係していたらしい。

富沢は、真大組への不正融資の名義を、お前の死んだ親父にしろと俺に命じた。当然、俺はしつこく理由を訊いた。だが、奴は決して話さなかった。

俺はもう限界だと思い、降りると富沢に告げた。

香織が誘拐されたのは、その数日後だ。お前を拉致したのも、俺に対する脅しだった。簡単にお前を見つけ出せたのは、香織を助け出した人物が誰であるか、俺が話してしまったからだ。

お前のおかげで香織は無事だった。あの時お前に真相を話すべきだったが、家族を脅《おびや》かされるという恐怖が勝《まさ》り、その後も富沢に言われた通りにした。

こんなことを言ったら、俺に恨みを抱くかもしれないが、女を動かしているのはお前ではないかとあの時ちらりと疑ったことがあった。娘の命の恩人を疑うなんてひどい話だが、お前の親父の名前を使えと言った時の富沢の態度から判断するとお前が何らかの形で富沢と関係を持っているのでは、と考えたんだ。だとしたら、お前が香織を救ったのも偶然ではなかった。

お前と話をする機会はもう永遠にないだろう。だから、お前が嫌な気分に陥《おちい》るかもしれないが、すべてを記しておくことにしたんだ』

俺は手紙を読むのを中断し、煙草に火をつけた。

「どうかしたの？」宏美が俺を覗き込むようにして訊いてきた。

俺は答えずに煙草をふかしていた。

香織を車に乗せたのは偶然だし、一連の事件に俺は何の関係もない。さっぱり訳が分からない。

尚子が言ったことを思い出した。

富沢は妹に、自分に何かあったら、バーブラ・ストライザンドの『ギルティ』と書かれたケースの中に入っているテープを聞け、と言った。しかし、俺と尚子が調べた時は本物が入っていて、中の曲名を見てもぴんとくるものはなかった。

気になったのはアルバムのタイトルだけである。

ギルティ。〝有罪の〟とか〝やましい〟という意味の言葉だ。たくさんあるテープの中から、そのタイトルのものを選んだのには意味があったのかもしれない。

自分を嵌めた相手がやましいところがある奴で、有罪だと富沢は言いたかった。確証などまったくないが、俺にはそう思えてならなかった。

手紙に戻った。

『にっちもさっちもいかなくなった俺は、奴の手配で、外国に逃亡することになった。偽のパスポートは京都に住む中国人が用意すると言われたので、向こうに行き、すぐに東京に舞い戻った。心細かった。自殺も考えた。愛実に連絡を取ってしまったのは、弱い心が招いたことだった。

お前をバットで殴って逃げ出した後、俺はマニラに発《た》ち、そこからバンコクに入った。

富沢が殺された七月十五日に俺は家を出た。その夜、富沢の会社に寄って、逃走資金を受け取った。富沢は時計ばかり気にしていて落ち着きがなかった。出かけるのか、人が来るのか、どちらかだろうと思って、しばらく外で富沢のビルを見張っていた。そんなことをする必要はなかったが、誰でも疑うようになっていたし、お前が絡んでいるかもしれないとも思ったから、そうしたんだ。

三十分ほど経った時、女がビルに入った。黒ずくめの服装をし、サングラスをかけていた。一時間も経たないうちに女はビルから出てきた。そして、土橋の方に去っていった。

富沢と関係があったと思われるすらりとした体型の女ではなかった。もっと歳がいっているように見えたが、よくは分からない。大きな書類鞄を手にしていた。その女が関係あるかどうかは不明だが、お前に教えておく』

俺の躰から一気に力が抜けた。

黒い大きめの書類鞄。社長室に落ちていた小さな鉄色の鍵。

瀧田澄子のことが脳裏に浮かんだ。

鞄の鍵も予備があるものだ。俺の見たものが予備だったとしたら……。

富沢と澄子の接点など噂にすら上ってきていない。もっとも、俺の調べは穴だらけだから、知らないことがあってもおかしくはない。

単なる偶然だということもありえるが、澄子が俺に妙に親切だったことを考えると裏があったのかもしれない。

料亭の女将は、役者よりも演技がうまい。

俺は目を閉じたまま、呆然としていた。

五

勇蔵の手紙はさらに続いた。しかし、事件に関することは、もう書かれていなかった。

『……図々しいお願いだが、宏美と香織の支えになってやってほしい。宏美は、今でもお前が好きだし、娘の方は、あの時救い出してくれたお前に心を開いている。

宏美の旧姓で、七曜《しちよう》信用金庫に四千五百万預けてある。お前の作った借金の穴埋めに使ってくれ。通帳と判子は、俺の母親に預けた紙袋に入っている。母親は中身については何も知らない。宏美が取りに行けば黙って渡してくれるだろう。

宏美と香織を頼む。頼れるのはお前しかいないんだ。

生き延びられたとしても、俺がお前に会うことはもうないだろう。死んだものと思ってくれていい。

もっと書きたいことがあるような気がするけど、いざとなると、これ以上、何も思いつかない。それでは、これで』

俺の頬から笑みがこぼれた。呆れて物も言えない。

勇蔵は育ちもよく頭もよかった。なのに精神は未熟だった。その未熟さは、命を落とすまで変わらなかったということだ。

人のことは言えない。バブルに踊った頃の自分も同じようなものだったし、今も成長したなんて言えるほど立派じゃない。

しかし、ここまで捻《ねじ》れた自意識や自己顕示《けんじ》欲は俺にはない。

はっきり言って、俺は勇蔵よりも女にもてたし、やることも派手だった。それも自慢できるほどのものではなかったが、おかげで不満を蓄積せずにすんだ気がする。

冷静になって考えてみると、勇蔵のような人間は、さして珍しくはない。自分は世の中で過小評価されていると、分不相応《ぶんふそうおう》なことを夢見るも、傷つくのが嫌で、一歩を踏み出せず、不安を栄養分とした嫉妬《しっと》とルサンチマンが心の裡にどんどん拡がってゆく。挙げ句の果て、仮想の敵を作って、刃物をもって路上で暴れる奴もいる。

ひょっとすると、勇蔵は俺に嫉妬していたのかもしれない。一流銀行に就職できた、言わばエリートのくせに、会社を創《つく》って一時は成功していた俺が羨《うらや》ましかったのか。宮仕えが気に入らなかったのならば、どんな形であれ独立すればよかったのだ。

俺は運がいい。事業に失敗し、スッテンテンになったけど、車が好きだった。元々、勇蔵のようなプライドが高い人間じゃなかったから、修理工になることに抵抗はまったくなかった。エリートに生まれなかったことを僻《ひが》む奴もいるが、俺は違う。宿命を受け入れて、どこでも生きられる知恵を持ったのだ……。

俺は宏美を無視して考え続けた。勇蔵のことはもう頭になかった。

花島が簡単に俺を受け入れてくれたのには理由があった。そして、その花島は澄子とかなり親しい。

花島は澄子のことで、俺に隠していることがあるのかもしれない。いや、それは考えすぎか。俺は吸っていた煙草をゆっくりと消し、顔を上げた。

「重要なことが書かれてたのね」宏美が沈んだ声で訊いてきた。

「まあね。だけど、それで元妻の兄さんの死について分かったわけじゃない。それより、君のことに関するくだりを伝えておくよ」

俺は七曜信用金庫の金のことを教え、こう続けた。「勇蔵は、君たちの支えになってほしいと俺に頼んできた。その見返りに、君名義の金を借金返済に使ってくれって書いてあった」

宏美は目を伏せ、口を開かない。

「君たちのためにできるだけのことはする。だけど、金は受け取らない。そんなものを懐に入れたら話が余計にややこしくなるからな」

宏美が顔を上げた。「でも、それだけのお金があれば……。全部差し上げます。だからって、私たちの面倒をみてほしいなんて言わない。もうすでに、お金に代えられないことを、豊さんは私たちのためにやってくれたんだから」

「金はそのままにしておいた方がいい。事件発覚後、勇蔵の母親も見て見ぬ振りをしているはずだから。どうしても君が手許に置きたかったら、そうすればいいけど、俺には関係ない」

宏美が微笑んだ。無理に作った笑みである。

俺の言い方を冷たく感じたらしい。しかし、曖昧な態度を取る気はまったくなかった。

俺は宏美をまっすぐに見つめた。「相談事があったら、いつでも俺に言ってくれ。遠慮はいらない」

「ええ、そうするわ」宏美の頰から笑みは消えていた。

俺の言った優しい言葉の裏に秘められた、距離を置いて付き合おうというメッセージが届いたようだ。

今の宏美に、俺は女として何も感じていない。

過去の思い出が脳裏に浮かんだ。しかし、それは履歴書に書かれた過去とそれほど違わなかった。

高校や大学時代のことを懐かしむには、まだ俺は若い。そんなことは還暦をすぎてからやることだ。

九時半すぎ、暇を告げた。宏美は少し他人行儀に礼を言い、頭を下げた。

俺は夜風に吹かれて天現寺《てんげんじ》の交差点まで歩いた。

澄子の用意してくれた乃木坂のねぐらまで戻るつもりだが、公共交通を使う気にはなれなかった。空車が目に入った。手を上げかけたが引っ込めた。広尾《ひろお》を通りすぎ、西麻布の交差点まで行き着いた。マンションまでこのまま歩くことにした。

もう宏美のことは頭になかった。問題は瀧田澄子。勇蔵が目撃したという年増の女が澄子とは限らないが、大いに気になる。

政財界の舞台裏と言っていい料亭の女将が、裏金という闇とどんな繋がりがあるのか。見当もつかない。俺の知る限り、料亭の女将が政治家の収賄や経済事件でマスコミに騒がれた話は聞いたことがない。しかし、表沙汰になっていないことが起こっていても不思議ではない。

澄子を洗う。その方法は？　三、四通りぐらいしか思いつかなかった。

澄子に直接、知ったことをぶつける。澄子を監視する。花島に話し、澄子の情報を得る。誰かを使って澄子に揺さぶりをかける……。

マンションに戻った。川中がエアコンの前で缶ビールを飲んでいた。缶には水滴がついていた。

ラジオからニュースが流れていた。

「退屈だ。そろそろ、わしはアパートに戻りたい」

俺はそれには答えず、エアコンの裏に目をやった。

「何してるんだ」

「いや、別に」

盗聴器が仕掛けられてないかどうか調べているのだ。しかし、川中には何をしているのか話したくなかった。

大丈夫そうだ。コンセントにタップは差し込まれていない。キッチンも浴室も調べたが、気になることはなかった。

流しには、氷の入った水が張られ、そこに缶ビールが沈んでいる。

俺は缶を手に取り、プルトップを引いた。そして、居間に戻ると壁際に腰を下ろした。

栃木《とちぎ》県の山中で男の死体が発見されたというニュースの後に、真大組組長の逮捕の報道がなされた。

「組長が言ってた通りになったな」川中が言った。

俺は黙ってうなずいた。

川中がラジオを切った。「気分が悪そうだな」

俺は勇蔵からの手紙を川中の前に投げた。

川中が読み始めた。

「お前、『瀧田家』の女将を疑ってるのか」

俺は小さくうなずき、黒い鞄と鍵のことを話した。

「それだけじゃな」川中が首を傾げたが、こう付け加えた。「しかし、お前に対する女将の態度が変だとは思ってた。疑うとしたらそこだな。お前は富沢殺しの第一発見者。だから気になって、お前に接近したと思うと辻褄が合う」

俺は飲み干したビールの缶を握り潰した。

川中と共にこれからどうするか考えた。

澄子が富沢を殺したとしたら、彼女は勇蔵からの手紙の内容を知りたいに決まっている。必ず向こうから連絡が入るはずだ。

その時、どう対応するか。俺たちは、ああでもないこうでもないと話し合った。

とりあえずどうするか決めたところで、俺は尚子に電話を入れた。

尚子は自宅にいた。もう寝ていたらしい。

「俺だけど……」

「今日は朝から茨城《いばらき》に行ってたから疲れてるの」

「大事な用がある。明日、時間を作ってほしい」

「無理ね」

「兄さんを殺した犯人かもしれない人物についての話だ」

「誰よ、それ」尚子の声色が変わった。

「まだはっきりしてないが、ともかく、明日会おう」

「ずっと塞がってるけど、夜遅くなら」

「それでいい。ところで、盗聴器のこと、調べたか？」

「ええ。大丈夫よ。他にはないみたい」

時間を決めて、電話を切った。


翌夜、約束した時間に富沢コーポレーションのビルに入った。

社長室に招き入れた尚子は、手に茶のペットボトルを持っていた。酒臭い。

「飲んでるな。接待だったのか」

「デートしてたの」

「ほう？　新しい男ができたってこと？」

「そんなことどうでもいい。兄さんを殺った奴って誰」尚子が険しい顔で訊いてきた。

「そう、慌てるな。話には順番がある」俺はソファーに躰を沈めた。

「あんたもお茶飲む？」

「いらない」

俺は煙草に火をつけ、一服吸ってから、要点を順を追って話した。

「……若くはない女っていうことで大内佐和ではないことは間違いない」

「ここに落ちてた鍵が、その女の持ってた鞄のものだって言うの？」

「多分」

尚子が鼻で笑った。「ちっちゃい」

「当然だろう、鞄の鍵だから」

「違うわよ。証拠にもならないんじゃないのって意味。そんなことで、私のデートの邪魔をしたの」

俺は『瀧田家』の女将の鞄について話した。

社長の椅子にそっくり返っていた尚子が弾かれたように躰を起こした。

「『瀧田家』の女将って、あんたに色目を使ってた女よね」

「色目は使われてないけど、妙に親切だった。名前は瀧田澄子。改めて訊くけど、兄さんから彼女のことを聞いたことはない？」

「ないわね。でも鞄の鍵だけじゃ、やっぱり……」

「分かってる。歳は六十をすぎてるが、見た目はもう少し若い。そういう女と、兄貴が会ってたことはないか」

「私は見てない。だって、前にも言ったけど、兄さんの交友関係、私、そんなに知らないもの」

「そうだけど、君も遊んでたから、どっかでばったり会うこともあったかもしれないと思って。どうせ六本木、西麻布、南青山辺りに、両方とも出没してたはずだからね」

尚子が考え込んだ。

「どうした?」

「若作りの年増の女ね」

「何か思い出したか」

「佐和ちゃんと、夜に会うことになっていた日の午後、私、銀座で買い物してた。三越デパートの前を歩いてた時、彼女のフェラーリが信号待ちしてたの。車に駆け寄った時、ちょうど助手席に座ってた女が車から出てきた。サングラスをかけた、年配の女だった。佐和ちゃん、ちょっと困った顔してた。兄さんの事件に関係ないかもしれないけど」

「それはいつ頃の話?」

「いつって訊かれても……。兄さんが死ぬ一ヶ月ほど前だったと思う」

「夜、佐和に会った時、その人のこと、話題にした?」

「そんなこと忘れちゃってたよ」

「佐和は兄さんと付き合ったことがあったらしいけど、そのことに気づいてた?」

「兄さんが気に入ってたのは知ってたけど、佐和ちゃんは、悪いけどタイプじゃない、って私に言ってたよ」

「以前、六本木のホテルから車で出てくる兄さんを見たって言ってたよな。隣に乗ってたのは帽子を被《かぶ》り、サングラスをかけた女だった。三越の前で見た女と似てなかった?」

「六本木で兄貴の車を見たのは一瞬だったから、何とも言えない。でも、兄さん、若い女が好きだった。年増にはいかない気がするけど」

富沢の車に乗っていたのが澄子だとしても、男女の関係はなかった。密談に人の目のつかないホテルを使った可能性がある。

「その女将が犯人かどうかはっきりしてないんでしょう？」

「うん。原点に立ち戻って考えてみると、犯人は兄さんを殺し、彼が持っていたテープを奪った。殺しが最初から目的だったのか、それともテープを奪うために殺したのかは分からないけど、ともかく、そのテープの中身は、犯人の致命傷になるものだった。疑問なのは、テープがバーブラ・ストライザンドの『ギルティ』のカセットケースに入ってたのを、犯人が知ってたことだ」

「私は知ってたわよ」

「そこなんだな」俺はつぶやくように言った。

尚子が目の端で俺を見た。「どういうこと？」

「尚子には、自分に何かあったら『ギルティ』のカセットに隠したテープを聞けと言ったんだよな」

「ええ。私、心配になって、理由を訊いたけど、兄さんは〝万が一のため〟って笑ってた。だから私も気にしないようにしてた」

「そのことを誰かに話した?」

「まさか。私自身、忘れてたわよ」

「俺たちが調べた時、『ギルティ』のカセットケースには本物が収まってた。犯人がすり替えたんだろうけど、どうやって、そこに秘密のテープが隠されているって知ったんだろう」

「私に訊かれても……。もっときちんとした証拠を摑めないの?」尚子の口調は、社員を相手にしている女社長そのものだった。

「尚子に、いや、尚子さんに一肌脱いでもらいたいことがある」

「え?」尚子の頰が歪んだ。

「殺された兄さんのため」

尚子は黙ったままだった。

「俺たちは警察じゃない。裏技を使わないと事件の真相に迫れない」

尚子が顎を上げた。「危ないことはやらないわよ。いくら兄さんの事件の解決に繫がることでも」

「女将に電話を一本かけてくれればいいんだ」

俺は、すでに作っておいたシナリオを尚子に教えた。

「脅して、相手の動きを見るのね」

「乗ってくるかどうかは分からないけど。君の声は知られてない。だから、相手は動揺するだろう」

「いつやったらいいの」

俺は腕時計に目を落とした。日が変わったばかりだった。

「そうだな、二十分ぐらい後に、彼女の店に電話して」

「すぐじゃん」

「俺の仲間が料亭を監視してるから、動きがあれば何か摑めるかもしれない」

川中と俺は朝から澄子の行動を見張っていた。しかし、気になる動きはなかった。澄子からは午後に電話があった。

五十嵐の手紙のことを気にしていた。俺は届いてないと嘘を言った……。

俺は、女将に話してもらう内容を繰り返した。尚子がメモを取った。

俺はその間に、バーブラ・ストライザンドの『ギルティ』のカセットを手に取り、ラジカセに挿入した。

「そろそろかけてみてくれ」

尚子は携帯は使わず、デスクの上の電話のボタンを押した。ハンズフリーで話せる機器である。

「恐れ入ります、夜分に。私、谷口《たにぐち》と申しますが、至急、女将にお知らせしたいことがあります……」

「ちょっとお待ちを」

しばらく待たされた。俺はラジカセの再生ボタンを押した。

社長室に、軽《かろ》やかなイントロに続いて、バーブラ・ストライザンドの歌が流れ出した。

「はい、瀧田でございますが」

「こんな時間に申し訳ありません。私、バンコクで死んだ五十嵐勇蔵さんに可愛がってもらっていた女です」

「………」

「七月十五日、富沢新太郎が殺された夜、五十嵐さん、富沢コーポレーションにいたんです。女将さんが富沢さんを刺した。それは本当の話でしょうか？」

「あなた、どこにおかけになってるの？」

「瀧田澄子さんですよね」

「私、五十嵐さんという方に会ったこともないですよ」

「五十嵐さん、バンコクから私に手紙をくれました。そこに富沢さんという人のことや、女将さんのことが書いてあったんです。黒い鞄にドスを入れて、女将さんは富沢さんを殺しに会社に行った」

澄子が鼻で笑った。「うちのような商売をしてると、妙な電話がかかってくることはよくあります。うちを利用してくださってる政治家や実業家のことを知りたくて。それにしては、あなたの話は無茶苦茶ね」

「私、手紙を持って警察に行こうかどうしようか迷ってるんです。警察に行かない場合はハワイ旅行をしようかと思ってます」

「お好きなようになさったらいいじゃない。谷口さんでしたよね、場合によってはあなたを脅迫《きょうはく》で訴《うった》えますよ」

「谷口は偽名です。女将さんに殺されたくないですから」

澄子がしばし黙った。

「富沢さんが付き合ってた大内佐和って女のことも、五十嵐さん、手紙に記してました。その女を富沢さんに近づかせたのは女将さんかもって。五十嵐さんの友人の氏家さん、事件のことを調べてるみたいですけど、心配になりません？」

「氏家さんならよく知ってます。確かに彼から五十嵐さんという人のことは聞いてますよ。でも、どうして私が富沢さんを……」

「女将さんが知らないって言うんだったら、それでいいです」

尚子はそこで電話を切った。

『ギルティ』のエンディングが近づいていた。

「よくやってくれた」

「あんなんでいいの？」

「手の裡を晒しすぎるとまずいから、あれでよかった。さて、彼女、どうするかな。おそらく俺に電話をしてくるだろう」そう言いながら、俺はカセットを切り、窓のひとつを大きく開けた。

「何してるの？」

「電話があった時、静かすぎない方がいい」

「あんたの細かさ、嫌いだったけど、こういう時には役に立つね」

「ありがとう」

五分ほど時が流れた。澄子から俺に電話が入った。

俺は窓の外に顔を出し、携帯を繋いだ。

「今晩は」

「今、どこにいるの？」

「四谷三丁目です。『泰平総合研究所』を監視してます」

「五十嵐さんからの手紙、届いた？」

「アパートに行ってみましたが、来てませんでした」

澄子が黙った。

「女将さん、どうかしました？」

「いえ。今夜の客にすごく気を遣う人がいたから疲れたの」澄子は笑って誤魔化した。こんなに力のない澄子の声を聞くのは初めてだった。

「俺に何か……」

「別に。ちょっと声を聞いてみたかったの。また連絡するわね」

「いつでもどうぞ」

電話を切った俺の頬を生温かい風が撫でた。なぜか急に胸苦しくなってきた。

窓を閉め、ソファーに戻った。

「感触は？」

「兄さんを殺したのは、あの女将だな」

「なぜそう言い切れるの？」

「谷口と名乗った女のことを俺に一切話さなかったからさ。無関係だったら、真っ先にその話をするのが普通だろうが」

尚子が黙ってうなずいた。

俺は天井を見上げた。何ともやりきれない気持ちだった。あの女将が犯人だとは考えたくなかった。

「あんた、あの女将のこと好きなのね」

「恋愛感情はまったくないけどな」

「どうやって白状させるのよ」

俺はそれに答えず煙草をふかしていた。

「飲みにいく？」尚子ががらりと調子を変え、俺を誘った。

「今度にしよう。それより、デートしてたって言ってたけど、そいつどうだった？」

「あんたよりもちょっとマシなぐらいの程度の男だった」

「じゃ立派な奴だな」

「気になるの？」尚子が急に甘い声を出した。

「興味はある」

「あんた、冷たいのね」

「どうして？」

「知らない」尚子がそっぽを向いた。

また俺の携帯が鳴った。川中からである。

「動きがあったぞ」

「女将の向かった先は？」

「違う。大内佐和が料亭の裏木戸から中に入った」

「今すぐにいく」

尚子に何があったかを教え、俺は社長室を飛び出した。

赤坂まで十五分ほどで着いた。歩いて川中のブルーバードに近づいた。

「裏で糸を引いてたのは、やはり、あの女将だった。驚きだよ」

「…………」

「料亭に乗り込むか」

俺は言葉が出てこない。

「相当参ってるな」

「佐和の隠《かく》れ家《が》を見つけだそう」

「そんなまどろっこしいことをしなくても」

「少し時間がほしい」

俺は、どんな顔をして女将に会ったらいいのか分からなかったのだ。

「この辺でもう警察に任せないか」川中が言った。

「ここまでやってきたんだ。佐和の隠れ家ぐらいは知っておきたい」

「分かった」川中が頰をゆるめ、俺の肩に手を置いた。

「佐和は車で来たのか」

「いや、徒歩だ。正面に見えてる交差点を左からやってきた」

俺たちは辛抱《しんぼう》強く待つことにした。

一時間半ほど経ってから、佐和が裏木戸から姿を現した。

川中が言っていた交差点を目指して去ってゆく。交差点を左に曲がった。

川中が車をスタートさせた。佐和が車を拾う様子はない。

通りは空いていた。急いでいる車を先に行かせ、スピードを落として尾行した。

次の交差点も左に折れた。

俺は車を降り、走った。佐和が消えた先には細い道がいくつもある。車での尾行は難しい。

佐和はホテル・シャンティ赤坂の前を通り、氷川《ひかわ》公園を越えた。そこで右に姿を消した。

公園の斜め前の小さなマンションが、佐和の隠れ家だった。エレベーターが二階で止まっていた。

ワンフロアーに二室しかないマンションだった。二〇一号室は余田《よだ》という人物の住まい。二〇二号室の住人の名前は郵便ポストには出ていない。おそらく、そこに澄子が、佐和を隠していたようだ。

川中にどこにいるか教え、エレベーターで二階を目指した。

念のために二〇一号室のドアスコープを覗《のぞ》いてみた。灯りは見てとれなかった。

二〇二号室は違った。トイレを流す音がした。

チャイムを鳴らした。返事はない。

「佐和さん、氏家だ。開けて。いるのは分かってる」

声をかけても結果は同じだった。

何度もしつこく鳴らしていたら、二〇一号室のドアが開いた。

赤いパジャマ姿の男が顔を出した。「うるさいよ。何時だと思ってるんだ」

「すみません。急用なんです」

「何だか知らないが、静かにしろ」

そう言い捨てて男はドアを閉めた。

午前二時四十分すぎ。男の怒りは当然である。

俺はもうインターホンは鳴らさなかった。が、ドアの前から離れない。佐和はドアスコープを覗いて廊下の様子を見るに決まっている。

どれぐらい、そのままじっとしていたか分からない。今回の一連の事件のおかげで、俺は粘り強くなったようだ。

突然、チェーンが外される音がして、佐和が半《なか》ば開かれたドアから顔を出した。

「随分、心配したよ」俺はにっと笑った。

佐和は腹立たしげにドアを大きく開き、奥に消えた。俺は中に入り、靴を脱ぎ、狭くて短い廊下を進んだ。

小さなワンルーム。一通りの家具は揃《そろ》っていた。窓際にシングルベッド、その手前に白いプラスチック製の背の低いテーブルが置かれている。

佐和はベッドの端に浅く腰を下ろした。俺は立ったまま、顔を背けている佐和を見つめた。

「話を聞こうか」

佐和が俺に視線を向けた。「私は何も話さない。絶対に話さない」

「俺が警察に行くと言ってもか」

佐和は大きくうなずいた。

「『瀧田家』の女将となぜ会った？」

佐和は答えない。

この不貞不貞しい態度を支えているのは何なのだろうか。何であれ、何を言っても閉ざされた佐和の心のドアが開くとは思えなかった。

「あんたが何から逃げ出したのかは知らないが、俺が連絡を入れたら電話には出ろ」

そう言い残して、俺は踵《きびす》を返した。

「氏家さん、女将さんのこと放っておいて。お願い」

切実な訴えかけに聞こえた。

俺は肩越しに佐和を見た。「あんたがすべての罪を被るっていうのかい」

佐和はそれには答えなかった。

俺はしばし佐和から目を離さなかったが、彼女は俺の視線を避けたまま微動だにしなかった。

俺は、もう何も言わず、部屋を出た。

川中の運転する車に乗った。川中が何があったのか訊いてきた。俺は詳しく教えた。

「どうなってるんだろうね」川中はそうつぶやいただけだった。

澄子と佐和が結託した理由も、佐和が澄子を庇《かば》う訳もまったく分からない。

澄子から何か言ってくるだろう。それを待つことにした。


翌日の午前九時、電話で起こされた。かけてきたのは花島だった。

「お早うございます」

「話がある。今夜十時、工場に来い」

「俺も社長に訊きたいことがあります。『瀧田家』の女将は……」

俺が話し終わらないうちに、花島は電話を切ってしまった。

俺は携帯を握り締めたまま、川中を見ずに言った。「今夜、社長から女将のことが聞けるかもしれない」

「一緒に行っていいか」

「もちろん」

約束の時間が来るのが待ち遠しかった。

午後、ラジオを聴《き》いていたらニュースの時間になった。

〝今入ってきたニュースです。東京地検特捜部は、同朋銀行六本木支店を巡る不正融資事件で、港区にある『小宮山企画』、及び新宿区にある『角村《かどむら》第一総業』、神尾源一前建設大臣、神尾源一氏の政治団体『泰平総合研究所』に一斉《いっせい》に家宅捜索に入りました。『角村第一総業』の社員の多くは元『泰平総合研究所』の所員。『小宮山企画』の小宮山次夫氏は元衆議院議員、今泉秀晃氏の私設秘書だった人物です。少なくとも二十億の金が、『藤倉商事』という実体のない会社から『泰平総合研究所』と『角村第一総業』に渡ったとみられています。

今回の不正融資事件では、すでに逮捕されている真大組組長、真中太容疑者など暴力団関係者にも巨額の金が流れていますが、政治家にも金が渡っている疑いが強まったようです。しかし、首謀者と目《もく》されている不動産会社社長、同朋銀行の行員のいずれもが殺害されていて、一昨日、栃木県の山中で発見された死体が今朝、『藤倉商事』の社長、藤倉善治郎さんと判明しました。東京地検と警視庁は合同で捜査に当たり、事件の全容解明に当たっています。

次も経済事件のニュースです。桜井《さくらい》ファースト・カントリークラブの裏金事件で新たな逮捕者が出ました……〟

俺が川中に目を向けた。「神尾源一の次期首相の目はこれでなくなりましたね」

「次期首相はな。だけど、また復帰してくるかも。地検が起訴まで漕《こ》ぎつけられれば話は別だが」

勇蔵の手紙によると、藤倉商事を使った不正融資について、富沢は騙されたと言っていたという。騙したのがすらりとした美人だとしたら、それは大内佐和のことだろう。

佐和と瀧田澄子が組んでいるのは間違いない。彼女たちは、何を企《たくら》んでいたのか。神尾一派に対する不正融資そのものに裏があるということだろうか。

終章　霧は晴れても

午後十時少し前、俺は花島の工場に着いた。

母屋の電気は消えていた。

エンジン音が聞こえたのだろう、内側から工場のシャッターがゆっくりと開いた。

派手なキャデラックが一台、工場の中央に駐まっていた。リフトアップされているのはシトロエンＤＳ１９だった。

俺は川中を花島に紹介した。

「奥さん、いないんですか？」

「近所の友だちと河口湖《かわぐちこ》に出かけた」

俺たちは事務所に通された。

麦茶を出した花島は煙草に火をつけた。

「社長、話しにくいことなんですが、俺の調べだと……」

「お前は馬鹿なことをした」花島が低くうめくような声で言い、俺を睨んだ。

「社長は、俺に隠し事をしてますね」俺は切《き》っ先《さき》鋭く突っ込んだ。

花島は黙りこくってしまった。

「社長の話って何です？」

花島は相変わらず口を開かない。

「俺の質問に答える気、ありますか？」

「少し黙ってろ」

俺は口を噤んだ。

沈黙の底から吹けのいいエンジン音が聞こえた。その音が次第に高まった。

あの音は……。俺は事務所を飛び出した。シャッターが開けっ放しだったことに、その時やっと気づいた。

駐車スペースにマスタングが停まり、運転席から瀧田澄子が姿を現した。

臙脂色のジーンズに、黒いシャツを着、サングラスをかけていた。ドライビング・グローブをバッグに収めながら、こちらに向かって歩いてきた。

「待たせてしまったわね」

澄子は何事もなかったように口許に笑みを溜めた。

「やっぱり、マスタングが一番ね。後で私とドライブしましょう」

澄子は立ち止まらず、俺の横を通りすぎて事務所に入った。

花島が腰を上げ、澄子をちらりと見てから事務所を出ていった。

「社長」

俺の呼びかけに彼は答えない。

澄子はサングラスを外し、川中に挨拶をした。「あなたも一緒だったのね」

「遠慮した方がいいですか？」

「口をはさまずに聞いてるんだったら、いてもかまわないですよ」

「そうさせていただきます」

椅子に腰を下ろした澄子がぽつりと言った。「こんなことになるとはね」

「やはり、女将さんが」俺は目を伏せた。

「そう。富沢さんをドスで刺したのは私よ」澄子は淡々とした調子で言った。

あまりにも簡単に犯行を認めたことに俺はびっくりした。

「アリバイ工作もしてあったのよ。新橋の芸者さんの還暦パーティーがあって、三次会に移動する途中を利用したの。着物から洋服に着替える場所を確保するために東銀座のマンションまで借りたわ。でも、無駄だったわね」

「なぜ、富沢さんを」

「私の計画がばれてしまったから」

「計画？」

「富沢を利用して、ありもしない不正献金をデッチ上げたのよ。神尾を貶《おとし》めるために」

俺は川中に目を向けた。川中は何か言いたげな顔をしたが口は開かない。

「神尾親子に、父親のことで恨みを抱いていた佐和さんを使い、私、長い時間をかけて情報を集めたの」

俺は首を傾げ、澄子を見つめた。

「私がどうしてそんなことをしたかって訊きたいのね」

俺は小さくうなずいた。

「神尾親子にひどい目にあわされた男が、今の私の彼氏なの。その人は有力な政治家だから、詳しいことは絶対に話せないけど」

「富沢は、真大組を使って勇蔵に覚醒剤と女をあたえ、それを脅しに使って不正をやらせた。そうなったのも、佐和を使って富沢をたぶらかした結果ですか？」

「違うわ。富沢は真大組のために不正融資をやってた。その情報を手に入れたから、私が動いた」

「動いたって……」

「まずは佐和さんが富沢と親密になった。その後に、私が富沢と秘密裏に会い、神尾源一のために一肌脱いでほしいと頼んだの。次期総裁を狙っている神尾源一は劣勢。そこで実弾が必要だからって言ってね」

「見返りは？」

「報酬は大したことなかったけど、建設族の神尾源一の役に立てれば、不動産業者として大きくなれるでしょう？　二十億、用意して藤倉商事に振り込む。こんな簡単なことで、神尾派に食い込むことができる。富沢は私の申し出を喜んで受けたのよ」

「富沢は疑わなかったんですか？」

「父親の万作がうちに出入りしてたことも教え、料亭の女将である私が暗躍してるように見せかけた。これはふたりだけの秘密。真大組の組長に話すと、神尾先生が困るとも言った。総理候補が暴力団と手を切りたいというのは自然だから、富沢は信じたようだった。でも、富沢も馬鹿じゃない。私のことを調べたわ」

「どうやって」

澄子がくすりと笑った。「富沢がねんごろになった佐和さんは元議員の娘。佐和さんに私のことを調べてほしいと頼んだのよ。佐和さん、私を怪しむようなことを富沢に言いながら上手に誘導した」

「しかし、ばれてしまった」

「真中太を通じて、小宮山って男と富沢が会ってしまった。その時、小宮山は私が神尾のライバルと深い関係だという噂があると言ったらしいわ。それで再度徹底的に私を調べた。神尾一派と私に繋がりがないことに気づいたの。富沢はそのことで私を脅し、『瀧田家』を処分して金を作れ、と言ってきた。だから、殺すしかなかったの」

澄子は淡々と語っている。話すことで、肩の荷が下りたのかもしれない。

「私とその政治家との関係や、神尾を失脚させるために私が不正献金をデッチ上げたこと……。それから私との会話などすべてを、富沢は一本のテープに吹き込んだ」

「殺すだけではなく、そのテープを奪い取ることも目的だったんですね」

「そうよ」

「テープはバーブラ・ストライザンドの『ギルティ』のカセットケースに入ってた」俺はつぶやくように言った。

「その通りよ」

「どうやってそのことを知ったんです？　現場で探したんでは、本物のテープは用意できない」

「それは簡単なこと。富沢、佐和さんに、私の罠に引っかかったこと、私との会話をテープに吹き込んだことを、或る夜、社長室で彼女に語った。その時、部屋に流れていたのが『ギルティ』だったそうよ。佐和さんが冗談半分で、ギルティって有罪の意味。だから、そこに隠したらって言ったんですって。富沢は、そのちょっとしたアイデアに乗ったのよ」

「富沢は佐和のことを最後まで信じてたんですか？」

「私の裏を探って報告したのは、彼女だったんだもの。ばれてしまったことを隠そうとするより、その方が安全だと私たちは考えた。その時点では、すでに二十億は『泰平総合研究所』に送られてたから」

随分、危ない橋を渡ったものだ。俺は澄子という女のことが分からなくなった。

「テープの中身をすり替えたらしいですが、テープをカセットごと奪ってしまってもよかったんじゃないですか？」

「そうよ。でも、テープが残っている方が自然でしょう。すり替える時間は十分にあったしね」

「ドスを使ったのは警察の目を暴力団に向けさせるためだったんですね」

「そうよ。あのドス、ずっと昔のことだけど、うちで暴れた男の置き土産《みやげ》。足がつくようなものじゃないから使ったの」

「藤倉をどうやって抱き込んだんです？　バンドマン時代の彼を、女将は知ってたんですね」

「当時は知らなかった。あの男が母親に宝石を売りにきたことがあったの。応対したのは私だった。それはだいぶ前の話だけど、今回の計画で利用できる人間がいないか考えた。繋がりができるだけ薄い人間がいいでしょう。その時、ジャズを聴いてたの。サックスの曲だった。それで藤倉のことを思いだしたの。彼は宝石屋になる前はサックスを吹いていたと言ってたのよ。彼なら適任かもしれないと思い、居場所を突き止め、彼の生活ぶりを調べた。彼は借金だらけだった。立ちゆかなくなった会社を裏金が通過するだけで、一千万が手に入る。藤倉は乗ったわ」

俺は燃え尽きそうになっていた煙草を消した。

「藤倉とコンタクトしてたのは佐和でしたね」

「ええ」

「彼を殺したのは佐和ですか？」

澄子はゆっくりと首を横に振った。「あれも私よ」

「藤倉が寝返ろうとしたから？」

「最初から仕事が終わったら殺すつもりだった。佐和さんには教えてなかったけれど」

「藤倉が殺されたのは、彼が人間ドックに入ってたはずの時でしたよね。彼の意思でそうしたんですか？」

「いいえ。『藤倉商事』なんて訳の分からない会社から『泰平総合研究所』に、二十億もの不正献金があったことで、向こうは慌てた。神尾一派は、あらゆる手段を使って、金の出所やルートを調べたんでしょうね。富沢と付き合っている女が、今泉元議員の娘だと知り、政治ゴロだった小宮山が動いた。藤倉をそのままにしておいたら危ないと思った。だから会社にもアパートにも置いておけず、或るマンションに匿った。人間ドックを勧めたのは私よ。あの男、病気心配性だったから、喜んで入院したわ。でも、初めから、重大な話があるから、途中で抜けてアパートに戻るように指示しておいたの」

小宮山は藤倉がドックに入ることだけを摑んで、空巣に入ることにしたようだ。

「死体を隠したのは……」

「それは向こうがやったんでしょう。出元が怪しい巨額の献金をしてきた会社の社長が殺されたことが表沙汰になると、面倒なことになるから」

藤倉の死体の第一発見者は小宮山と川中である。予想していた通り、小宮山が神尾一派の誰かに連絡をし、真大組の息のかかった人間が死体を栃木県の山中まで運んで、埋めたということだろう。小宮山の連絡相手は児玉庄一だったのかもしれない。

「神尾源一の政治団体が巨額の不正献金を受け取った動かぬ証拠を作りたくて、富沢を動かし、藤倉を利用した。女将も考えましたね」俺は煙草に火をつけた。

「神尾源一が父親の万作同様、不正献金をずっと前から、いろんな会社や団体を使って手にしてたのは分かってた。でも、そこにメスを入れるのはかなり難しい。だから、不正献金をデッチ上げたの。まるで聞いたこともない会社から『泰平総合研究所』にダイレクトに二十億の金が入った。神尾はさぞや慌てたでしょうね」

「ニュースで知ったんですが、『角村第一総業』という会社にも家宅捜索が入ったようですが」

「『泰平総合研究所』に振り込まれた二十億を『角村第一総業』を使って、裏で処理しようとしたのかもしれないわね。そのまま研究所の口座に入れておくわけにはいかなかったでしょうから。佐和さんが匿名で、神尾の資金の流れを詳しく記した書類を地検に送ったの。『泰平総合研究所』にメスが入れば、過去の不正献金も明るみに出るでしょう。すでに時効になっているものもあるでしょうけどね」

「それで、神尾源一が逮捕されなくても、総裁選レースから身を引かざるを得なくなる」

「神尾の派閥はさして大きくないから、彼を担ぎ出そうとする有力政治家がいなくなるのは間違いない」澄子は勝ち誇ったような調子で言った。

「女将の目的は果たされたということですね」

「このすっきりした顔を見れば分かるでしょう？」澄子が歌うように言って、微笑んだ。

「俺がこの事件に関わるきっかけになったのは、五十嵐勇蔵の娘の誘拐を偶然目撃したことでした。真大組が動いたのは、富沢と組んで不正をやっていた勇蔵が手を引くと言ったからだとは思いますが、すぐには殺さなかった。富沢が殺された直後だから控え、外国で殺したらしいですね」

澄子が肩をすくめた。「多分、あなたの言う通りだと思うけど、私に答えられることではないわね」

「勇蔵から俺に手紙がくることを、女将は俺を通じて知った。そこに、女将に関して何か書かれているとは思わなかったんですか？」

「全然。五十嵐さんは、富沢から何も知らされてないと思ったもの。富沢は五十嵐さんを道具に使っていただけだから」

ところが、勇蔵は、犯人の女を目撃してたのだ。しかし、今更、そんなことを言っても始まらないので黙っていた。

「俺は勇蔵からもっと詳しく訊きたいことがありました」

「何？」

「ひとつは、富沢が死ぬ前、俺に何を話したかったのか。そして、なぜ、不正融資に、俺の親父の名前が使われたかです。勇蔵の話によると、親父の名前を使えと言ったのは富沢だと言うんですね。それが解せない」

澄子が俺をじっと見つめた。何か言いたげな感じがしたが、やがて目を逸らした。

「あなたの気持ちは分かるけど、それは死んだ富沢に訊くしかないことね」

「確かにそうですね」

「でも、何であれ、あなたが私を追い詰めることになるなんて、考えもしなかった。河骨って花の話をしたわね。覚えてる？」

「ええ。相手を呪い殺す意味もある花でしたね」

「〝見えない敵と戦おうとしているあなたには、運をもたらす花かもしれない〟。私はそう言った。何だか変なことになってしまったわね」

　俺はくわえ煙草のまま目を伏せた。

「私……」

　澄子の言葉を遮ったのは、携帯の呼出音だった。鳴ったのは川中の携帯である。

　川中が画面を見てから、俺に視線を向けた。

「誰なんです？」

「知らない番号だ」

「出てみて」

　川中が携帯を耳に当てた。

「はい……あんた、誰だ……」川中が立ち上がり、俺と澄子に背中を向けた。「……娘を出せ……」

　川中の娘に何かあったらしい。

　今頃になってなぜ？　腰を上げた俺は、川中の後ろに立った。

「……大丈夫だ。わしが代わりになるから……恵子《けいこ》、聞こえてるか……」川中の悲痛な声が事務所に響いた。

　川中が娘と話せたのはそこまでだったようだ。

「……あんたはどこにいる。今すぐ行くから……。ああ、一緒だ」川中が俺に目を向けた。

　俺は川中から携帯を奪い取った。

「氏家だ」

「あんたのせいで、何もかも滅茶苦茶よ」

だらりとした女の声だった。

　誰だかすぐに見当がついた。中谷弥太郎の姪、君絵に違いない。

「どういう意味だ」

「ヤッちゃん、留置場で死んだ」

「殺されたのか？」

「心臓マヒ」

「それが何で俺のせいなんだ？」

「私、あんたが気に入らないんだよ」君絵が、伸びきったゴム紐《ひも》のような調子で言ったが、ぴんと張った声よりも怖さを感じた。

　君絵がイカれているのは、拉致された時に分かった。

　好きだったオジの弥太郎が不遇な死を遂げた。持っていきどころのない気持ちをぶつける相手に俺が選ばれたらしい。

「川中さんのお嬢さんを誘拐したのか」

俺は念のために訊いた。

「その通りだよ」

「川中さんの携帯の番号をどうやって知った？」

「娘から訊いたに決まってるだろうが」

「で、俺はどうすればいいんだ」

「あんたと川中の娘を交換する」

「どこに行けばいい」

「あんた、どこにいるの？」

「アパートだ」

「嘘つくんじゃねえよ。さっき寄ったけどいなかったよ」

「今、戻ってきたところだ」

「じゃ、アパートで待ってろ」

「行き先は？」

「うるせえよ。私の言う通りにしてりゃいいんだ」君絵が興奮した。「サツに知らせたら、川中の娘は死ぬ」

「どれぐらいで着く？」

「首を洗って待ってろ」

いきなり電話が切れた。

俺は母屋に電話を入れ、花島に事態を伝えた。

川中は口を開け、はあはあと息を吐いていた。

俺は澄子に事情を説明した。

「早く行きなさい」

「そうします」

花島が飛んできた。

「俺はアパートに戻ります。川中さんと一緒に。車を貸してもらえますか？」

花島が農繁キャリイの鍵を俺に渡した。

農繁キャリイは工場の裏に駐まっていた。

川中と一緒にアパートを目指した。

車をアパートの近くに駐め、階段を駆け上った。俺と川中は、それぞれ自分の部屋に入った。

部屋は熱気が淀《よど》み、ゴミの腐った臭いがかすかにした。荒らされた様子はなかった。

部屋にいても落ち着かない。川中と共にイカれた女を待つことにした。

俺はブロック塀で姿を隠し、道路の様子を窺った。

花島から電話が入った。「もうじき、俺もアパートの近くに着く」

京葉道路の方から車がやってきた。トラックのようだ。

電話は繋がったままだ。

路上に飛びだそうとした川中を俺が止めた。「関係ない車かもしれない」

トラックが目の前を通過した。三菱ふそうのトラック。運転しているのは花島だった。

トラックはアパートから百メートルほど離れた場所で停まった。

「トラック、見えてます」

「携帯、切るな」

「そのつもりです」

ややあってまた京葉道路の方からヘッドライトがこちらに向かってくるのが見えた。

トヨタ・ハイエースのバンだった。

ハイエースはスピードをゆるめた。

君絵を乗せた車らしい。

しかし、ハイエースはアパートの前を通りすぎてしまった。運転しているのは男で、後ろに女がふたり乗っていた。

塀の縁から覗き見た。

ハイエースは斜め前のスクラップ工場の前で停まった。運転していた男が降りてきて、辺りに視線を向けた。手には工具を持っていた。チェーンカッターのようだ。

「花島さん、聞こえますか?」

「ああ」

「敵は、アパートの斜め前のスクラップ工場に侵入するらしい」

「あそこか。時間をできるだけ稼げ」

男はカッターで、扉の取っ手に巻かれていたチェーンを切ろうとしていた。チェーンが太いらしく、時間がかかっている。

「俺たちは部屋で待ちましょう。花島さんに時間を稼げと言われましたから」

俺たちは躰を屈めて階段を上がった。そして、再びそれぞれの部屋に戻った。

花島がどんな手段に訴えるかは分からないが、そのスクラップ工場の社長とは長年の付き合いだと言っていた。工場内部のことを花島はよく知っているはずだ。

ノックの音がした。川中だった。

「今、連絡があった。思った通りスクラップ工場に来いと言われた」

その旨《むね》を花島に伝えた。携帯は繋いだままである。

俺と川中は通りを渡り、スクラップ工場に入った。正面にお払い箱になった車が山積みにされていた。右側にトタン壁の工場があり、事務所と繋がっている。

工場のシャッターは開いていた。ハイエースのリアが目に入った。

俺と川中は工場に向かって歩を進めた。

工場内はまるで廃墟のようだった。四角い金属の塊《かたまり》はスクラップになった車である。金属のゴミとドラム缶が目に入った。タイヤを失った軽トラがゴミの上に斜めに置かれている。

俺はすぐには中に入らず、足を止めた。

金属のゴミの山の陰から、君絵が姿を現した。隣に小柄な太った男が立っていた。髪をモヒカンにした若造だった。顎鬚を生やし、黒縁のサングラスをかけている。ジーパンにスニーカーを履き、薄手の黒い上っ張り《うわぱ》を着ていた。

君絵は迷彩服姿だった。レイバンのサングラスをかけ、編み上げのブーツを履いていた。サイレンサー付きのオートマチックを握り、ガムを噛みながら、片頬を歪ませて笑っている。

君絵はミリタリーマニアでもあるらしい。世の中には人を殺したくてしかたのない人間がいると聞いていたが、君絵もそうなのかもしれない。

「恵子はどこだ」川中が声を上擦らせて訊いた。

「まだ生きてるよ」

「会わせてくれ」

「中に入んな」

俺たちは言われた通りにした。

シャッターが閉じられた。

ハイエースの向こうに白いセダンが駐まっていた。車輪や窓ガラスがない車だった。その後部座席に女の後ろ姿が見えた。女が振り向いた。ガムテープで口を塞がれている。

川中が車に近づこうとしたが、若造に阻止《そし》された。

工場の天井は高い。そこに可動式の大きなクレーンのツメがぶら下がっていた。急な階段を上がったところにオペレーター室があった。小振りのゴンドラのようなものでガラス張りだった。

右奥にドアがあった。事務所に通じているのかもしれない。

「俺がここに残る。娘さんを解放してやれ」

そう言った俺の前に君絵が立ち、拳銃を左手に持ち替えた。

瞬間、俺の顎にパンチが飛んできた。俺は床に倒れた。女とは思えない力だった。

「その言《い》い草《ぐさ》からして気にいらねえんだよ。土下座して、お願いしますって言え」

俺は言われた通りにした。

ブーツが俺の首を圧迫した。俺は歯を食いしばって堪えた。俺はこの女に、たいした理由もなく殺されるのだろうが、いたぶってからでないと実行しないらしい。

川中の娘を父親に返すだろうか。このままでいくと、ふたりとも殺される可能性が高い。

「よし、立て」

「娘を……」川中がか細い声で言った。

「出してやれ」君絵が若造に命じた。

男が川中の娘を車から出した。手錠を後ろ手に嵌められていた。

「ふたりを帰してやってください。お願いします」俺は君絵に頭を下げた。

「後ろを向け」

俺は従うしかなかった。俺の手首にも手錠がかけられた。それから俺は、川中の娘の乗っていた白いセダンに押し込められた。

川中と娘は、男の命令で床に正座させられた。

君絵が拳銃を男に渡した。そして、階段を上っていった。ほどなく機械音が工場内に響いた。

「気をつけろ、ツメが」川中が叫んだ。

川中の顔に男の蹴りが入ったのが見えた。

天井に取り付けられているツメで、俺の乗った車を持ち上げるらしい。俺は座席の下に躰を倒した。

モーターが唸り続けている。俺は窓の方に目をやり、じっとしていた。

やがて、ツメの影が近づいてきた。車体にツメがぶつかり、激しく揺れた。ツメの先端部分が現れ、窓の両側から車内に侵入してきた。屋根の一部が不快な音を立てて押し潰された。錆び付いた鉄のツメが目の前に迫ってきた。車体がゆっくりと持ち上げられてゆく。


右に大きく振られたところで一旦止まった。

俺はやっとの思いで躰を起こした。

何か違ったマシンが動き始めた音がした。軋《きし》み音が聞こえた。

ほどなくその音が止まった。再びツメに引っかけられた車体が移動を始めた。ゆっくりと降ろされてゆく。

「ああ」俺は思わず声を上げた。

車をプレスする気らしい。

「止めろ！」川中の声が聞こえた。

ドアのレバーを引こうと、後ろ手錠をかけられた手を持っていったが、うまくいかない。

機械音が止まった。

君絵の高笑いが工場に響き渡った。

俺はまた何とか躰を起こした。車はまだプレス用の穴には入っていなかった。

ややあって君絵がやってきて、俺を車から出した。

君絵の目が残忍な色に染まっていた。「チビったろう」

俺は言葉が出てこなかった。

「お前をすぐに熨《の》しイカにするのはもったいない」

俺は川中親子のところに連れてゆかれ、正座をさせられた。

俺の右斜めにはハイエースが駐まっている。その向こうに人影が見えた。

おそらく花島だろう。機械音が工場に響き渡っているのを利用して、裏のドアから入ってきたに違いない。

「トイレに行きたい」俺が君絵に言った。

「そのましろ」

「立ってしたい」

「自分で立て」

後ろ手錠のまま自力で立ち上がるのには苦労した。

「鍛えてねえんだな。私より力がない」君絵が笑った。

「手錠を外してくれ。じゃないとチンチンが出せない。あんたが出してくれるか」

「手錠、外して」若造は君絵の命令に従った。

手錠が外された。

「裸になんな」

「嫌だよ」

「見せられないほど小さいのか」

「あんたも大事なとこを見せろよ。男か女か確かめたい」

「はあ」君絵は口をあんぐりと開け、俺を見つめた。「てめえ……」

君絵が半歩俺に近づいた。

瞬間、ハイエースの後ろに身を隠していた花島が素早く飛び出した。手にはハンマーのようなものを握っている。

君絵が振り返った。そのタイミングを俺は逃さなかった。君絵の背後から首に左腕を回し、右手で銃を握った君絵の手首を思い切り押さえつけた。

銃声が二発轟《とどろ》いた。

川中の娘が悲鳴を上げた。

「川中さん、娘さんと裏から逃げろ」花島が叫んだ。

足音がしたが、必死で君絵を押さえていた俺には誰のものかは分からなかった。

君絵は抵抗し続けている。

「この野郎!」若造が吠《ほ》えた。

花島と若造がやりあっているらしい。

君絵が突然躰を左に捻り、肘で俺の股間に一撃を食らわせた。ひるんだ。衝撃で、君絵の手首から俺の右手が外れた。君絵が体勢を整えようとした。俺は君絵の胸ぐらを摑んでぐいと引きつけ、足を払った。君絵が倒れかけたが、ハイエースの車体に助けられた。

「このクソ男！」

君絵が銃口を俺に向けようとした。俺は無我夢中で銃を握った右手を払った。拳銃がまた火を噴いた。ドラム缶に命中したような金属音がした。俺は君絵の顔面に拳を沈め、君絵の右腕をハイエースの車体に叩きつけた。君絵は俺の股間を蹴り上げようとしたが決まらなかった。四度、右手を車体に叩きつけたら、やっと拳銃が床に転がった。

君絵の腹に重いパンチを沈めた。君絵が前のめりになった。顔面にストレートを入れた。君絵の口から血が流れ出した。かまわず、顔を殴った。

君絵はグロッギーだったが油断はならない。俺は拳銃を拾い、君絵から少し離れた。

川中親子の姿はなかった。花島が床に若造を押さえつけているのが見えた。

「床に座って、手を頭に乗せろ」

俺は君絵に目を向けた。

君絵は暗い光を放つ瞳で見返してきたが、動こうとはしなかった。

「往生際が悪いな、あんたは」

「お前は私を撃てねえよ。そんな度胸ねえだろうが」君絵が歯を剝いた。

川中が裏の方から俺に駆け寄ってきた。

「娘さんは?」

「大丈夫だ」

「あそこに転がってる手錠を取ってきてくれ」

川中が言われた通りにした。

「後ろを向け」

君絵は動かない。俺は川中に銃を渡すと君絵に近づいた。君絵が襲いかかってきた。躰をかわし、また足を払った。君絵が床に転がった。俺は彼女の上に馬乗りになり、両手をしっかりと押さえた。

何も言わずとも、川中はやることを心得ていた。君絵の頭の後ろに回り、両腕を俺と一緒に押さえた。何とか君絵に手錠をかけることができた。

「猛獣だな、あんたは」

「殺してやる!」君絵が叫んだ。

「娘の手錠が外れないんだ」川中が言った。

俺が君絵を押さえている間に、川中がポケットを探った。

それらしき鍵が見つかった。

「外した手錠、持ってきてくれ」

「うん」

花島と若造の戦いも決着がついていた。若造にはもう反撃する力はなかった。しかし、花島は若造の上に乗ったままだった。

川中が手錠を持って戻ってきて、若造に手錠をかけた。

「ふたりをこっちに連れてきてください」

俺は花島と川中に頼んだ。

「どうするんだい？」花島が顎をさすりながら訊いてきた。

俺はツメに目を向けた。「花島さん、操作できますか？」

「できるよ」

「じゃ、オペレーターをやってください」

若造の顔に動揺が表れた。「俺は、この女に雇われただけだ」

「だから何だって言うんだ」俺は冷たく言い放った。

「助けてくれ」

君絵が若造の顔に唾を引っかけた。

花島がオペレーター室に向かった。その間に、プレスされそうになっている白いセダンの後部座席に、ふたりを押し込んだ。その際も君絵は大暴れした。俺は君絵の髪を引っ張り、大人しくさせた。

「どうするんだ」川中が訊いた。

「スクラップにして川に捨てる」

「お願いです。助けて」情けない声を出したのは若造だった。

俺はオペレーター室を見上げた。そして、車を吊り上げるように手で指示をした。

再び機械音が工場に響き始め、ツメが窓枠をしっかりと摑んだ。

俺はまた手で花島に指示を出した。

車は、工場のほぼ中央の高い位置で停止した。

ドアを開けることができても、飛び降りるには相当勇気がいる。君絵ならやりかねないが、俺たちが下にいる限り、徒労《とろう》に終わることは目に見えている。

俺はその場に座り込んでしまった。

俺は花島と見知らぬ男に抱えられ、事務所に連れていかれた。見知らぬ男はこの工場のオーナーだった。花島は彼と共に、事務所から工場に入ったのだった。すでに警察には連絡してあるという。

娘の躰が震えていた。実は俺も、歯の根が合わなくなっていた。

俺たちは口を開かず、警察が来るのを待った。

俺はテーブルに置かれた拳銃を手に取った。グリップに星のマークが入っていた。トカレフのようだ。

はっとして、俺は慌てて工場に戻った。

車のドアが開いていた。君絵と若造が脱出を試《こころ》みようとしているのだった。

「怪我するから止めな」俺が君絵に声をかけた。

工場の前が騒がしくなった。オーナーがやってきて、シャッターを開けた。警察車両が数台停まっていた。赤色灯が闇を切り開いていた。

ヘッドライトが眩しかった。

車から刑事が何人も降りてきた。

「犯人はあそこです」

警察官たちが白いセダンを見上げた。

「畜生、氏家、いつか殺してやる！」

君絵の狂気じみた声が工場に響き渡った。


その夜も、次の日も俺は警察の事情聴取を受けた。川中たちも同じだった。

マスコミがうるさかったが、無視した。

翌日の夕方、宏美から電話があった。会いたいと、か細い声で言った。俺は「いずれね」と答えただけだった。

尚子からも連絡が入ったが、出る気はしなかった。尚子とは落ち着いたら話せばいい。

尚子の電話が切れた直後、花島から電話がかかった。

「ご迷惑をおかけしました。明日から工場に戻ります」

「無理するな。それより、午後八時、女将が『瀧田家』でお前を待ってる」

「あれから女将は……」

「マスタングに乗って彼女は家に戻った。それを引き取りに行くだけだ」

「分かりました」

アパートに戻った俺は川中を訪ねた。川中はテレビを視ていた。俺と行動を共にしていた時よりも背中が曲がって見えた。

川中がテレビを消した。俺は正座をし、協力者に礼を言った。

「迷惑なことに巻き込まれたよ」川中がぽつりと言った。

「娘さんに後遺症は……」

「あいつは元気だよ。わしのせいで、あんなひどい目にあったって怒ってて、わしの顔は二度と見たくないそうだ」

「娘さんも頑なですね」

「すべての原因は若い頃のわしにあるから、文句は言えん」川中が煙草に火をつけた。

「迷惑っていうのはな、長い公演を終えて、仕事がなくなった役者みたいな気分をどう処理するか困ってるってことだ」

「なるほど。そういう意味ですか」

「まあ、もうしばらくしたら、以前のわしに戻れると思うけど」

「裁判が待ってますよ」

「そうか。まだ名演技ができる場所があるってことだな。でも、あんたはこれからどうするんだ？」

「修理工場に戻ります。多分、明日から」俺は腕時計に目を落とした。「今から、女将のところに行ってマスタングを引き取ることになってるんです」

川中の眉根が険しくなった。「女将のこと、どうする気だ」

「自首を勧めるしかないでしょう」

「そうだな。それしかないな」

「元の生活に戻ったら、飲み明かしましょう」

「うん」

俺はもう一度、川中に礼を言い、アパートを後にした。

また尚子から電話がきた。出る気はしなかった。澄子に会った時、どんな顔をしたらいいか。そのことばかり考えていた。

『瀧田家』の前でタクシーを降りた。マスタングが裏木戸の近くに駐まっていた。

俺は裏木戸のチャイムを鳴らした。

ほどなく澄子が現れた。その後ろに母親が立っていた。母親がじっと俺を見つめた。澄子の犯した罪のことを、母親は知っているに違いない。

「お母さん、氏家君とドライブしてくるわね」

「氏家さん、よろしくお願いします」母親は無理に作ったような笑みを浮かべた。

運転は俺がやることになった。

母親は塀際に立ったまま、俺たちから目を離さなかった。

自首を勧めるつもりだが、言い出しかねたまま車を走らせた。

「どの辺をドライブします?」

「高速に乗りたい」

俺は霞が関から首都高に乗ることにした。

「新聞で読んだわ。あなたの身に何もなくて、本当によかった」

「まさか、あの女にそこまで恨まれてるなんて」

「変な人間が増えてきて、司法が頭を悩ませる。どんどんそうなっていく気がするわね」

澄子には動機があった。その意味では〝正常〟な殺人と言える。しかし、ふたりも人を殺しておいて落ち着き払っている。俺の理解の範疇《はんちゆう》を超えている。不気味だが、俺は澄子を嫌いにはなれない。

首都高四号線を新宿方面に向かって走る。

「氏家君、もっと飛ばして」

俺はアクセルを踏んだ。前を走る赤いカマロの尻が迫ってきた。周りを目視し、追い越し車線から走行車線に入り、内に抜きをかけた。それでカマロに火がついた。向こうもスピードを上げた。煽ってくる。俺はまた一台、内抜きをかけた。カマロが食らいついてきた。

トンネルに入った。対向車線の大型トラックが大きな目玉を光らせ、怪獣さながらの轟《ごう》音《おん》を立てて迫ってきた。

「女将、自首してください」

大型トラックと擦れ違った時、俺は大声で言った。

「もっと飛ばして、もっと」澄子の口調は激しかった。

俺は言われるままにアクセルを踏んだ。

カマロは執拗《しつよう》についてくる。

首都高は古い。無理なカーブが多くて、高速道路なんて呼べる造りはしていない。だから走り屋にとっては、またとない〝レース場〟である。しかし、その夜の俺はバトルを愉しめる気分ではなかったし、昂揚《こうよう》感もなかった。

「ああ、気持ちよかった。もういいわ」

俺は、カマロを追うのを止めた。

西新宿の高層ビル群が見えてきた。

「東京の夜景って素敵ね」

「…………」

「私を桜田門《さくらだもん》まで連れてって」

俺は思わず、澄子の横顔に目を向けた。

「あなたに勧められる前から、警視庁に送ってもらうつもりでいたのよ」

俺は新宿で首都高を離れ、一般道を通り、桜田門を目指した。

俺も澄子もまったく口を開かなかった。警視庁が近づいてくると、俺はスピードをゆるめた。

右が地裁。このまま走れば皇居にぶつかる。

「この辺で停めて」

俺は車を路肩に寄せた。

「あなたとは、もっともっと一緒にいたかった」

「…………」

「手を握って」

差し出された澄子の手を取った。ぎゅっと握ってきた澄子の手は震えていた。握り返した。俺の掌は汗で濡れていた。

意図せずして、俺が澄子を追い詰めたのだ。しかし、悔いてはいない。ただただやり切れない気持ちが胸に拡がっただけである。

澄子が急に手を離した。そして、俺をじっと見つめた。涙で潤んだ瞳に笑みが浮かんでいた。

「ごめんなさい」俺は謝った。

「これも運命よ。あなたは自分の将来のことだけ考えてればいいの。ちゃんとご飯を食べるのよ。変な女に引っかかったらだめ。のぼせ上がった真似もしちゃだめよ。幸せ……」

そこで澄子が喉を詰まらせた。「じゃ、私、行くわね」

そう言い残すと澄子はドアを開け、ゆっくりと車を降りた。そして、振り向かず、歩道を警視庁の正面玄関に向かって歩き出した。

堂々とした影が歩道を遠ざかってゆく。生温かい風がさらさらと街路樹を渡っていた。

澄子の姿が次第に小さくなっていき、やがて見えなくなった。

脱力感に襲われた俺は、しばらくぼんやりとしていた。

マスタングが工場に着いたのは午後十時すぎだった。

工場には誰もいないと思ったが、事務所の窓から灯りが漏れていた。

シャッターが開いた。花島が工場の真ん中に立っていた。

「ちょっと来い」

俺は誰とも話したくなかったが、マスタングの鍵だけは返しておこうと思った。

俺は工場に入った。

「明日から定時に来ます。長い間、ご迷惑をおかけしました」

花島の口から酒のニオイがした。鍵を受け取った花島は事務所に戻った。

「話がある」

「明日じゃ」

「今だ」

俺も事務所に入った。花島は焼酎《しょうちゅう》を飲んでいた。

「飲むか」

「いいえ」

「そんなとこに突っ立ってないで座れ」

俺はパイプ製の椅子を引いた。

「女将をお送りしてきました」

花島は口を開かない。こうなることを澄子から聞いていたに違いない。

俺は煙草に火をつけた。

「女将がお前に伝え切れなかったことがある」

俺はにわかに興味を持った。「俺の親父の名前が不正融資に使われた件ですか?」

「黙って聞け。俺もお前に謝らなきゃならんことがあるんだ」

「社長が俺に?」

花島も煙草に火をつけた。煙草の煙で部屋の空気が濁ってきた。

「女将が神尾源一を貶めようとした動機だがな、彼女の言ったことは真っ赤な嘘だ。付き合っている政治家なんていやしない」

「そうか。付き合ってた相手は社長なんですね」

「馬鹿言うな」

「女将は花島さんが好きだと俺に言ってましたよ」

「それも嘘だ」

「もったいをつけないで早く言ってください」

「もったいなんかつけてねえよ」花島が声を荒らげた。

俺には社長の苛立ちがどこからきているのか見当もつかなかった。

「お前はな」花島がそこでグラスを一気に空けた。

空のグラスを机に戻したが、割れんばかりの力が入っていた。

「お前の父親は、トランペッターだった男じゃないし、死んだ母親の子でもない」

俺はぼんやりと花島の顔を見ていた。

驚きなど湧いてこない。口許に笑みを浮かべただけである。

「じゃ俺は誰の子なんです」

「父親は神尾源一、母親は瀧田澄子だ」

遠い国で起こった、ありもしない事件のことを聞かされている。そんな気にしかなれなかった。

俺は躰を背もたれに預け、黙っていた。

「ショックだろうが、最後まで聞け」

「聞きますよ」俺は挑戦的な口調で言い返した。「嘘でも何でもちゃんと」

「若い頃、女将と源一は恋に落ちた。ふたりは同じ歳で、当時源一は銀行に入ったばかりだった。女将は孕《はら》んだ。女将は堕《お》ろす気はなかった。源一は困り、掌を返すように女将から逃げ、父親の万作に打ち明けた。万作は激怒した。将来、政界入りさせようと思っていた息子に傷をつけるわけにはいかない。万作はいろんな手を打った。女将の母親にも圧力をかけた。しかし、澄子は源一との結婚は望まないが、子供を堕ろすことは絶対に承知しなかったんだ。ところが、当時の『瀧田家』は経営に困っていて多額の借金があった。澄子の母親と万作が相談し、両親を偽装したんだ」

「馬鹿馬鹿しい話ですね。なぜ、俺の両親がそんなことを承知したんですか？」

「死んだお前の母親は一時、真中太の親父と付き合っていたが、あらくれだった奴から逃げたかったそうだ。困り果ててるのを知った女将の母親は、お前の親父を使って、逃亡する計画を立て、澄子の子供を産んだことにしてほしいと頼んだ。切羽《せっぱ》詰まっていたお前の母親は受けた。父親の方は、歳は離れていたが、澄子のことを憎からず思っていたそうだ。だから承知したんだよ。それにもうトランペットを吹けなくなっていたし、ヤクもやってた親父は、すべてを忘れられる、いいきっかけになると女将の母親に言っていたって話だ。彼らは相当、金ももらったようだ。最初のうち、真中の親父は事情を知らず、ふたりに追っ手をかけた。その時、うちの親父が助けたんだよ」

「女将は俺を一体、どこで産んだんですか？　そんな簡単に誤魔化せないでしょう？」

「今は無理かもしれないが、お前が生まれた頃は、口止め料をもらってお産を手伝ってくれる産婆《さんば》なんていくらでもいた。その産婆はもうとっくに死んでるだろうけどな。源一は、その後、元通産大臣の次女を嫁にもらい、ふたりの男の子を儲けた。そのひとりは源一の秘書をやってる」

「女将は実の子に会いたいと思わなかったんですかね」俺の口調は冷たいものだった。

「思ってたさ。お前の親父が生きてた間は、密かに連絡を取ってたみたいだ。だが、親父はお前には会わせなかったそうだ。びしっと線を引いておかないと、後々、面倒なことになると思ってたようだ。ともかく、女将が、不正融資をデッチ上げ、神尾源一を貶めた理由は、ふたりの恋愛の結末にあったんだ」

「しかし、なぜ、女将は源一を潰すために、あんな手の込んだことをしたんですか？　源一に恨みがあるんだったら、もっと前に何らかの手段を講じることもできたんじゃないんですか？」

「大内佐和との出会いがなければ、こういう結果にはならなかったろうな」

澄子は大内佐和と或る議員秘書を通じて知り合った。ふたりは仲良くなり、佐和は歳上の澄子に、自分の生《お》い立ちや、神尾一派に対する恨みを正直に話した。それまでは料亭の女将として、決して自分の過去を他言しなかった澄子だが、佐和には本当のことを打ち明けた。それで、身勝手な源一に佐和と共に復讐《ふくしゅう》する気持ちになったらしい。だが、普通のやり方では無理だ。佐和からの情報を基《もと》にして、偽装献金で神尾源一の総理の目を潰すという計画を立てたのだという。

「その話、女将から聞いたんですか？」

「ああ」

「なぜ、女将は社長に……」

「俺の親父がお前の親父の指を駄目にしたことは、女将も知ってた。俺が、お前の親代わりのような存在だと思ってたから、何でも話せたんだろうよ。女将の代わりにお前に真相を伝えることができるのは俺しかいないだろうが。バブルが弾け、お前は会社を潰し、借金を作った。そして、俺を頼ってきた。その時は、お前が女将の息子だなんて知らなかったよ。お前がここに勤めると決まった時、車を引き取りにきた女将に、何の気なしにそのことを話した。それからだよ、しょっちゅう、彼女がここに来るようになったのは。変だとは思ってたが、お前が女将の息子だとは考えもしなかった」

澄子の母親は、初対面の時から俺をじっと見ていた。花島の言った通りだとすると、大女将が俺の祖母ということになる。

「で、社長はいつそのことを知ったんです？」

「お前が拉致された直後。女将の母親に俺は呼び出され、頭に入れておいてほしいと頼まれた。事件の真相を女将から詳しく聞いたのは昨日だ」

富沢は勇蔵を使って、真大組に不正な金を振り込ませる手先になっていた。富沢に近づいた佐和は、そのことを摑んだ。澄子が関わった経緯は、彼女自身が、この間、ここで俺に話したことと変わりはなかった。

しかし、そこから先は、まったく違っていた。小宮山が、澄子に付き合っている男がいると富沢に教えた話なども、当然澄子が捏造《ねつぞう》したものだった。

しばし黙った花島がグラスを口に運んだが、飲まずに元に戻した。「氏家豊の名前が浮上してきたことは、真中太の耳に入ってたようだ。しかし、雑魚《ざこ》だと思ってたから、下っ端に処置を任せていた。ところが、或る時、真中は病気療養中の父親にお前のことを口にした。真中の親父は氏家豊が本当は誰の子か知っていて、それを息子に教えた。真中の口からそれが富沢に伝わったんだ。富沢は手を回して調べた。結果、自分が操られていることを知った。で、会社に澄子を呼びだし、お前に真相をすべて明かすと脅した。澄子は、お前に真実を知られたくなかった。息子を見捨てた責任は彼女にもあったから、秘密にしておきたかったんだろうよ」

真中太が、わざわざ俺の顔を見たかったのは、彼の父親と深い因縁《いんねん》のある男の子供だったかららしい。

「俺が神尾源一の息子だったってことが公表され、スキャンダルになったら、総裁選に影響したんじゃないんですか？」

「真中太から神尾一派に、澄子の企みは伝わっていたはずだが、その時点ではもう、仕組まれた不正献金は『泰平総合研究所』の手に渡っていた。振り込まれた金を神尾一派は、どうしたらいいか困り果ててたらしい。だから、お前が源一の子供だったという、四十年前に遡らなければはっきりしない話にかまってる暇はなかったんじゃないのかな」

「神尾派は、藤倉に脅しをかけなかったんですかね」

「そこまではやらなかったみたいだな。首謀者は分かってるんだから、藤倉を絞め上げてもあまり意味がないだろうが。金の出どころは同朋銀行で、不正を働いたのはお前の友人の五十嵐と富沢新太郎だ。富沢は真中太の高校の同級生。真大組が神尾派と繋がりがあるのは、警察も東京地検も知ってる。澄子の仕掛けた罠だったと主張しても、金の流れを調べられたら神尾派には絶対に不利だ。刑事事件としてどうなるかは別にして、総裁選の候補者からは外される。しかし何であれ、富沢は自分がどうなるか不安だった。真中太は友人だが、いざとなったら自分を亡き者にする可能性もあるし、澄子が牙を剝くことだって考えられる。そこで、事の次第をテープに吹き込み、澄子とのやり取りも同じテープに録音した。澄子には、自分に何かあったらどうなるか教えたそうだ」

「殺される直前、富沢は俺に電話をかけてきて話があると言った。何を言いたかったんでしょうね」俺は少し間を置いてから口を開いた。

「それははっきりしないが、富沢は女将にこう言ってたそうだ。〝豊も、本当は真相を知ってるんじゃないのか〟ってね。戸籍上は赤の他人である母子《おやこ》が組んでるかもしれないと疑心暗鬼《ぎしんあんき》に駆られていたようだ。そのことをお前に会って探ってみたかったんじゃないのかな」

富沢は女将と会う夜に俺を呼び出した。偶然を装って、俺と女将を事務所で会わせるつもりだったのかもしれない。そうやって女将に圧力をかけようとしたのではなかろうか。しかし、その前に女将が富沢の口を封じてしまい、俺が富沢の死体を発見することになった。そんな気がしてならない。

その時点で、富沢コーポレーションの社員、児玉庄一がスパイだったかどうかは分からない。しかし、盗聴器をつけたのは、富沢が殺された後だろう。ドスで刺殺されたのだから真大組の連中に疑いがかかる。小宮山を通じて神尾派の誰かから指示が出て、児玉が社長室に盗聴器を仕掛け、その後の展開を知ろうとしたのだろう。

神尾派に対する不正献金に関しては、澄子が言っていた通り、富沢とふたりだけで決めたことだから、柳生専務は知らなかったに違いない。

藤倉殺しは、澄子が俺に語った通りだった。

富沢が勇蔵に命じて、不正融資の際に、俺の父親の名前を使わせたのは、何かあった時に、澄子に打撃をあたえる〝爆弾〟だった気がしないでもない。俺に疑いの目が向けられれば、俺も事件に巻き込まれる。澄子は無関係な実の息子が容疑者リストに載ったことを知り、気が気ではなかったに違いない。

富沢の描いた筋書きではなかったが、彼の執念が澄子に勝ったと言えるだろう。親父の名前を警察から告げられていたことで、俺は、それまで以上に事件に深入りした。結果、実の息子である俺が、母親の女将を追い詰めたのだから。

瀧田澄子の告白は嘘とは思えない。しかし、この期に及んで、澄子が実母だと言われてもまるで実感が湧かなかった。母親を早くに亡くしていることもあって、比べる相手すら俺にはいないも同然である。それが却って、俺の気を楽にした。

「女将は言ってた」花島が遠くを見つめるような目でつぶやいた。「あくまで神尾派のために不正をやったという主張は取調べの際も崩さないって」

「神尾は反論し、俺との関係を暴露するでしょうよ」

「どうかな？　でも、話したとしても、神尾のところに不正な金が流れたのが、女将の罠だったと立証することは難しい。そうやって四十年前の恨みを晴らそうとしたなんて説得力がないし、証明もできんからな。さっきも言ったが、不正な金は富沢と五十嵐が用意した。そのふたりは死んでるし、藤倉も殺されている。女将は富沢と藤倉を殺したことは認めてるから、動機は何とでもなる。受け取る金を巡っての仲間割れと女将が証言したとしても、それを覆《くつがえ》すことはなかなか難しいだろうな」

「大内佐和の存在がクローズアップされれば、女将の復讐がばれるんじゃないんですか？」

「俺は佐和という女のことはよく分からないが、元議員の娘で、政財界の裏で女を売って金にしていた。澄子と会っていたとしても、味方なのか敵なのか、ふたりが自供しないと、この点も証明できない。タヌキとキツネの化かし合いだったと受け取られる可能性もある。佐和は不正融資にも殺人にも関係してないから。女将は殺人罪で裁かれるんだ。検察は、彼女たちが描く筋立てが通れば、他のことは気にしないさ」

「いずれにせよ、神尾源一に拭い切れない汚点が残りますね」

「うん。女将のやった偽装が突破口となり、神尾一派の金の流れを、地検は広範囲にわたって調べるだろう。神尾源一を立件できるかどうかは分からないが、地検の事情聴取を受けることになり、総裁選どころではなく、逮捕を免れようと、他の派閥の領袖《りょうしゅう》に裏で働きかけ、延命を図ろうとするだろう。神尾ももう六十六だ。巻き返しを図っている間に一線から外れてしまう可能性が高い。大人しくして、息子に期待するしかないんじゃないかな」

重い沈黙が流れ、ふたりの吸う煙草がさらに空気を汚した。

「『瀧田家』はどうなるんでしょうか?」

「女将の母親は売りに出す気でいるらしい。婆さんが亡くなる前に、一度顔を出してやれ」

俺はそれには答えなかった。そして、こう言った。

「社長、明日から出勤します」

「気持ちを集中できるか」

「もちろん。今の俺は車の修理しか考えたくありません」

「修理に逃げ込もうってことか」

「いけませんか。それぐらいしか俺には……」

「半人前のお前に、大切な車を利用されるのは嫌だが、しかたないだろう」花島が顔を歪めて笑った。

俺の携帯が鳴った。また尚子からである。

俺は舌打ちして、携帯を耳に当てた。

「何だよ、今頃」俺の声は尖っていた。

「今さっき、ニュースで視た。『瀧田家』の女将が自首したんだってね」

「うん」

「今、どこにいるの」

「工場だ」

「すぐに会社に来てほしいの」

「何で？」

「いいから来て。すぐに」

「俺は疲れてる。兄さんを殺った奴が分かった。それでもういいじゃないか」

「駄目なのよ」尚子の声には切迫《せっぱく》したものが感じられた。

俺は電話を切り、花島に事情を説明した。

「行ってやれ。ただし、何があろうが明日は遅刻せずに来い」

「はい」

「あ、そうだ。女将の車だがな、ポルシェは売り飛ばす。が、マスタングは俺がただ同然の値段で買い取ることにした。意味分かるか？」

「いいえ」

「いずれマスタングはお前に買い取ってもらう。それまでもお前の車だと思え」

「それは……」

「女将からの頼み事を俺が受けた。四《し》の五《ご》の言わずに乗れ」

花島が、一旦返した鍵を俺に投げて寄越した。

鍵を受け取った俺は花島をまっすぐに見つめた。花島はグラスを口に運んだ。

俺の方は見ない。おそらく、一時間相対《あいたい》していても同じだろう。

俺は一礼して事務所を出た。

マスタングで新橋を目指した。

突然、俺の感情が動いた。

金と権力の亡者たちを相手にしてきた強かな女だとばかり思っていたが、女将は案外デリケートだったんだな。

俺には女が分からない。子供を捨てる母親だってわんさかいるのに。

悪いが俺は、あんたを母親だと今でも思っていない。マスタングの持ち主で、俺に親切にしてくれた粋《いき》な女将。ただそれだけ。なのに……。

こみ上げてくる涙が視界を曇らせた。

俺は顔を作って、社長室に迎え入れた尚子に相対した。

「あんたのおかげで兄さんを殺った奴が捕まった。心から感謝してる」尚子がしめやかな声で言った。

「お礼は口だけじゃな」俺は笑ってみせた。

尚子が窓辺に立ち、外に目を向けた。

俺はソファーに躰を投げ出した。「話ってなんだい？」

「私、ひとりじゃ心細いの。元通りの付き合いをしたいっていうんじゃないのよ。でも、私の傍にいてほしい」

「俺にこの会社に勤めろって言うのか」

「できたら、また一緒に暮らしてもいいって思ってる」

「そうなったら五千万はチャラか」

「悔しいけどそうなるわね。悪い話じゃないでしょう？」

俺は鼻で笑った。肩越しに俺を見た尚子の目に怒りが波打っていた。

「俺は不動産屋には向かない。お前の相談事にならいつでも乗ってやるけどな」

「車の修理がそんなに愉しいの？」

「ああ。女は俺の力だけじゃどうにもならないけど、車は何とかなる」

「意外ね。今度の事件で、あれだけ危険を顧《かえり》みず頑張《がんば》った男なのに」

「だから疲れたんだよ」

「私のこと、もう好きじゃないのね」

「俺とお前の関係はレストアできない」俺はきっぱりと言ってのけた。

「学生時代に振られた五十嵐の奥さんと付き合うのね」

俺は肩をゆすって笑い出した。「彼女を選ぶんだったら、お前の傍若無人《ぼうじやくぶじん》な性格に付き合う方がずっと愉しい。利《き》かん気の強い女の尻を叩く方が性《しよう》に合ってるらしいよ」

「だったら、私と……」

俺は殊勝《しゆしよう》な顔をして尚子を見た。「五千万だけど、いくらまでまけてくれる？」

「寂しいね」尚子がぽつりと言った。

「俺もだ」俺は天井を見てつぶやいた。

脳裏をよぎったのは澄子の笑顔だった。

「分かった。今、言ったこと、すべて忘れていいよ」相変わらず言い方は偉そうである。

「五千万も忘れてくれるのか」

「違うわよ」

尚子は力なく笑って、社長の机の後ろに回った。

「こっちに来て」

「何だよ」

「いいから言う通りにして」

俺は煙草を消し、立ち上がった。

机に隠れて見えなかったが、段ボール箱が二箱、そこに置いてあった。

「見ていいよ」

俺はしゃがみこみ、段ボール箱のひとつを開けた。新聞紙を取り除いた俺は、尚子を見上げた。

「ぴったり五千万、入ってる。このことで、何度も電話したのよ」

「誰が？」

尚子が机の上に置いてあった封書を俺に渡した。

短いメモが中から出てきた。

〝氏家豊さんのためにお使いください〟

送ったのは澄子に決まっている。

俺はどうしたらいいのか困った。

「誰がこれを送ったのか、私、知りたい」尚子が言った。

「俺もだよ」

「あの女将じゃないの」

「……………」

「持って帰って。私、まともな商売をやろうとしてるの。こんな裏金みたいなものは受け取れない」

俺は、メモを手にしたままソファーに戻った。「なぜ、先にこのことを言わなかった」

「こんな金、もらえないからよ」

「受け取っておけ。兄さんの遺産相続、終わってないんだろう?」

「警察が兄さんの資産の調査中だからね」

「家宅捜索はもう終わってるよな」

「うん」

「遺産相続ができるようになったら、家の屋根裏からでも出てきたって言って申告すればいい。税金は引かれるけど、綺麗な金として使える」

「…………」

「税金分が、事件解決に尽力した俺に対する報酬だと思えば納得できるだろう?」

「ばれない?」

「絶対に」

澄子の好意を俺は素直に受け取ることにしたのだ。

「やっぱり、あんたが私と……」

俺は黙って首を横に振り、メモをポケットにしまった。

「尚子、お前、素晴らしい女になったたな」

「その口のうまさ、営業に向いてる」

俺は短く笑って、立ち上がった。「儲かったら、車は俺から買ってくれ」

「あんた本当に……」

俺は軽く手を上げ、尚子に背中を向け、社長室を後にした。

マスタングに乗ると、数寄屋橋の交差点を目指した。

日比谷の交差点の赤信号に引っかかった。

勇蔵の娘、香織が日比谷の野音《やおん》に来ていなかったら、どんな展開になっていたのだろうか。

信号が変わった。桜田門を通過した。俺は警視庁の建物には目を向けなかった。

霞が関から首都高に乗った。先ほど、澄子を乗せて走ったコースを辿った。

フェラーリが煽ってきた。佐和が乗っていたのと同じタイプだった。俺は道を譲ってやった。

俺は、ポケットに入れてあった澄子のメモを破って外に少しずつ捨てた。

やがて西新宿の夜景が見えてきた。

俺はぐんとアクセルを踏んで、数台の車をごぼう抜きにした。

行き先などありはしない。

どこまでもどこまでも、このまま走り続けていたかった。

本書は月刊『小説ＮＯＮ』（祥伝社発行）平成二十六年三月号から二十七年四月号まで連載したものに、著者が刊行に際し、加筆、訂正し、二十八年五月に四六判で刊行した作品です。

――編集部

解説――スピーディーな争奪戦

文芸評論家・関口苑生《せきぐちえんせい》

小説というのは基本的に人と人との関係の中で生まれるドラマを描くもの、と思っている。いろいろな経験や経歴を持った人物と人物が出会ったときに起きる、さまざまな化学反応のごときものを物語る、とでも言ったらいいだろうか。要は心の揺れ動きと、その時々の変化である。

いささか大仰《おおぎょう》な物言いをすると、日本近代文学の先駆者と言われる坪内逍遥《つぼうちしょうよう》は、『小説神髄《しんずい》』の中で「小説の主脳は人情なり」と述《の》べている。さらにこれに先立つ江戸の昔、本居宣長《もとおりのりなが》は物語の本質を「もののあはれ」にあると謳《うた》った。もののあはれ――つまりは「情《こころ》の感《うご》き」にほかならないのだと。小説におけるこうした基本の精神、姿勢に時代の古い新しいは関係ない。時の流れを超えて、普遍《ふへん》的に生き続けるものであろう。おりにふれ目にし、耳に聞き、鼻で感じ、手でさわり……といったことで生じる、しみじみとした情感や哀感が物語を押し進める原動力となるのだった。そうした情感の中でも、ことに顕著《けんちょ》になるのが、人間関係による情《こころ》の感《うご》きだ。

人と人との関係。その最初にして最小の単位は親子、家族であろうが、そこから始まって、やがて近所、学校、職場等々と社会との関わりや繋《つな》がりが広くなっていくに従って、当然のことながら兄弟、友人、同僚、上司、あるいは恋人、夫婦……と人間関係もどんどんと広がり複雑になっていく。すると必然、それぞれの関係の中で種々の軋轢《あつれき》や葛藤《かっとう》、苦悩、喜び、怒り、感動といった情《こころ》の感《うご》き＝ドラマも生まれてくる。そうしたドラマをどのような角度で掬《すく》い上げ、どんな形にして仕上げてみせるかは人それぞれで、同じような題材であっても、作家によってまったく異なった相貌《そうぼう》となるのは言うまでもない。

――前置きが長くなってしまったが、本書『亡者たちの切り札』（初刊は二〇一六年）の作者・藤田宜永《ふじたよしなが》は、この人と人との関係とありようを、ちょっと違った角度からひたすら見つめ、描き続けてきた作家であった。

彼の小説デビューは一九八六年の『野望のラビリンス』（角川文庫）である。自身も七年間暮らしたパリを舞台にしたハードボイルド・ミステリで、主人公は私立探偵だった。私立探偵というのは、藤田が小説を書く上での原点と言ってもいいほど思い入れのある設定で、デビュー前から自分が書くなら私立探偵ものしかないと決めていたのだそうだ。少年の頃に観《み》ていたアメリカ製のテレビドラマ『サンセット77』だとか『サーフサイド6』『ハワイアン・アイ』などに刺激を受け、「少年の僕にとって、彼等は勇敢《ゆうかん》で洒脱《しゃだつ》で、大胆で繊細《せんさい》なヒーローだった」と感じたのが始まりだった。さらに長じてからはハメットやチヤンドラーを読むようになり、今度はいつか自分も私立探偵小説を書いてみたいと思うようになったのだという。

　実際に彼の私立探偵へのこだわりは尋常《じんじょう》なものではなく、主人公の設定を微妙に変えながらも、以後しばらくはこの系統の作品が続いていくことになる。

　このときの彼の私立探偵に対する捉《とら》え方がなかなか興味深い。初期の頃、藤田は探偵とタクシー・ドライバーが似たような存在だと捉えていた。いくつかの作品で、登場人物にその種のことを語らせているのだ。曰《いわ》く、乗せる客（依頼人）がその都度《つど》違うし、行き先（用件）も違うところが似ている、また毎日違った人間に会うことができ、違った人生模様をかいま見ることのできるところも共通点があるというのである。

　それらをまとめた意見が、次の言葉に集約されている。

「探偵というのは依頼があって初めてかかわりをもつ。出会うということでは常に〝点〟なんですが、いったんかかわりを持つと、心の中にどんどん入っていく。しかし事件が解決すれば、また何ごともなかったかのように去っていく。血わき肉躍《おど》るドラマが表なら、ひいた目で事件を見つめているのが、俺の探偵だと思う」（『週刊朝日』一九九六年九月十日号のインタビュー記事）

　探偵は〝点〟の出会いから、やがて線の関係へと発展していく過程で、依頼人たちの人生を観察することになる人間だというのだ。しかし、そこで問題となるのは、探偵が否応《いやおう》なく見ざるを得なくなった他人の人生と自分の立場の関係性である。探偵は決して他人の人生のウオッチャーやコレクターなどではない。にもかかわらず、彼らは見るだけでは収まらず、いつの間にか積極的に介入していく羽目《はめ》になる。

人と人との関係で、これほど不思議で不可解きわまりない関係もないだろう。何しろ、そもそも人間関係でごちゃごちゃしているのは依頼人側なのである。それは家族間の問題もあれば、仕事相手との確執《かくしつ》もあろう、はたまた浮気相手とのいざこざであるかもしれない。ともあれ、突然舞い込んできたややこしい事態のあれこれに対して、探偵は当初まっさらの状態で接していかなければならないのであった。何の情報もないまま目の前で繰り広げられるドラマを見るようなものと言ってもよい。それに大概《たいがい》の場合は、依頼人は嘘《うそ》をつくと相場が決まっている。

つまり、ここにはドラマが二種類あって、ひとつは依頼人側のドラマ。もうひとつは探偵と依頼人、およびその関係者との間に起きるドラマである。極論すれば、その両方を描いていくのが私立探偵小説なのだった。片方は観客として客観性のある立場で、もう片方は自らが主役となって主観的な立場で身を投じることになるのだ。

思うに藤田宜永は、このちょっと変わった二重構造になっているドラマを描くことに、作家としてのやり甲斐《がい》を目一杯感じていたのではなかったか。

ところがデビューして十年ほど経《た》つと、徐々《じょじょ》に変化を見せ始める。端緒《たんしょ》は一九九七年の『樹下の想い』（講談社文庫）だった。彼が初めて書いた恋愛小説だ。ミステリからいきなりの転身である。そしてこれ以降は、恋愛小説や家族小説へと活躍の分野をシフトしていき、その結果『愛の領分』（二〇〇一年・文春文庫）で見事直木《なおき》賞を受賞することになる。

結果から見れば、まさに華麗《かれい》なる転身だったと言えよう。だが、それまでの藤田ミステリの読者からしてみれば、驚き以外の何ものでもなかったはずだ。このとき彼にどのような心境の変化があったのかはわからない。もともとミステリだけでなく、吉行淳之介《よしゆきじゅんのすけ》やヘンリー・ミラーなどの愛読者でもあったし、愛と性をテーマにした小説を書くこと自体は何ら不思議はなかった。もしかすると、パートナーである小池真理子《こいけまりこ》氏の影響だってあったかもしれない。

ただここでひとつ言えることは、これらの恋愛小説で描かれるのは、当事者によるドラマの一種類だということだ。自分と相手との関係の中で生まれるドラマである。これを藤田は、一部例外はあるものの概《おおむ》ね男性の視線で描き、男女との差異を際立《きわだ》たせようとしたのだった。

二〇〇六年の恋愛エッセイ『恋愛不全時代の処方箋』（文庫化の際に『恋人の育て方』

と改題・ハルキ文庫）の中にこんな一節がある。

「極端に言えば、男女に関することにおいては、女性は関係性で生きており、男性は絶対性で生きています。恋愛をしていても、女性は常に〈彼と私の関係はなんなのだろう〉と、関係のあり方を考えます」

女性は子どもを産む性であり、体内に子どもを宿し、血の繋《つな》がった状態で育てるという関係性がある。つまり、もともと女性は関係性を重視するようにできているというのだ。ところが男性は――ということで、両者の相違を明確に指摘している。

また一九九六年の『ＥＱ』五月号での逢坂剛《おうさかごう》×笠井潔《かさいきよし》×藤田宜永による座談会では、女性との愛は「対幻想」だが、男性の友人や同僚との関係は「共同幻想」ではないかと語っている。かりに大嫌いな奴であっても、一緒に戦った人間ならばその関係は共同幻想ではないのかと。

本書においても、主人公・氏家豊《うじいえゆたか》と彼をめぐる女性たちとの間では、互いの存在と関係に微妙な考え方の違いが明らかに見られる。逆に男同士の付き合いは、どこか絶対的なもの、というかそう思っていたかったとの願望が感じられるのだが、これは気のせいか。

ともあれ、ミステリから一旦《いったん》離れ、恋愛小説へと主軸を移した藤田は、その後矢継《やつ》ぎ早《ばや》にこの分野での秀作をものしていく。といっても、エピソードの積み重ね方やちょっとした謎の出し入れなどは、ミステリらしい雰囲気と手法がどこかしらに漂《ただよ》ってもいた。

藤田恋愛小説の大きな特色は、主人公が作者の実年齢とほぼ同じくらいに設定されていることだろう。ことに二〇一〇年代になってからは、その傾向が顕著《けんちょ》になっている。自分と同年代の人間の人生――日々の生活やら体調やらも含めて、いかに現実と対峙《たいじ》するかを模索《もさく》していくのだ。もっとも、小説の主人公や登場人物というのは、多かれ少なかれ作者の等身大の気持ちが（自己対象化されながらも）反映されているもので、そういう意味で言えばそろそろ老年になろうかという男性の恋愛感情――男と女の関係性をめぐるドラマは興味深く、若輩《じゃくはい》ながら身につまされる思いがする。

たとえば二〇〇六年の短編集『恋愛事情』（文春文庫）は、還暦《かんれき》を迎《むか》えながらいまだ悶々《もんもん》とする男たちの物語だし、二〇一〇年の短編集『還暦探偵』（文庫化の際に『通夜の情事』と改題・新潮文庫）も同様で、通夜の情事という意味深《いみしん》な文庫化のタイトルがまさにそれを象徴している。長編では、二〇一〇年の『老猿』（講談社文庫）は定年を目前に会社を辞《や》め、妻子とも別れた男が、移り住んだ軽井沢《かるいざわ》の地で三十歳の中国女性と出会ったことで日常を逸脱《いつだつ》してしまう。二〇一一年の『夢で逢いましょう』（小学館文庫）は、六十歳の主人公が数十年ぶりに小学校の同級生と再会し、一九六〇年代から七〇年代にかけての青春時代の思い出を彷徨《さまよ》うことに。

あくまで個人的な感想なのだが、これらの作品、特に『還暦探偵』と『夢で逢いましょう』を書いたことがひとつの契機となり、やがて本書にも繋がる近年の昭和・平成のレトロな時代を舞台にした物語が生まれることになったのではないか、と実はひそかに思っている。

まず作者と登場人物の年齢で言えば、還暦探偵を書いたことで、年寄りにだって探偵役は務《つと》まるじゃないかと思ったかどうかは定かでないが、二〇一二年『探偵・竹花　再会の街』(ハルキ文庫)を刊行する。前作からおよそ十八年ぶりの復活劇だった。かつて四十代だった竹花《たけはな》は六十一歳となりながら、仕事にも女性にも老いてますます意気盛んなところを見せて、読者に健在をアピールした(しかし、ひと晩に三打席はさすがに無理だったようだが)。以後このシリーズは『探偵・竹花　孤独の絆』(二〇一三・文春文庫)、『探偵・竹花　潜入調査』(二〇一三・光文社文庫)、『探偵・竹花　帰り来ぬ青春』(二〇一五・双葉文庫)、『探偵・竹花　女神』(二〇一六・光文社文庫)と順調に年をとりながら続いていく。また二〇一三年には還暦探偵コンビによる長編『風屋敷の告白』(新潮文庫)を上梓《じょうし》。ここから彼は高齢化社会に相応《ふさわ》しい、まったく新しい形の探偵ハードボイルドに挑《いど》んでいくのである。

一方の『夢で逢いましょう』は、少年時代「お笑い三人組」と呼ばれていた三人の男の物語だ。現在は定年退職した主人公、現役の探偵、会社役員となっている彼らが、とある事件で〝あの頃〟の東京を思い出し、精神的タイムトラベルをするノスタルジック・ミステリである。六〇年代から七〇年代の東京を舞台にした作品というと一九九一年の『明日なんて知らない　ノーノーボーイ69』（文庫化の際に『遠い殺人者』と改題・光文社文庫）、二〇〇三年の『愛さずにはいられない』（集英社文庫）があるが、これは作者の高校生時代を描いた半自伝的な要素が強く、意識的に狙《ねら》ってこの時代をテーマにしたわけではなかった。しかしながら、これを書くにあたって集めた資料や当時の住宅地図が、その後の作品にも大いに役立つことになる。

二〇一四年の『喝采』（ハヤカワ文庫JA）は、一九七二年の東京を舞台にした私立探偵小説の新シリーズ第一作だが、『ミステリマガジン』（二〇一四年十月号）のインタビューによると、

「編集部から私立探偵小説を書きませんかとの依頼があったんです。それも、一九七〇年前後を舞台に、という依頼が。この依頼を貰うまで、僕は〝今〟を書くことしか考えていなかったんです。僕の青春時代を舞台にする発想はなかったので、〝良いじゃない！〟と反応しました」

とある。まあこうした作者の言葉をすべて鵜呑《うの》みにしてしまうわけにはいかないけれど

も、いずれにせよ何かしらの機運が熟していたと考えていいだろう。ミステリから非ミステリの分野へと転じ、そこから戻ってきたときには、一方で六十歳を超えた探偵が〝今〟を生きてしぶとく太く活躍する物語を。また一方ではその男たちがかつて生きた時代の探偵物語を、という二種類の情《こころ》の感《うご》き＝ドラマを手にしていたのである。まさに彼は、新しい地平を切り拓《ひら》いていったのだった。

これ以降の藤田はクライム・ノヴェル『血の弔旗』（二〇一五・講談社文庫）では一九六六年から一九八〇年、そして二〇〇一年のエピローグまでの、昭和の時代と風俗を熱く克明《こくめい》に描写してファンの度肝《どぎも》を抜き、本書では一九九二年のバブル崩壊後の東京。『罠に落ちろ　影《かげ》の探偵'87』（二〇一七・徳間書店）はおよそ三十年ぶりにモグリの探偵・影乃《かげの》を復活させ、前作の続編となる一九八七年を。また浜崎順一郎《はまざきじゅんいちろう》シリーズの第二作となる『タフガイ』（二〇一七・早川書房）では一九七四年を舞台にと、過去を〝今〟として描いた物語を精力的に発表していくのだった。

そういう中でも本書『亡者たちの切り札』は、バブルという宴《うたげ》が崩壊した後の混沌《こんとん》とした状況と、時代に翻弄《ほんろう》された男と女が生きていくさまを、圧倒的なスピード感をもって描ききった、ノンストップ犯罪サスペンスとなっている。

時は一九九二年。四十一歳の氏家豊は、三十代で起業し、一時は金をばらまいて遊ぶほどに羽振《はぶ》りがよかった。だが人にすすめられるまま不動産に手を出して、やがてバブルが弾《はじ》ける。会社が倒産したときには八千万の負債を抱《かか》えていた。これで何もかも失った氏家だったが、今は縁があって自動車修理工場で働いている。そんな彼が、テストドライブをかねて、六十七年型マスタングで東京の街を流しているところから物語は始まる。

しかしここからの展開のスピードがまあ凄《すご》いぞ。ロックバンドの追っかけをしている少女と出会い、その娘が大学時代の同級生・五十嵐《いがらし》の娘だと知り、さらには何者かに拉致《らち》される場面に遭遇《そうぐう》するのである。友人の娘を救った氏家は、数日後自《みずか》らも凶漢に襲われ、マスタングの持ち主である赤坂《あかさか》の老舗《しにせ》料亭の女将《おかみ》にまで不審な影が近づいてくる。氏家が五十嵐に事情を糾《ただ》すと、彼は勤務先の銀行で不正融資を強《し》いられたと告げ、姿を消した。氏家は事態の背景を洗い始めるが、その直後に借金を肩代わりしてくれた恩人・富沢《とみざわ》が殺害され、富沢と五十嵐の接点も浮上する。その上、なぜか不正融資に関わる口座が、氏家の死んだ父親の名義で作られていたことも判明する。

と、ここまでの話が冒頭からわずかの間で、一気に、次々と繰り広げられるのだ。これほど息つく暇《ひま》もないという表現がぴったりな展開もないだろう。が、もちろんこれだけでは終わらない。物語はさらに複雑さを増し、企業や政界、さらには反社会的組織にまで事件の闇と根が深く関与していることがわかってくる。それも過去に遡《さかのぼ》ってだ。

そこに加えて、氏家をめぐる人物たちとの関係ドラマが丁寧《ていねい》に描かれるのだ。離婚した旧友の五十嵐とその妻。彼女は大学時代に五十嵐と争って負けた女性である。マスタング元妻。妻の兄で借金の肩代わりをしてくれた富沢。修理工場の社長と奥さん。マスタングの持ち主の女将。アパートの隣人。死んだ両親……等々。これらの人々との関係から生まれる繊細《せんさい》なドラマが、アクセル全開で疾走《しっそう》する物語の合間を縫《ぬ》って語られていく。

わたしはただただ圧倒された。

沢山《たくさん》の登場人物が入り組んで展開する複雑きわまりない筋を、緻密《ちみつ》な描写で積み重ね、ひとりひとりの人物を描き分けながら執拗《しつよう》に語り継いでいく。それによって情景には濃淡が加わり、人物の陰影には深みが増す。事態の戦慄《せんりつ》も軽妙さも増していく。ああ、藤田宜永は本当に素晴らしい作家になっていたんだな、と改めて思った。

最後にこれは蛇足《だそく》なのだが、本文中、氏家が待ち合わせの場所で船戸与一《ふなどよいち》の『砂のクロニクル』（小学館文庫）を読んでいる場面で思わずぐっときて、胸が熱くなってしまった。船戸が亡くなったのは二〇一五年、四月二十二日。本書が刊行されたのは二〇一六年だが、連載時（『小説NON』二〇一四年三月号〜二〇一五年四月号）には、まだぎりぎり生きていたと思われる。だが、彼の状態が思わしくないことは知られており、藤田は船戸を元気づける意味であえて、ストーリーとは関係のないこんな場面を書いたのではないか。藤田と船戸は電話でしょっちゅうやりとりし合う仲だったのだ。船戸から言わせれば、あの野郎、本が売れないだとか、賞が取れないだとか愚痴《ぐち》ばっかり洩《も》らしやがると言い、藤田は藤田で、あのオッチャン、酒飲んで酔ったら俺んとこに電話してきやがると言い合っていたものだが、お互いに認め合う存在だったのは間違いない。
藤田宜永は船戸与一を尊敬していたし、愛していた。その思いが、行間から感じられたのだ。

二〇一九年　六月

※書名後の（刊行シリーズ名）は、各作品の最終刊行形態（刊行年は作品としての初刊）を編集部で付しました。

一〇〇字書評

切・り・取・り・線

購買動機（新聞、雑誌名を記入するか、あるいは○をつけてください）

□（　　　　　　　　　　）の広告を見て	
□（　　　　　　　　　　）の書評を見て	
□ 知人のすすめで	□ タイトルに惹かれて
□ カバーが良かったから	□ 内容が面白そうだから
□ 好きな作家だから	□ 好きな分野の本だから

・最近、最も感銘を受けた作品名をお書き下さい

・あなたのお好きな作家名をお書き下さい

・その他、ご要望がありましたらお書き下さい

住所	〒				
氏名		職業		年齢	
Eメール	※携帯には配信できません	新刊情報等のメール配信を 希望する・しない			

この本の感想を、編集部までお寄せいただけたらありがたく存じます。今後の企画の参考にさせていただきます。Eメールでも結構です。

いただいた「一〇〇字書評」は、新聞・雑誌等に紹介させていただくことがあります。その場合はお礼として特製図書カードを差し上げます。

前ページの原稿用紙に書評をお書きの上、切り取り、左記までお送り下さい。宛先の住所は不要です。

なお、ご記入いただいたお名前、ご住所等は、書評紹介の事前了解、謝礼のお届けのためだけに利用し、そのほかの目的のために利用することはありません。

〒一〇一‐八七〇一
祥伝社文庫編集長　坂口芳和
電話　〇三（三二六五）二〇八〇

祥伝社ホームページの「ブックレビュー」からも、書き込めます。

www.shodensha.co.jp/bookreview

祥伝社文庫

亡者《もうじゃ》たちの切《き》り札《ふだ》

令和元年 8 月 20 日　初版第 1 刷発行

著　者　藤田《ふじた》宜永《よしなが》

発行者　辻　浩明

発行所　祥伝社《しょうでんしゃ》

東京都千代田区神田神保町 3-3
〒 101-8701
電話　03（3265）2081（販売部）
電話　03（3265）2080（編集部）
電話　03（3265）3622（業務部）
www.shodensha.co.jp

印刷所　図書印刷
製本所　図書印刷
カバーフォーマットデザイン　芥 陽子

Printed in Japan ©2019, Yoshinaga Fujita ISBN978-4-396-34551-8 C0193